Raffaella Romagnolo

Die Sterne ordnen

ROMAN

Aus dem Italienischen von
Maja Pflug

Diogenes

Die Originalausgabe erschien 2023 bei Mondadori, Mailand,
unter dem Titel ›Aggiustare l'universo‹

Covermotiv: Design von Mara Scanavino Project
unter Verwendung von Fotografien von Mark Owen/
Trevillion Images (Mädchen) und Louise LeGresley/
Alamy Stock Foto (Katze)

Der Diogenes Verlag wird vom Bundesamt für Kultur
für die Jahre 2021–2024 unterstützt

www.diogenes.ch
80/24/44/1
ISBN 978 3 257 07310 2

Für die, die unterrichten
Für meine Banknachbarin
Für die Schule insgesamt, die mich gerettet hat

Inhalt

SCHULJAHR 1945–46

Aufbruch

Die Lehrerin

Die Lehrerin ist zweiundzwanzig Jahre alt und heißt nach einer verstorbenen Tante Virgilia, einer Frau von himmlischer Güte und legendärer Hässlichkeit. Der Name wurde gewählt, damit die Neugeborene schon am Taufbecken lernt, dass man im Leben nicht alles haben kann.

Virgilia also. Obwohl nicht einmal Mutter und Vater sie so nennen. Auch Michele nicht (an Michele will sie nicht denken). Und auch der Direktor der Grundschule von Borgo di Dentro nicht, der doch ihren richtigen Namen kennt. Auch er nennt sie Gilla, wie alle. *Signorina Gilla.*

»Ich freue mich, dass Sie meiner Einladung gefolgt sind«, sagt er und lässt sie Platz nehmen.

Gilla nickt wortlos. Es ist an ihm zu sprechen, er hat sie einbestellt.

»Ich komme sofort auf den Punkt«, fährt der Mann fort. Er hat eine Adlernase, der eng anliegende Priesterrock glänzt wie Gefieder.

Sie, jedenfalls ein Teil von ihr, hält Borgo di Dentro heute, am 23. Juli 1945, nicht mehr aus, das Dachgeschoss im Vico Luna 13, wo sie wohnt, die in der Sommerhitze glühende Altstadt, die hohen, baufälligen Mietshäuser, die feuchten, dunklen Sträßchen, die ans Mittelalter erinnernden Seidenspinnerinnen, Wahrsagerinnen, Arbeiter, Wäscherinnen, Hufschmiede, Nutten, Taschenräuber und Hühnerdiebe. Gassen, in denen die junge Frau sich vorsichtig bewegt, mit gesenktem Blick, um bestimmte Orte zu meiden, schmerzhaft wie die Stationen der *Via crucis.* Den »Königspalast«. Die Schusterwerkstatt an der Piazza Fontana. Sie macht nur die allernötigsten Wege. Um den blutigen Hinterhalten des Gedächtnisses zu entgehen.

Und auch den neuen Teil der Stadt erträgt sie nicht mehr, die aristokratischen Häuser mit Schieferdächern und schmiedeeisernen Balkönchen, die Apotheke, in der es nichts gibt, die melancholische Konditorei, das Modegeschäft, das kürzlich wieder eröffnet hat, den verstaubten Kurzwarenladen. Sie hasst die leeren oder nur mit ein bisschen Ramsch bestückten Schaufenster. Den Bäcker, der nur dunkles Brot hat, wenige Laibe. Die Schlange vor dem Ernährungsamt, wo man die Lebensmittelkarten abholt.

»Ich habe sehr schmeichelhafte Informationen über Sie erhalten. Ihr Aufopferungsgeist …«

Das Büro des Pfarrers und Direktors ist eine triste Kammer. An der kahlen Wand hinter dem Mann das Kruzifix und ein Kalender, stehengeblieben im Monat April 1942, dem »xx. Jahr der faschistischen Ära«. In einer Ecke ein Haufen unbrauchbarer Möbel.

»Ich weiß, dass Sie sich ausgezeichnet haben …«

Sie hat Mühe, nicht den Faden zu verlieren. Am liebsten würde sie den alten Kalender vom Nagel reißen und ihn zerfetzen. Die Vergangenheit ist vorbei! Aber es ist nicht nur der Kalender, es ist der Ort, der ihr Unbehagen bereitet. Nicht das Büro: das ganze Gebäude. Als sei sie in einem verseuchten Haus. Deswegen ist sie unruhig. Unter den Sohlen spürt sie Strohhalme, Sägespäne. Ein Nachtlager? Von Tieren? Menschen?

»Die Prüfungen, die Sie überstanden haben …«, fährt er fort.

Warum hat sie eingewilligt, den Mann zu treffen, wenn ein Teil von ihr schon die Koffer gepackt hat? Gilla gehört nicht nach Borgo di Dentro: Sie gehört nach Genua, ist einen Schritt von der Piazza Colombo entfernt geboren, zwischen Via Galata und Via San Vincenzo aufgewachsen, dort ist sie zur Schule gegangen, dort hat sie das Lehrerinnendiplom gemacht, dort hat sie Sturmangriffe von viermotorigen Avro Lancasters voller riesiger, explosiver Eier überlebt. »Haben Sie schon mal den Krater einer Zehn-Tonnen-Bombe gesehen?«, fragt sie.

Der Direktor betrachtet sie schweigend. Falls ihn die Unterbrechung wundert, zeigt er es nicht. Er hebt die zusammengelegten Hände vors Gesicht. Die klauenartigen Finger trommeln und erzeugen dabei ein feines Geräusch. »Unsere kleine Gemeinschaft hat bereitwillig viele Ihrer Mitbürger aufgenommen, als sie auf der Flucht waren«, sagt er dann.

Ein Punkt für ihn, denkt Gilla. *Pass auf,* würde Michele sagen. *Die Priester machen dir Schuldgefühle, sie laden dir die Verantwortung für Sachen auf, für die du nichts kannst, sie manipulieren dich, ziehen dich auf ihre Seite.* (An Michele will sie nicht denken. Zu viel Sehnsucht, zu viel Schmerz.)

Bleibt die Tatsache, dass sie nicht an diesen Ort gehört. Und ist damit nicht der Augenblick gekommen, sich auf den Heimweg zu machen wie alle anderen Evakuierten? Was hält sie hier fest? Ihre Eltern haben Borgo di Dentro und das Dachgeschoss im Vico Luna 13 schon vor Monaten verlassen. Die Wohnung in Genua steht noch, die Uhrmacherwerkstatt ihres Vaters ebenfalls. Sie schreiben ihr Postkarten aus der Welt von früher. Der Hafen, die Strandpromenade von Sestri.

Papa hat das Geschäft wieder eröffnet. Wir waren zum Baden am Meer. Wir warten auf Dich.

Manchmal werden sie auch deutlicher.

Der Krieg ist zu Ende, worauf wartest Du noch?

»Und außerdem sind die Nöte, die die Bewohner von Genua ertragen mussten, in gewisser Weise vergleichbar mit denen, die unsere kleine Gemeinschaft betroffen haben«, fängt der Direktor wieder an. »Aber das wissen Sie ja selbst. Und gerade die Bindung, die Sie aufzubauen verstanden haben …«

Die Kammer ist feucht, Gilla schlingt die Arme um den Körper, sie fröstelt.

»… im Grunde geht es nur darum, die Aufgabe zu Ende zu bringen, Signorina Gilla. Auch die Kinder von Borgo di Dentro …«

»Haben das verdient?«, ergänzt sie abrupt. Worte wie Geschosse, die sie nicht zurückhalten konnte. Der Mann zieht ein Blatt unter der ledernen Schreibunterlage hervor, die schwarz ist wie der Tisch, das Kreuz und die Soutane, legt es vor sich und schiebt es ihr mit zwei Fingern hin. Darauf steht:

BORGO DI DENTRO

GRUNDSCHULE

SCHULJAHR 1945–1946

ANTRAG AUF INDIENSTSTELLUNG

Ihr ist, als hörte sie das Geräusch einer Falle, die zuschnappt. Sie möchte aufspringen und ihm, ihm und allen anderen, ins Gesicht schreien: »Der Krieg ist zu Ende!« Doch sie bleibt sitzen und schweigt, lässt ihren Blick schweifen. Die Verwüstung. Die Verwüstung und die ganze Arbeit, die noch zu tun bleibt. Also nimmt sie ruppig das Blatt, füllt es aus und unterschreibt. Allein, mit zusammengepressten Lippen geht sie dann wieder in den glühend heißen Sommer hinaus. *Gilla, Gilla, so ist der Beruf der Pfaffen,* sagt Michele in ihrem Kopf, und seine Augen lachen.

Das kleine Mädchen

Ende August 1945. Eine trächtige Katze schlüpft durch den Schilfrohrzaun und betritt das Gelände des Waisenhauses. Sie ist zu jung, um zu wissen, dass dort, wo jetzt Weinbergpfähle und Flussröhricht stehen, einmal ein hoher Gitterzaun war. Stangen, Stäbe, Ziernägel, dekorativ gedrehte Leisten und oben Lanzenspitzen, beschlagnahmt von Seiner Exzellenz Cavalier Benito Mussolini. Eisengitter, zu Haubitzen geworden, und Haubitzen, weggefegt wie Blätter vom Wind.

Die Katze läuft rasch, mit wachsamen Sinnen. Grauer Rücken, weißer Bauch. So mager, dass die Schwellung durch den Nachwuchs gar nicht zu ihr zu gehören scheint, sondern in der hochstehenden Sonne wie ein Fremdkörper wirkt, eine glänzende Beule.

Sie meidet den schmalen Weg, erreicht eine Ecke, schleicht unter den großen Fenstern der Schlafsäle eng an der Mauer entlang. Blitzschnell saust sie am Hinterausgang vorbei, den die Nonnen benutzen, um in den Gemüsegarten zu gelangen. Sie wirft keinen Blick in die Zimmerflucht, wo es nach Seife und Schweiß riecht, schon gar nicht heute. Rasch eilt sie weiter mit der Last, die unter ihr baumelt und beinahe die Betonfliesen streift. Noch mehr Fenster, und Türen, die zu Hortensienbeeten hinausgehen, zu den verblühten Rosen, zur majestätischen Zeder, unter der die Mädchen in der heißesten Zeit Schutz suchen dürfen nach dem Stickunterricht und vor dem Nachmittagsgebet.

Hier bleibt die Katze stehen. Sie prüft die Lage, ignoriert Grashüpfer, kleine Würmer. Die Luft riecht nach reifen Feigen, Blütenstaub und Menschen. Dann läuft sie weiter, umrundet das Gebäude, erreicht die Rückseite, den verlassenen Teil, der jetzt im Schatten liegt, zu viel sogar für die Hortensien, die ihn doch lieben, an die Tomaten gar nicht zu denken. Es ist eine ebene Fläche, wo nur Gänseblümchen, Löwenzahn und Brennnesseln gedeihen. Die Katze zögert, beobachtet, schnuppert. In einer Ecke weggeworfener Hausrat, altes Zeug, das niemand mehr benutzt. Sie nähert sich einer rostigen Tonne, klettert kühn auf zwei zerfetzte Reifen, mustert die Stacheln eines Brombeerstrauchs. Eine kleine Brettertüre, abgeschlossen, unten von der Feuchtigkeit zerfressen. Sie schnuppert daran. Abgründe des Nichts, Geruch nach Dunkelheit und Leere. Sie macht sich ganz flach und kriecht untendurch in den Kellerraum.

Das kleine Mädchen hockt im Windschatten, deshalb riecht die Katze es nicht, als sie vorsichtig die Stufen hinunterläuft. Es ist eher ein Verschlag als ein Keller, eng, übel riechend, Wände aus Backstein und vereinzelt Kippfenster, durch die Rechtecke aus grauem Licht hereinfallen. In einem Winkel findet sie einen zerlöcherten, mehrfach geflickten Sack, rau und doch weich, genau richtig. Sie kauert sich nieder. In Wellen überlaufen die ersten Wehen das Fell. Sie schließt halb die Augen. Atmet tief. Blut. Kein Laut.

Unterdessen dreht das kleine Mädchen den Schlüssel und öffnet die Tür. Eine Wolke von Kälte, Feuchtigkeit,

Schimmel. Sie braucht ein paar Sekunden, bis ihre Augen sich an das Halbdunkel gewöhnen und sie den Mut findet hineinzugehen.

Die Katze hat keine Möglichkeit zu fliehen, weder vor den Wehen noch vor dem kleinen Mädchen, das näher kommt. Sie bemerkt gerade noch, dass die Kleine sich auf die Fersen hockt. Der Geruch ihrer Fußzehen, die aus den Sandalen hervorschauen, wäre es wert, genauer untersucht zu werden. Aber nicht jetzt.

Das Fell des ersten Katzenbabys ist hell und glitschig. Es leuchtet im Dunkeln. Die Kleine würde Mutter und Kind gern berühren, doch sie traut sich nicht. Das Junge hängt sich sofort an eine Zitze. Die Pfötchen sind fleischfarbene Krallen. Noch nie hat die Kleine etwas Zärtlicheres, Grausameres, Verblüffenderes gesehen.

Im Lauf einer Stunde kommen das zweite, das dritte und das vierte Junge zur Welt. Dasselbe Grau, dasselbe Weiß wie die Mutter. Die Kleine geht zurück zur Tür und schließt von innen ab. *Klack*, schnappt das Schloss zu. »Das ist unser Geheimnis«, sagt sie.

Die Katze lässt sich am Hals kraulen. Am nächsten Morgen kriecht sie unter der Brettertüre durch ins Freie, um auf Futterjagd zu gehen. Zwanzig Tage lang pendelt sie zwischen drinnen und draußen, dann verschwindet sie. Das kleine Mädchen fürchtet, dass sie gefangen worden ist. Katzenfleisch schmeckt so ähnlich wie das von Kaninchen, bloß ein bisschen süßer. Nur das vierte Junge überlebt.

Das mechanische Planetarium

Ende August 1945. Während das kleine Mädchen der trächtigen Katze in den Verschlag folgt, trifft der Direktor in der Schule die sieben Lehrer und dreizehn Lehrerinnen, die sich bereit erklärt haben, im Schuljahr 1945–46 ihren Dienst anzutreten.

»Achtzehn Monate Besatzung, und das ist das Ergebnis!«, beginnt er. Das Grüppchen erwartet eine große Rede, doch er beschränkt sich darauf, voranzugehen. Die ganze Runde, Klassenzimmer für Klassenzimmer, Abstellraum für Abstellraum, Toiletten und Souterrain. Vor der großen Putzaktion sollen sich alle im Klaren sein über die verschmierten Wände, die verdreckten Ecken, den Gestank, die rücksichtslos aufeinandergetürmten Bänke, die herausgerissenen Dielen, die in irgendeinem Ofen gelandeten Fußschemel. »Kennt jemand einen hilfsbereiten Schreiner?«

Gilla wird blass. Der erbärmliche Zustand der Turnhalle im Untergeschoss nimmt ihr den Atem. Die Kletterwand. Zeichen am Holz, die wie Schreie wirken. Stricke? Ketten? Als sie an den Sprossen vorbeigeht, wendet sie das Gesicht ab. Erst auf dem Rückweg nach oben kann sie aufatmen.

»Alles ist weg«, predigt der Direktor unterdessen, »alles!« Papier, Tinte, Abakusse, Schreibfedern, Lineale, Winkelmesser, Zirkel, die Schachteln mit den Gewichten, die

Holzmodelle des Kubus, der Kugel, der Pyramide. »Was wollten die Deutschen nur mit unseren Abc-Fibeln? Die Nazis haben hier ihr Militärhospital eingerichtet, das wissen Sie, oder? Aber was sollten die Verwundeten, die Krankenpfleger, die Offiziere mit unseren Sachen anfangen?« Die topografischen Karten sind völlig verschmiert. Die Landkarten ebenso. Benutzbar sind höchstens zwei oder drei. Für zwanzig Klassen.

Untröstlich zieht die Prozession weiter, die Lehrer und Lehrerinnen senken bei den Klagen des Direktors den Kopf. Gilla beschließt die Reihe, ihr Blick wandert über die Verwüstung. Scherben, gesplittertes Glas, ein Bücherriemen, schmutzige Binden, ein Spitzer. Doch da, an ein an zwei Stellen eingerissenes Drahtgitter gelehnt, glitzert etwas. Neugierig beugt Gilla sich hinunter und entdeckt, dass es sich um ein mechanisches Planetarium handelt, ein raffiniertes Modell des Sonnensystems aus Metall und Pappmaschee, die Kurbel für die Bewegung der Drehachse, die mit Temperafarben bemalten Planeten, der Sockel mit den goldverzierten Sternzeichen. Sie verengt die Augen zu Schlitzen, während die Stimme des Direktors sich entfernt. Ist das schön, denkt sie. Wenn es bloß nicht so angeschlagen wäre, die Ärmchen verbogen, nutzlos. Rasch läuft sie an den anderen vorbei nach vorne. »Darf ich das mitnehmen?«, fragt sie.

Zurück in der Dachwohnung im Vico Luna stellt sie es auf den Küchentisch. Die Sterne ordnen. Sie blättert in dem naturwissenschaftlichen Buch des Lehrerbildungsinstituts, bis sie die Doppelseite findet, die dem Universum gewidmet ist. Merkur und Mars scheinen in Ordnung zu sein.

Venus fehlt. Die Ärmchen von Uranus und Pluto ähneln unnatürlich verrenkten Gliedmaßen. Bei Pluto fehlt auch die Stütze, und Gilla folgert daraus, dass das Modell vor der Entdeckung des kleinsten Planeten des Sonnensystems gebaut wurde. Saturn ist da, aber er hat seine Ringe verloren. Das Ärmchen des Jupiters ist an zwei Stellen geknickt, sodass die metallische Bahn des größten Planeten die der anderen behindert. Der Mond ist wer weiß wohin gerollt. Die Erde ist in zwei Teile gespalten.

Zum Spaß die Umlaufbahn des Jupiters verbiegen, denkt sie. Nacheinander die Ringe des Saturns abstreifen. Und gleichzeitig im Keller Finger und Zehen zertrümmern, Knochen brechen, Brustwarzen quetschen.

Sie hält die Gedanken im Zaum, indem sie den Mechanismus studiert, sich das Innere vorstellt. Sie liebt es, sich in Getriebe zu versenken. Das hat sie vom Vater, dem Uhrmacher, gelernt. Auch sie hat überaus geschickte Hände. Ein Lichtblick. Doch die Vergangenheit umweht sie überall.

Erster Schultag

1

Der September zieht sich hin, in den Geschäften gibt es immer noch fast nichts zu kaufen, immer noch gelten die Lebensmittelkarten. Der Unterricht hätte am 1. Oktober beginnen sollen, das wäre die Regel, aber das Ministerium verschiebt den Start um zwei Wochen. Das erste Schuljahr ohne Krieg kommt mühsam in Gang.

Gilla verlässt das Haus nur, um etwas zu essen zu kaufen. Sie studiert die neuen ministerialen Lehrpläne für die Grundschule des befreiten Italiens und macht sich Notizen in ihr Heft, während sie ein Stück Brot knabbert oder eine halbe Tasse Milch hinunterkippt. Sie deckt den Tisch nicht wie früher, als sie das Dachgeschoss noch mit den Eltern teilte, nie isst sie richtig zu Mittag oder zu Abend. Die meiste Zeit verbringt sie allein, ihre einzige Gesellschaft sind die Stimmen in ihrem Kopf, die Stimmen derjenigen, die sie verloren hat oder die weit weg sind, oder Stimmen aus dem Radio, aber nicht so oft, weil sie vor allem Musik hört. Selten trifft sie ihre Freundin Rosa Maria, die nach dem Krieg außerhalb eine Stelle als Weberin in einer Fabrik gefunden hat und fast nie zu Hause ist. In jedem Fall sind es kurze Begegnungen, eine flüchtige halbe Stunde, in der vor allem Rosa Maria spricht, doch Gilla ist es recht, denn sie fühlt, dass sie keine langen, intimen Gespräche aushalten könnte. Sie hat auch keine Lust, in den Zug zu steigen, nach Genua zu fahren und den Tag mit ihrer Familie zu verbringen. Nur abends, wenn sie am Modell des Sonnensystems arbeitet, wird ihr leicht ums Herz, doch schon bald drängt eine unüberwindliche Müdigkeit sie ins Bett, und in der Nacht hat sie beängstigende Träume. Ein Souterrain voller Kinder, dann voller Verwundeter, Michele, der ihr mit einer Spritze in der Hand entgegenkommt, und sie wacht auf. Berge von Schutt, Staub, Gestank, gellende Stimmen unter den Trümmerhaufen, und sie wacht auf. Ein Wald, dunkel wie in der Nacht, obwohl es Tag ist, sie hinkt bergauf, weiß, dass sie spät dran ist, schaut auf die Uhr an ihrem Handgelenk, es ist eine Männeruhr, sie steht, sie gehört Michele. »Wirf sie weg, Gilla«, sagt ihr Vater, und sie wacht auf, und es fällt ihr schwer, wieder einzuschlafen.

Als sie am Morgen des ersten Schultags steif vor Kälte aufsteht, ist es noch dunkel. Der Herbst schreitet ohne Erbarmen voran. Sie denkt nicht an die rötliche Maserung der Rebstöcke, an die Explosion von Gelb und Orange der Kakis in den Höfen, an den fleischigen Geruch von umgegrabener Erde und auch nicht an den süßen, intensiven Duft nach Rauch und gerösteten Kastanien. Solche Sachen nimmt sie nicht mehr wahr, als hätte sie die Fähigkeit dazu verloren. Die Energie. Es kostet sie schon so viel Kraft, die quälenden Bilder zu bekämpfen, die sie nachts heimsuchen.

Aber jetzt los! Morgenrock, Ofen, die Scheite anfachen. Die Toilette im Treppenhaus. Das Wasser anwärmen. Sich Gesicht, Hals, Ohren und Achseln waschen. Frühstück mit der übrigen Milch vom Vorabend, den Blick fest auf das kleine Modell des Sonnensystems gerichtet, das gut die Hälfte des Tisches einnimmt. Rundherum Beilagscheiben, Schrauben, Klebstoff, eine Rolle Draht. Eine Riesenunordnung, aber was macht das schon, wenn sie hier allein lebt? Sie ist niemandem Rechenschaft schuldig. Der letzte Schluck Milch. Nicht innehalten, nicht zögern. Die Tasse abspülen. Den Behälter des Eisens mit Glut füllen, auf der freien Seite des Tisches die Bluse bügeln, dann das graue Kostüm ausbürsten, die Schuhe polieren. Die Tasche packen mit dem, was sie in den letzten Tagen in der Gegend auftreiben konnte. Sieben Bleistifte, ein Bündel Löschpapier, eine fast volle Schachtel Kreiden, fünf Hefte von der Fürsorge, mit schwarzem Einband und rotem Farbschnitt.

Auftreiben: Sie hat den Eindruck, nichts anderes getan zu haben, seit sie vor beinahe drei Jahren in Borgo di Dentro angekommen ist, mit den Eltern evakuiert. Reis, Butter, Käse, Tütchen mit echtem Kaffee. Sie versteckte die paar Lebensmittel im Korb ihres Fahrrads unter einem Stapel Bücher. Wenn die Wehrmachtssoldaten beschlossen, sie zu kontrollieren, dachten sie, Gilla wäre auf dem Schwarzmarkt tätig. Sie lachten, beschlagnahmten die Sachen und schauten nicht zwischen den Seiten nach. An chiffrierte Botschaften dachten sie nicht. Dummköpfe! Zum Heulen, das gute Essen herzugeben, das die in den Bergen rund um den Ort versteckten Partisanen so dringend gebraucht hätten. Aber auch zum Lachen, dass die Soldaten so blöd waren. Manchmal reichte es schon, ein Knie zu entblößen. Solche Idioten. Einen Knopf aufzumachen, zuzulassen, dass sich der Rock hob. Aber schade um Reis und Butter, die nicht leicht aufzutreiben waren. Es fehlte an allem.

Wie jetzt, denkt Gilla. Sie schnauft hörbar und stellt die Tasche neben die Schuhe. Legt noch vier Taschentücher und einen Apfel dazu. Wer nie in einer Grundschulklasse war, kann sich nicht vorstellen, welche Wunder ein Apfel im rechten Augenblick wirken kann. Sie hört die Glocken. Eilig knöpft sie den Mantel zu und greift nach der Tasche. Blick zum Spiegelbild in der Vitrine. Hochgesteckte Haare, ernstes Gesicht. Sie erkennt sich nicht wieder. Logisch, denkt sie.

Sie kommt zu früh. Geht in das der 5D zugewiesene Klassenzimmer, stellt die Tasche auf das Podest neben das Pult und hängt ihren Mantel an einen Nagel in der Wand dahinter, leer bis auf das Kruzifix. Keine Landkarte, kein Bild des Königs.

Sie sieht sich um. Auch die anderen Wände sind kahl. Durch die großen Fenster überschwemmt das frühe Licht nicht vergipste Risse, mit der Messerspitze eingeritzte Zeichen, schwer zu deutende Flecken. Wein? Oder Schlimmeres? Wer hier frisch gestrichen hat, war nicht besonders sorgfältig. Oder die Mittel waren unzulänglich. Sie fasst an die Heizkörper. Kalt. Sie überprüft, ob die Tafel sauber ist, die Kreiden und der Schwamm ordentlich bereitliegen. Es ist wichtig, die Pannen vorherzusehen, die Überraschungen gering zu halten.

Sie geht zwischen den Bänken hindurch. Zwölf unförmige Dinger aus glänzendem Holz, schwarze Ablagen zum Aufklappen. Schwierig, sich hinzusetzen, kompliziert, sich zu bewegen, sich nach hinten oder zur Seite zu drehen, aufzustehen. Käfig-Bänke, Bänke wie Rettungsboote auf stürmischen Ozeanen. Sie zählt die Sitzplätze und vergleicht sie mit den dreiundzwanzig Namen im Register. Jede Bank hat zwei Plätze, ein Platz ist übrig. Jemand wird auf hoher See allein bleiben. Wachsen bedeutet schließlich auch, sich selbst zu genügen. Jede Ablage hat in der Mitte ein Loch. In jedem Loch ein Tintenfass. Mit Tinte. Gut, denkt die Lehrerin Gilla. Jedes mögliche Hindernis vorhersehen. *Estote parati,* seid bereit.

Auch wenn es nicht stimmt, betrachtet sie diesen als ihren ersten Tag als Lehrerin. Unterrichten heißt nicht erklären, diktieren, korrigieren, Nasen putzen, Verletzungen verarzten, Chöre dirigieren, Knoten entwirren, ausschimpfen, bestrafen. Unterrichten heißt, all das jeden Tag tun, denkt die Lehrerin Gilla. Die in den ersten Kriegsjahren in Genua gemachte Erfahrung zählt sie nicht mit, weil es ihrer Ansicht nach keine richtige Schule war. Improvisierter Unterricht, wackelige Stundenpläne, mehr ausgefallene als reguläre Schultage. Angstverzerrte Gesichter, geweitete Augen wegen der nächtlichen Bombenangriffe, Kleine wie Große zum Umfallen müde. Jungen und Mädchen, die von einem Tag zum andern spurlos verschwanden. Andere, die schmächtig und erschrocken erschienen, um Prüfungen abzulegen, die nur noch eine Formalität darstellten. *Ausreichend. Bestanden. Die Schülerin zeigt …* Auch wenn die Schülerin, hungrig und ohne die geringste Ahnung, bloß zeigte, dass sie anwesend war.

Jetzt dagegen beginnt die richtige Schule, denkt die Lehrerin Gilla. Dreiundzwanzig kleine Mädchen, die sie nicht kennt. Sie kehrt zum Pult zurück. Ihre Schritte hallen im leeren Raum. Sie zieht ihr Heft aus der Tasche. Überfliegt die Notizen. Sechs, die die Klasse wiederholen. Drei kommen aus der Altstadt, essen in der Schule zu Mittag, bekommen nachmittags im Hort einen Imbiss, Frühstück und Abendessen weiß man nicht. Vier wohnen in der Neustadt. Die, vermutet die Lehrerin Gilla, haben makellose Hefte, ordentliche Bücher, eine elegante Schrift und Zöpfe mit Schleifen. Zwölf stammen aus der Peripherie, also vom Land. Drei sind Halbwaisen von Mutterseite, sechs von Vaterseite. Zwei sind brustkrank. Über vier konnte der Direktor keine Auskunft geben. Müsste sie wetten, wer in der Bank allein bleibt, würde die Lehrerin Gilla auf ein Mädchen vom Land tippen.

Das Pult hat zwei Schubladen. Sie öffnet die erste. Leer. Sie legt die Kreiden, die Hefte und den Apfel hinein. Die Minuten eilen dahin, das Herz beschleunigt: Der erste Tag ist ein großer Schrecken. Sie stellt sich die in einer Reihe stehenden Schülerinnen vor. Schwarzer Schulkittel, weißer Kragen, blaue Schleife. Ein unbekanntes, unvorhersehbares Heer, und das Schuljahr, das heute beginnt, das erste seit Kriegsende, kommt auf sie zu wie ein rasender Zug. Erstes Trimester, Weihnachten, zweites Trimester, Ostern, drittes Trimester, Sommer, Prüfungen, schriftlich, mündlich, Beurteilungen, Grundschulabschlusszeugnisse. Das Übermaß dessen, was alles getan werden muss, nimmt ihr den Atem. Es muss gut gemacht werden. Italienisch, Arithmetik, Geschichte, Erdkunde, Schönschrift, Singen, Religion. Zuschneiden, Nähen, Sticken und Stopfen. Laufen, Geräteturnen, Freiübungen. Sie massiert ihre Augenlider, dann schaut sie in die zweite Schublade. Darin liegt ein zwei Spannen langer Rohrstock, der Griff abgenutzt, die Spitze dünn und biegsam. Sie schiebt sie wieder zu. Zieht erneut ihren Mantel an, nimmt die Tasche und macht sich auf zum Eingang, um die dreiundzwanzig kleinen Mädchen in Empfang zu nehmen, die der 5D zugeteilt sind.

Erster Schultag

2

Die Kleine ist zehn Jahre alt, und ihr Name ist ein nicht unerheblicher Teil des Problems. Am Morgen des ersten Schultags trägt sie einen zweireihig geknöpften eisengrauen Mantel, der zwei Nummern zu groß ist. Die rechte Tasche ist ausgebeult und feucht umrandet. Sie zieht ein Taschentuch heraus, geht in die Hocke und breitet es aus.

»Schau, was ich dir mitgebracht habe«, sagt sie. Der Keller dämpft die Geräusche, als spräche man in ein Kissen. »Na komm schon, schau mal nach.«

Licht? Spärlich. Staubig. Es fällt durch ein Fensterchen herein, dessen Scheibe unglaublicherweise noch ganz ist und schmutzig.

»Bist du gar nicht neugierig?«

Das Kätzchen, das als einziges überlebt hat, ist kaum älter als sechs Wochen. Es lugt hinter einer löchrigen Zinkwanne hervor. Mit zuckendem Schwanz kommt es näher. Es würde ohne Weiteres in die Manteltasche passen, anstelle des Taschentuchs, oder in die ausgestreckte Hand, wo jetzt ein Klümpchen Weißbrot prangt, das aussieht wie ein kleiner Schwamm.

»Das ist für dich«, sagt die Kleine. Sie nimmt ein Bröckchen und hält es dem Kätzchen hin. Einen Namen hat es nicht. Die Kleine will ihm keinen geben. Namen sind ihrer Meinung nach eine sehr komplizierte Angelegenheit.

»Los, friss, heute hab ich es eilig.« Der Mantelsaum schleift über den Boden aus gestampfter Erde. Das Kätzchen schnuppert und zieht sich wieder zurück.

»Was sind das für Mätzchen?«

Die Dunkelheit erschreckt sie nicht mehr so wie beim ersten Mal, und auch der dumpfe Geruch nach Schimmel nicht. Sie hat sich daran gewöhnt. Und nicht nur daran. Auch an die täglichen Andachten, mindestens drei, an Strafen und nächtliche Geräusche.

»Du MUSST fressen«, drängt die Kleine.

Sie spürt die Feuchtigkeit auf ihrer Handfläche. Das Taschentuch ist nasser, als sie dachte. Sie beschließt, es vor dem Abend heimlich zu waschen und zwischen dem Bettrost und der Matratze auszubreiten, dann ist es am nächsten Morgen trocken und gebügelt, und niemand merkt etwas. Sie lächelt ein wenig. Der abenteuerliche Teil der Geschichte missfällt ihr nicht.

»Fressen oder gefressen werden!«, mahnt sie.

Das Kätzchen fixiert sie, zwei Lichtkügelchen im Halbdunkel.

Es hat sie eine Menge Entschlossenheit gekostet, sich diesen Riesenhappen zu besorgen. Man beobachtet sie ständig. So kommt es ihr jedenfalls vor. Unglaublich, dass sie es trotzdem geschafft hat. Sie hat gefrühstückt wie jeden Morgen, mit Blick auf den Teller und im Mund einen Bissen des üblichen Weißbrötchens (ihr alleiniges Privileg, die anderen achten nicht mehr darauf). Einen schönen, großen Bissen. Kauen, kauen, kauen. Dann noch ein Bissen. Weiterkauen. Nicht runterschlucken. Warten. Wieder ein Bissen. Kauen, kauen. Eine Ewigkeit. Bis eine der Kleinsten ein Glas umgestoßen und die Nonne aufgeschrien hat. Alle haben sich nach dem Lärm umgewandt, das hat sie ausgenutzt, um den Brotbrei in ihr Taschentuch zu spucken.

»*Carpe diem!* Das ist Latein und bedeutet ›Nutze den Augenblick‹.«

Natürlich hat sie jetzt Hunger. Unmöglich, sich an den Hunger zu gewöhnen. Sie beißt ein Stückchen von dem schwammigen Brot ab und schluckt es. Was übrig bleibt, scheint ihr immer noch ausreichend für so ein kleines Kätzchen. »Jetzt mach endlich.«

Das Tier reagiert nicht. Eine Wanze mit bräunlichem Schild stößt gegen die Zinkwanne, macht ein schrilles Geräusch, das Kätzchen beobachtet sie gebannt.

»*Puer,* Knabe. *Puella,* Mädchen. Ich hab es nicht vergessen. Ich übe im Kopf.«

Die Wanze landet auf dem Metallrand und verstummt.

»Amo, amas, amavi, amatum, amare.«

Die Kleine legt das Taschentuch mit dem Brotbrei auf den Boden und setzt sich, den Rücken an die Mauer gelehnt, die Knie angezogen. Die Wanze beginnt wieder zu tanzen.

»Das *Ave Maria Gratia Plena* kann ich auswendig. Wenn du willst, sag ich es dir auf.«

Das Kätzchen verliert das Insekt aus den Augen. Es setzt sich auf die Hinterpfoten, legt den Schwanz um sich, leckt sich die Brust. Drei-, viermal fährt es langsam und voll Eifer mit der Zunge übers Fell, dann wird es abgelenkt und klettert am Ärmel des Mantels hoch, die Krallen wie Widerhaken.

»Aua!«

Es steigt auf die Schulter und krallt sich in den Haaren fest, die zu einer geflochtenen Schnecke aufgesteckt sind.

»Du spinnst wohl!«

Es spaziert den anderen Arm hinunter und läuft zu einer Tonscherbe mit zwei Finger hoch Wasser.

»Hast du Durst?«

Acqua ohne *c*, denkt die Kleine. *Aqua aquae,* Substantiv der ersten Deklination. Sie lehnt den Hinterkopf an die Mauer und schließt die Augen. In der gewohnten Reihenfolge geht sie die Erinnerungen durch, Zimmer für Zimmer. Das erste: eigelbe Tapete, pfirsichfarbene Vorhänge, Schrank aus Wurzelholz, Messinggriffe, Kommode mit vier Schubladen und geflammter Marmorplatte. Auf der Platte Granatohrringe im cremefarbenen Stoffschächtelchen, Schildpattkamm, Bürste, Violetta di Parma. Dann das zweite, ihres: Tagesdecke mit Fransen, Fenster zur Gasse, Schreibtisch, Lampe mit bordeauxrotem Schirm, *Pinocchio, Herz, Die Tiger von Mompracem,* die alte Puppe, der ein Auge fehlt. Dann das dritte: geblümte Tischdecke, gesäumt mit Lochstickerei, die Hohlräume so groß wie die Spitze ihres Zeigefingers, wie gemacht, um ihn hineinzubohren. Bücher mit Rücken in allen Schattierungen von Grün und Braun. Reliefzeichnungen. Porzellanservice, Espressotässchen, Untertassen, Zuckerdose, der Deckel mit einem Griff in Form von …?

Sie hebt den Kopf, öffnet die Augen. Sie ist unsicher. In

Form von einer Eichel? Oder waren es zwei aneinandergelehnte Eicheln? Waren es überhaupt Eicheln? Es gelingt ihr nicht mehr, die Zuckerdose vor sich zu sehen. Unwillkürlich schluchzt sie. Der traurige Teil der Geschichte. Das Kätzchen dreht sich um und sieht sie an. Sie streckt sich zu der Tonscherbe hin und schöpft etwas Wasser in die hohle Hand. Es trinkt, spritzt ringsum alles nass.

»Morgen bringe ich dir frisches mit«, sagt sie, während das Wasser durch ihre Finger rinnt. Genau so, denkt sie, machen es die Dinge, wenn sie verschwinden, wenn sie sich entscheiden, sie zu verlassen, obwohl sie alle Anstrengungen unternimmt, um sie in Erinnerung zu behalten: Tropfen für Tropfen. An diesem Vormittag der Deckel der Porzellanzuckerdose.

»Genug jetzt mit dem Wasser, du musst fressen«, sagt sie und zupft wieder ein Bröckchen vom Brot ab. Das Kätzchen stupst es mit der Schnauze an. Mit der freien Hand streichelt sie ihm die seidenweichen Ohren. »So ist's fein.«

Das Zuschnappen des kleinen Kiefers, das leise Schmatzen. Dann läuten die Glocken.

»Ich muss jetzt los.«

Die Kleine legt den Rest des Brots neben das Wasserschüsselchen, steckt das Taschentuch ein und steht auf.

»Es ist nichts dabei, wenn ich in die Schule gehe. Es ist nicht gefährlich. Glaube ich.«

(Sie, nur sie. Die anderen bleiben im Waisenhaus.)

Sie kommt an einem Haufen Hausrat vorbei, bedeckt von jahrzehntealtem Staub, weicht einer Schubkarre aus, an der das Rad fehlt, huscht die Wand entlang bis zu der Treppe, die zur Tür führt, dreht sich prüfend um. Das Kätzchen scheint unentschieden, ob es fressen oder einer Taubenfeder hinterherjagen soll.

»Morgen komme ich wieder. Ich lass dich nicht allein.«

Sie schlüpft hinaus, schließt mit dem Schlüssel ab, den sie um den Hals trägt. Vor dem Eingang häuft sie das Zeug auf, das ihn tarnen soll: zuerst ein Brett, um den von der Feuchtigkeit morschen unteren Teil der Tür abzudichten, dann zwei aufgeschlitzte Reifen, eine verrostete Tonne, die Ranke eines Brombeerstrauchs. Sie sticht sich.

Die Kleine kann es nicht wissen, aber die Glocke hat längst geläutet, während sie an der Hand der Nonne geht. »Achte genau auf den Weg. Siehst du die Linde da? Siehst du die Piazza?«, sagt die Frau. »Präg's dir ein. Morgen gehst du allein hin.« Das Schulgebäude ist nur zwei Schritte vom Waisenhaus entfernt, und sie, sagt die Frau, ist »eine Signorinetta«.

Sie heißt Giuliana – Suor Giuliana –, aber ihr wahrer Name ist Giacinta. Das hat die Kleine entdeckt, als sie zufällig ein Gespräch zwischen Giuliana/Giacinta und der Mutter Oberin mithörte. Seitdem fragt sie sich, was daran falsch ist, Giacinta zu heißen. Und ob auch die anderen Nonnen gezwungen waren, ihren Namen abzulegen.

Suor Giuliana geht schleppend, denn sie ist alt, wenn auch nicht so alt, wie die Kleine denkt. Für sie haben das fortgeschrittene Alter, die asketische Magerkeit, die papierne Haut und der von der Guimpe umschlossene welke Hals etwas Uraltes und Tröstliches, wie der Schatten eines tausendjährigen Baums. Ein Eindruck von Milde, dank dem Suor Giuliana ihr von Anfang an keine Angst gemacht hat wie die anderen. Suor Lucia, die einen in den Arm kneift. Suor Francesca, die nach Knoblauch stinkt und herumschreit. Suor Caterina, die wegen nichts zu weinen anfängt, und mehr als alle anderen Madre Ferrari, die Oberin mit ihrem mörderischen Schweigen. Der Ranzen stößt derweil gegen ihre knochigen Schulterblätter. Die Kleine denkt, dass sie die Riemen enger schnallen muss. Der Ranzen ist noch so ein Privileg, genau wie zur Schule zu gehen.

»Von Montag bis Samstag«, sagt Suor Giuliana. Ganz klar ist der Kleinen dieses Privileg nicht, da sie keine Ahnung hat, wie eine echte Schule eigentlich aussieht, also von innen, oder wie sie funktioniert, und so malt sie es sich aus: Übungen im Hof mit Reifen und Keulen. Im Chor singen. *Maramao perché sei morto, Il pinguino innamorato, Giovinezza.* Sachen, die man ihr erzählt hat.

Die richtige Treppe ist die rechts, darüber steht »Mädchenabteilung«, und der Eingang oben ist weit offen. Das Maul des Riesenhais von *Pinocchio*. Der Flur – der gluckernde Bauch des Seeungeheuers – kommt ihr unendlich lang und unendlich hoch vor, erstaunlich: der Fußboden aus farbigen sechseckigen Kacheln, die Reihe geschlossener Türen, die strengen Schilder darüber, die Geräusche, die sich bei jedem Schritt unentwirrbar vermischen. Schreie, Flüstern, Gelächter, Gejammer, trockene Schläge. Sie möchte sich gern an die Mauer lehnen, zwischen den an Kleiderhaken aufgehängten Jacken verschwinden, doch Suor Giuliana hinkt weiter den Gang entlang und strebt direkt auf die düstere Kammer des Direktors zu. Er ist ein Priester, und das hat die Kleine nun wirklich nicht erwartet.

Während die Erwachsenen sich etwas abseits unterhalten, mustert sie die kahlen Wände, sieht die Spuren von Schränken, Bücherregalen, Bildern, die wer weiß wo abgeblieben sind. Hinter dem großen, dunklen Tisch hängen ein schwarzes Kruzifix und ein Wandbord, das neu zu sein scheint, das Holz poliert, und darauf mehrere ausgestopfte Vögel, jeder mit einem Etikett und dem wissenschaftlichen Namen. Drei davon kann sie sich merken, bevor sich die Erwachsenen wieder ihr zuwenden; *Falco tinnunculus, Coloeus monedula, Sylvia atricapilla.*

»Gefallen sie dir?«, fragt der Direktor plötzlich. Eine schrille Stimme, fast ein Trillern. »Sie sind meine Leidenschaft. Hast du auch eine Leidenschaft?« Die Kleine antwortet nicht. Sie weiß nicht, ob die Vögel ihr gefallen oder sie anekeln. »Setz dich.« Er schiebt einen Stuhl an den Tisch. Dann schreibt er etwas auf ein kariertes Blatt und schiebt es ihr zusammen mit dem Federhalter hin.

Die Kleine erstarrt. Der Mann hinter ihr macht sie befangen. Ihre Hände beginnen zu schwitzen. Sie zieht die Schultern hoch und betrachtet das Blatt. Eine Addition mit Kommazahlen und eine Multiplikation mit zweistelligen Zahlen. Sie löst die Aufgaben rasch, will es hinter sich bringen, will heraus aus diesem unerwarteten, lästigen Engpass, den sie an diesem Vormittag offenbar passieren muss.

»Nun Geometrie. Schreib: *Aufgabe*. Absatz. *Berechne.*«

Sie hat den Eindruck, dass der grimmige Blick des Direktors ihre Finger in Brand steckt. Sie säubert die Feder mit Löschpapier, legt sie kurz ab, trocknet ihre Hände am Revers des Mantels und schreibt dann weiter.

»Also: *Berechne die Fläche eines quadratischen Felds, dessen Seiten 42 Meter messen*. Los, mach schon.«

Sie atmet tief durch, zählt die Karos auf dem Blatt, kaut an ihrer Unterlippe und zeichnet ein exaktes Quadrat. Neben eine der Seiten schreibt sie *42 m,* beginnt eine neue Zeile und schreibt in die Mitte *Vorgehensweise,* in die nächste Zeile setzt sie die Aufgabe *42 × 42,* darunter schreibt sie *Ergebnis* und darunter *1764 Quadratmeter*.

Suor Giuliana sieht den Direktor an, als wollte sie sagen: »Hab ich's Ihnen nicht gesagt?«

Auch beim Diktat, bestehend aus sechzehn Wörtern, zwei Kommas und einem Fragezeichen, macht die Kleine keine Fehler. Die Schrift ist ordentlich und angenehm.

Der Direktor sieht die Nonne an, dann sie. Er schreibt zwei Zeilen auf ein Blatt, faltet es zusammen und reicht es ihr. »Das gibst du Maestra Gilla, deiner Lehrerin«, sagt er. Suor Giuliana ermutigt sie mit Blicken. Der Direktor lässt eine Schuldienerin rufen, die sie in die Klasse begleiten soll.

Der Zettel des Direktors in ihrer Hand hat etwas Lebendiges, Unangenehmes, als hielte sie ein Insekt an den Flügeln. Die Kleine würde gern wissen, was darauf geschrieben steht, bevor sie ihn Maestra Gilla aushändigt, traut sich aber nicht, nachzuschauen. Also hält sie ihn etwas von sich weg, während sie hinter der Schuldienerin hergeht.

»Mach schon«, knurrt die Frau, als sie die Treppe zum ersten Stock in Angriff nehmen. Sie ist kantig, die Figur, der Schritt, der Ton. Sie heißt Antonia.

»Ich hab keine Zeit für Nachzüglerinnen!« Und dann noch: »Gleich am ersten Tag zu spät zu kommen!«

Der Flur gleicht aufs Haar dem im Erdgeschoss, sechseckige Kacheln, hohe Fenster zu der großen Piazza, die sie an der Hand von Suor Giuliana überquert hat, die gleiche Reihe von Türen mit Schildern darüber, die gleichen unverständlichen Geräusche. Die Schuldienerin Antonia strebt mit kämpferischem Eifer voran, mit hysterischen Trippelschritten und rasselndem Schlüsselbund, den sie am Gürtel trägt.

»3A. 3B. 3C. 3D. Merk's dir! Leute, die sich verlaufen, können wir hier nicht gebrauchen!«, sagt sie, ohne sich umzudrehen. Am Ende des Korridors biegt sie scharf rechts ab, die Schlüssel klirren unwiderruflich, und es ist, als befehle sie *rechts-marsch-marsch*!

Noch mehr Türen.

»4A! 4B!«

Jetzt gehen die Fenster zur Straße hin, und die Kleine sieht die Umrisse des Waisenhauses.

»4C! 4D! Aufgepasst! Hier sind die Fünften!«

Sie sieht die langen schwarzen Äste der Zeder, wie Arme ausgestreckt.

»5A! 5B!«

Sie sieht den Eingang zum Hof. Dort, irgendwo im Dunkeln, stellt sie sich die Katze vor.

»5C!«

Die Traurigkeit ist ein Spinnennetz, das sie erst umschmeichelt und dann gefangen nimmt. Unterdessen hat die Schuldienerin Antonia die geschlossene Tür der 5D erreicht. »Komm her!«, schreit sie flüsternd.

Mit gesenktem Kopf stellt sich die Kleine neben sie. Die Frau zeigt auf die Kleiderhaken. »Beeil dich! Ich hab nicht den ganzen Vormittag!« Während die Kleine den Mantel ablegt und die blaue Schleife wie eine zerdrückte Blume baumelt, klopft die Frau, wartet nicht auf Antwort, öffnet die Tür, schiebt die Kleine hinein und schließt sie sofort wieder, mit einem dumpfen Schlag.

Dreiundzwanzig Augenpaare sind auf sie gerichtet. Das ist der schlimmste Moment. Der Zettel des Direktors beginnt zwischen ihren Fingern zu zittern.

Dreiundzwanzig Augenpaare plus das der Lehrerin, Maestra Gilla, die das Blatt an sich nimmt und schweigend liest. An ihrer rechten Wange zuckt ein Muskel, das sehen alle. Alle. Sechsundvierzig weibliche Augen.

»Setz dich dorthin«, sagt die Lehrerin und deutet auf den einzigen leeren Platz. Eine Bank in der ersten Reihe, der freie Platz ist neben dem Fenster. Die Klassenkameradin steht auf, damit sie durchkann. Sie stellt den Ranzen auf den Boden, rutscht hinein, merkt, dass sie etwas falsch gemacht hat, für den Ranzen gibt es eine Halterung, daher steht sie wieder auf, verstaut den Ranzen, schlüpft zurück auf die Bank und sieht aus dem Augenwinkel, dass die Kameradin zwei Hefte vor sich hat und den Federhalter in der Hand hält. Also steht sie erneut auf, um aus dem Ranzen die Sachen zu holen, die sie braucht. Gemurmel. Gekicher. Die Kleine wird feuerrot, und auf einmal ist das der schlimmste Moment.

»Ruhe!«, mahnt Maestra Gilla. Sie tut so, als merke sie nichts von dem ganzen Hin und Her, und fährt mit ihrer Erklärung an der Tafel fort. Bruchrechnen.

Die Kleine schlägt die erste Seite ihres karierten Hefts auf. Sie schreibt alles mit, was die Lehrerin diktiert, obwohl es unnötig ist, die Bruchzahlen kennt sie schon. Auch kann sie 3/4 in eine Dezimalzahl verwandeln. 0,75. Und sie weiß, dass 4/5 8/10 entspricht, was wiederum 0,8 entspricht. Nach dem Bruchrechnen braucht sie das linierte Heft. Ein Diktat. Danach ein Aufsatz mit dem Titel *Mein Willkommensgruß für den Herbst.*

»Ihr habt eine Stunde Zeit«, sagt die Lehrerin.

Die Kleine entspannt sich allmählich. Das Thema gefällt ihr. Sie füllt vier dicht beschriebene Seiten. Ohne Flecken. Sie schreibt, im Herbst verfärben sich die Blätter und werden *goldgelb,* manche auch *rubinrot.* Die Esskastanien schmecken süß *wie Honig.* Da sie ein Gedicht des berühmten Dichters Giosuè Carducci auswendig kann, das ihr passend erscheint, beschließt sie, es zu benutzen. Sie schreibt: »… über unwirtlichen Hügeln steigt der Nebel im leichten Regen, und auf den Straßen riecht man das Gären der Bottiche und den herben Duft der Weine«.

Die Lehrerin geht währenddessen zwischen den Bänken durch. Sie gibt Hinweise, verteilt Bleistifte und Hefte von der Fürsorge. Bei ihr bleibt sie nicht stehen.

Unter den Aufsatz schreibt die Kleine »Ende«, dann schaut sie aus dem Fenster. Sie erkennt, welche Form das Schulgebäude hat. Es gibt einen mittleren Trakt (der längere Flur, den sie im Erdgeschoss mit Suor Giuliana und im ersten Stock mit der Schuldienerin Antonia entlanggegangen ist) und zwei hufeisenförmig angeordnete Seitenflügel. Am Ende eines dieser Flügel befindet sich die 5D und ihre Bank. Die Fenster auf der gegenüberliegenden Seite zu zählen ist, als blicke man in einen Spiegel. Unten der weite Hof mit zwei gleichen Treppenaufgängen, die an Wettläufe auf den Stufen und an Ballspiele denken lassen.

Beim Pausenläuten entdeckt sie, dass man aufstehen darf,

wenn man will, man kann sich zu zweit zusammentun und Hände klatschen und dabei »Ich heiße Lola / und komm aus Thule, / zum Italienischlernen / geh ich zur Schule« singen oder einen Kreis bilden und »Ringelringelreihen« singen oder auf die Toilette gehen oder auch einfach an seinem Platz sitzen bleiben, um zuzuschauen, was die anderen machen. Sie sieht, wie Maestra Gilla eine Klassenkameradin ans Pult ruft und ihr einen Apfel schenkt. Sie sieht, wie ihre Banknachbarin die Tischplatte aufklappt und ein Tütchen und ein kleines Päckchen herausholt, das eine halbe gekochte Kartoffel enthält. Die Kleine hat nicht den Mut nachzuschauen, ob in ihrem Ranzen etwas zu essen ist.

Nachdem die Banknachbarin die kalte Kartoffel ungeschält verschlungen hat, greift sie in das Tütchen und stopft sich eine Handvoll Kürbiskerne in den Mund. Ihr bietet sie keine an. Sie ist ziemlich hässlich. Schiefe Zähne, stumpfe Augen, hängende Schultern. Sie macht Rechtschreibfehler, und von Bruchrechnen hat sie keinen blassen Schimmer. Ihr Ausdruck ist nicht intelligent, und sie riecht ein bisschen nach Zwiebel, aber nicht mehr als die Mädchen, mit denen die Kleine nachts den Schlafsaal teilt. Und sie selbst riecht ja auch nach Zwiebel, glaubt sie.

Während des restlichen Vormittags wird nicht im Chor gesungen, und man geht auch nicht in den Hof, um Übungen mit Reifen und Keulen zu machen. Stattdessen malt man ein Bild mit frei wählbarem Sujet, aber ebenfalls zum Thema Herbst. Sie malt drei Kastanien mit Schale. Eine offen, eine zu, eine halb aufgeplatzt. Ihre Nachbarin malt einen Ofen. Dann folgen vier Geometrieaufgaben, und zum Schluss betet man das *Engel Gottes*. Sie kennt es. Die Nachbarin deklamiert mit heller Stimme, sie bewegt nur die Lippen im Rhythmus.

Bevor sie sie verabschiedet, bittet die Lehrerin alle, »in Schönschrift« ihren Vor- und Nachnamen auf das Deckblatt des karierten Hefts zu schreiben. Eine nach der anderen sollen sie das Heft zum Pult bringen. Am Nachmittag, sagt die Lehrerin, wird sie die gemachten Übungen korrigieren.

Ihre Banknachbarin schreibt: »Piombo Maria Luisa«. Sie schreibt nichts. Als sie an der Reihe ist, tritt sie aus der Bank und legt ihr Heft oben auf den Stoß.

»Dein Name?«, fragt die Lehrerin.

Die Kleine schüttelt den Kopf.

Wieder Gekicher.

»Ruhe!« Die Lehrerin blättert das Heft durch und sieht, dass alle Übungen gemacht sind. Sanft ermahnt sie sie: »Du musst deinen Namen auf das Deckblatt schreiben, woher soll ich sonst wissen, dass es dein Heft ist?« Sie lächelt.

Der Ausdruck der Kleinen dagegen ist angespannt, dunkle Iris, Ringe unter den Augen. Maestra Gilla kommt es vor, als stünde ein wildes Tier vor ihr.

»Diesmal lass ich es dir durchgehen, weil es der erste Tag ist. Aber in meiner Klasse mache ich keine Ausnahmen. Und damit du es weißt, Privilegien hasse ich.« Dann zieht sie den Zettel des Direktors aus der Tasche, liest ihn noch einmal, steckt ihn wieder ein, taucht den Federhalter in die Tinte und schreibt auf das Deckblatt des Hefts:

Francesca Pellegrini

Die Augen der Kleinen durchzuckt ein Leuchten.

Privilegien

Die Kleine genießt viele Privilegien.

Ein Weißmehlbrötchen zum Frühstück, zum Mittag- und zum Abendessen.

Am Sonntag etwas Süßes aus der Konditorei. Gewöhnlich wählt sie einen Rosinenzopf oder ein Gebäck aus Zucker, Eiweiß und Mandelmehl mit kandierter Kirsche.

Huhn oder Kaninchen zweimal pro Woche.

Hustensaft (nur im Winter).

Lederschuhe in ihrer Größe (ein Paar).

In die Schule gehen.

Den Ranzen mit den Büchern, den Heften, zwei Federn und Löschpapier. Den Tintenvorrat. Den Zirkel in einem mit lila Seide ausgeschlagenen Etui.

Sich im Waisenhaus und im Hof fast überall frei bewegen zu dürfen. Verboten sind nur die Privaträume der Nonnen und die Speisekammer.

Befreiung von der Teilnahme an Beerdigungen, Prozessionen, Festen und Zeremonien, während die anderen in Uniform und nach Größe geordnet in Sechserreihen dabeistehen müssen.

Statt des grauen Kittels ihre eigenen Kleider zu tragen. Schade, dass einige ihr nicht mehr passen. Deshalb trägt sie den Mantel, der zwei Nummern zu groß ist.

Nicht alle Privilegien sind ihr sofort zugestanden worden. Am Anfang war es hart.

Erster Schultag

3

Den ganzen Vormittag über verliert Gilla die Nachzüglerin nicht aus den Augen. Sie bemerkt, dass die Kleine aufmerksam zuhört, ordentlich schreibt, fleißig die gestellten Aufgaben löst. Dass sie in der Pause nichts isst und mit niemandem spricht. Dass sie am Ende des Unterrichts ihre Sachen im Ranzen verstaut, beim Kommando in Ruhe auf den Korridor hinausgeht, ihren Mantel zuknöpft, ihre Banknachbarin an der Hand nimmt und schweigend in der Zweierreihe wartet.

Gilla stellt sich neben die Schlange und richtet es so ein, dass sie knapp hinter ihr steht. Beim Läuten der Glocke durchläuft die Gruppe ein Zucken. Sie sieht, wie die Kleine losgeht, ohne zu drängen oder die anderen zu schubsen, die Treppe hinuntersteigt, ohne zu rennen, und die Hand ihrer Gefährtin erst loslässt, nachdem sie durch die Tür der Mädchenabteilung gegangen sind. Sie sieht, wie die beiden sich mit einem Kopfnicken verabschieden.

Gilla bleibt auf der Schwelle stehen, während die Mädchen und Kolleginnen nach Hause strömen. Sie erkennt die Kleine im Gewimmel der Piazza, der Ranzen hüpft auf ihrem Rücken, die straff geflochtene Schnecke im Nacken.

Eine alte Nonne flüstert ihr etwas ins Ohr. Das ist der Moment, denkt Gilla. Sie kneift die Augen zusammen, sieht, wie die Kleine nickt und die Schnecke auf und ab wippt.

Ist das möglich?, ruft sie innerlich aus und zieht zum zweiten Mal den Zettel des Direktors aus der Tasche.

Francesca Pellegrini, 10 Jahre.
Seit Januar im Waisenhaus Sant'Anna.
Sehr gut in Orthografie, Schönschrift, Arithmetik, Geometrie.
Spricht nicht.

Was bedeutet »spricht nicht«? Gilla hebt den Blick, Nonne und Kind sind verschwunden.

1938–1939

Genua, 14. Mai 1938

Gilla ist vierzehn Jahre alt. Aufgeregt im Gedanken an den Tag, der sie erwartet, ist sie schon beim Erwachen quirlig wie Quecksilber. Sie erledigt alles in Windeseile, Toilette und Frühstück, und ist dann viel zu bald ausgehbereit. Also schließt sie sich gestiefelt und gespornt in ihrem Zimmer ein, um sich im großen Spiegel zu betrachten.

Sie prüft, ob der Knoten der schwarzen Krawatte richtig gebunden ist (was für ein toller Kontrast zu dem leuchtenden Weiß der Pikeebluse!). Sie rückt die ebenfalls schwarze Mütze zurecht, damit sie weich auf den zu Locken gedrehten kastanienbraunen Haaren sitzt. Sie lächelt zufrieden. In Uniform gefällt sie sich sehr. Sie spitzt die Lippen zu einem stummen Kuss. Dann begutachtet sie ihren Busen. Die Rundungen unter dem Stoff geben ihrer Figur etwas Anmutiges, findet sie. Sie prüft die Knie, wie sie zwischen dem Saum des Faltenrocks und dem Bündchen der weißen Kniestrümpfe herausschauen. Kerzengerade! In ihren Riemchenschuhen stellt sie sich auf die Zehenspitzen und macht eine Dreivierteldrehung, um die Wirkung von hinten zu betrachten.

»Gilla, beeil dich, es ist Zeit!« Die Stimme der Mutter hinter der Türe.

Sie stürmt hinaus, unterwegs zur Schule, aber ohne Bücher und Hefte, denn heute findet kein Unterricht statt, und man geht direkt zum Appell. In den Tagen davor haben sie im Hof immer wieder die Lieder geprobt, den Schritt, den Gruß mit gestrecktem Arm, Hunderte synchron zum Himmel gereckte, strahlend weiße Pfeile. Zum Himmel, der heute blendend hell leuchtet.

Der Regierungschef, Seine Exzellenz Cavalier Benito Mussolini, kehrt zwölf Jahre nach seinem ersten Besuch in die Stadt zurück, doch daran denkt Gilla nicht, während sie mit den Klassenkameradinnen die Via XX Settembre hinuntergeht, geschmückt mit langen Schwalbenschwanzbannern, auf denen »Duce« steht und »A noi«, im Hintergrund die fröhlichen Willkommenssirenen vom Hafen und eine freudig jauchzende Trompete. Jetzt ist der Sommer da, denkt Gilla. Der Faltenrock. Die Zöpfe einer Kameradin, einfach *bildhübsch*. Das lustige Getrappel auf den alten Pflastersteinen. Wie Tanzschritte. Sorglos lacht und scherzt sie mit den anderen, die Lehrer sind ja weit weg. Sie lacht und scherzt auch auf der Piazza della Vittoria, in dem Sektor, der ihnen von der Stadtverwaltung zugewiesen wurde. Ein neuer, moderner, glänzender Platz. Marmor und elegante Blumenbeete, wo vorher ungepflegter Rasen war. Sie lacht bei der Reihe von Statuen, die zu dieser Gelegenheit aufgestellt wurden, beim Wehen der Fahnen im Wind. Sie lacht, weil sie vierzehn Jahre alt ist. Sie lacht, aber vor Staunen, angesichts der imposanten Bühne in Form eines Bugs. Ein meterhoher künstlicher Schiffsrumpf, bereit, in See zu stechen, unter dem die Menge einem Meer gleich anschwillt und harmonisch wogt, elektrisierend. Und irgendwann übertönt die Musik alles, selbst die Sirenen, selbst die Siegersalve der Artillerie, auch das Gelächter. Hunderte von Blockflöten, Pikkoloflöten, Klarinetten, Oboen, Fagotte, Trompeten, Posaunen, Flügelhörner, alle Blaskapellen der Stadt. Dann Stille. Unfassbare Stille. Auf dem Bühnenbug spricht ein Mann in Uniform. Metallische Stimme aus den Lautsprechern. Aufschrei. *Du-ce, Du-ce, Du-ce.* Und in diesem Augenblick, am Höhepunkt der Begeisterung, tritt Benito Mussolini an die Reling des Bugs. Auch er in Uniform, mit Handschuhen und Orden an der Brust. Noch mehr Beifall. Gilla spürt, wie die Wärme der nahen Körper sie einlullt, fortträgt, hochhebt. Sie schreit, wenn die anderen schreien, seufzt, wenn die anderen seufzen. Sie bemüht sich aber auch aufzupassen. Sie weiß, dass das morgen in der Schule thematisiert wird. Doch die Worte Benito Mussolinis verwehen im Wind. *Frankreich. Engländer. Reich.* Hinauf, hinauf, wie Vögel im Aufwind. *Sanktionen. Achse. Flotte. Werften. Frieden für alle.* Fern, immer ferner, in einem Flügelschwirren. *Bewaffneter Friede.*

Es kostet Gilla große Anstrengung, den Faden nicht zu verlieren, und sie schweift ab. Sie erwidert das Zwicken einer Kameradin, kichert mit einer anderen, während sie einem achtzehnjährigen Avantgardisten zublinzelt, der sie unverwandt anschaut. Sie hat so viel Spaß, dass es ihr vorkommt, als dauerte die lange Rede, von der sie so gut wie nichts versteht, nur einen Augenblick, und schon löst sich die Versammlung auf, das Fest ist zu Ende, und es wird Zeit, nach Hause zu gehen.

KÖNIGLICHES GESETZESDEKRET

5. SEPTEMBER 1938 XVI, NR. 1390

Maßnahmen zum Schutz der Rasse in der faschistischen Schule

ART. 1

Zum Lehramt in den staatlichen oder parastaatlichen Schulen aller Orientierungen und Stufen (...) können Personen jüdischer Rasse nicht zugelassen werden (...)

ART. 2

An den Schulen aller Orientierungen und Stufen (...) können Schüler jüdischer Rasse nicht eingeschrieben werden.

ART. 3

Ab dem 16. Oktober 1938 werden alle Lehrer jüdischer Rasse, die in den im vorstehenden Art. 1 angesprochenen Schulen dem Lehrkörper angehören, vom Dienst suspendiert (...)

5. September 1938 – Anno XVI

VITTORIO EMANUELE

MUSSOLINI – BOTTAI – DI REVEL

Abram Sacerdoti

Der Lehrer Abram Sacerdoti, dreiunddreißig Jahre alt, ist beim Einwohnermeldeamt von Casale Monferrato als Sohn von Giosuè und Livia Zargani, beide »jüdischer Rasse«, registriert. Für das italienische Gesetz gilt daher auch er selbst als Jude.

Was immer das bedeutet, denkt er am Montagmorgen, dem 19. September 1938, dann trinkt er rasch den letzten Schluck Malzkaffee, steht vom Küchentisch auf und geht hinüber ins Wohnzimmer.

Nach Osten ausgerichtet, ist das Zimmer um diese Zeit mitten im Licht. Abram Sacerdoti schiebt die Vorhänge beiseite und öffnet das Fenster. Zwei Stockwerke weiter unten Getrappel auf dem Straßenpflaster, Rufe der Verkäufer, Rasseln von Karren. Er atmet tief ein. Im Mund den süßlichen Geschmack von fast weißem Brot und Kirschmarmelade. Noch einmal atmet er tief ein. Mit den Händen streicht er sich über die Brust. Das Hemd duftet nach Waschmittel und spannt über dem Bauch. Eine Neuigkeit, die ihn nicht beunruhigt, im Gegenteil. Alle Sacerdotis sind beleibt, und der Wulst über dem Gürtel dient dazu, der Welt mitzuteilen: »Ich bin ein Mann!«, »Erwachsen!«, »Familienoberhaupt!«

Er lächelt. Dass die Familie zufällig »jüdischer Rasse« ist, scheint ihm gänzlich belanglos zu sein angesichts seiner ungeheuerlichen, verblüffenden Situation als Ehemann und Vater. Fünf Jahre sind seit dem Hochzeitstag vergangen (der gestickte Baldachin; der Schmuck in Granatapfelform; der Ring, der seiner Mutter Livia gehört hatte, am Zeigefinger der Braut; das festlich klirrende Splittern des Kelchglases unter dem Absatz); drei Jahre seit der *Zeved habat* seiner Tochter Ester *(Püppchen, Mäuschen, Böhnchen, Ferkelchen, Hexlein. Mögest du bei guter Gesundheit in Frieden und Ruhe aufwachsen),* und der Lehrer Abram Sacerdoti kann noch immer nicht glauben, dass ein solches Glück ausgerechnet ihm zuteilgeworden ist. Ihm, der Tag für Tag, Jahr für Jahr fester davon überzeugt gewesen war, dass ihm eine einsame, kontemplative Existenz bestimmt sei. Theoreme, Ableitungen, Integrale, Logarithmen und Kurvendiskussionen. Das Leben ..., sagt er sich, ohne die Überlegung zu Ende zu führen, umfasst aber damit die Fülle der letzten Jahre *(ein Federkissen, ein Schälchen Schlagsahne)* und gewiss auch die Aufregung der letzten Wochen und das Gesetz Nr. 1390. Er atmet noch einmal tief ein, dann schließt er das Fenster und tritt an den Tisch.

Was die Sache mit der »jüdischen Rasse« betrifft, kann er nicht behaupten, dass er *wirklich* besorgt wäre, nein. Als Mathematiklehrer am städtischen Gymnasium, gleichgültig in Sachen Religion und treuer Anhänger der wissenschaftlichen Methode, ist er jedoch *wirklich* verärgert darüber, welch ungeheuren Zeitverlust ihm dieses neue Gesetz verursacht.

Vor einigen Tagen, als sich der Unterrichtsbeginn näherte, fing er an, die Dokumente zusammenzusuchen, die er für nützlich hält, um sie dem Direktor vorzulegen. Diese Operation hat ihn ganze Nachmittage gekostet, an denen er Ordner durchforstete, Schränke erkundete, Schubladen leerte. Momentweise hatte er dabei den Eindruck, als erfahre er bei sich zu Hause, im zweiten Stock der Via Balbo 21, die Stichhaltigkeit der Heisenberg'schen Unschärferelation, denn es erwies sich als unmöglich, Dinge in die Hand zu bekommen, von denen er sicher, absolut sicher war, sie wenigstens ein Mal im Leben gesehen zu haben. »Ritaaa!«, brüllte er dann.

Rita – Margherita, geborene Segre, verheiratete Sacerdoti, neunundzwanzig Jahre, Tochter von Emilio und Sara Levi und dem Gesetz nach ebenfalls jüdisch – verdrehte die Augen zum Himmel.

»Rita, ich sag's dir, es ist nicht zu finden. Weitersuchen zwecklos. Ich gebe auf!«

Dann unterbrach Margherita Segre das, was sie gerade tat, und ging zu ihrem Mann ins Arbeitszimmer. »Wo soll es schon sein«, sagte sie. »An seinem Platz natürlich!«

Der Lehrer Abram Sacerdoti hat eben vielfältige Interessen und zahlreiche Schüler, und die Hausaufgaben, die korrigiert werden müssen, sammeln sich häufig an, geraten durcheinander und verlieren sich zwischen den klassischen Physikbüchern, den Aufzeichnungen über Quantenmechanik, den Studien über Elektromagnetismus, den Artikeln über die neuesten Entwicklungen der Geometrie, der großen Liebe des Lehrers Sacerdoti, und den alten Skripten aus dem Studium. Daraus erwächst eine Unordnung, die seine Frau, von klassischer Bildung, »Chaos« nennt und er »Entropie«.

Das Ergebnis der ganzen Hektik ist jetzt in Sicherheit auf dem Wohnzimmertisch. Sechzehn Dokumente, die beweisen – »unumstößlich, Rita« –, dass es wahrhaft töricht wäre, den Lehrer Abram Sacerdoti vom Dienst zu suspendieren. Verstaut in einer Mappe aus Saffianleder, einem Geschenk seiner Eltern zum Hochschulabschluss. Eine prachtvolle Mappe mit vergoldetem Verschluss in Form eines Löwenkopfs und einem kleinen Schlüssel, den der Lehrer Abram Sacerdoti bis zu diesem Augenblick nie gebraucht hat. Wo der wohl hingekommen ist?, fragt er sich stumm. Dann: »Ritaaaa!«

Statt seiner Frau stürmt die Tochter Ester ins Wohnzimmer. Barfuß, mit gelbem Schürzchen und darüber ein Lätzchen mit roten Flecken. »Itaaa! Itaaaa! Itaaaa!«, wiederholt sie.

»Hau ab, du Schmierfink!«, antwortet er. »Hexlein! Ferkelchen! Finger weg, du!«, fügt er hinzu, legt die Hand auf die Mappe und macht ein finsteres Gesicht.

Die Kleine lacht mit einem Mund voller Zähnchen, Speichel und Kirschmarmelade. »Heslein Fekeleee!«, ruft sie, reißt die Augen auf und schüttelt die offenen Hände Richtung Tisch.

Abram Sacerdoti packt sie unter den Achseln und schwenkt sie durch die Luft. »Flieg, Vöglein, flieg!« Die Kleine stößt glückliche kurze Schreie aus, legt sich die Hände auf die Wangen, dann schmiert sie seinen Bart voll.

»Du bist schlimmer als die Kleine!« Margherita stürzt herein und reicht ihm ein Taschentuch. »Willst du etwa so zum Direktor gehen!«

Abram Sacerdoti stellt die Tochter auf den Boden und

wischt sein Kinn ab. Die Kleine leckt sich die Lippen und die Fingerspitzen.

»Der Schlüssel für die Mappe ist verschwunden«, sagt er ernst.

Die Kleine schaut von einem zur anderen.

Margherita nimmt sie auf den Arm, geht zur Kommode im Flur, öffnet mit der freien Hand den Deckel, kramt in einer Schachtel und kommt mit einem Schlüsselchen mit Griff in Kleeblattform zurück.

»Ich möchte bloß wissen, wie zum Teufel der da hingekommen ist!« Er nimmt ihn und steckt ihn in das Schloss.

Margherita verdreht die Augen zum Himmel. Im Gegensatz zu ihrem Mann ist sie durchaus besorgt. Die Volkszählung Ende August, diese schreckliche Zeitschrift, *Die Verteidigung der Rasse*. Und vor zwei Tagen hat die Zeitung *Il Monferrato* auch den Namen ihres Mannes genannt unter den »jüdischen Lehrern, die vom Dienst entbunden sind«.

»Sein Platz! Sein Platz!!!«, kreischt Ester derweil freudestrahlend.

Dokumente in der Saffianmappe

Abiturzeugnis von Abram Sacerdoti mit lobender Erwähnung, datiert vom 13. Juli 1923.

Abschlussdiplom in Mathematik (Universität Turin, Akademisches Jahr 1926–27, Naturwissenschaftliche Fakultät, Benotung 110/110 magna cum laude).

Auszug aus der Doktorarbeit in Differenzialgeometrie der mehrdimensionalen Räume.

Belobigung des Doktorvaters, Professor Alessandro Terracini, datiert vom 27. Juni 1927.

Urkunde über die uneingeschränkte Entlassung als Offizier auf Zeit des Königlichen Heeres mit Erwähnung der »guten Führung« und des mit »Treue« und »Ehre« abgeleisteten Dienstes, datiert vom 16. Oktober 1929.

Dankesbrief an den Herrn Lehrer Abram Sacerdoti von den Schülern Alfieri Niccolò (Jahrgang 1912), Re Carlo und Barbero Giovanni (Jahrgang 1914), Gribaudo Lorenzo (Jahrgang 1918), Ferraro Attilio (Jahrgang 1919). Alle mit Abschlusszeugnis mit Bestnoten.

Drei Belobigungen des Rektors persönlich.

Heiratsurkunde (12. April 1933).

Geburtsurkunde von Ester Sacerdoti (7. Juni 1935).

Mitgliedsausweis der National-Faschistischen Partei.

Giosuè Sacerdoti

Mit diesem einzigen, schmalen Eingang an der Hauptstraße und dem abblätternden Lack des Türstocks ist das Stoffgeschäft von Giosuè Sacerdoti entschieden trist.

Drinnen verbirgt der Schleier des Grauen Stars dem Besitzer den Staub auf den Regalen, von den unteren Fächern bis zur Decke, einem Tonnengewölbe, das eher zu einer Cantina passen würde als zu einem Modegeschäft.

Draußen das alte, verblasste Schild, auf Glas gemalt mit eleganten gelb-schwarzen Buchstaben im floralen Stil:

STOFFE AUS ALLER WELT

Und darunter ein von Hand hingekritzelter Zusatz:

HEIMISCHE STOFFE

Die Schaufensterauslage ist seit Jahren unverändert. Drei Bahnen glänzender Rayon und ein paar Stoffmuster, Leinen, Hanf und patriotisches Lanital. Und für den Besitzer unsichtbare Fliegenkacke. Sonst nichts.

Im Laden selbst findet man auch noch echten Wollstoff und einen kleinen Vorrat an indischen Baumwollstoffen, britische Importware. Ideal für *Tallit* guter Qualität, Gebetsmäntel, die lange halten, erzählt der Besitzer denen, die es hören wollen. Aber die Kunden, die sich Luxusanschaffungen leisten können, gehen woandershin. Zum Beispiel in das nahe gelegene, große Kaufhaus. Das ist hervorragend sortiert, vier Schaufenster zur Hauptstraße und zwei zur Gasse. Prächtig gekleidete männliche und weibliche Schaufensterpuppen, Stoffe in allen Schattierungen, azurblau, hellblau, indigo, dunkelblau, königsblau, marineblau, ultramarinblau, nachtblau. Herrenstrümpfe aus mercerisiertem Baumwollgarn und Seidenstrümpfe für die Damen.

Giosuè Sacerdotis Kundschaft dagegen ist immer dieselbe: alte Frauen, die sich kratzige Nachthemden und Unterröcke nähen, die niemand zu Gesicht bekommt. Hausfrauen mit zu vielen Kindern. Aber das besorgt ihn nicht. Um die Kundin zufriedenzustellen, schickt er sie manchmal selbst zur Konkurrenz. »Immer geradeaus, drei Minuten zu Fuß, Sie können es nicht verfehlen.« Seit beide Söhne etwas geworden sind, Raffaele Rechtsanwalt, Abram Lehrer, findet er seine täglichen Einnahmen für sich allein mehr als ausreichend.

Am 19. September 1938 verlässt Giosuè Sacerdoti wie gewohnt gleich nach dem Frühstück die zwei Zimmer, die er im ersten Stock der Via Balbo 21 bewohnt, und macht sich auf den Weg zu seinem Geschäft.

Beim Wachwerden hatten die aufgeregten Schritte seiner Enkelin Ester im Stockwerk über ihm die düsteren Schatten der Nacht sofort verscheucht. Seit Langem ist sein Schlaf nur noch kurz und mühsam, Melancholie und Wehmut halten ihn wach.

Der Tag kündigt sich frühlingshaft an. Der Himmel zwischen den Gesimsen ist *kornblumenblau*. Von der Wohnung zum Laden sind es zehn Minuten, ein angenehmer Spaziergang, hauptsächlich unter den Arkaden der Hauptstraße. Früher waren es einmal fünf Minuten, denkt er, während er sich auf den Rohrstock mit dem Knauf aus geschnitztem Elfenbein in Form eines Affenkopfs stützt. Ein Geschenk seines Erstgeborenen Raffaele, nachdem er im vorigen Frühjahr auf dem nassen Pflaster ausgerutscht war. Ein Wunder des Kunsthandwerks. Raffaele – der Rechtsanwalt Raffaele Sacerdoti –, der keine Kosten scheut. In der anderen Hand hält Giosuè Sacerdoti den Korb mit dem Mittagessen, das seine Schwiegertochter Rita jeden Morgen für ihn herrichtet.

Am Geschäft angekommen, schließt er mit einem mächtigen Schlüssel auf, hängt den Stock neben die Tür und stellt den Korb ab. Dann befreit er das Schaufenster von den hölzernen Fensterläden und stapelt sie im Hinterzimmer. Er geht zur Kasse, hantiert unter dem Ladentisch und betätigt den Federmechanismus, der ein Geheimfach öffnet. Ein rudimentärer Safe, Überbleibsel aus anderen, besseren Zeiten, als die Kundinnen sich neugierig drängelten, um das reiche Sortiment von Horn- und Perlmuttknöpfen zu begutachten und zwischen den Fingern die auserlesenen Posamenten zu prüfen, die zum Teil sogar aus Paris stammten. Zeiten, in denen Giosuè Sacerdoti nicht allein hinter dem Ladentisch stand.

Seine Frau Livia fehlt ihm sehr. »Seit sie gegangen ist, bin ich nicht mehr ich selbst«, würde er sagen, wenn ihm danach zumute wäre, seinen Schmerz jemandem anzuvertrauen.

Aus dem Geheimfach zieht er ein grünes Damastsäckchen voller Münzen heraus. Das hatte sie vor Jahren genäht, als sie ihren Mann im Laden unterstützte, während die Kinder in der Schule waren. Und sie hatte nicht nur den schwungvollen Handel mit Knöpfen und Posamenten in Gang gesetzt, sondern auch vorgeschlagen, das große Gestell mit den farbigen Garnspulen in einer Ecke des Schaufensters aufzustellen. »Ist das nicht ein schöner Blickfang? Lädt es nicht dazu ein, hereinzukommen?«, sagte sie. Und die Angorawollknäuel in großen bemalten Pappschachteln: Auch das war ihre Idee gewesen. Knebelverschlüsse, Anstecker, Bänder. Gedrehte Seidenkordeln wie die goldene, die das Münzsäckchen verschließt. Giosuè wiegt es in der Hand, dann löst er den Knoten und kippt den Inhalt auf einen Schlag in die Kasse. Klimpernd überschwemmt das Kleingeld die Innenfächer. *Ist das nicht ein schöner Klang, Giosuè? Macht er einen nicht fröhlich?*

Der Vormittag vergeht gemächlich. Das Maßband um den Hals und die Schere neben sich, verkauft er vor zwölf Uhr drei Ellen schafwollenes Tuch für eine Avantgardisten-Uniform und zwei Ellen Viskose für eine Aussteuer. In der Mittagspause dreht er den Schlüssel an der Eingangstür einmal um und zieht sich ins Hinterzimmer zurück, wo er einen kleinen Tisch, einen Stuhl und eine Liege aufgestellt hat. Er isst wenig (»Ich bin nicht mehr ich selbst, Livia«): ein Brötchen, eins von den drei gekochten Eiern, die Rita eingepackt hat, einen kleinen Pfirsich, den Ester im letzten Moment hineingelegt hat, dazu ein Glas Rotwein. Die übrigen Eier wickelt er wieder ein und legt sie zurück in den Korb. Die esse ich heute Abend, denkt er. Er versucht, ein

Nickerchen zu machen, doch es gelingt ihm nicht, also kehrt er an den Ladentisch zurück, hängt sich das Maßband wieder um und versichert sich, dass die Schere da ist. Er ist so sehr auf die wesentlichen Dinge konzentriert und so an den Geruch des Ladens gewöhnt, dass ihm nicht in den Sinn kommt, es könnte angebracht sein zu lüften. Aber auch der Geruch nach Staub, Schweiß, Essen und Alter hält die Kundinnen fern. Dennoch ist der Nachmittag ziemlich einträglich: vier Meter Leinen an eine Stickerin.

Kurz vor Sonnenuntergang, als der Laden in unaufhaltsamem Halbdunkel versinkt, zündet Giosuè Sacerdoti die Karbidlampe an, tritt auf die Straße hinaus und bringt die Holzläden wieder vor dem Schaufenster an. Dann steckt er die wenigen Geldscheine in die Brieftasche, die Münzen in das grüne Damastsäckchen und das Säckchen ins Geheimfach.

Er kontrolliert, dass alles in Ordnung ist, das Maßband aufgerollt in der Schublade, die Schere im Etui, das Etui am Nagel aufgehängt. Er zögert. Livia fehlt ihm vor allem um diese Stunde, wenn es Zeit ist, nach Hause zu gehen. Widerwillig schließt er ab. Unterwegs hält er vor den Schaufenstern unter den Arkaden inne. Bei der Konditorei, er, der nicht naschhaft ist. Beim Schuster. Er überlegt, ob er in der Osteria ein Gläschen trinken soll, geht aber weiter, weil sie das verwerflich fände. Das Schaufenster der Apotheke mit den alphabetisch aufgereihten Gefäßen hat er am liebsten. *Achillea millefolium, Arnica, Artemisia annua.* Aus den zehn Minuten Spaziergang sind schon fünfzehn geworden. *Malva sylvestris, Mandragora officinarum, Passiflora, Ribes nigrum.* Vielleicht zwanzig. Als sein Blick auf das Gefäß mit der Aufschrift *Verbena officinalis* fällt, zwingt er sich weiterzugehen. Ein Schritt nach dem anderen, an den Stock geklammert, dessen Metallspitze auf dem Pflaster die Zeit anzeigt. Er umfasst den elfenbeinernen Affenkopf, tastet mit den Fingern nach den Augen, der Nase, den Ohren. Vor allem die Stille in der leeren Wohnung belastet ihn. Er hat nicht den Eindruck, viel zu verlangen, im Grunde möchte er nur das vorfinden, was er früher vorfand. Dinge, auf die er nicht achtete. Doch das hätte er tun sollen, denkt er bei sich: der brennende Ofen, die angewärmten Pantoffeln, die Töpfe auf dem Feuer, die Kartoffelpuffer mit Semmelbröseln und Zitronenschale. Sie, die beim Abendessen zu ihm sagte: »Möchtest du noch einen Löffel Brühe?« Und danach: »Ich habe dir die Zeitung hingelegt.« Oder, wenn er am Radio herumdrehte: »Nein, nein, bloß kein Verdi! Dauernd diese Marschmusik!«

Er kann nicht wie sonst vor dem Eisenwarengeschäft stehen bleiben: Der Verkäufer holt schon die Lochtafeln mit den Angeln, den Klinken und den Schlössern herein, die Giosuè Sacerdoti auswendig kennt. Der Korbladen dagegen hat noch geöffnet, hinten auf einem Stuhl flicht der Besitzer gebeugt helle und dunkle Weidenruten zu einem Korb, der an eine Amphore erinnert, gestreift wie die Haut eines Reptils. Giosuè Sacerdoti wagt sich hinein. Er mustert die Behälter in allen Formen und Größen. Mit einem, zwei, sogar vier Henkeln. Würden sie Rita gefallen?, fragt er sich. Unvermittelt kommt ihm der Korb in den Sinn, der im Laden geblieben ist, mit den zwei hart gekochten Eiern, die sein Abendessen sein sollten. Er entscheidet blitzschnell, aber nicht wegen der Eier oder der Traurigkeit bei dem Gedanken, nach Hause zu kommen. Und auch nicht aus Respekt vor der täglichen Fürsorge der Schwiegertochter. Sondern wegen der kleinen Enkelin, die jeden Tag die Treppe hinuntersaust, an seine Tür klopft und ruft: »Opa! Der Korb ist fertig!« Wegen dieses einzigen Lichtblicks in dieser dunklen Zeit, in der zu leben er gezwungen ist. Ester ist besser als jede Medizin. Besser als das Johanniskraut, das der Arzt ihm gegen die Schwermut verschrieben hat, besser als die *Melissa officinalis,* die der Apotheker hinzugefügt hat. Nur ihretwegen – weil sie ihm dieses Gefühl schenkt – umfasst Giosuè Sacerdoti den Elfenbeingriff in Form eines Affenkopfs und macht unverzüglich kehrt, um den Korb zu holen.

Raffaele Sacerdoti

Abram. Brüderchen. Du bist naiv.

Montag, 19. September 1938. Auf dem Gehsteig vor dem Gericht zieht der Rechtsanwalt Raffaele Sacerdoti die makellos weiße Hemdbrust aus. Im Kopf diskutiert er mit seinem kleinen Bruder.

Ein Ausbund an Gelehrsamkeit. Aber was nützt sie dir in diesem Augenblick, deine ganze Mathematik?

Er drückt dem Praktikanten, der ihm seit frühmorgens folgt wie ein Schatten, die Hemdbrust in die Hand.

Eine Frohnatur, eine reine Seele. Wie Papa.

Er wirft einen Blick auf die Uhr. Es ist spät. Die letzte Audienz hat gegen zwölf begonnen und sich weit über die Mittagspause hingezogen. Unerhört spät. Deshalb, aber nicht nur, fühlt der Rechtsanwalt Raffaele Sacerdoti seinen Magen rebellieren.

Du glaubst doch nicht wirklich, dass ein bisschen Papierkram genügt. Ich bin ein Experte in Sachen Papierkram und sage dir, das genügt nicht. Scheiß drauf, das reicht nicht.

Mit einer für einen so beleibten Mann erstaunlich schroffen Bewegung befreit er sich von der Robe und steht nun im Anzug aus leichtem Wollstoff da. Dann, an den Praktikanten gewandt: »Du. Wie zum Teufel heißt du?«

»Milano Samuele, Signore.«

»Gut, Milano Samuele: Darf man wissen, worauf du wartest?« Er reicht ihm die Robe und greift nach dem Mantel, den der Junge über dem Arm trägt. Er will hineinschlüpfen, aber der Stoff des Jacketts verfängt sich im Futter. Der Rechtsanwalt scheint es nicht zu bemerken. Zu viele Sorgen.

Abram Abram Abraaaamm! Die Heiratsurkunde! Machst du dir vor, du seist in Sicherheit, nur weil du nicht mehr ledig bist? Oder weil deine Frau eine Kleine Italienerin in die Welt gesetzt hat? Und dann die Geometrie der mehrdimensionalen Räume*! Ehrlich, in welcher Welt lebst du eigentlich?*

Gurgelndes Knurren aus der Bauchnabelgegend. Der Praktikant tut so, als höre er nichts.

»Milano Samuele. Pass gut auf. Hast du heute meine Robe gesehen, ja?«

Der junge Mann ruft sich das Bild des vortragenden Anwalts ins Gedächtnis und fragt sich, was daran anders war als in den zwei Dutzend Verhandlungen, bei denen er bisher dabei war. Er findet nichts, nickt aber zur Sicherheit.

Der Rechtsanwalt zieht währenddessen mit einem Ruck an seinem Mantel. Das Innenfutter reißt, unverkennbar, aber er lässt sich nichts anmerken. Er schlüpft in den zweiten Ärmel und rückt den Kragen zurecht. »Dir ist doch wohl aufgefallen, dass die rechte Kordel sich gleich ablöst, nicht wahr? NICHT WAHR? Erste Lektion, Milano Samuele. Im Gericht gilt es, Würde zu bewahren. Immer. IMMER. Und nie, NIEMALS deinen *Patronus* aus den Augen verlieren. So, während ich jetzt zum Mittagessen gehe, kehrst du in die Kanzlei zurück und nähst ein paar Stiche …«

»… am Besatz rechts«, vervollständigt der junge Anwaltsanwärter, der sich schon, wenn nicht gerade auf einen Teller Pastasciutta, so doch wenigstens auf ein Glas Milch und ein paar Kekse gefreut hatte.

»Verschwinde!«, befiehlt der Anwalt Raffaele Sacerdoti, dann biegt er in den Corso ein.

Nach dem Ärger des Vormittags – ein Verfahren wegen Diebstahls, eine Erpressung mit mildernden Umständen, ein rückfälliger Schläger – kann er sich endlich von der beunruhigenden Welle überrollen lassen, die seine Verdauung durcheinanderbringt, seit das Gesetz Nr. 1390 im Amtsblatt veröffentlicht worden ist. Das heißt, nein: seit er die Reaktion seines Bruders gesehen hat. Das heißt, nein: seit er festgestellt hat, dass sein Bruder gar nicht reagiert. Nicht *vernünftig* reagiert. Ist es etwa eine *vernünftige* Reaktion, sein Abschlussdiplom aus der Schublade zu holen?

Weißt du, was die in Rom mit deinem Diplom machen, Abram?

Angesichts der Uhrzeit kann er das Gasthaus in der Nähe des Gerichts vergessen und lieber gleich in das Restaurant an der Piazza gehen. Ist zwar ein bisschen teuer, aber für Stammkunden schließt die Küche nie.

Kannst du dir vorstellen, Abram, zu welchem reizenden Zweck das weiche, poröse Papier deines Scheißdiploms verwendet werden wird?

Was tun stattdessen? Was ist der Plan? Raffaele Sacerdoti ist ein Mann der Tat, und ein Mann der Tat hat immer einen Plan. So ist sein Leben. Diplom in Jurisprudenz, und keine Hirngespinste. Mit dreiundzwanzig Jahren, Herrgott! Praktikum und dann Staatsexamen, beim erstmöglichen Prüfungstermin. Rechtsanwalt in einer kleinen Kanzlei. Eheschließung. Giulia Morello, verheiratete Sacerdoti. Hübsch, wohlhabend, gläubig. Sie glaubt an ihn. Und er? Er arbeitet noch abhängig, aber in einer angeseheneren Kanzlei. Der erste Sohn, Alberto. Dann? Dann eigene Kanzlei. Drei Räume. Messingschild: RECHTSANWALT RAFFAELE SACERDOTI. Im Jahr darauf: RECHTSANW. RAFFAELE SACERDOTI & PARTNER. Wenn das Leben eine Lokomotive ist, ist er der Maschinist. Zweiter Sohn, Camillo. Kanzlei mit acht Zimmern in der ersten Etage, Damastvorhänge, Ledersessel. Auch für die Klienten. Der Chef, fünf Partner und drei Vollzeit-Sekretärinnen. Strafrecht, Zivilrecht, Verwaltungs- und Steuerrecht. Berater der Anwaltskammer. Wenn das Leben ein Rennwagen ist, ist er Tazio Nuvolari. Neue Wohnung, sechs Zimmer, Küche, Bad, Badewanne mit Löwenfüßen, Garten, verschiedene Nebenräume. Haushaltshilfe, Köchin, Kindermädchen. Jetzt, noch keine achtunddreißig Jahre alt, liegt der Entwurf für einen Mietvertrag in Turin auf seinem Tisch. Vier Räume, zweihundert Meter vom Justizpalast entfernt. Erste Filiale der Anwaltskanzlei Raffaele Sacerdoti & Partner. Wenn das Leben ein Doppeldecker im Sturzflug ist, dann ist er … Ihm fällt gerade kein Name eines Piloten ein. Jedenfalls. Auch jetzt eilt er im Sturmschritt voran. Er denkt an die Hinterhalte, die er im Lauf der Jahre umgangen hat. Fallen. Schläge unter die Gürtellinie. Alle einzeln zurückgezahlt. Er denkt an die Fallstricke, die er selbst ausgelegt hat. Ein paar Gemeinheiten. Nichts Großartiges, aber seinem Vater würde er es nicht erzählen. Oder seinen Kindern. Noch nicht. Alberto ist acht, Camillo sechs. Aber das Königliche Dekret Nr. 1390 ist etwas anderes. Wie kann man *vernünftig* darauf reagieren? Schließlich betrifft es nicht nur Abram. Auch der zweite Artikel ist ein Problem. Vor allem der zweite Artikel. Alberto und Camillo der Schule verwiesen. Seine Söhne. Die Söhne des Rechtsanwalts Raffaele Sacerdoti.

Das Restaurant ist in Sicht, und sein Magen windet sich wie eine Schlange im Käfig. Das passiert dem Rechtsanwalt selten: nur wenn er einen Prozess verliert, wenn seine Frau ihn auf Diät setzt oder in den seltenen Fällen, in denen ihm, so wie jetzt, das Problem glasklar ist, nicht aber die Lösung.

Tiere

Der Himmel ist *kobaltblau*, denkt Giosuè Sacerdoti, als er den Blick hebt. Zauberhaft, hinreißend, doch wegen der Arkaden ist die Hauptstraße für jemanden, der am Grauen Star leidet, um diese Uhrzeit nicht sehr empfehlenswert.

Das Licht aus den Geschäften verblasst nach und nach, wenn die Holzläden die Schaufenster verdunkeln. Von der schwankenden Helligkeit getäuscht, haben die Augen Mühe, Unebenheiten und Risse zu erkennen, deshalb bewegt sich Giosuè Sacerdoti im Schneckentempo vorwärts. Er wird überholt von Verkäufern, kleinen Schneiderinnen, Kunden, die sich verspätet haben, Angestellten auf dem Heimweg. Auch vom Apotheker, der den Hut zieht, und schließlich sogar vom Korbmacher.

Zusammen mit dem Licht verlöschen auch die Geräusche des Lebens in der Stadt. Die Räder eines Karrens, irgendwo das Dröhnen eines Autos, Schritte, die sich immer weiter entfernen, bis Giosuè Sacerdoti nur noch seine eigenen hört, langsam, vorsichtig, und die Metallspitze des Stocks auf dem Pflaster. Als er den Laden endlich sichtet, ist der Himmel *persischblau*.

Er sieht sie sofort. Sie sind zu dritt. Vor dem Schaufenster. Schwarze Gestalten vor dem lapislazuliblauen Hintergrund. Es ist sein Laden, da ist er ganz sicher und verbirgt sich hinter einer Säule. Sie haben einen Eimer dabei. Einer taucht einen Stock hinein und schreibt etwas an die Mauer. Ein anderer kippt den Inhalt des Eimers gegen die Fensterläden. Klebriges Geräusch.

Giosuè Sacerdoti fühlt, wie ihn ein Schauer überläuft, die Wirbelsäule hinauf bis in die Finger- und Haarspitzen. Er lehnt sich an die Säule. Die Stimme bleibt ihm in der Kehle stecken.

Unterdessen entfernen sich die drei in die entgegengesetzte Richtung, einer mit dem leeren Eimer, der gelegentlich tropft, die anderen mit den Händen in den Taschen.

Die Stille rundherum kommt ihm vor wie Leim, nur das Herz in der Brust hämmert wie wild. Jemand schließt einen Fensterladen. Hastig, scheint ihm. Er denkt nicht an die Eier, das Abendessen, den Korb, die Kleine. Die Angst verschluckt alles. Die Sekunden werden zu Minuten. Dann beruhigt sich das Herz allmählich. Das Blau ist mittlerweile fast schwarz.

Er weiß nicht, was er tun soll. Umdrehen und heimgehen? Das wäre sicherer. Abram wird schon zu Hause sein, es war ein anstrengender Tag für seinen Zweitgeborenen. Zusammen könnten sie noch mal herkommen, denkt Giosuè Sacerdoti. Mehr noch, sie könnten bei seinem Erstgeborenen Raffaele vorbeigehen, der zwei Straßen weiter wohnt, und alle drei hierher zurückkommen. Alle Sacerdotis zusammen. Das wäre am logischsten, aber die Beine entscheiden anders. Ein Schritt, noch einer, die Stockspitze macht *klack klack,* und Giosuè Sacerdoti findet sich vor seinem Laden wieder. »Judenhund«, von den Buchstaben fließen rote Rinnsale die Mauer hinab. Die Fensterläden sind ebenfalls rot. Schweineblut, denkt er im ersten Moment. Mit Schwein beschimpfen sie sie ja, seit er sich erinnern kann. Sie warten auf die kleinen Jungen, die aus der Synagoge kommen, fallen über sie her, falten ihnen den Kragenrand spitz zusammen und brüllen: »Schweineohren! Schweineohren!« Vier, fünf gegen einen. Mit der freien Hand verscheucht Giosuè Sacerdoti das Bild wie eine Fliege.

Aber wer wäre denn so dumm, ein Schwein zu schlachten, nur um jemandem einen Streich zu spielen? Wer würde das Blut vergeuden, von dem die Katholiken sagen, es sei zähflüssig und süß?

Es ist Farbe. Livias Stimme.

Es kommt vor, dass er sie hört. Nicht immer ist es eine Liebkosung.

Rote Farbe, Giosuè.

Tränen bei der Demütigung, sich so vor ihr zu zeigen, wehrlos, zitternd.

Die Farbe läuft hinunter auf das Pflaster, fast bis zu seinem rechten Schuh. Instinktiv zieht Giosuè Sacerdoti den Fuß weg, schwankt und verliert das Gleichgewicht. Der Stock mit dem Affenkopf rettet ihn.

»Eine kleine Erinnerung an das Kaiserreich«, hatte sein Sohn Raffaele gesagt, als er frühmorgens in den Laden trat. »Genau wie der eines meiner Klienten, Papa. Ich hab ihn mir direkt aus Abessinien schicken lassen, extra für dich.«

Giosuè umklammert den Knauf, bis er spürt, dass ihm die Schnitzerei ins Fleisch schneidet. Dann öffnet er die Hand, und in der Dunkelheit funkeln die elfenbeinweißen Augen.

Von wegen Affe!, tönt noch einmal Livia in seinem Kopf. *Siehst du denn nicht, dass das kein Affe ist?!* Giosuè Sacerdoti dreht den Stock zwischen den Fingern. Zum ersten Mal bemerkt er, dass die Ohren durchbohrt sind, mit einem winzigen Ringlein in den Ohrläppchen, so groß wie ein Stecknadelkopf. Und dass die Nase zweifellos eine menschliche Nase ist.

Abscheu.

Entsetzen.

»Livia, meine Livia«, murmelt er und schleudert den Stock zu Boden.

Sühne

Jom Kippur, der Tag der Sühne, der zehnte des Monats Tischri, das heißt im Jahr 1938 der 5. Oktober. Für die Jahreszeit ist es ungewöhnlich warm. Durch die Gitter der Empore errät Margherita das Unbehagen der Männer, die die Synagoge füllen. Hängende Köpfe, seitlich verrutschte Kippot, glühende Backen, klebrige Bärte, Taschentücher, mit denen Finger, Handflächen, Nacken getrocknet werden. Reflexartig fasst sie an ihren Hals. Schweißtropfen am Haaransatz, der hochgesteckte Dutt hat sich Stunde um Stunde gelockert und ist kurz vor der Auflösung.

Neben ihr fächelt sich die Schwägerin Giulia mit dem Fächer Luft zu und spricht die Gebete. Zwei Frauen, die sie kaum kennt, unterhalten sich halblaut, während alle anderen, ebenfalls schwitzend, der Zeremonie folgen. Unten brodelt das Gebet, steigt hoch und dringt in jede Ritze wie heißer Honig.

Rundherum ist alles weiß. Weiß die Hemden, die Röcke, die Strickjäckchen. Ungeordnete Wellen makelloser Stolen bewegen sich im Untergeschoss, im Bauch der Synagoge. Weiß der Glanz des Silbers, des Marmors, der Thorarollen. *Genesis, Exodus, Levitikus, Numeri, Deuteronomium.* Weiß der mit Gold und Silber durchwirkte Thoramantel, in dem die Rollen im Schrein ruhen. Weiß die hebräischen Inschriften an den Wänden. Weiß die Gesichter der Büßenden. Die Farbe der Unschuld.

Bis zum Ende des längsten Tages fehlt nicht mehr viel. Fünfundzwanzig Stunden, eventuell auch sechsundzwanzig, ohne Essen und Trinken. Von der Dämmerung gestern bis zum Aufgehen der ersten Sterne heute.

Margherita seufzt, strafft die Schultern, sucht nach einer bequemeren Haltung auf der Bank. Im Halbdunkel der Empore betrachtet sie mit zusammengekniffenen Augen die langen Reihen der brennenden Lampen. Jahrhundertealtes katholisches Handwerk. Silber bearbeiten: eines der vielen in den vergangenen Jahrhunderten erlassenen Verbote. Bleiern schimmern auch die Basreliefs an den Seiten des Thoraschreins. Der Tempel König Salomons und die Gräber der Patriarchen. Licht, das die Nacht der Zeit erleuchtet. Sie versucht, sich auf das Gebet zu konzentrieren. Aber die Gedanken tanzen wie Schmetterlinge, und sie hat den Eindruck, sie durch die achtzig Flämmchen der Bronzekandelaber erstrahlen zu sehen.

Der erste Gedanke gilt der Schuld, und Margherita zwingt sich, ihn offen anzugehen. Sie hat die Bußgebete gesprochen, sagt sie sich. Sie weiß, dass sie in den zehn vorausgegangenen Tagen alles getan hat, was nötig war, um die kleinen Beleidigungen zu sühnen, die sie ihren Nächsten im letzten Jahr zugefügt hat. Dreimal hat sie die Nachbarin aus dem dritten Stock um Verzeihung gebeten und dreimal den Eisverkäufer. Ein zweifellos hassenswertes Individuum. Beide haben ihre Entschuldigung angenommen. Für eine schlecht ausgeführte und zu teure Reparatur hat die Schneiderin sie dreimal um Entschuldigung gebeten, und Margherita hat ihr bereitwillig verziehen. Reinen Herzens hat sie dem Rabbiner zugehört. Sie hat bei sich die Schuld wiedergefunden, die sich durch die ganze Gemeinde zieht wie Windungen einer Schlange. Die üble Nachrede. Der Egoismus, der für Bedürftigkeit taub macht. Auch dafür hat sie aufrichtig um Vergebung gebeten. Kurz, sie hat alles getan, was für den Tag der Sühne vorgeschrieben ist. Aber nun, da das Ende von Jom Kippur naht, da der Augenblick kommt, in dem sich die Himmelspforten für ein weiteres Jahr schließen, nun, da sie allmählich spüren müsste, dass sich die Spannung löst und die Seele leicht wird, fühlt sie sich immer noch schuldig – aber wofür, wofür nur? Sie kann es nicht sagen. Dabei müsste das Schuldgefühl doch weichen, das wäre doch vernünftig. Wie es immer geschehen ist in früheren Jahren. Aber da ist sie, die Schuld, und glitzert vor ihren Augen wie ein Brillant mit tausend Facetten, unerschütterlich. Und während die Litanei anschwillt, kommt es Margherita so vor, als wäre sie ein nächtliches Tier, ein Fuchs, ein Dachs, die Sinne wach vom Fasten, ein Tier, das gebannt ist von dem plötzlichen blendenden Licht und den Blick nicht abwenden kann.

Der zweite Gedanke gilt Ester. Sie isst bestimmt gerade die Suppe, die sie ihr gestern zubereitet hat. Am Tag der Sühne wird weder gearbeitet noch gekocht. Der Großvater ist bei ihr. Die Kinder sind vom Fasten befreit, und Giosuè Sacerdoti ist von Jom Kippur befreit worden. Der Rabbiner hat es so beschlossen. Zu schwach, nach der Sache mit der Farbe. Und der Ausschluss Abrams und der Enkel, der Söhne Raffaeles, aus der Schule hat ihm den Appetit vollends verdorben. Mittlerweile isst er so gut wie gar nichts mehr. Eine Handvoll weiße Bohnen, eine Tasse Brühe, mehr nicht. »Du machst ja schon Jom Kippur«, hat der Rabbiner gesagt. Doch zu arbeiten hat Giosuè Sacerdoti nicht aufgehört. Im Gegenteil, er besteht darauf, dass sein Sohn Abram, inzwischen offiziell arbeitslos, ihn ins Geschäft begleitet und sich mit den Kunden und den Stoffen vertraut macht. Er erklärt ihm die wesentlichen Dinge. Schussfaden, Kettfaden, *Musselin, Jacquard, Crêpe*. Dann fragt er ihn ab. Und am Abend schiebt er ihm die Einnahmen in die Tasche. Doch das ist ein demütigender Gedanke, den will Margherita nicht denken, nicht jetzt, also kehrt sie zu Ester zurück.

Dieser Gedanke ist mächtig, o ja. Die gleiche Energie wie die der Lampen, die die Synagoge mit Licht überfluten. Ein spezieller Zauber. Deshalb lächelt sie in sich hinein. Und während sie auf den befreienden Klang des *Schofars* wartet, des Widderhorns, das das Ende des längsten Tages ankündigt, wiegt sie sich im Gedanken an die Tochter, wie sie es mit dem neugeborenen Baby tat.

Das ist der Augenblick, den sie besonders liebt. Die vibrierende Klage des Horns. Mit geschlossenen Augen wiederholt sie innerlich die Geschichte, die sie kennt, seit sie wenig älter war als Ester heute. Sie sieht Abraham, den Vater, seinen eisernen Glauben, das Messer in der Faust, bereit, den einzigen Sohn zu opfern. Sie sieht Isaak, den Sohn, wie er gebunden auf dem Altar liegt, bereit, geopfert zu werden. Sie sieht, wie der Vater den Arm hebt. Ein Schauder des Entsetzens schüttelt sie heute wie beim ersten Mal, als sie die Geschichte hörte. Sie öffnet die Augen. Hoch oben, an der Decke, die Schrift im blauen Feld: *ze shaar ha shamaiym*. »Das ist das Himmelstor.« Unten die Männer mit gesenktem Kopf. Auch ihr Ehemann, der doch selten in die Synagoge geht und auch nur, um Giosuè eine Freude zu machen. Auch der Schwager, der hingeht, um den Kontakt mit den anderen Gemeindemitgliedern zu halten. Der Wald von Kopfbedeckungen. Die Hand des Allmächtigen über jedem von ihnen, denkt Margherita.

Ungeachtet der Feierlichkeit des Augenblicks beginnt Margherita, in ihrer Handtasche zu kramen. Die anderen Frauen drehen sich fragend zu ihr um. Die Schwägerin flüstert: »Was machst du denn?«, während Margherita wiederholt: »Wo ist es? Wo ist es?« Schließlich zieht sie ein großes weißes Tuch heraus, schlingt es um den Kopf, drückt den Dutt zusammen und verknotet die Enden im Nacken. »Die Hand des Allmächtigen!«, erwidert sie, während der *Schofar* seine Klage moduliert. Sie schließt erneut die Augen. Hört die Stimme des Engels, der zu Abraham sagt: *Halt ein!* Sie sieht Abrahams Trost. Unendlich. Wie der Klang des *Schofars* erfüllt der Trost das ganze Universum. Sie blickt zur Decke auf. Das Tor zum Himmel ist ganz nah. Sie senkt den verschleierten Kopf und legt die Hände unterm Kinn zusammen. »Dass Ester gerettet werde«, betet sie. »Dass das Kind verschont werde.«

Freistellung

Am 16. Oktober 1938 wird Professor Alessandro Terracini, Jude, ordentlicher Professor für analytische Geometrie mit Elementen projektiver darstellender Geometrie an der Universität Turin, herausragende Persönlichkeit an der naturwissenschaftlichen Fakultät und Doktorvater von Abram Sacerdoti, vom Dienst freigestellt, zusammen mit den anderen jüdischen Kollegen Fano, Fubini und Colombo.

Gilla kehrt in die Schule zurück

Windiger Oktober, Sturmfluten. In Genua hat Gilla gerade mit der höheren Schule begonnen und fühlt sich unwohl. Der Himmel kommt ihr grau vor, das Straßenpflaster immer nass, die Schulbank zu klein. Sie hat neue Kameradinnen – nicht alle nett – und neue Fächer: Latein, Philosophie, Pädagogik, Naturwissenschaften. Grundschullehrerin zu werden ist kein Spaß. Und sie hat neue Lehrer, alles Männer, die die Mädchen siezen. Vom ersten Tag an begreift Gilla, dass sie bedenkenlos den Rohrstock benutzen werden.

Die offizielle Eröffnungszeremonie des Schuljahrs, die Uniform als *Giovane Italiana*, die Fahnen, der Blumenschmuck auf dem Podium der Autoritäten lassen sie kalt.

Ihre Mutter bemerkt unterdessen, wie Beine und Hals länger werden, die Wangen schmaler, sie bemerkt die plötzlichen Stimmungsumschwünge, den wütenden Appetit, die ungewohnten Launen, die grundlose Traurigkeit, die nun oft den Blick der Tochter verdunkelt wie vom Wind zerfetzte Wolken in diesem stürmischen Oktober.

Die Kleine wird erwachsen, sagt sie sich, stolz und bestürzt.

Lektionen

In Casale Monferrato feiert man den Beginn des neuen Schuljahrs mit einem Gottesdienst im Beisein des Bischofs, der Lehrer und der Schüler aller Altersstufen. Früh am Morgen herrscht im Zentrum ein Durcheinander von Schulklassen auf dem Weg zum Dom.

Ester ist jetzt drei Jahre und vier Monate alt. Sie trägt ein fast neues Mäntelchen, in Wirklichkeit umgearbeitet, waldgrün, mit goldenen und tatsächlich nagelneuen Knebelverschlüssen, auf die sie sehr stolz ist, während sie an der Hand von Mama und Papa dahintrabt. Die Schaufenster der Konditorei, der Modistin und des Hutmachers werfen ihr kleines, elegantes Bild zurück, und es kommt ihr so vor, als sei die ganze Welt auf die Straße geströmt, nur um sie in diesem schicken Aufzug zu feiern. Wie viele Kinder! Noch nie hat sie so viele Jungen und Mädchen auf einmal gesehen. Etwas größer als sie, das stimmt. Aber zweifellos noch klein. Ihresgleichen. Mutter und Vater scheinen nicht darauf zu achten, sie dagegen ist wie berauscht.

»Pass auf, wo du hintrittst«, sagt ihr Vater, oder: »Vorsicht, Stufe.« Aber wie soll man sich auf die Straße, auf die flachen, unregelmäßigen Pflastersteine, auf die plötzlich aufragenden Stufen konzentrieren, wenn man sich mitten in einem Fest befindet? Lieder. Gelächter. Standarten. Die

Quasten der Fese. Die Zöpfe, die unter dem gespannten Band der Baskenmützen hüpfen. Wimpel. Triller. Maulfürze. Zu komisch! Kragenspiegel, die in der schrägen Oktobersonne blitzen.

»Gehen wir, Mäuschen, du stehst ja da wie angewurzelt.«

Sie kennt die Namen – *Söhne der Wölfin, Balilla, Kleine Italienerinnen* –, hat aber noch nicht gelernt, sie nach Alter oder Uniform zuzuordnen. Auch wenn Großvater Giosuè sie, wenn sie ihn im Laden besucht, den schwarzen Baumwollstoff für die Hemden und den graugrünen Wollstoff für die Hosen anfassen lässt.

»Die Stufe, Ester!«

Zwischen den kleinen auch große Mädchen und Jungen. Fast schon Frauen, fast schon Männer. Sie gehen ungezwungen, ohne einander bei der Hand zu halten, in Grüppchen, die ab und zu ausfransen und jemanden zurücklassen. Ester bemerkt heimliche Gesten, bleibt verträumt stehen bei dem Versuch, sie zu deuten, Zettel oder auch Zigaretten, die von einer Hand zur anderen wechseln. Ein Riesengetümmel, das plötzlich endet, als ihre Eltern beschließen, in das Café unter den Arkaden zu gehen, das Tische im Freien hat. Ester kennt es gut, weil ihr Großvater sie am Sonntagnachmittag zum Eisessen dorthin ausführt, Erdbeere, das mögen sie beide am liebsten.

Drinnen ist es halb dunkel. Das Geschrei dringt gedämpft herein. Sie warten, setzen sich nicht, bestellen nichts, ihr Vater lässt ihre Hand los und macht einen Schritt vorwärts.

»Von wegen erster Schultag«, sagt ein Mann mit Schürze, während er auf sie zutritt. »Heute geht's zu wie im Karneval.«

Karneval, dieses Wort hat Ester noch nie gehört. So wie der Mann es ausspricht, stellt sie sich vor, es sei etwas Ungehöriges. Sie will gerade ihre Mutter um Aufklärung bitten, da sieht sie, dass sie angespannt ist, und schweigt. Wenn die Großen reden und Mama dieses Gesicht macht, hebt sie am Ende doch nur den Zeigefinger vor die Nase und sagt ernst: »Ester, siehst du nicht, dass sich die Großen unterhalten?« Sie mag nicht ausgeschimpft werden, und schon gar nicht vor dem Mann mit der Schürze.

Also sieht sie sich um. Bunte Flaschen. Kleine und große Gläser, breit, schmal, kelchförmig, flûteförmig, kugelförmig, tulpenförmig. Mit und ohne Henkel. Ein bunt verzierter Spiegel mit einem Schriftzug. »Chinamartini, Chinamartini«, murmelt Ester vor sich hin. Sie kann noch nicht lesen, aber der Großvater hat die Reklame kürzlich für sie entschlüsselt. »ChinamaRtini, ChinamaRtini«. Mit rollendem R, ihre jüngste Errungenschaft. Ohne die Hand ihrer Mutter loszulassen, bewegt sie sich einen halben Schritt zur Seite, nur so viel, dass ein Teil des grünen Mäntelchens im Spiegel sichtbar wird. Sie plustert sich auf, bis die Mutter fester zudrückt und sie mit ins Hinterzimmer zieht.

Jetzt sind sie alle vier ganz nah zusammen. Der Mann trägt glänzende Schnürschuhe, die ihr sehr dünn und eng vorkommen, tiefschwarze Hosen mit Bügelfalte und eine makellos weiße Schürze, die ihm bis über die Knie reicht. Darauf eine blaue Stickerei, die sie zu gern anfassen möchte, aber etwas am Ton der Erwachsenen schüchtert sie ein.

»Privatstunden?«, sagt der Mann gerade.

»Genau«, erwidert ihr Vater.

»Dreimal die Woche?«

»Mindestens zweimal. Der Lehrplan der Zweiten ist anspruchsvoll, und Ihr Sohn …«

Die Stickerei hat eine seltsame Form. Blumen? Früchte? Ihre Mutter zieht die Hand weg, trocknet sie am Mantel ab und hält Ester sofort wieder fest.

»Mein Sohn ist ein Esel, Professor Sacerdoti. Keiner weiß das besser als ich. Nicht einmal für die Kasse ist er zu gebrauchen, selbst mit fünfzehn kommt er beim Herausgeben noch durcheinander. Aber versetzen Sie sich mal in meine Lage. Ich arbeite im Gastgewerbe. Die Leute reden. Da passt es mir nicht, dass mein Sohn zweimal in der Woche …«

Jetzt drückt die Mutter ihre Hand noch fester. Sie tut ihr beinahe weh.

»Ich kann zu Ihnen kommen. Auch hierher, wenn Ihnen das lieber ist. Auch nach Ladenschluss. Das wird Sie ein bisschen mehr kosten, aber niemand wird es merken …«

»Aua!«, sagt Ester. Ihre Mutter zuckt zusammen und lockert den Griff. Der Mann mit der Schürze dagegen ignoriert sie. »Wir haben uns nicht verstanden, Professore«, sagt er. »Einmal pro Woche. Hier. Von neun bis zehn Uhr abends. Und ohne Preisaufschlag.«

Ester ist plötzlich sehr traurig zumute. Sie vergisst die Stickerei auf der Schürze und schmiegt sich ans Bein ihrer Mutter, das Gesicht im Mantel vergraben, dann hebt sie den Blick. Doch auch die Mutter ignoriert sie. Anstatt wie sonst in die Hocke zu gehen, zu flüstern: »Was ist los, Hexlein?«, sie dann auf den Arm zu nehmen und die Stirn an ihrer zu reiben, bis sich ihre Locken vermischen, hat sie nur Augen für ihren Vater.

Verteidigung der Rasse

Es ist Dienstagnachmittag, der 22. November 1938. In einem hellbraunen, an Raffaele Sacerdoti adressierten Umschlag ist die neue Ausgabe der Halbmonatsschrift *Die Verteidigung der Rasse* angekommen. Die Sekretärin hat ihn ihrem Chef ungeöffnet überreicht. Sie wagt es nicht, in seiner persönlichen Korrespondenz zu schnüffeln. Daher vermutet der Rechtsanwalt, dass niemand in der Kanzlei etwas von dem unangenehmen Vorfall weiß. Außer die Schlange verbirgt sich genau hier, denkt er, während er das Heft auf den Tisch legt und mit einem Aktenbündel zudeckt. Zur Vorsicht steht er auf und schließt sich in seinem Büro ein.

Zum Tisch zurückgekehrt, öffnet er die zweite Schublade, zieht einen Flachmann heraus und kippt einen Schluck Grappa hinunter. Das ist nicht seine Gewohnheit, am Nachmittag, aber es scheint auch kein beliebiger Nachmittag zu sein.

Er prüft den Umschlag. Keine Briefmarke, also nicht durch die Hände des Briefträgers gegangen. Jemand hat ihn direkt in den Briefkasten gesteckt. Wer könnte das gewesen sein? Kein Absender. Ein Umschlag, wie sie haufenweise in der Kanzlei eintreffen. Benachrichtigungen, Vorladungen, Mahnungen, Rechtsbehelfe, Widersprüche, Schriftsätze.

Dann konzentriert er sich auf die Zeitschrift. Auf dem Titelblatt ist eine Collage aus Bildern zu sehen. Römische Statuen, Büsten. Im Vordergrund ein Legionär zu Pferd und eine gekrümmte Gestalt, die unter den Hufen des Tieres zusammenbricht. Zwei Verse aus der *Göttlichen Komödie* auf einer Schriftrolle:

Zeigt euch als Menschen, nicht als blöde Tiere, sodass die Juden offen euch verspotten!

Der Rechtsanwalt nimmt noch einen Schluck Grappa und fängt an zu blättern. Die ersten Seiten sind Werbung. Der geschwungene, aggressive Kühler des Fiat 2800. Großartiges Auto, denkt er. Dann beginnt er, den Leitartikel des Herausgebers zu lesen. Der Titel lautet »Das wiedergewonnene Blut«.

Einige Seiten dieses Hefts sind der italienischen Rasse jenseits der Grenzen gewidmet, in der entschiedenen Absicht, die wahren Grundzüge Italiens festzulegen, die keineswegs mit den politischen oder geografischen Grenzen übereinstimmen.

Er langweilt sich und blättert weiter. Die nächsten Seiten zeigen Bilder von Korsika und Malta unter dem Titel »Italienische Rasse jenseits der Grenzen«. Ein »alter Korse« und Bauern in typischer Malteser Tracht. Dann ein Artikel voller Zahlen (»Großeltern, Kinder und Enkel. Erbe des Kopfindex«) und zwei Seiten über die »Geschichte einer jüdischen Sekte: die Karaiten«, von denen der Rechtsanwalt

noch nie gehört hat. Er blättert rascher. »Kontinuität der Rasse und der italienischen Urkultur«. »Lebensmittelautarkie und Verteidigung des Vaterlands«. »Die jüdische Internationale und Italien«. Er schnauft ungehalten. Zwischen Seite 24 und Seite 25 findet er ein weißes Kärtchen. Handgeschrieben steht darauf:

HAU AB

Der Rechtsanwalt erhebt sich und macht zwei Schritte um den Tisch. Er schraubt den Flachmann zu und legt ihn an seinen Platz zurück. Man braucht einen klaren Kopf, sagt er sich. Er setzt sich wieder, liest noch einmal, aber vergeblich: Er erkennt die Schrift nicht. Mit einem Ruck reißt er das Buchzeichen entzwei, wirft es in den Papierkorb und mustert die zwei Seiten, zwischen denen es eingelegt worden war. Ist es etwa nicht das, was der Absender von ihm erwartet?

Die Überschrift lautet: »Nach den Beschlüssen des Ministerrats«. Darunter zwei Comicstrips.

Im ersten wird gezeigt, was den Juden nicht mehr erlaubt ist. Militärdienst leisten. Vormund sein. Grundstücke, Gebäude, für die nationale Verteidigung nützliche Betriebe besitzen. Arische Hausangestellte haben.

Im zweiten, welche Orte Juden nicht mehr betreten dürfen: Parteizentrale, Banken, Versicherungen, öffentliche Ämter.

Ein bitteres Aufstoßen im Mund. Der Rechtsanwalt wickelt ein Pfefferminzbonbon aus und beginnt, es zu lutschen.

Es sind rasch hingeworfene Schwarz-Weiß-Zeichnungen. Mit Bildunterschriften, aber man muss nicht lesen können: Den Inhalt würde auch ein kleines Kind verstehen. Sind Comics etwa nicht eigentlich für Kinder? Als Banken, Versicherungen und öffentliche Ämter stilisierte Blöcke mit Rechtecken für Fenster und Türen. Die Figuren haben eine große Nase. Eine trägt einen eleganten Anzug und einen Zylinder, eine einen alten Mantel. Eine ist bucklig. Jedes Bild ist mit einem hässlichen schwarzen X durchgestrichen. Unten auf jeder Seite ist noch eine Zeichnung, die größer ist als die anderen. Die Pflichten der Juden. Wenn sie Ausländer sind, Italien verlassen. Wenn sie Schüler oder Lehrer sind, die Schule verlassen.

Der Rechtsanwalt Raffaele Sacerdoti verschluckt das Pfefferminzbonbon und klappt die Zeitschrift zu. Er hat immer noch einen bitteren Geschmack im Mund. Er schiebt den Stuhl zurück, steht auf und tritt ans Fenster, das auf den Corso hinausgeht. Zwei junge Mädchen, Arm in Arm, eine

Frau mit Kinderwagen und daran aufgehängten Einkaufstaschen, drei Schuljungen mit offenen Mänteln in der blassen Novembersonne, die mit einem Riemen zusammengebundenen Bücher über der Schulter.

Irgendetwas stimmt nicht.

Er geht zurück an den Tisch und schlägt die Zeitschrift noch mal auf. Er betrachtet die Zeichnung über die Vertreibung der ausländischen Juden. Den dicken Pfeil unter dem Wort AUSLAND, der fast die Hälfte des Platzes einnimmt.

Das Amtsblatt mit dem Königlichen Dekret vom 17. November liegt ganz oben auf dem Stoß von Texten, die archiviert werden sollen. Er nimmt es und überfliegt den Inhalt. Artikel 24, unten, zwischen den vorläufigen und endgültigen Bestimmungen. »Die ausländischen Juden« – usw. usw. – »müssen das Gebiet des Königreichs verlassen.« Daraus folgt, argumentiert er bei sich, dass die italienischen Juden Italien nicht verlassen müssen. Recht ist Logik. Eine Sache impliziert eine andere, aus der sich eine dritte ergibt und womöglich eine vierte.

Wieder mustert er die Zeichnungen. Die erste. Eine Figur in Militäruniform. Dick schwarz durchgestrichen. Erneut liest er Artikel 10 des Königlichen Dekrets. »Die italienischen Staatsbürger jüdischer Rasse dürfen keinen Militärdienst leisten, weder im Frieden noch im Krieg.«

Er hebt die Hand zum Mund. Wenn die italienischen Juden keinen Militärdienst mehr leisten dürfen, können sie dann überhaupt noch legitim als italienische Staatsbürger betrachtet werden? Eine Sache impliziert eine andere, aus der sich eine dritte ergibt ... So funktioniert das Recht. Die anderen Zeichnungen. Aus den italienischen Landkreisen, den italienischen Kommunen, den italienischen Schulen vertriebene Juden. Folgt daraus nicht, *ipso facto,* eine *diminutio,* eine Verringerung ihres Italienischseins?

Den Rechtsanwalt schaudert.

Das Recht ist ein Spiel, bei dem man Pünktchen miteinander verbinden muss.

Auf dem Tisch verstaubt der Mietvertrag für die neue Filiale in Turin. Raffaele Sacerdoti hat sich noch nicht entschieden, ihn zu unterzeichnen. Er ist sich nicht mehr so sicher. Er weiß nicht, ob der Vertrag angesichts des neuen Dekrets noch rechtmäßig ist. Oder ob er für ungültig erklärt werden kann. Er muss die Sache studieren. Die Pünktchen verbinden. Vor allem weiß er nicht, ob er angesichts der zukünftigen möglichen, wahrscheinlichen Entwicklungen in diesem Land noch die Tätigkeit ausüben kann, zu der er sich von Geburt an berufen fühlt. Er fischt die Teile des Buchzeichens aus dem Papierkorb und setzt die Schrift wieder zusammen. »Hau ab«, sonst nichts. Keine Beschimpfung, nicht einmal ein Ausrufezeichen. Vielleicht habe ich mich geirrt, denkt er. Vielleicht ist es nur ein Rat.

Juni 1939, Esters vierter Geburtstag

Ich habe eine schlechte Nachricht«, sagt der Großvater, als die Kleine nach dem Abendessen allein die Treppe in Angriff nimmt und ein Stockwerk herunterkommt, um ihm Gute Nacht zu wünschen. »Morgen ist der 7. Juni 1939, und du wirst vier Jahre alt.«

Ist das eine schlechte Nachricht? Der Großvater macht ein ernstes Gesicht, Ester ist verwirrt. Seit Tagen sagt man ihr, dass sie jetzt ein großes Mädchen wird. Seit Tagen ist von einem Überraschungsgeschenk die Rede.

»Pass auf, schau genau auf meine Hand. Daumen, Zeigefinger und Mittelfinger machen drei Jahre. Aber das weißt du ja schon, nicht wahr?«

Die Kleine betrachtet die ausgestreckten Finger – die Knöchel ähneln getrockneten Kastanien – und nickt.

»Und morgen passiert das.« Ruckartig lässt der Alte den Daumen in der Handfläche verschwinden. »Morgen verlierst du einen Finger. Einen schönen, dicken Finger, Signorina.«

Ester hält den Atem an.

»Aber es gibt auch eine gute Nachricht, denn dafür gewinnst du zwei dazu«, sagt er und hält den Ringfinger und den kleinen Finger hoch.

»Ringfinger und kleiner Finger!«, ruft Ester und greift

lachend nach der Hand des Großvaters. Sie hat verstanden, dass es sich um einen Scherz handelt.

»Genau. Wenn man größer wird, verliert man etwas und gewinnt etwas.«

Ester versteht seine Scherze nicht immer, aber sie kennt die Namen der Finger, die Zahlen bis zwanzig, die Wochentage, die Monate. Gerade lernt sie den jüdischen Kalender. Am Schabbat geht man nicht ins Geschäft, und jetzt haben wir den Monat Siwan. Ihre Adresse kann sie auswendig. In einem Singsang wiederholt sie sie dem Großvater, mit Betonung auf dem R: »Via Balbo 21 / Casale MonfeRRato / PRovinz AlessandRia«. Auch mit den Händen ist sie sehr geschickt und kann ganz viel: der Puppe Enrichetta einen Pferdeschwanz machen, sich die Schuhe zubinden, mit Schleife, vollkommen runde Kartoffelpuffer formen, mit schwarzen und weißen Damesteinen einen geraden Turm aufschichten, ein zweistöckiges Kartenhaus bauen. Da fällt ihr der Trick mit den Fingern, den ihr der Großvater gezeigt hat, nicht schwer.

Am nächsten Morgen gleich nach dem Aufwachen zieht sie im Dämmer der angelehnten Fensterläden die Arme unter dem Laken hervor, stützt die Ellbogen auf, spreizt die Finger und probiert es noch einmal.

Von draußen dringt ein feuchtwarmer Lufthauch herein, zusammen mit den Geräuschen der Straße, die mit ihr erwacht ist. Fahrräder, ein Pfiff, Absätze auf dem Gehweg. Sie wiederholt den Trick. Drei/vier/drei/vier. Daumen/Ringfinger-kleiner Finger. Die Finger der linken Hand gehorchen nicht so prompt wie die der rechten. Sie beißt sich auf die Lippe. Versucht es erneut. Dann das Geräusch der Klinke. Die Tür. Der Geruch, die Schritte, der Atem.

»Ja Mäuschen, bist du schon wach?«

Ihre Mutter.

Ester antwortet nicht. Sie übt weiter das Fingerspiel. Drei/vier/drei/vier.

»Herzlichen Glückwunsch zum Geburtstag, mein Schatz!«

»Und die Überraschung?«, fragt Ester, die Hände in der Luft.

Ihre Mutter greift danach, führt sie zum Mund, als wollte sie zubeißen. »Heute Abend. Wenn Papa kommt.«

»Mm«, macht Ester. Der Tag liegt vor ihr wie ein Leintuch in der Sonne.

Nach dem Frühstück bringt die Mutter sie zum Stoffgeschäft. »Zum Mittagessen hole ich dich wieder ab.«

Ester drückt ihre Puppe an die Brust. Sie schaut von der Mutter zum Großvater. Sie hat keine Lust dazubleiben. Die Spatzenknochen in ihrem Brustkorb fangen an zu zittern. Da ist selbst Enrichetta ein schwacher Trost. Sie spürt, dass sogar ein Schluchzer herauskommen könnte.

Gewöhnlich gefällt es ihr im Laden, die Wörter *Musselin* und *Gabardine* lernen, *Preußischblau* und *Olivgrün*. Sie lacht, wenn der Großvater zu einer Kundin sagt: »Darf ich Ihnen meinen neuen Lehrling vorstellen?«, oder: »Hier ist meine junge Verkäuferin.« Manchmal kramt die Kundin dann in ihrer Handtasche und zieht ein Zitronenbonbon heraus oder eine Anispastille. Das mag sie sehr, aber, wer weiß, warum, nicht heute. »Ich will nicht«, sagt sie.

»Wir müssen alle etwas tun«, erwidert die Mutter, hebt sie hoch und setzt sie auf die Ladentheke. Die Puppe Enrichetta kauert zwischen ihnen wie ein Küken in der Eierschale. »Und du hast eine sehr wichtige Aufgabe, Ester. Du musst heute dem Großvater helfen.«

Ester will aber bei der Mutter bleiben. Nach Hause gehen oder in das Zimmer, das der Rabbiner ihr im Gebäude der Synagoge zur Verfügung gestellt hat, mit Schulbänken, Tafel und bunten Kreiden. Sie fängt an zu quengeln.

»Und heute Abend, wenn Papa kommt, feiern wir ein schönes Fest«, fügt die Mutter hinzu.

Viermal die Woche steht Esters Vater auf, wenn es noch dunkel ist, nimmt den Zug nach Chivasso, steigt dort um nach Turin und geht von der Stazione Porta Nuova in wenigen Minuten zur jüdischen Schule, wo man ihn als Mathematik- und Physiklehrer engagiert hat. Professor Alessandro Terracini, der sich seit seinem Rauswurf aus der Universität bemüht, höhere Kurse für von den öffentlichen Schulen verwiesene Schüler zu organisieren, hat ihn persönlich empfohlen. Abram Sacerdoti ist für die Jungen zuständig, die in ein paar Tagen die ersten Abiturprüfungen ablegen werden. Viel Arbeit, wenig Lohn, von den Kosten für Hin- und Rückfahrt und Mittagessen ganz zu schweigen. Die Abfindung nach der Kündigung reicht auch nicht mehr lang. Und die Nachhilfestunden für seine ehemaligen Schüler, wie den Sohn des Cafetiers, genügen gerade, um ein bisschen einzukaufen, aber ohne ein echtes Gehalt werden ein Paar Schuhe oder ein neuer Anzug zu Investitionen, die mit Bedacht erwogen werden wollen. Deshalb hat Margherita begonnen, wieder als Lehrerin zu arbeiten wie vor ihrer Hochzeit. Abram Sacerdoti ist nicht froh darüber, aber er hat keine Wahl.

»Jeder muss seinen Teil beitragen, meine Kleine.«

Die Mutter unterrichtet fünf zahlende Schüler, jüdische natürlich, drei Jungen und zwei Mädchen, dazu die beiden Neffen Alberto und Camillo.

»*Große* Mädchen machen keine Sperenzchen.«

»Heute niiicht«, wimmert Ester.

Die Mutter und Lehrerin zählt Vor- und Nachteile auf. Kleine Nachteile, aber viele. Man darf sie nie stören, wenn sie den »Unterricht vorbereitet« (die gleiche Regel gilt für den Vater). Nie darf man sie im Unterricht »Mama« nennen, nur »Signora Maestra«. Die grenzenlose Langeweile bei unverständlichen Wörtern. *Konsonant*, *multiplizieren*, *Übertrag*. Aber wie groß ist dagegen das Glück, zwischen den zwei *großen* Mädchen zu sitzen? Ihre Worte zu wiederholen, zu lachen, wenn sie lachen, am Bleistift zu kauen, wie sie es tun, zusammen mit ihnen zu zeichnen, sich mit genau derselben Geste wie sie die Haare zurückzustreichen?

»Doooch, heute schon«, erwidert die Mutter.

Ester löst sich aus der Umarmung. Sie hasst es, wenn die Großen sie nachahmen. Die Mutter zieht sie sanft wieder an sich, schiebt ihr eine Strähne hinters Ohr, streichelt ihr über die glühende Wange. »Du musst deinen Teil beitragen, Mäuschen.« Sie nimmt Enrichetta und kitzelt ihre Tochter damit am Bauch.

Ester beruhigt sich augenblicklich. Sie fixiert die Glasaugen der Puppe. »Camillo auch?«, flüstert sie.

»Camillo auch, was?«

»Muss Camillo auch seinen Teil beitragen?«

»Er vor allem!« Margherita lacht. Da er noch nie einen Fuß in ein Schulzimmer gesetzt hat, fällt es dem Cousin schwer, stillzusitzen und aufzupassen. Die Stunde ist ein einziges *Camillo hier, Camillo da*. Die *großen* Mädchen schnaufen ungehalten und sagen: »Jetzt reicht's aber, echt.« Ester schnauft und sagt: »Jetzt reicht's aber, echt.«

Der Vormittag mit dem Großvater ist in Wirklichkeit ein Fest. Kaum erfahren sie von ihrem Geburtstag, finden die Kundinnen und die anderen Ladenbesitzer der Straße kleine Geschenke, und um die Mittagszeit hat Ester einen beachtlichen Schatz eingeheimst: Lakritzstangen, Fruchtbonbons, Rosinenkekse, goldene Knöpfe und Schleifchen.

Auch der Nachmittag mit der Mutter vergeht gemächlich, immer wieder durchzuckt sie der aufregende Gedanke an die bevorstehende *Überraschung*. Beim Mittagsschlaf schließt sie die Augen, schläft aber nicht. Später beim Imbiss hat sie einen Bärenhunger. Die *Hausarbeit* ist ein Kinderspiel. Wäsche *auf Eck* zusammenlegen, Fenster mit dem Lappen putzen (ohne Ränder!), eine cremige Süßigkeit mit echtem Kakao zubereiten. Auf einem ans Waschbecken gerückten Hocker, die Schürze so um die Taille gebunden, dass sie auch ihre Füße bedeckt, bis zu den Ellbogen im Seifenwasser, die Hände mit denen der Mutter verschränkt, spült Ester Geschirr und singt lauthals *O schönes Bauernmädel / du bist die Königin* oder *Schön sind die schwarzen Augen / und auch die blauen sehr / aber die Beine, aber die Beine / die gefallen mir noch mehr*. Und im Nu ist es Zeit, zum Bahnhof zu gehen.

Der Zug hat Verspätung, und zum ersten Mal macht der Lehrer Abram Sacerdoti sich ernstlich Sorgen. Der Tag war heiß, die Luft riecht nach Blumen und Ruß. Trotz der späten Stunde, der offenen Fenster und des Luftzugs, der zwischen den Sitzen entsteht, bleibt die Temperatur im Waggon sehr hoch.

Der Luftzug ist eine Denkaufgabe, schwierig, ihn nach Gefühl zu messen. Da spielen zu viele Variablen mit, denkt der Mathematiker Sacerdoti. Die Anordnung der verschiedenen Öffnungen. Die Windrichtung. Die Windgeschwindigkeit. Das Verhalten des Winds rund um einen Gegenstand in Bewegung. Die Auswirkung des Schlots der Lokomotive. Das klassische Problem, über das er sich gern den Kopf zerbricht. Aber heute lassen ihm die Sorgen keine Ruhe. Gerüchte. Wortfetzen, die er im Lehrerzimmer oder in der Synagoge aufgeschnappt hat. Riesige Überschriften. Bilder aus der Wochenschau. Nazis, die jüdische Geschäfte, jüdische Autos, von Juden verfasste Bücher verbrennen. Sogar die allgemeine Relativitätstheorie von Albert Einstein. Verflucht sollen sie sein. Flammen in Berlin, Köln, Salzburg. Plünderungen. Verwüstete Synagogen. Nazis, die in Prag einmarschieren. Madrid in Händen eines Nazifreundes.

Auf dem Sitzplatz gegenüber zückt eine dicke Frau einen rot-blauen Fächer. Eine weitere, doppelte Unbekannte, die bei der Berechnung einbezogen werden muss: sperrige Frau + Fächer in Bewegung. Er schließt die Augen, will sich zwingen, sich Kräfte, Vektoren, gerichtete Segmente vorzustellen, sieht stattdessen Rom, das offene Auto des Führers auf der Via dei Fori Imperiali, Liktorenbündel, Hakenkreuze. Er sieht den Grafen Galeazzo Ciano in Berlin. Die

Reichskanzlei: Ciano, Ribbentrop und in der Mitte Hitler. »Bündnis zwischen Italien und Deutschland« lautete die Überschrift in der Zeitung *La Stampa*. »Antwort der Achse auf die uns umzingelnden Demokratien. Der Stahlpakt.« Er öffnet die Augen. Die dicke Frau hat den Fächer mit einem Ruck zugeklappt.

Kurz vor dem Bahnhof verlangsamt die Lokomotive. Der Druck des Windes nimmt ab, die Sonne ist noch immer ein glühender Ball. Die Frau steht auf und nimmt den ganzen Raum ein. Busen, Bauch, von patriotischem Stoff umspannte Hüften. Süßlicher Schweiß. Der Lehrer Abram Sacerdoti wendet den Blick ab. Auch das Ende des Schuljahrs naht. Ende des Unterrichts, Ende des Einkommens. Des seinen und Margheritas. Der Bruder bedrängt ihn ununterbrochen. »Worauf wartest du noch?«, »Hoffst du auf die Repetenten?«, »Lässt du die Esel über dich entscheiden?«

Die dicke Frau bewegt sich Richtung Ausgang und gibt den Blick frei. Draußen vor dem Fenster sieht er Ester und Margherita. Hand in Hand stehen sie auf dem Bahnsteig und tuscheln. Sie bemerken ihn nicht. Margherita trägt ein ärmelloses blaues Kleid, die Kleine einen Spielanzug in derselben Farbe. Abram Sacerdoti denkt an die in Seidenpapier verpackte Schachtel mit Pastellfarben in seiner Tasche und an die Schleife, auf der er bestanden hat. »Es ist eine Überraschung zum Geburtstag meiner Tochter.« Er, der immer Hemmungen hat, etwas zu fordern.

Er lässt die anderen Passagiere vor. Die beiden erscheinen und verschwinden zwischen den Dampfwolken. Margherita als Kind, Ester, wie sie werden wird, denkt der Lehrer Abram Sacerdoti. Wenn es Gott gefällt.

August 1939, die Landkarte

Seit Monaten hagelt es Einschränkungen und Verbote vom Himmel wie Eisgeschosse bei einem Unwetter. Ende November 1938: Verbot des Eintritts in die National-Faschistische Partei. Im Dezember: Aberkennung des Pilotenscheins, Verbot des Waffenscheins und der Mitgliedschaft in einem Sportverein. Im Februar: unmöglich, eine Reiseführer- oder Dolmetscher- oder Botentätigkeit aufzunehmen. Im Mai: keine neuen Lizenzen mehr für den Handel mit Büchern. Im Juli ein Steinhagel: Verbot, eine Reiseagentur zu eröffnen oder Zimmer zu vermieten, und zuletzt das Gesetz Nr. 1054, veröffentlicht im Amtsblatt vom 2. August: »Regelung der Ausübung von Berufen seitens der Bürger jüdischer Rasse«. Journalisten, Apotheker, Tierärzte, Hebammen, Buchhalter, Ingenieure, Architekten, Geometer und Rechtsanwälte werden in Massen aus den jeweiligen Berufsregistern gestrichen. Es ist verboten, für nicht jüdische Klienten zu arbeiten. Wenige, lächerliche Ausnahmen. Arbeiten verboten, lautet die Schlussfolgerung des Rechtsanwalts Raffaele Sacerdoti.

Am Morgen des 3. August 1939 erscheint er bei seinem Bruder. Er hat eine Landkarte dabei und rollt sie auf dem Wohnzimmertisch aus, genau in der Mitte der geblümten Tischdecke. »Setzt euch bitte. Du auch, Margherita.«

Abram lässt sich neben dem Bruder nieder. Margherita nimmt Ester auf den Arm und wählt einen Stuhl auf der anderen Seite des Tisches. Die farbigen Flecken auf der Landkarte erinnern an ein Kinderspiel. Das jedenfalls findet Ester, die sich vorbeugt und eine Hand nach der Aufschrift *Tschechoslowakei* ausstreckt. Margherita hält sie zurück, drückt sie an sich und schüttelt verneinend den Kopf.

»Deutschland und Österreich schließen wir selbstverständlich aus«, sagt Raffaele und fährt mit dem Finger über die Karte. »Von Spanien kann keine Rede sein. Osteuropa überzeugt mich auch nicht.«

Ester versteht das Spiel nicht. Fragend schaut sie ihre Mutter an, doch Margherita achtet nicht auf sie. Schließlich bohrt sie ihren Finger in die Lochstickerei, die die Tischdecke säumt, und lässt ihn kreisen.

»Ich will nicht in irgendeinem gottverlassenen Dorf enden und Jiddisch sprechen«, fährt Raffaele fort.

»Wo hast du die aufgetrieben?«, fragt Abram.

»Was?«

»Die Landkarte.«

»Was schert dich das. Hörst du mir überhaupt zu?«

»So eine habe ich mir schon immer gewünscht. Auch für Ester, für die Geografie.«

Das Wort *Geografie* hat die Kleine in Margheritas Unterricht schon oft gehört, aber plötzlich hat sie den Eindruck, es verstanden zu haben. In dem Raum, den der Rabbiner zur Verfügung gestellt hat, hängt eine physische Karte von Italien, Blau, wo das Meer ist, Grün für die Ebenen, Braun für die Berge. Ester zieht den Finger aus der Stickerei und beginnt, die Karte auf dem Tisch zu studieren. Sie findet die Form Italiens. »Die Alpen!«, ruft sie und legt die flache Hand oben auf den Stiefel.

»Nicht jetzt, Ester«, mahnt die Mutter.

Onkel Raffaele ignoriert sie. »Die Karte kannst du behalten, Abram. Aber jetzt folge mir.« Mit der Hand zeichnet er einen Halbmond, vom Herzen Europas fährt er die Donau entlang, durchquert das Schwarze Meer, schneidet die Türkei entzwei, streift Syrien und hält in Jerusalem inne. Ester reckt den Hals zu dem hellbraunen Fleck hin, auf dem die Hand des Onkels entschlossen liegen bleibt.

»Palästina? Bist du verrückt geworden?« Abram reißt die Augen auf.

Palästina ist ein Wort, das Ester kennt, aber nicht deuten kann. Sie fühlt nur, wie ihre Mutter erstarrt.

»Es ist eine Möglichkeit«, antwortet Raffaele.

Stille breitet sich aus. In der Luft wirre Bilder. Wüste, Datteln, das Gelobte Land. Gestalten, die in der Heiligen Schrift vorkommen, im Tempel, beim Seder an Pessach, in den Geschichten von Purim, vor den Kerzen an Chanukka. Nicht in der Wirklichkeit.

»Aber wir …«, sagt Abram.

»Ich sage nur, es ist eine Möglichkeit. Die englische Mandatsregierung macht derzeit keine Schwierigkeiten, Bescheinigungen auszustellen.«

»Wir sind Italiener, Raffaele. Was sollen wir …«

»Ich bin nicht sicher, dass die Regierung uns noch als Italiener betrachtet. Aber ich verstehe dich, und mein Plan sieht auch anders aus.«

»Basel?«, wirft Margherita ein. Sie hat gehört, dass eine

Familie, die im selben Haus wohnt, die Papiere für die Schweiz vorbereitet. Sie setzt Ester auf den Boden und steht auf. »Geh zum Malen in dein Zimmer, mach schon, Schatz«, flüstert sie ihr zu.

»Nicht Basel. Dort wird Deutsch gesprochen. Das passt für euch, ihr habt es in der Schule gelernt. Aber ich könnte dann genauso gut nach Australien gehen!« Raffaele sagt es, als wäre es eine Ungeheuerlichkeit. Alle wissen, dass der jüdische Chirurg aus der Klinik seine Koffer gepackt hat und ans Ende der Welt gezogen ist. Aber der Rechtsanwalt ist überzeugt, dass einer, der imstande ist, jemandem umstandslos und, ohne ihn zu töten, ein Messer in den Bauch zu rammen, überall auf die Füße fällt. »Mein Vorschlag ist *vernünftig*.«

»Bin gleich zurück«, sagt Margherita. Sie nimmt die Kleine an der Hand, begleitet sie hinaus, kommt wieder herein und setzt sich. Ihr Ausdruck ist angespannt. »Sprich«, sagt sie.

»Paris.«

»Paris«, wiederholt Abram.

»Dort wohnt ein Cousin von Giulia. Jacob Levi. Meine Frau hat überall Verwandte. Der hier importiert Getreide. Verheiratet, zwei Kinder. Vor zehn Jahren haben wir ihn besucht. Auf der Hochzeitsreise. Schon damals hat er mir eine Stelle angeboten, aber ich habe abgelehnt, weil ich eine Kanzlei mit meinem Namen wollte. Vor drei Wochen hat Giulia ihm geschrieben, und er hat sein Angebot erneuert. Leiter der Verwaltung. Er braucht jemanden, der sich mit Handelsrecht auskennt. Lager, Mietobjekte, Schlichtungen. Seine Söhne taugen nichts.«

»Und du würdest weiter als Rechtsanwalt arbeiten«, sagt Margherita.

»Genau.«

»Getreide«, sagt Abram.

»Getreide, Mais, solche Sachen. Auch noch anderes. Aus Amerika. Aus Kanada.«

Abram steht auf, tritt ans Fenster, schiebt den Vorhang beiseite und blickt hinaus. »Aber was weißt du schon über Getreide?«, sagt er.

»Rechtsanwälte wissen alles.«

»Also, Raffaele, ich weiß nicht. Für uns wäre das ein ganz schöner Sprung ins Dunkle.«

»Die Mathematik bleibt in Frankreich doch dieselbe, oder? Nur eben französische Esel statt der italienischen.«

»Denkt ihr gar nicht an euren Vater?«, mischt Margherita sich ein. »Er spricht kein Französisch. Und hier hat er seine Gewohnheiten. Kennt alle. Er wird nicht in eine Großstadt ziehen wollen.«

»Papa wird tun, was wir entscheiden«, sagt Abram. Die Straße unter ihm ist ein glühender Schacht. Ein alter Mann zieht einen Karren voll Geschirr.

»Jacob, der Cousin, besitzt eine vierstöckige Villa in der Rue des Rosiers, im vierten Arrondissement. Zwei Schritte von der Place des Vosges entfernt. Ein Luxusetablissement. Marmorböden. Geschnitzte Türen. Da hat ein ganzes Heer Platz in diesen Räumen. Da passen wir auch noch rein. Ich sage ja nicht, für immer. Nur bis der Sturm vorüberzieht.«

»Wie kannst du sicher sein, dass …«

»Denkt an die Chancen für die Kinder«, sagt Raffaele, zu Margherita gewandt. »An die Schule für Ester.«

Ein Blatt und einen grünen Stift schwenkend, stürmt die Kleine herein. Margherita betrachtet das Bild und erkennt in den wackeligen Linien den Ausflug an den Po, den sie für diesen Nachmittag geplant haben. Das blaue Band des Flusses, die schwarzen Kreise der Fahrradreifen, die gestreiften Badeanzüge, der Picknickkorb. »Machen wir noch das Gras?«, fragt sie halblaut. Ester nickt, und Margherita beginnt, kleine Büschel über das Blatt zu verteilen.

Abram seufzt. Der Alte mit dem Geschirr nähert sich langsam. Einmal im Monat kommt er an ihrem Haus vorbei, und Esters Vater merkt, dass er auf seinen Ruf wartet. Es ist nicht der Wechsel des Horizonts, der ihn bestürzt. Er dreht sich um, betrachtet Frau und Tochter, über das Blatt gebeugt. Mehr braucht er nicht. Sie beide, jeden Abend zusammen essen, ein paar Bücher, ein paar Schüler. »Hier sind wir zu Hause, Raffaele. In Frankreich sind wir Fremde.«

»Sollen wir noch zwei Blümchen dazumalen?«, flüstert Margherita. Der Ruf des alten Mannes klingt schrill.

»Du begreifst nicht«, sagt Raffaele. »Wir haben kein Zuhause mehr.«

England und Frankreich im Krieg mit Deutschland

Kriegszustand ausgerufen gestern um 11 Uhr in London und um 17 Uhr in Paris.

Die deutsche Offensive geht von Schlesien bis Pommern siegreich voran.

Hitler bricht zur Ostfront auf und kündigt an, dass der Kampf mit Polen in wenigen Wochen beendet sein wird: Alle Kräfte des Reichs werden daher an die französische Front verlegt.

La Stampa, Überschrift und Zusammenfassung auf der ersten Seite, 4. September 1939

SCHULJAHR 1945–46

Erstes Trimester

Maria Luisa Piombo

Mitte November wird in Borgo di Dentro der Brennstoff für die Grundschule rationiert. Es ist, als hätte der Krieg nie aufgehört. Nach Norden gelegen, ist das Klassenzimmer der 5D eines der kältesten. Die Mädchen haben die Erlaubnis, Schal und Mantel in der Klasse anzubehalten. Gilla trägt gestrickte Halbhandschuhe, die sich im Lauf des Vormittags mit Kreide vollsaugen, bis sie sie auszieht und aneinanderschlägt. Staubwölkchen wirbeln durch die Luft und legen sich aufs Pult, auf ihr graues Kostüm, auf die neuen Mokassins, auf die sechseckigen Fußbodenkacheln.

Vielleicht wegen der Kälte muss Ester während der Stunde auf die Toilette. Es gelingt ihr, bis zur Pause an sich zu halten, dann schaut sie die Lehrerin an und deutet zur Tür.

Gilla versteht. »Geh nur, Pellegrini«, sagt sie.

Pellegrini Francesca. Seit sie in die Schule geht, hat Ester gelernt, nicht zusammenzuzucken, wenn jemand sie mit diesem Namen anspricht. Auf diese Unerschütterlichkeit ist sie sehr stolz. Es hat sie Überwindung gekostet. Konzentration. Selbstkontrolle. Nun geht sie ruhig Richtung Mädchentoilette. Francesca, Francesca, wiederholt sie im Geist. Wäre sie katholisch auf die Welt gekommen, hätte es ihr gefallen, so zu heißen. Im Waisenhaus hat sie viel gelernt über den Heiligen, dessen Name sie trägt. Suor Giulianas Liebling. Franziskus sprach zu den Wölfen und den Vögeln. *Francesca* spricht zur Katze. Sie lächelt bei dem Gedanken. Der kleine Kloraum ist sonderbar leer. Besser so, denkt sie. Vier Schwingtüren. Sie wählt die zweite.

Kaum eine Minute später verlassen zwei weitere Mädchen das Klassenzimmer. Die Erste ist hochgewachsen, mit langem Gesicht und Pferdezähnen. Die Zweite ist klein und pausbäckig. Mit großen Sprüngen eilen sie zur Toilette. Auf Anhieb erkennen sie die Tür, hinter der Ester ihr Bedürfnis verrichtet. »Komm raus!«, sagt die mit den Pferdezähnen. Zur Bekräftigung schlägt sie mit der Hand gegen die Tür, die zu schwingen beginnt. Die Zweite kichert.

Ester schreckt hoch und hört sofort auf zu pinkeln. Die Angst lähmt ihre Hände, Füße und Beine. Sie erkennt die Stimme. Stellt sich vor, dass auch die Kleine dabei ist. Zwei Blutsaugerinnen. Zwei Feiglinge. Wenn die Lehrerin Gilla nicht hinschaut, im Hof oder im Turnsaal, zwicken sie sie in den Unterarm. Hinterlassen rote Abdrücke, die sich nach ein paar Tagen *auberginenviolett* und *senfgelb* verfärben. Sie nutzen es aus, dass *Francesca* nicht spricht. Zischen ihr ins Ohr: »Stummer Bastard.« Bastard, weil sie im Waisenhaus lebt.

»Komm sofort raus, oder ich komm rein!«

Erst lässt die Angst die Zeit stillstehen, dann dreht sie sie einige Wochen zurück. Frühmorgens, vor dem Läuten. Dreimal? Viermal? Ester hat zu zählen aufgehört. Die beiden warten auf der Straße auf sie, drängen sie in eine Ecke, zwingen sie, das Pausenbrot aus dem Ranzen zu ziehen, das Suor Giuliana für sie gemacht hat. Sie essen es vor ihren

Augen. Oder klappen es auf und spucken hinein. Oder zertreten es mit dem Absatz zu Brei. Auch heute Morgen hat sie ihnen ihr Käsebrötchen geben müssen.

»Mach schon!«

Sie hat nichts, was sie noch opfern könnte. In ihrem Kopf ein Gedankenkarussell. Was wollen sie noch? Warum kommt die Lehrerin nicht? Warum kommt die Schuldienerin Antonia nicht? Warum kommt niemand zum Pinkeln?

Wieder Schläge gegen die Tür. Zwei, drei, vier hintereinander.

Ester wird auf einmal kalt. Wenn es nur einen Schlüssel oder einen Haken gäbe. Die Tür schwingt, berührt sie, sie weicht zurück, und das Klo erscheint ihr plötzlich als das, was es ist, ein enges, stinkendes Loch ohne Fluchtweg. Dann wird die Tür aufgerissen, und sie sieht die zwei vor sich. Auf der Kloschüssel sitzend, Kleid und Kittel auf den Knien zusammengerafft, Unterhose um die Knöchel. Sie schließt die Augen und ballt die Fäuste.

»Schau dich doch bloß an!«

Beim Gebrüll der Bohnenstange geben ihre Eingeweide mit einem widerlichen Geräusch nach.

»Pfui Teufel!«

»Puh, wie das stinkt!«

Ester ist gedemütigt wie noch nie in ihrem jungen Leben. Sie lockert die Fäuste, öffnet die Augen und schaut den beiden ins Gesicht. Erst der einen, dann der anderen. Was kann ihr noch passieren? Sie ist ganz allein. Weit weg von zu Hause. Sie weiß nicht, ob es noch steht, ihr Zuhause. Ob sie je dorthin zurückkehren wird. Was kann es Schlimmeres geben? Was kann ihr noch passieren, was nicht schon geschehen ist? Sie wischt sich mit einem Stück Klopapier ab, zieht die Unterhose hoch, rückt Kleid und Kittel zurecht und dreht sich um, um an der Kette der Spülung zu ziehen. Im Stehen ist sie nicht ganz so groß wie die Größere, aber fast. Sie hebt das Kinn. Strafft die Schultern. Dann versucht sie, sich zwischen den beiden durchzuquetschen, aber sie bilden eine Mauer. Sie holt tief Luft, und dabei bemerkt sie, dass hinter ihnen Maria Luisa Piombo auf der Schwelle steht, ihre Banknachbarin.

»Macht, dass ihr wegkommt«, sagt sie in dem gleichmütigen Tonfall, den die Lehrerin jedes Mal korrigiert, wenn sie »ausdrucksvolles Lesen« üben.

»Macht, dass ihr wegkommt«, wiederholt sie. Ihr Gesicht ist ruhig und ein bisschen stumpfsinnig wie immer. Nur dass sie sich jetzt nicht im schläfrigen Singsang einer Leseübung befinden. Und am Grund ihres stumpfen Blicks sieht Ester eine brutale Entschlossenheit.

»Und wenn nicht?«, erwidert das Mädchen mit den Pferdezähnen, dreht langsam den Kopf, mustert Maria Luisa Piombos plumpe Gestalt, tritt aus dem Klo und baut sich vor ihr auf. »Was machst du dann, Piombo?« Sie ist größer, hat lange Beine, die fest auf dem Boden stehen, Finger, die sich in die Hüften krallen.

Maria Luisa Piombo schließt halb die Augen und zieht die Schultern hoch. Alle denken: Jetzt macht sie auf dem Absatz kehrt und schlurft mit ihren Plattfüßen ins Klassenzimmer zurück. Doch nein, sie stürzt sich mit gesenktem Kopf auf das Mädchen mit den Pferdezähnen. Eine so schnelle und präzise Bewegung – Stirn gegen Nase –, so erstaunlich für eine wie sie, dass die anderen wie angewurzelt dastehen. Ester hält den Atem an. Die Kleine sperrt den Mund auf. Das Mädchen mit den Pferdezähnen gibt einen erstickten Laut von sich, hebt die Hände zum Gesicht und zieht sie blutig zurück.

Maria Luisa Piombo dagegen bringt der Zusammenstoß kein bisschen aus der Ruhe. »Macht, dass ihr wegkommt«, wiederholt sie zum dritten Mal, als sagte sie »Heute ist Montag« oder »Gestern hat es geregnet«. Dann nimmt sie Ester an der Hand, und gemeinsam gehen sie ins Klassenzimmer.

»Soll ich die Lehrerin rufen? Soll ich? Soll ich, ja? Oder lieber die Schuldienerin Antonia?«, fragt das Pummelchen aufgeregt.

Die andere drückt ein Taschentuch auf ihre Nase. »Halt den Mund, du Dummkopf«, antwortet sie.

Das Universum reparieren

Zurück aus der Schule, findet Gilla auf der Schwelle ihrer Dachwohnung ein verschnürtes Päckchen. Die Stempel zeigen, dass es aus Genua kommt. Auf dem hellbraunen Papier steht »oben«, »unten« und »zerbrechlich«, in der Schrift ihrer Mutter. Gilla geht hinein, stellt die Tasche ab, legt die Sendung auf den Tisch neben das Modell des Planetariums und vergisst sie.

Mit dem Korrigieren der Aufgaben und dem Vorbereiten des nächsten Unterrichts vergeht der Nachmittag wie im Flug. Erst nach dem Abendessen fällt ihr das Päckchen wieder ein. Also knüpft sie die Schnur auf und holt ein Holzkistchen heraus. Darin sind zwölf Tuben mit Temperafarben, drei Pinsel, zwei Metallschälchen, eine Palette, ein Fläschchen Terpentin und ein kleines Tuch. »Gut gemacht, Mama«, sagt sie zur Stille. In Borgo di Dentro war es ihr nicht gelungen, etwas Vergleichbares zu finden. Sie stellt sich vor, wie ihre Mutter auf der Suche nach diesem Schatz durch die Gassen der Genueser Altstadt eilt.

Wie gewöhnlich, wenn sie nicht zu müde ist, schiebt sie ein Holzscheit in den Ofen, schaltet das Radio an und widmet sich dem Miniaturmodell des Sonnensystems. Die Musik, jede Musik, hilft ihr dabei, die Leere in der Wohnung nicht zu spüren, die am Abend und später in der Nacht zum

Albtraum wird. Sie denkt, dass sie sich vielleicht eine Katze zulegen sollte. Eins von diesen streunenden Geschöpfen, um die sich niemand kümmert und die, wenn sie so allein durch die Stadt laufen, immer in Gefahr sind, im Topf zu landen.

Vorerst aber setzt sie sich an den Tisch, stützt die Ellbogen auf die Platte und das Kinn in die Hände. Sie mustert das ausgeklügelte Modell. Seit wann arbeitet sie daran? Seit Wochen, die schulischen Verpflichtungen haben sie vollkommen ausgefüllt. Der zentrale Korpus unter dem glänzenden Gehäuse, das mit einem passenden Schraubenzieher nicht schwer abzumontieren war, besteht aus einem Zug übereinandergelagerter Zahnräder, wovon das erste mit einem Bolzen verbunden ist, der mittels einer hölzernen Kurbel bewegt wird. An den Zahnrädern sind acht Metallarme befestigt, einer für jeden der bei diesem Modell vorgesehenen Planeten, dazu noch der Mond, der um die Erde kreist und von einem haselnussgroßen Stellrad reguliert wird. Die zentrale Achse dient als Stütze für eine gelb bemalte Kugel: eine herrliche Sonne, die im Mittelpunkt dieses Universums aus Holz, Messing und farbigem Pappmaschee glänzt. Der einzige Himmelskörper, der den Krieg überlebt hat, denkt Gilla, verscheucht den Gedanken aber sofort. An den Krieg will sie nicht denken. An Michele will sie nicht denken. Und das Modell hilft ihr dabei. Dieses Wunder der Präzisionsmechanik.

Sie steht auf, geht zur Kommode, kommt mit einem Lederetui mit zwei Seitenklappen zurück und breitet es auf dem Tisch aus. Zangen, Hämmerchen, eine Feile, ein Schaber, ein Bürstchen, ein Messschieber, unterschiedlich geformte Stifte. Ein Geschenk ihres Vaters, nachdem es Gilla mit fünfzehn gelungen war, ihre erste Uhr auseinanderzunehmen und wieder zusammenzubauen.

»Aber das ist keine Uhr«, trällert sie zu der Melodie, die das Radio gerade spielt.

Mit der Uhrmacherlupe beginnt sie, die Ärmchen zu überprüfen, die sie in den vorherigen Tagen abmontiert hat. »Es ist keine Uhr, aber doch so ähnlich«, antwortet sie sich selbst.

Sie hat sie auf dem Tisch neben dem Mittelteil aufgereiht, nach dem Abstand zur Sonne geordnet und jedes mit der entsprechenden Beschriftung daneben. Merkur – der kürzeste Arm –, dann Venus, Erde, Mars, Jupiter, Saturn, Uranus und Neptun. In einer Ecke der Träger für den Mond, nicht länger als zwei Zentimeter.

Sie mustert das Stäbchen des Jupiters, das an zwei Stellen arg verbogen gewesen war. Um es wieder zu begradigen, musste Gilla es an einer Kerzenflamme erwärmen und mit den Händen formen. Sie betrachtet es durch die Lupe und findet keine spröden Stellen, an denen es zerbrechen könnte, wenn man den Mechanismus wieder in Gang setzt.

»Falls es mir je gelingt, ihn wieder in Gang zu setzen.«

Das Radio spielt jetzt Tanzmusik. Gilla setzt die Uhrmacherlupe ab und dreht am Sucherknopf. Sie findet ein Kinderlied und prüft weiter die Ärmchen mit der Lupe. Jedes hat am Ende einen Metalldorn, der ursprünglich das dem Planeten entsprechende Kügelchen aus Pappmaschee trug. Jetzt liegen die Kügelchen neben dem jeweiligen Arm, zusammen mit der Beschriftung. Untröstlich nimmt sie sie einzeln in die Hand. Auf den ersten Blick hatte es so ausgesehen, als könnte sie einige davon retten. Sie mussten wundervoll gewesen sein, als sie frisch aus dem Geschäft des Uhrmachers kamen, der das Modell gebaut hat. Gilla stellt sich einen großen, kräftigen Mann im Frack vor, weißen Seidenschal um den Hals und Koteletten à la Manzoni. Und prächtig verzierte Kugeln, perfekte Farben, glänzend und rund, aber die Lupe nimmt ihr jede Hoffnung. Die Zeit und der Krieg (aber an den Krieg will sie nicht denken), also die Zeit hat das Juwel dieses bewundernswerten Handwerkers an sich gerissen und es vernichtet. Für Gilla hat dieser Unbekannte das Gesicht und die Art ihres Vaters und neben sich eine Frau, die ganz und gar ihrer Mutter gleicht und den letzten Schliff anbringt. Auch deshalb findet sie es eine moralische Katastrophe, dass alle, aber wirklich alle Kügelchen angeschlagen sind, zerdrückt, zerbrochen. Die Erde ist halbiert, der Mond für immer verloren.

Von einem Bord über dem Ofen holt sie einen Korb voller Kügelchen aus Pappmaschee. Dafür hat sie schmale Papierstreifen mit Wasser, Mehl und Salz verknetet und dann unterschiedliche Größen daraus geformt. Eine der vielen Basteleien, die man ihnen im Lehrerinneninstitut beigebracht hat. Sie leert den Inhalt auf den Tisch, nimmt die größte Kugel des Sonnensystems in die Hand und sucht zwischen ihren eine in etwa gleich große heraus.

»Und jetzt, liebe Kinder, heißen wir alle den Planeten Jupiter aufs Herzlichste willkommen!«, sagt sie in Vorfreude auf die Neugier, die bestimmt in den Augen der vierundzwanzig Schülerinnen der 5D aufleuchten wird. Manchmal spricht sie mit ihnen, wenn sie allein in der Dachwohnung ist, und denkt sich kurze Ansprachen aus, imaginäre Lektionen über unterschiedlichste Themen oder Geschichten, die sie in der Klasse nicht unbedingt wiederholen würde.

»Ihr müsst wissen, dass für die alten Römer – erinnert ihr euch an die Römer, ja? –, dass für die alten Römer Jupiter die wichtigste Gottheit war, der Vater aller Götter.«

Das Radio bringt ein gefühlvolles Klagelied. Mit einem Stückchen Sandpapier beginnt Gilla, die Oberfläche der Pappmascheekugel abzureiben. Auf einem glatt geschliffenen Untergrund kommt die Temperafarbe besser zur Geltung. Im Kopf hört sie die Stimme ihres Vaters sagen: *Langsam, langsam, in aller Ruhe. Geh sorgsam mit diesem Kügelchen um.* Das Klagelied entlockt ihr einen Seufzer. Sie hört Micheles Stimme sagen: *Du bist unverbesserlich, Gilla. Willst du wirklich das Universum reparieren?*

Strafe

Wenn man zehn Jahre alt ist, ändern sich die Dinge rasch. Maria Luisa Piombo nimmt die Gewohnheit an, Ester nach der Schule bis zum Tor des Waisenhauses zu begleiten. Auch am Morgen gehen sie den Weg gemeinsam. Die beiden Nervensägen halten jetzt in der Pause Abstand, wenn Ester ihr Brötchen mit der Banknachbarin teilt. Sie beginnt, ihr heimlich die Aufgaben weiterzugeben. Die Geometrielösungen. Die Zeichnungen. Eine Blumenvase mit schraffierten Schatten und ein perspektivisch dargestelltes Häuschen mit rauchendem Schornstein. Kurze, drei-, auch vierzeilige Betrachtungen. Maria Luisa Piombos schulischer Erfolg macht Riesenfortschritte.

Gilla schöpft Verdacht. Sie erhält die Bestätigung, als sie die Klasse einen Aufsatz mit dem Titel *Weihnachten kommt näher. Erinnerungen und Erwartungen* schreiben lässt. Maria Luisa Piombo gibt einen dreiseitigen Text ab, ohne *Erinnerungen* und *Erwartungen,* dafür mit Bezugnahme auf die Liturgie, einer besonders rührenden Beschreibung von Christi Geburt und den Wörtern »Volkszählung«, »Krippe«, »Weihrauch« und »Myrrhe«, korrekt gebraucht und fehlerfrei geschrieben. Ester dagegen schreibt nichts.

Am nächsten Tag ruft Gilla sie ans Pult. »Wo ist dein Aufsatz geblieben?«, sagt sie und gibt ihr das Heft zurück.

Ester senkt den Kopf.

»Schlimme Erinnerungen?«

Kopfschütteln.

»Warum hast du dann nichts geschrieben?«

Keine Reaktion.

Gilla seufzt. Die Schülerin Francesca Pellegrini spricht nicht, und das ist ein Problem. Kein geringes Problem, wenn man bedenkt, dass sie im Juni die Prüfungen für das Abschlusszeugnis der Grundschule ablegen muss. Dass sie nichts schreibt, ist ein noch größeres Problem. Dass sie den Aufsatz für die Banknachbarin schreibt und die gestellte Aufgabe für sich selbst nicht erfüllt, ist ein Riesenproblem. »Ich bin sehr enttäuscht. Sehr, sehr enttäuscht.«

Ester reagiert nicht, hat aber Tränen in den Augen. Gilla öffnet die Schublade und holt den Stock heraus. In der Klasse schluckt die Stille jede Bewegung.

»Wirst du den Aufsatz über Weihnachten schreiben, wenn ich dir bis morgen Zeit gebe?«

Ester wischt sich mit dem Handrücken eine Träne ab und schüttelt noch einmal den Kopf.

»Maestra!«, sagt Maria Luisa Piombo und steht auf. »Pellegrini hat meinen Aufsatz geschrieben.«

Gilla reißt die Augen auf. Sie umklammert den Griff des Stocks. Pellegrini muss bestraft werden. Doch wie soll man jemanden bestrafen, der das, was er getan hat, nur getan hat, um einer Klassenkameradin zu helfen?

»Ich habe ihn nur abgeschrieben«, fährt Maria Luisa Piombo fort.

Auch Piombo muss bestraft werden. Doch wie soll man jemanden bestrafen, der den Mut hat, die ganze Schuld auf sich zu nehmen, um einer Klassenkameradin zu helfen? Trotzdem, beide haben nicht getan, was sie hätten tun müssen. Sie ist die Lehrerin, sie kann nicht nachgeben. Sie muss Schuldzuweisungen und Belohnungen verteilen. Hier geht es nicht darum, die Bewegung der Planeten zu erklären oder Bruchrechnen oder die Konjugation des unregelmäßigen Verbs »nehmen«. Hier geht es darum, mit dem Flammenschwert die Grenze zu ziehen, die Richtig und Falsch trennt.

»Es tut mir leid«, sagt Maria Luisa Piombo und senkt den Kopf.

Die Lehrerin lässt den Blick über die Klasse schweifen. Riesige Augen. Kein Laut. Sie warten auf das Urteil. Sie muss vermeiden, dass die Disziplin in tausend scharfe Splitter zerfällt und das Schuljahr zum Scherbenhaufen wird. Augen wie aufgerissene Fenster. Sie hat den Eindruck, als könne sie die Gedanken aller Schülerinnen lesen. Es sind ihre eigenen. *Was ist gut, Maestra? Was ist böse?* Augen wie Tiegel, wie Spiegel. Wie soll man damit umgehen? So was erklären sie einem nicht im Lehrerinneninstitut.

»Das war falsch von mir.« Maria Luisa Piombo hat noch nie so viele Wörter auf einmal gesagt, aber Gilla hört sie gar nicht. Sie schließt die Augen, öffnet sie wieder, steht auf, legt den Stock auf das Pult, tritt an die Tafel und schreibt:

Abschreiben ist eine abscheuliche Tat, und ich will es nie wieder tun.

»Piombo, setz dich. Schreib diesen Satz ins Heft. Achtung: *abscheulich* schreibt man mit *eu* und *will* mit zwei *l*. Hundertmal. Morgen bringst du mir das Heft. Was dich angeht, Pellegrini …«

»Sie dürfen Francesca nicht bestrafen, es war meine Schuld.«

Gilla atmet tief ein und schaut Maria Luisa Piombo direkt in die Augen. Die Beharrlichkeit, die ausdruckslose Stimme, der quengelige Ton: Als Erstes denkt sie an den Stock. Zwei gut gezielte Hiebe. Flache Hand, aufgerissene Haut. Tagelanger Schmerz. Wochenlange Striemen. Haben sie ihr nicht auf diese Weise Disziplin beigebracht? Wächst man nicht auf diese Weise, lernt, sich in der Welt zu bewegen? Plötzlich fühlt sie sich todmüde. Sie legt die Kreide hin und geht zum Pult zurück. Zweiundzwanzig Jahre, aber es ist, als wäre sie hundert. Ist der Krieg nicht genau so? Sie denkt an Achille Ferro, den sie zwei Stockwerke tiefer blutig geschlagen haben. An Giacomo Leone, Rosa Marias älteren Bruder, in ein Massengrab geworfen wie ein Tier. An Genua in Flammen. An Michele, auch wenn sie an Michele nicht denken will, schon gar nicht in der Klasse, vor vierundzwanzig kleinen Mädchen, die auf einmal wie gebannt jede ihrer Bewegungen verfolgen. Sie wird blass. Schluckt. Schluss mit Krieg, denkt sie, Schluss mit Schlägen. Mit beiden Händen packt sie den Stock und bricht ihn entzwei. Das *krack* durchdringt die Stille wie ein Messer das Eis. Piombo zuckt zusammen. Ester zuckt zusammen. Die anderen weichen in der Bank zurück bis zur Lehne. Binsen im Wind. Gilla beachtet sie nicht, tritt wieder an die Tafel und fügt unter dem ersten Satz hinzu:

Es ist meine Pflicht, der Lehrerin zu gehorchen und alle gegebenen Aufgaben zu machen.

»Pellegrini, der ist für dich. Zweihundertmal. Bis morgen. Und außerdem noch einen Aufsatz. *Eine unvergessliche Erinnerung*. Fünf Seiten, nicht eine weniger.«

Ester hebt den Blick. Erleichterung? Angst? Gilla kann es nicht sagen.

Dinge, die Ester weiß

Dass Maria Luisa Piombo in der Altstadt wohnt.

Dass sie in einem Haus wohnt, das nicht weit vom Haus der Maestra Gilla entfernt ist.

Dass Maestra Gilla in einem Dachgeschoss wohnt.

Dass Maria Luisa Piombo zusammen mit Großmutter und Mutter lebt.

»Wenn du willst, kannst du zum Hausaufgabenmachen zu mir nach Hause kommen«, sagt sie zu Ester, wenn sie sie nach der Schule heimbegleitet, oder in der Pause oder frühmorgens, bevor sie hineingehen.

Dass ihr Zuhause aus zwei Zimmern besteht und dort immer viel Durcheinander herrscht.

Dass ihre Großmutter und ihre Mutter Hemden nähen.

Dass der Hemdenmann sie alle vierzehn Tage besucht, Baumwollstoff, Faden und Knöpfe dalässt und die fertigen Hemden gewaschen und gebügelt abholt.

Dass Maria Luisa Piombo bügeln kann.

Dass sie Knopflöcher nähen kann.

»Wenn du willst, bring ich es dir bei«, sagt sie. Ester hört ihr aufmerksam zu. Schon so lange spricht niemand mehr mit ihr. Die Mädchen im Waisenhaus quälen sie oder ignorieren sie oder fürchten sie, trauen ihr jedenfalls nicht. Zu viele Privilegien. Suor Giuliana erklärt ihr Sachen, die anderen Nonnen geben ihr Befehle, Maestra Gilla mal so, mal so. Nur Maria Luisa Piombo spricht *wirklich* mit ihr.

Knopflöcher nähen ist nämlich nicht leicht.

Maria Luisa Piombos Vater lebt nicht mehr. Er ist in Abessinien gefallen, während sie im Bauch ihrer Mutter war.

Ester sammelt Informationen wie das Eichhörnchen Vorräte für den Winter.

Maria Luisa Piombo weiß nicht, wo Abessinien liegt.

Der Vater hat das Verdienstkreuz bekommen.

Der Vater trug einen großen schwarzen Schnurrbart.

»Wenn du willst, zeige ich dir ein Foto von ihm in Uniform«, sagt sie. Ester wiederholt die Sachen im Kopf.

Maria Luisas Kleider, Hefte und Bücher stammen aus dem Pfarramt.

Die Hinterbliebenenrente, die Angehörige von Gefallenen erhalten, reicht gerade für die Kohlen.

Sie will sichergehen, dass sie sich an alles erinnert. Auch an die Fragen. Maria Luisa Piombo stellt nur Fragen, die man mit einer Kopfbewegung beantworten kann.

»Wenn du willst, erzähle ich dir, wie Mama und Papa sich kennengelernt haben.«

»Wenn du willst, bringe ich dir ein Tütchen Kürbiskerne mit.«

»Wenn du willst, sage ich dir das Gedicht noch mal auf.«

Also, denkt Ester, führen sie doch eine Art Gespräch. Also ist Maria Luisa Piombo eine Art Freundin. Ihre einzige Freundin. Ein zärtliches, gewaltiges Gefühl, ein unerwarteter Schatz. Und deshalb wünscht sie sich glühend, ihr im Tausch auch etwas zu geben. Die Lösung der Geometrieaufgaben oder andere Sachen, die Maria Luisa nicht kann. Was soll's, wenn Maestra Gilla sie dafür bestraft. Das denkt sie vor dem Schilfrohrzaun des Waisenhauses, wo Maria Luisa Piombo gerade die wichtigsten Momente des Vormittags rekapituliert hat. Sie hat sich über die hundert Sätze beklagt, die sie schreiben muss, und noch viel mehr über die zweihundert Sätze, die Ester schreiben muss. »Fünf Seiten Aufsatz, das ist wahnsinnig viel!«, sagt sie. Und dann, zögernd: »Darf ich dich etwas fragen?«

Ester nickt: *Nur zu, meine Freundin.*

Es ist eine Frage, die ihr auf der Zunge brennt, seit Maestra Gilla die Strafaufgaben verteilt hat, und nun spuckt sie sie in einem Satz aus: »Warum hast du den Aufsatz über Weihnachten denn nicht geschrieben, wenn du es doch gekonnt hättest?«

Ester sieht sie an. Darauf kann man nicht mit einer Kopfbewegung antworten. Es ist ein Verrat. Der erste. Ein Stachel im Herzen.

Jupiter

(Maestra Gillas imaginäre Lektion, während sie Pappmascheekügelchen bemalt)

Jupiter ist ein sehr, sehr weit entfernter, riesiger Planet. Denkt nur: 1316-mal so groß wie die Erde! Und er hat sehr viele Monde, nicht bloß einen wie wir armen Erdenbewohner.

Ihr müsst wissen, dass vier von den Jupitermonden für die Geschichte der Menschheit besonders wichtig sind.

Ich erzähle euch ihre Geschichte. Hört zu. Im Jahr 1610 lebte der große Gelehrte Galileo Galilei in Padua, einer Stadt in Venetien, und lehrte dort an der Universität. Die Nacht des 7. Januar war ungewöhnlich klar. Man sah alle Sterne und Planeten, die Milchstraße leuchtete mitten am Himmelszelt. Deshalb beschloss Galileo, sein Fernrohr herauszuholen und nach oben zu richten. Er konzentrierte sich auf den Planeten Jupiter, den man mit dem Fernrohr recht leicht erkennen kann, weil er eine große, weiß-braun gestreifte Kugel ist mit einem rötlichen Fleck direkt unterhalb des Äquators. Doch in jener Nacht bemerkte Galileo etwas Seltsames in der Nähe des Jupiters. Drei Pünktchen, drei kleine Kügelchen, die er noch nie gesehen hatte.

»Aber waren es nicht vier?«, wird eins der Mädchen fragen.

Passt auf. In der Nacht des 7. Januar sah Galileo Galilei drei Kügelchen, aber in der folgenden Nacht, als er wieder mit seinem Fernrohr hinausging, waren aus den drei Kügelchen vier geworden. Wie konnte das sein? Er untersuchte ihre Position mit größter Aufmerksamkeit. Ob die Kügelchen sich annäherten, ob sie sich entfernten. Kurz, ob sie sich bewegten. Und eine Nacht genügte nicht und auch nicht zwei oder drei, aber sehr bald begriff Galileo Galilei, der ein großartiger Mathematiker war und sich bestens mit Geometrie auskannte, dass sich die vier Kügelchen um Jupiter drehten, genau wie der Mond sich um die Erde dreht.

Daraufhin schrieb er seine Beobachtungen auf Lateinisch in ein Buch mit dem Titel Sidereus Nuncius, *was übersetzt »Himmlischer Bote« heißt. Und alle waren beeindruckt von seiner Entdeckung, denn bis zu diesem Augenblick glaubte man, die Erde sei das Zentrum des Universums und die anderen Himmelskörper, die Planeten, die Satelliten, die Sterne und selbst die Sonne drehten sich allein um sie. So stand es in der Bibel geschrieben.*

Galileo Galilei aber hatte entdeckt, dass es Himmelskörper gab, die sich keinen Deut um Erde und Bibel scherten und ihrer eigenen Wege gingen. »Nicht wir sind der Mittelpunkt des Universums!«, sagte Galileo zu seinen Schülern. Und von da an, seit dieser außerordentlichen Entdeckung, begannen alle Gelehrten, ja alle Menschen, in ihrem Herzen zu zweifeln, alle Gewissheit war dahin.

Gilla denkt, dass sie, wenn sie die Stunde über Jupiter hält, das Ende abwandeln muss, denn so, wie es ist, passt es nicht für kleine Fünftklässlerinnen.

Brot und Kerzen

Harter Winter, rationierter Brennstoff auch für das Waisenhaus. Das allerdings auch schon vor dem Krieg und den Zwangsbeschlagnahmungen eiskalte Flure und zugefrorene Fensterscheiben hatte.

Ester sitzt an einem Tisch im Refektorium. Hier ist es nicht kälter als in den anderen Räumen. Sie nutzt die Einsamkeit und die großen Fenster. Die Sonne ist ein Riss in der grauen Wolkendecke. Zweihundertmal »Es ist meine Pflicht, der Lehrerin zu gehorchen und alle gegebenen Aufgaben zu machen« zu schreiben kostet ziemlich viel Zeit und wärmt die Finger nicht. Alle zehn bis zwölf Zeilen legt sie die Feder hin, reibt die Handflächen aneinander und haucht auf die gekrümmten Finger. Bei Sonnenuntergang schreibt sie das Wort *Ende* unter den fünfseitigen Aufsatz, dann verschluckt die Dunkelheit die Fensterfront wie ein sibirischer Vorhang, und das Waisenhaus verwandelt sich in ein Schattenlabyrinth.

Auf diesen Moment hat sie gewartet.

Die Nonnen sind mit ihren eigenen Angelegenheiten beschäftigt. Die Waisenkinder sind in den Schlafsälen und warten auf die Glocke, die zum Abendessen ruft. Um sich warm zu halten, hüllen sie sich in ihre Mäntel und teilen die Betten, Rücken an Rücken, im flimmernden Licht der

Glühlampen. Die Größeren rauchen heimlich auf dem Klo vor einem kleinen Fenster, geöffnet wie ein Bullauge auf ein weites, gefrorenes Meer.

Auch Ester trägt einen Mantel. Sie sammelt ihre Sachen ein, das Heft, das Mäppchen, und stopft alles in die Tasche. Unbeobachtet biegt sie in den Hauptflur ein. Das Licht aus den Schlafsälen zeichnet schimmernde Rechtecke in die Finsternis. Das Gepiepse der Unterhaltungen übertönt Esters Schritte. Sie erreicht die Kapelle und drückt vorsichtig die Glastüre auf. Sie rechnet damit, dass sich hier um diese Zeit kaum jemand ins Gebet versenkt.

In der Kapelle riecht es dumpf und nach Weihrauch. Dichte Dunkelheit, hier und da der gelbrote Lichtschein zitternder Flämmchen: die Öllampe des Allerheiligsten, die Lichter unter dem Bild von Sankt Anna, das Kerzengestell zu Füßen des heiligen Franziskus. Darauf geht sie zu. Kerzen sind nicht rationiert. Bei Nonnen und Waisenkindern knausert man nicht mit diesem kleinen Trost. Sie zählt die erloschenen Stummel. Zwei sind aufgebraucht, zwei kann man noch anzünden. Auf die konzentriert sie sich. Mit dem Fingernagel löst sie sie vorsichtig von dem Metallständer, um den verbliebenen Docht nicht abzubrechen. Sie wickelt sie in ein Taschentuch und schiebt es in die Tasche zu dem Heft und dem Mäppchen.

Beim Abendessen behält sie den Mantel an. Auch hier nichts Besonderes. Gestreckte Kichererbsensuppe mit Kastanien, ein Brötchen, ein Apfel. Sie schiebt das Brötchen in die Tasche. Mittlerweile ist sie eine Meisterin darin, sich nicht erwischen zu lassen. Mit den Fingern drückt sie sanft auf das Wachspäckchen.

Am nächsten Morgen verlässt sie heimlich vor dem Frühstück das Haus. Es ist klirrend kalt. Sie bricht einen Eiszapfen ab, wickelt ihn in ein Ende ihres Schals und eilt zum Verschlag. Sie befreit den Zugang von dem Gerümpel, das ihn verbirgt, schließt das Holztürchen hinter sich und springt die Treppe hinunter. Aus dem Kätzchen ist eine Katze geworden. Hoffnungsvoll miauend kommt sie ihr entgegen. Ester legt den Eiszapfen in das Wasserschälchen und gibt ihr das am Vorabend stibitzte Brötchen. Die Katze stürzt sich darauf.

»Nach der Schule komme ich wieder«, sagt Ester.

An den unangenehmen Geruch hat sie sich mittlerweile gewöhnt. Trotzdem wird sie später den Haufen aus Sägespänen und Sand kontrollieren, wo das Tier seine Notdurft verrichtet. Durch das Kippfenster fällt milchige Helle herein. Gleich darunter befindet sich ein Bord. Dort deponiert Ester die zwei Stummel neben fünf weiteren, einer Kerze und einer Handvoll Streichhölzer, die sie zwei Tage zuvor in der Küche eingesteckt hat. Dann geht sie wieder hinauf zum Frühstück.

Aufsatz
Eine unvergessliche Erinnerung

Eine unvergessliche Erinnerung ist für mich der Ausflug an den Fluss mit meinen Eltern. Ich war ungefähr vier oder fünf Jahre alt, denn die Puppe Enrichetta hatten wir auch mitgenommen, und mit sechs Jahren wäre es mir bestimmt peinlich gewesen, eine Puppe dabeizuhaben.

Wir sind am Nachmittag mit den Fahrrädern aufgebrochen. Es war Sommer und sehr heiß, aber ich saß bei Papa vorn auf der Stange im Luftzug, der mich erfrischte. Die Puppe Enrichetta war in Mamas Fahrradkorb, zusammen mit dem Picknick.

Auf der Brücke über den Po waren noch mehr Leute mit dem Fahrrad unterwegs. Da habe ich gesagt: »Das ist ja wie auf einem Karussell«, weil ich einmal mit einem Karussell gefahren bin, wo es Holzpferdchen mit Federbusch und bunt bemalten Kutschen gab, und all die Fahrräder, die in dieselbe Richtung fuhren, hatten mich daran erinnert. Das geschieht, weil die Erinnerungen wie die Glieder eines Goldkettchens sind, die aneinanderhängen, aber ein Kettchen ist etwas sehr Zartes, und wenn du es um den Hals trägst, musst du aufpassen, dass es nicht zerreißt, und das gilt auch für die Erinnerungen.

Beim Radfahren unterhielten sich Mama und Papa und

wirkten etwas verärgert, weil mein Onkel gesagt hatte, »wir haben kein Zuhause mehr«, was ich einen dummen Satz fand, da wir ja in dem Augenblick, als er ihn gesagt hatte, bei uns zu Hause waren (aber jetzt kommt mir dieser Satz des Onkels nicht mehr so dumm vor). Jedenfalls betrachtete ich die anderen Fahrräder und auch den Fluss, der sich an dieser Stelle verengt und sogar im August hohe Wellen schlägt. Dann war die Stadt zu Ende, wir sind auf dem offenen Land angekommen, und Papa hat einen ziemlich breiten Pfad durch das Röhricht gefunden. Es roch nach Schlamm, nach Hitze, nach dem Gras, das an den Ufern wächst, und es gab Tiere wie Kröten und Fische und leider auch Schnaken, die haufenweise über uns herfielen wie schwarze Wolken, aber ohne Regen. Doch vor allem gab es Frösche, die in dem Graben voll langer, welliger Grashalme neben dem Pfad herumsprangen. Sobald er einen Frosch sah, trat Papa fester in die Pedale und schrie: »Bahn frei, Bahn frei«, und ich erschrak ein bisschen und lachte ein bisschen, und der Frosch hüpfte wie verrückt. Dann sind wir an eine Stelle gekommen, wo ein Mann unter einem Sonnenschirm Wassermelonen in Scheiben verkaufte. Sie sahen schön frisch und einladend aus, weil der Mann seine Wassermelonen zwischen den Steinen im schäumenden, fließenden Wasser lagerte. Wir haben aber nicht angehalten, weil Mama gesagt hat: »Da sind zu viele Leute«, und wir ja unser Picknick dabeihatten, das eine Torte war. Dann haben wir einen einsamen kleinen Strand gefunden und die Fahrräder an einen Baum gelehnt. Papa hat sich sofort bis auf die Unterhose ausgezogen und seine Sachen an einen Ast gehängt, und als ich ihn so halb nackt dastehen sah, bleich und mit lauter geringelten Haaren auf der Brust, musste ich lachen. Mama hat mir geholfen, mein Kleid auszuziehen, und darunter trug ich einen rot-weiß gestreiften Badeanzug, genau wie der von Mama, die laut Papa wie eine Filmdiva aussah. Papa hat eine Decke ausgebreitet, darauf haben wir die Puppe Enrichetta gesetzt und die Torte dazugestellt. Und das war sehr dumm, aber den Grund schreibe ich nachher.

Ich wollte mich nicht hinsetzen, also haben Papa und Mama mich an der Hand genommen, und wir sind zu einer Stelle am Fluss gegangen, wo er eine nicht so tiefe und nicht so kalte Wassermulde bildete. Da bin ich mit nackten Füßen hineingegangen, und es gab kleine, von der Strömung glatt geschliffene Kiesel und Unmengen winzige schwarze Fische, die um meine Zehen wimmelten, wenn ich mich nicht bewegte. Papa dagegen hat richtig gebadet, einschließlich Haare. Mama hat nur ihre Beine und Arme nass gemacht. Wir waren ganz schön lange dort, auf jeden Fall etwas zu lang, denn als wir zu Enrichetta zurückkamen, hatten Ameisen unsere Torte entdeckt, sie war ganz schwarz von Insekten, und man konnte sie nicht mehr essen. Deshalb habe ich geschrieben, dass es sehr dumm war, sie dort auf dem Boden stehen zu lassen, auch wenn sie in Ölpapier eingepackt war. Dann hat Papa gesagt: »Warte hier mit Mama auf mich, Hexlein.« Als ich klein war, nannte er mich immer so. Und dann hat er Mamas Fahrrad genommen und ist mit drei Scheiben Wassermelone im Korb zurückgekommen, und wir haben alle zusammen gegessen, und danach haben wir uns Gesicht und Hände im fließenden Wasser gewaschen und sind glücklich und zufrieden nach Hause zurückgefahren.

Das ist eine unvergessliche Erinnerung, denn an den Fluss sind wir drei zusammen nie wieder gegangen. Trotzdem sind für mich alle Erinnerungen unvergesslich, keine einzige will ich vergessen.

Ende

Uranus

(Maestra Gillas zweite imaginäre Lektion, während sie Pappmascheekügelchen bemalt)

Auch Uranus ist ein riesiger Planet, fünfzehnmal so groß wie die Erde, und wenn man ihn durchs Teleskop betrachtet, hat er die Form eines grünblauen Kreises. Um die Sonne ein Mal komplett zu umrunden, braucht er vierundachtzig Jahre.

So wie der Planet Jupiter den Namen des Vaters aller Götter trägt, heißt auch der Planet Uranus nach einer antiken Gottheit. Uranus nannten die alten Griechen den Sternenhimmel.

Der Legende nach hingen im Anbeginn der Zeiten Himmel und Erde immer aneinander. Denn der Himmel, also Uranus, wollte sich nicht von der Erde lösen, die die Griechen Gaia nannten. Uranus liebte Gaia sehr, und Gaia liebte Uranus, und zusammen machten sie viele Kinder. Aber Uranus war Gaia so zugetan oder vielleicht so eifersüchtig, dass er sich nicht einmal von ihr trennen wollte, um sie gebären zu lassen, weshalb die armen Kinder alle in Gaias Bauch zusammengepfercht waren wie ein Wurf Hundejunge im Mutterleib. Kurz und gut, ihr versteht wohl, dass es so nicht weitergehen konnte, Gaia immer praller mit Kindern gefüllt, die wuchsen und wuchsen, aber nicht auf die Welt kommen konnten, weil Uranus ihnen ständig den Weg versperrte.

Doch irgendwann hielt Gaia Uranus' Selbstherrlichkeit nicht mehr aus und beschloss, eine Sichel herzustellen, so wie die, die man auf den Feldern zum Heuen braucht. Und dann übergab sie die Sichel dem mutigsten und entschiedensten ihrer Söhne, der Chronos hieß. Fragt mich nicht, wie Gaia es anstellte, sie ihm zu übergeben, da sich Chronos ja mit allen seinen Brüdern in ihrem riesigen Bauch befand, aber so lautet die Geschichte. Und wisst ihr, was Chronos, der tapferste oder vielleicht verzweifeltste Sohn von Uranus und Gaia, was dieser Chronos mit der Sichel gemacht hat?

Gilla zögert. Gibt es eine ehrliche Art, diese Geschichte zu erzählen, eine Geschichte, die älter ist als die Römer, die Griechen, die Phönizier, die Pharaonen, die Assyrer, die Babylonier, älter als die gesamte Menschheit, eine Art, die für kleine Mädchen in der fünften Klasse geeignet ist?

Also: Der kühnste und entschiedenste Sohn von Gaia und Uranus kauerte sich mit der Sichel in Gaias Bauch, und als Uranus, der ebenfalls gerade in Gaia zugange war, in seine Nähe kam, kurz, als sein Vater in Reichweite war, schnitt Chronos ihm mit einem Hieb das Glied ab.

Darf man »Glied« sagen? Wäre es nicht besser, eine Variante einzuführen und zu sagen, Chronos schnitt seinem Vater den Kopf ab? Oder einen Arm? Oder einen Finger?

Verletzt lief Uranus davon, weit weg von Gaia, das heißt von der Erde und von diesem Haufen Verräter, die seine Söhne waren, allen voran Chronos. Derweil kamen diese Söhne nacheinander ans Licht wie jaulende Welpen.

Wahnsinnig vor Schmerz flüchtete Uranus dorthin, wo wir ihn heute sehen, an den Himmel. Währenddessen hat Chronos das abgeschnittene Glied (den abgehackten Finger) *weit von sich geschleudert. Und da geschahen zwei unglaubliche Dinge. Sachen, die sonst nur Göttern passieren, zuletzt aber doch die gesamte Menschheit betreffen. Ein paar Tropfen Blut tropften von Uranus' Glied* (Finger) *auf den Boden und vermischten sich mit der Erde. Und da erwachten aus dem Boden drei furchtbare Wesen zum Leben. Erinnyen nannten die alten Griechen sie. Ungeheuerliche Gestalten mit großen Flügeln, Bronzefüßen und Schlangen zwischen den Fingern und den Haaren. Grausame Gottheiten, die durch die Welt flogen und überall Hass, Schmerz und Rache säten. Doch während die Welt sich mit Grauen erfüllte, geschah die zweite unglaubliche Sache. Denn ein paar Tropfen von Uranus' Sperma* (Blut, falls Sperma für die Fünftklässlerinnen zu weit geht) *fielen ins Meer, vermischten sich mit dem Schaum, und aus dieser Umarmung wurde die Gottheit geboren, die die Griechen Aphrodite nannten und die Römer Venus. Und sie, liebe Kinder, ist das Sinnbild für alles Schöne, was es im Leben gibt.*

Und Gilla hört auf, sich ihre Lektion auszumalen, und denkt an all das Schöne, das sie früher sah, aber nicht mehr sieht, weil die rasenden Erinnyen ihren zerschlissenen Mantel über die Erde gebreitet haben.

Die rötliche Färbung der Weinstöcke im Herbst, die gelborange Explosion der Kakis im Hof, der fleischige Geruch nach umgebrochener Erde, der süße, starke Duft nach Rauch und gerösteten Kastanien und auch das diamantene Knirschen im Novemberfrost, die Eisblumen, die die Wintersonnenwende schmücken, der Schnee, der bald fallen wird und mit dem epische Schneeballschlachten geschlagen werden, der Frühling im Galagewand, die Schleppe duftend von Lindenblüten und Rosen …

Stille, unaufhaltsame Tränen laufen ihr über die Wangen. Sie tropfen auf ihre farbverschmierten Finger, verwässern die grünblaue Mischung. Sie ist sicher, dass diese Lektion für unschuldige kleine Mädchen perfekt ist. Sie werden sie nicht vergessen. Wenn es so weit ist, werden sie guten Gebrauch davon machen. Das Leben ist Hölle und Himmel zugleich, gemischt wie die Temperafarben in dem Schälchen.

Mehr Hölle als Himmel, liebe Kinder.

Diese Lektion spricht Gilla aus tiefstem Herzen. Michele, geliebt und verloren. Michele, Himmel und Hölle. Aber sie weiß auch ganz sicher, dass sie nicht die Kraft hat, sich ans Pult zu stellen, um Ruhe zu bitten und vor ihren Schülerinnen diese Stunde zu halten.

In der Kirche

Wenige Tage bis Weihnachten, letzter Schultag vor den Ferien. Nach der Pause verlassen alle Klassen das Gebäude und gehen in Zweierreihen durch Borgo di Dentro bis zur Kirche. Als sie vorbeiziehen, blicken die Frauen aus den Fenstern. Die Händler, die Cafébesitzer, die Schneiderinnen, sogar die Straßenkehrer halten inne und versinken in der Betrachtung. Kein Laut ist zu hören, alle denken denselben Gedanken: Wieder ein Heer. Aber das hier sind Scharen ohne Waffen, nur Schleifen schauen aus den Mantelkrägen hervor, und die weiß-schwarzen Säume der Schulkittel blitzen fröhlich bei jedem Schritt. Manche Zuschauer sind gerührt.

Die Idee stammt vom Direktor, der gleichzeitig der Pfarrer ist. Das erste Trimester der neuen Ära soll ruhmreich ausklingen. Zum Ruhm Gottes natürlich. Eine Prozession durch die Straßen der Stadt und eine große Messe, um gleichzeitig den Frieden willkommen zu heißen, ein Wiedersehen im Januar zu versprechen und auch eine klare Botschaft an alle Sozialisten, Kommunisten und Anarchisten von Borgo di Dentro zu richten: dass sie bereuen und wie gute Christen die Novene mitbeten sollen.

In der Kirche schimmern die Kerzen. Gesittet nehmen die Klassen auf den Bänken Platz, die Jungen links, die

Mädchen rechts, nach Alter geordnet, vorne die Kleinen, danach alle anderen. Für die 5D ist die Ecke am Ende des Kirchenschiffs vorgesehen, und Gilla setzt sich hinter sie.

Dass sie ein bisschen katholisch ist, war Stoff für Diskussionen. Michele hatte etwas an dem *bisschen* auszusetzen – »entweder du bist es, oder du bist es nicht« –, aber Gilla fühlt sich weiterhin so. Nicht ganz katholisch. Und nicht ganz kommunistisch. Sie lässt den Blick über den bunten Marmor, den Stuck und die pseudobarocken Vergoldungen wandern, über die vollbusige Muttergottes, die zum Himmel auffährt, über die dämmrigen Kapellen, über die durchbohrten, gemarterten, von der Zeit verzehrten, vom Kerzenrauch rußigen Heiligen, über die blutleeren, sternenumkränzten Madonnen mit blauem Schleier, über die Heiligen mit Lilien und Rosen in der Hand, über die künstlichen Berge der Krippe, die Hirten mit Lämmern um den Hals und den Kometen aus glänzendem Metall. Was für wunderbare Geschichten sie als Kind gelernt hat. Warum *ganz* darauf verzichten?

Die feierliche Musik des Organisten begleitet den Einzug des Direktors und Pfarrers im festlichen Ornat. Die Messe beginnt. Gilla versichert sich, dass die Mädchen anständig dasitzen, im richtigen Augenblick aufstehen, sich wie vorgesehen wieder setzen und den Abstand zum Altar nicht ausnutzen, um zu kichern, zu schwatzen oder einander Streiche zu spielen. Zum ersten Mal seit Anfang des Jahres hat sie Gelegenheit, sie von hinten zu betrachten. Sie vergleicht das frontale Bild mit den Pferdeschwänzen, den Zöpfchen mit und ohne Band, den kunstvoll geflochtenen und den improvisierten Frisuren, die Haare, sorgfältig von der Friseurin oder der Mutter geschnitten, um den Läusen das Leben zu erschweren. In der Schule ist für alle Platz. Da hast du sie, die Revolution, denkt sie, an Michele gewandt. Blitzsaubere Hälse neben seit Generationen schmutzigen Hälsen. Ohren wie von Michelangelo modelliert oder abstehend. Schultern, zart wie die einer Edelfrau und breit wie die einer Bäuerin. Dann aber fällt ihr auf, dass die Mädchen in der Kirche spontan die gleiche Sitzordnung gewählt haben wie in der Schule: die Banknachbarinnen sitzen zusammen, die Reihen sind wie die in der Klasse. Die Macht der Gewohnheit. Faulheit. Fehlender Mut. Wie schwierig die Revolution doch ist. Und das gilt auch für Maria Luisa Piombo und Francesca Pellegrini. Kleben aneinander wie Kletten. Sind sie aufmerksam? Und die anderen? Schwer zu sagen, so von hinten. Außerdem ist der Gottesdienst ein fernes monotones Gemurmel. Und dieses ganze Latein. Sie können ja nicht einmal richtig Italienisch. Gilla stellt sich vor, dass in den vorderen Bänken hier und da ein paar Kleine eingeschlafen sind. Unvermeidlich. Im Grunde ist sie selbst auch zerstreut. Nicht so sehr, dass sie *Aufstehen* und *Hinsetzen* nicht mitbekommt, nicht so sehr, dass sie dem Pfarrer nicht antwortet, wenn es gefragt ist, *Kyrie, Gloria,* aber doch genug, dass der Geist wandert. Und auch der Körper. Unter dem Vorwand, die Mädchen besser kontrollieren zu können, verlässt sie ihren Platz und umrundet das Inselchen, das die 5D bildet. Ungesehen konzentriert sie sich auf Pellegrini. Die Kleine hält den Blick gesenkt. Bewegt beim *Credo* die Lippen. Gilla tritt neben sie und hört keinen Laut. Das Mädchen ist ein Rätsel. Auch der Aufsatz. Verblüffend. Verblüffend, dass sie vor dem weißen Blatt beschlossen hat, so persönliche Dinge zu erzählen. Und die Passage über die Erinnerungen. Es sind keine fragilen Kettenglieder, würde sie gern zu ihr sagen. Erinnerungen sind eiserne Ketten.

Im Augenblick der Kommunion entsteht ein wenig Aufruhr. Die Schülerinnen der 5D verlassen ihre Plätze und gehen vor zum Altar, um die geweihte Hostie zu empfangen. Gilla will ihnen gerade folgen, bemerkt aber, dass Pellegrini sich nicht rührt. Im Gegenteil, die Kleine hat sich gesetzt. Gilla berührt sie an der Schulter und macht ihr ein Zeichen, loszugehen, aber Pellegrini schüttelt den Kopf.

Nein?

Nein wie: *Ich schreibe meinen Namen nicht auf den Heftumschlag.*

Nein wie: *Ich schreibe keinen Aufsatz über Weihnachten.*

Gilla ist ratlos. Sie kann den Rest der Gruppe nicht allein lassen, daher geht sie nach vorne, empfängt den Leib Christi, kehrt zurück, gibt vor, sich ins Gebet zu versenken, grübelt in Wirklichkeit aber über das Vorgefallene und sieht von Weitem, dass die Kleine von ihrem Platz verschwunden ist. Sollte sie etwa schon vor dem Ende der Messe gegangen sein? Sie sucht sie mit den Augen, und da kniet sie, in einer Seitenkapelle. Gilla will sich nähern, doch in dem Moment steht Pellegrini auf und blickt um sich. Instinktiv verbirgt Gilla sich hinter einer Säule. Sie sieht, wie sich die Kleine über das Gestell mit den Votivkerzen beugt, die Hand ausstreckt, eine Bewegung macht, als kratzte sie, und rasch die Hand in die Tasche steckt. Gilla könnte schwören, gesehen zu haben, dass sie einen Kerzenstummel mitgenommen hat. Wie seltsam. Ob es im Waisenhaus an Kerzen fehlt?

Am Ende des Gottesdienstes begleitet Gilla die Mädchen hinaus und kehrt dann in die Kirche zurück, geht zur Sakristei und wartet vor der geschlossenen Tür. Nach ein paar Minuten erscheint der Direktor auf der Schwelle.

»Ich muss mit Ihnen sprechen«, sagt die Lehrerin.

Er geht voran. Sie war noch nie in einer Sakristei, vielleicht hat sogar noch nie eine Frau, die keine Nonne ist, je eine Sakristei betreten, und anfangs schüchtert der Ort sie ein. Die Neuheit, die holzgetäfelten Wände, das Rätsel und vor ihr die Kutte einer Krähe mit glänzendem Gefieder.

»Ich höre.«

Gilla nimmt sich einen Augenblick Zeit, um sich zu sammeln, dann spricht sie von Pellegrinis ausgezeichneten Leistungen in allen Fächern. »Meinen Unterricht braucht sie gar nicht, Herr Direktor«, sagt sie.

»Wenn sie so begabt ist, werden wir versuchen, dass sie nach den Prüfungen eine weiterführende Schule besuchen kann. Das Problem bleibt die mündliche Prüfung.«

»Nicht nur.« Die Lehrerin erzählt von der Hartnäckigkeit, mit der die Kleine sich weigert, für sie höchst einfache Dinge zu tun, etwa ihren Namen oder einen Aufsatz über Weihnachten zu schreiben.

»Trotzreaktionen.«

»Ich glaube nicht. Den Aufsatz über Weihnachten hat sie für eine Klassenkameradin in Schwierigkeiten geschrieben. Daraufhin habe ich ihr ein anderes Thema gestellt, und die Kleine hat von ihrer Familie erzählt. Ihrem Vater, ihrer Mutter. Einem Onkel. Und sie hat geschrieben: ›Da habe ich gesagt ...‹ Kurzum, sie erzählt, dass sie gesprochen hat.«

Der Mann legt die Hände vor dem Gesicht zusammen. »Der Krieg hat viel Schaden angerichtet, Signorina Gilla.«

»Ich glaube nicht, dass sie stumm ist.«

»Vielleicht hat auch dieses kleine Mädchen Schaden genommen.«

»Aber vielleicht könnte man … den Schaden reparieren?« Wie viel Eindringlichkeit. Und wie viele Erinnerungen. Das Wort ist so voll von … Michele, dass es sie erröten lässt. Der Direktor scheint es nicht zu bemerken.

»Und was möchten Sie jetzt von mir?«

»Ich möchte …« Gilla findet nicht die richtigen Worte.

»Mehr darüber erfahren.«

Sie nickt.

»Versuchen, den Schaden zu reparieren.«

Gilla presst die Lippen aufeinander.

»Und Sie wollen mein Einverständnis?«

»Sagen wir, Ihre Hilfe. Im Grunde sind Sie es …«

»Im Grunde bin ich es, der Sie in die Klemme gebracht hat.« Das Lachen des Direktors ist trocken und fröhlich. »Machen wir's so. Gehen Sie zum Waisenhaus. Sagen Sie, ich habe Sie geschickt. Fragen Sie nach Suor Giuliana. Lassen Sie sich alles erzählen, was die Schwestern wissen.«

»Suor Giuliana.«

»Suor Giuliana. Versuchen wir's.«

Gillas Gesichtszüge zeigen auf einmal eine eiserne Entschlossenheit. Eine Kraft, die unberührt im großen Gemetzel der Geschichte voranschreitet. Anita Garibaldi auf dem Pferd in der Pampa. Jeanne d'Arc unerschrocken im Krieg. Cornelia, Hypatia, Penelope. Penthesilea, Königin der Amazonen. Und in diesem Moment, an irgendeinem

Dezembertag des Jahres 1945, zwischen den holzgetäfelten Wänden einer düsteren Sakristei, sieht der Direktor Gilla so, wie er sie noch nie gesehen hat. Wie man sie ihm nur geschildert hatte, als man ihn drängte, sie einzustellen. Wie die aufständischen Genossen sie im Krieg kennengelernt haben. Wie Michele sie beim ersten Treffen am großen Nussbaum der Franzoni gesehen hat, barhäuptig im Regen, tropfnass und entschlossen, furchtlos und übermütig, mit einer wunderbarerweise trockenen chiffrierten Botschaft in der Hand.

Es ist nur ein Augenblick, genügt aber, um dem ansonsten kühnen Gemüt des Direktors der Grundschule von Borgo di Dentro einen Tropfen Angst einzuflößen. Angst um sie, die nun schon zum Gruß den Kopf senkt, ihm den Rücken zudreht und die Hand auf die Türklinke legt.

»Gilla.«

Anita Garibaldi in den Sümpfen von Comacchio an Fieber gestorben.

»Ja?«

»Wir wissen nicht, was Sie im Waisenhaus entdecken werden. Wir wissen nicht einmal, ob Sie überhaupt etwas entdecken werden. Wir leben in schwierigen Zeiten.«

Jeanne d'Arc starb mit neunzehn Jahren, lebendig verbrannt. Penthesilea durchbohrt von der Lanze des Achill.

»Verstehe.«

»Nein, Sie verstehen nicht. Sie sind zu …« Jetzt ist es der Priester, der nicht das richtige Wort findet, darum drückt er sich lieber allgemeiner aus. »Sie sind zu jung, um zu verstehen.« Als wäre die Jugend eins mit dem Drang, Hand an das Böse in der Welt zu legen. »Aber hören Sie auf mich: Sie haben noch dreiundzwanzig andere kleine Mädchen, um die Sie sich kümmern müssen. Lassen Sie sich nicht zu sehr auf diese Geschichte ein. Es ist keine gute Investition.«

Waldgrünes Mäntelchen

Auf dem Weg, der von der Schule zur Kirche führt, spricht Maria Luisa Piombo, aber Ester hört nicht zu. Sie betrachtet die Frauen, die aus den Fenstern schauen, die Händler in ihren Geschäften, die Cafébesitzer, die Schneiderinnen, die Straßenkehrer. Sie weiß nichts über diesen Ort, kennt niemanden, sieht sich aber mit ihren Augen, ein Schulmädchen in einer Zweierreihe, und fühlt sich, als würden alle sie kennen und sie freudig und mitleidig ansehen.

Die Erinnerungen, die durch die Blicke geweckt werden, sind keine feine Goldkette mehr, sondern eine steile Treppe, über die sie in den schwarzen Brunnen der Vergangenheit stürzt, tiefer, immer tiefer, bis zum ersten bewussten Bild von sich selbst. Ein waldgrünes Mäntelchen mit goldenen Knebelverschlüssen auf der Brust. Sonst nichts. Das Mäntelchen und das vollkommene, leuchtende Glück von Schülern auf der Straße.

Die Sehnsucht überwältigt sie, doch sie widersteht, strafft die Schultern, schluckt die Tränen hinunter, drückt Maria Luisa Piombos Hand und steigt den Abgrund rückwärts wieder hinauf. Ihre Freundin, ihre einzige Freundin Maria Luisa Piombo, spricht glücklicherweise einfach immer weiter.

Im Waisenhaus

Noch am selben Nachmittag wird Gilla im Waisenhaus vorstellig.

»Warten Sie im Sprechzimmer, ich rufe Suor Giuliana«, sagt die Nonne an der Pforte.

Der Raum ist kahl und kalt, durch ein Fenster mit mattierter Scheibe fällt etwas Licht. Gilla zieht den Mantel fester um sich, sie wagt es nicht, sich auf einen der Stühle zu setzen, die an einem kleinen Tisch stehen. Der einzige Gegenstand, der an einen für den Empfang von Gästen geeigneten Ort denken lässt, ist ein Ölgemälde in einem kunstvollen, vergoldeten Rahmen, ganz Spiralen und Voluten, eher für ein weltliches Sujet geeignet als für die drei hieratischen Figuren, die der Maler gewählt hat: die heilige Anna auf dem Thron, gleich darunter die Jungfrau Maria, ihre Tochter, und auf dem Schoß der Madonna das Jesuskind, das mit erhobenem Arm den Betrachter segnet.

Suor Giuliana kommt hinkend herein. Sie bietet Gilla einen der Stühle an und setzt sich selbst direkt unter das Bild. »Sagen Sie mir nicht, dass die Kleine etwas Schlimmes angestellt hat«, sagt sie.

Gilla bemerkt, dass die Nonne auf beeindruckende Weise der heiligen Anna ähnelt. Die gleiche cremefarbene Guimpe straff unter der Kehle, die Haut runzlig wie Baumrinde, der

Ausdruck wie holzgeschnitzt. Sie zwingt sich, das Gemälde nicht mehr anzusehen. »Überhaupt nicht«, antwortet sie und erklärt den Grund ihres Besuchs.

Falls die Nonne über das Anliegen erstaunt ist, zeigt sie es nicht. »Das Vertrauen des Herrn Direktor ehrt mich, ich muss aber die Mutter Oberin um Erlaubnis fragen«, antwortet sie. Nach ein paar Minuten kehrt sie mit einer Akte in der Hand zurück. »Ich bitte Sie um größte Diskretion in Bezug auf das, was ich Ihnen zeigen werde. Die Mädchen, die hier herauskommen, haben kein leichtes Leben. Sie versuchen, ihre Familie wiederzufinden, die sie ausgesetzt hat. Oder irgendeine Familie. Sie haben zu viel Vertrauen oder zu wenig. Sie können nicht unterscheiden, und das nutzen die Leute aus.«

»Mich interessiert nur ihr Wohl«, sagt Gilla.

»Das bezweifle ich nicht. Ich bitte Sie nur, vorsichtig zu sein. Wir wissen sowieso nicht sehr viel«, sagt die Nonne, dann zieht sie einen Kneifer aus der Tasche ihrer weiten Tracht, setzt ihn auf und beginnt, ein Formular zu studieren. »Schauen wir mal. Sie ist am 2. Januar dieses Jahres registriert worden. Begleitet von einem Mitarbeiter des Bischofs. Sehen Sie diese Chiffre hier, SE? Das steht für ›Seine Exzellenz‹ und bedeutet, dass der, der sie hergebracht hat, vom Bischof beauftragt war. Direkt oder indirekt.«

»Indirekt?«

»Seine Exzellenz hatte – hat – Vertrauenspersonen. Es ist nicht gesagt, dass er informiert ist über jede kleine …«

»Bewegung?«

»Genau.«

»Steht da denn nicht der Name der Begleitperson?«

Die Nonne nimmt den Kneifer ab, schließt die Augen, massiert ihre Nasenwurzel, dann öffnet sie sie wieder. »Die Kleine brauchte Hilfe, und wir haben sie aufgenommen.« Gesichtsausdruck wie eine Sphinx. »Hier in der Nähe waren die Wehrmachtssoldaten einquartiert. Die hatten keine Skrupel, die Schlafsäle und die Kartei zu inspizieren.«

»Und je weniger Informationen sie fanden, umso besser für alle.«

»Ich sehe, dass Sie mich verstehen.« Suor Giuliana setzt den Kneifer wieder auf. »Deshalb beschränken sich die Angaben auf das Allernötigste. Auch das Datum könnte ungenau sein. Vielleicht musste man die Formulare sehr schnell ausfüllen, die Daten verändern. Aber nicht zu sehr. Sagen wir, sie kann zwischen Ende Dezember und Anfang Januar bei uns eingetroffen sein.«

»Und sie sprach nicht.«

»Kein einziges Wort. Das steht auch unter ›Besondere Merkmale‹, sehen Sie?«

Suor Giuliana hält Gilla das Formular hin. Jemand hat *stumm* geschrieben und darunter *Ausstattung*. »Was bedeutet das?«, fragt Gilla.

Die Nonne zieht ein zweites Formular aus der Akte hervor. Darauf sind die Sachen aufgelistet, mit denen das Kind im Waisenhaus angekommen ist, aber die auf dem Formular vorgesehenen Zeilen reichen nicht aus, die Liste geht auf der Rückseite weiter. »Es ist recht ungewöhnlich, dass eins unserer Mädchen mit einem vollen Koffer und Schuhen an den Füßen bei uns ankommt«, sagt sie.

Gilla überfliegt das Blatt. »Darf ich es abschreiben?« Sie zieht einen Notizblock aus der Handtasche.

Die Nonne nickt, verschwindet kurz in der Pförtnerloge und kommt mit Federhalter und Tinte zurück. Gilla macht sich an die Arbeit. »Also hatte sie auch Geld dabei«, sagt sie zum Schluss.

»Etwas Schmuck und ein bisschen Geld. Nicht viel, ehrlich gesagt. Bedenken Sie, dass wir Winterschuhe für Kinder nicht unter 1800 Lire pro Paar finden.«

Gilla erinnert sich genau an den unerhörten Betrag, den sie für ihre neuen Mokassins ausgegeben hat.

»Und sie hatte das hier dabei.« Suor Giuliana reicht ihr eine Karte.

Ich empfehle meine Tochter Francesca Ihrer Obhut. Ich bitte Sie, für angemessene Nahrung und Kleidung zu sorgen. Ich wünsche, dass sie weiter die Schule besucht und, wenn nötig, den Hustensaft nimmt.

Margherita Moretti verheiratete Pellegrini

»Deshalb haben Sie sie in der Schule eingeschrieben.«

»Wir leben hier von der göttlichen Vorsehung und der menschlichen Barmherzigkeit. Wir bringen den Mädchen das Nötigste bei, dazu ein bisschen Nähen, ein bisschen Sticken, ein bisschen Gärtnern und ein bisschen Kochen. Mehr können wir uns nicht erlauben«, sagt Suor Giuliana.

Gilla liest die Karte noch einmal. Die Schrift erinnert sie an die der Kleinen, aber so, als sei sie erwachsen geworden. Kein Datum, kein Ort. »Sie haben doch Erfahrung«, sagt sie, »halten Sie das für die Worte einer Frau, die ihr Kind aussetzt?«

»Ich halte es für die Worte einer Frau, die nicht weiß, ob sie ihr Kind jemals wiedersieht.«

»Und ist noch niemand gekommen, um die Kleine abzuholen?«

»Nein, niemand. Das kann aber auch an der Entfernung liegen.«

»Welche Entfernung?«

Die Nonne zieht zwei weitere Dokumente aus der Akte. Das erste ist eine von der Stadtverwaltung Neapel ausgestellte Geburtsurkunde, aus der hervorgeht, dass Francesca Pellegrini am 4. Juli 1935 als Tochter von Ludovico Pellegrini und Margherita Moretti geboren wurde. Das zweite ist eine Bestätigung, unterschrieben vom Pfarrer der Kirche Santa Maria della Neve in Neapel, dass Francesca Pellegrini, zwölf Tage nachdem sie zur Welt gekommen ist, dort die Taufe empfangen habe.

»Neapel«, murmelt Gilla.

»Wie gesagt, sehr weit weg.«

»Hmm«, macht Gilla.

»Sind Sie nicht überzeugt? Ich habe den Eindruck, die Papiere sind echt. Schauen Sie sich die Stempel an.«

»In einem Aufsatz hat die Kleine von einem Fahrradausflug erzählt, den sie mit Mutter und Vater am Ufer des Po gemacht hat, als sie vier oder fünf Jahre alt war.«

»Sie könnten nach ihrer Geburt nach Norditalien gezogen sein.«

»In dem Aufsatz spricht sie auch von einem Onkel, der gesagt habe: ›Wir haben kein Zuhause mehr.‹«

»Vielleicht hat die Familie das Haus im Süden verkauft.«

»Ich weiß nicht. Haben Sie zufällig Kontakt zur Gemeinde von Neapel? Möglicherweise lebt ein Teil der Familie noch dort.«

»Nach Kriegsende hat die Mutter Oberin dem Pfarrer der Kirche geschrieben, in der das Kind getauft wurde. Sie hat ihn gebeten nachzuforschen. Und das ist das Ergebnis.«

Suor Giuliana zieht ein eng beschriebenes Durchschlagpapier hervor. »Hier, lesen Sie«, sagt sie und zeigt auf einen Absatz.

Gilla konzentriert sich auf die steile Handschrift und die gestelzte Ausdrucksweise des Priesters.

… daher kann ich Ihnen zu diesem Kind nichts sagen, weder Ja noch Nein. In unserem Kirchenregister findet sich keine Spur, weder unter dem Datum, das Ihrem Schreiben zufolge auf dem Taufschein angegeben ist, noch im gesamten Verlauf jener Monate und Jahre. Allerdings war ich nicht hier, als das Neugeborene getauft worden sein soll, und daher kann ich, obwohl unwahrscheinlich, nicht mit gutem Gewissen ausschließen, dass unser wertvolles Register möglicherweise lückenhaft ist.

Was die Gemeindeämter betrifft, überlasse ich es Ihnen, sich vorzustellen, in welchem Zustand wir uns hier nach dem Aufruhr der letzten Jahre befinden. Der Krieg, die Bomben, die extreme Armut, dic Rohheit der Besatzer, der Hunger, der den Körper schwächt und den Geist verdunkelt, die Umwälzung, die der Durchzug der amerikanischen Truppen verursachte …

»Kurz, keine Gewissheit.«

»Keine. Aber auch kein Grund zu denken, dass diese Dokumente gefälscht seien.«

»Mich hat stutzig gemacht, dass sie heute Morgen nicht wie alle anderen zur Kommunion gegangen ist.«

»Sie weigert sich, ich weiß. Aber es ist nicht richtig, sie dazu zu zwingen, denn wir haben nur den Taufschein, nicht die Bestätigung über die Erstkommunion.«

»Verstehe. Und … haben Sie hier genug Kerzen?«

»Das ist das Einzige, woran es nicht fehlt. Was für eine seltsame Frage, Signorina Gilla.«

»Es ist nur, weil … Ach nichts, eine Lappalie. Vielmehr …« Gilla mustert noch einmal die Notizen in ihrem Heft. »Sie ist mit einem goldenen Ring hier angekommen, richtig?«

»Ja, einem Ehering.«

»Und ist darin etwas eingraviert?«

Suor Giuliana fixiert sie einen langen Augenblick. »Ich muss Sie noch einmal um etwas Geduld bitten.« Sie verlässt das Zimmer und kommt kurz darauf mit einem Ring in der Hand zurück. »Sehen Sie selbst nach, für meine Augen ist es zu klein.«

Gilla tritt ans Fenster und dreht den Ring zwischen den Fingern. Was gäbe sie dafür, wenn sie ihre Lupe dabeihätte. »*Von A. für M.* und dann … merkwürdig …«, sagt sie.

»Was?«

»Das mathematische Zeichen für Unendlichkeit.«

Suor Giuliana reißt die Augen auf. »Es könnte eine religiöse Bedeutung haben«, sagt sie.

»Trotzdem stimmt da etwas nicht. Die Mutter heißt

Margherita«, sagt Gilla. »Und nach den Dokumenten heißt der Vater …«

»Ludovico.«

»Und wer ist dann *A*?«

»Sie vermuten, dass es der Ehering ihrer Mutter ist, er könnte aber auch einem anderen Verwandten gehören.«

Die Nonne hat recht. Gilla seufzt, gibt den Ring zurück, klappt ihr Heft zu und schiebt es wieder in die Handtasche. »Danke für Ihre Hilfe«, sagt sie.

»Man muss die Dinge nehmen, wie sie sind, Signorina Gilla. Hier lernt man, dass es Grenzen gibt bei dem, was man für die Mädchen tun kann«, sagt die Nonne.

Gilla tritt erneut ans Fenster. Mit dem Rücken zur Scheibe wendet sie sich noch einmal an die Nonne. »In dem Aufsatz hat sie noch mehr geschrieben.«

»Ja?«

»Sie hat geschrieben, dass sie mit ihrem Vater gesprochen hat.«

Der Nachmittag neigt sich dem Ende zu. Die Nonne schüttelt den Kopf.

»Sie ist nicht stumm! Sie ist kein stummes Kind!«, platzt es aus Gilla heraus.

Ein Sonnenstrahl dringt durch die mattierte Scheibe und zersplittert in tausend kleine Diamanten. Die junge Frau leuchtet im abendlichen Licht, Suor Giulianas hölzernes Gesicht wird weicher in seinem warmen, honigfarbenen Schein. »Haben Sie nicht in Betracht gezogen, dass die Kleine es sich nur ausgedacht hat? Eine Fantasie, einen Wunsch ausgedrückt hat?«

Der Lehrerin fehlen die Worte. Nein, daran hat sie nicht

gedacht. Obwohl sie weiß, dass Kinder die Wirklichkeit manchmal ausschmücken, sie verdrehen, wie es ihnen am besten passt.

»Jetzt habe ich eine Frage an Sie, Signorina Gilla. Setzen Sie sich, bitte. Nehmen wir an, die Kleine ist nicht stumm, glauben Sie, wenn sie ihre Familie fände, würde sie wieder zu sprechen anfangen?«

Gilla kehrt an den Tisch zurück. »Möglich wäre es.«

»Sie sind optimistisch.«

»Das muss ich sein. Wenn sie die mündliche Prüfung nicht machen kann, bekommt sie kein Zeugnis. Und es wäre ungerecht, ein so begabtes Kind aufzuhalten.«

»Dann müsste man wohl herausfinden, warum sie zu sprechen aufgehört hat. Was ihr Schreckliches zugestoßen ist, dass es ihr die Sprache verschlagen hat.«

Gilla weiß nicht, was sie antworten soll. Sie hat den Eindruck, mehr durcheinander zu sein als bei ihrer Ankunft. Die Nonne tätschelt ihr die Hand. »Wir müssen auf die Vorsehung vertrauen, Signorina Gilla.«

Die Geste stört Gilla, aber sie ist zu wohlerzogen, um ihre Hand wegzuziehen. »Vorsehung ist Fürsorge«, erwidert sie jedoch. Das sagt ihre Freundin Rosa Maria immer, und auch sie hat so zu denken gelernt auf den langen Wegen, die sie im Oktober 1943 zusammen in der Stadt und den umliegenden Hügeln zurücklegten, als die Straßen von Deutschen wimmelten. Sie putzten sich heraus, taten so, als wären sie zum Vergnügen unterwegs oder Bauernmädchen, die Pilze und Kastanien suchen, und dabei lernte die Genuesin Gassen, Pfade und Möglichkeiten kennen, um den Partisanen nützlich zu sein.

»Der barmherzige Gott bewahre Ihnen Ihre Schlagfertigkeit, junge Frau.« Die Nonne zieht ihre Hand zurück, erhebt sich und schiebt den Stuhl an den Tisch, ihr Gesicht ist jetzt eins mit dem Gemälde. »Erlauben Sie mir jedoch, Ihnen einen Rat zu geben, dann lasse ich Sie zu Ihrem Kampf zurückkehren. Mir scheint, die Kleine hat eine Neigung gezeigt, sich Ihnen anzuvertrauen. Wenn auch nur schriftlich und vielleicht, indem sie die Wirklichkeit ein bisschen verbrämt.«

»Sie meinen, ich soll ihr einen Aufsatz mit dem Thema *Erzähle mir, woher du kommst und warum du nicht sprichst* aufgeben? Verzeihen Sie, aber wer ist jetzt hier optimistisch? Die Kinder entscheiden doch selbst, was sie erzählen wollen und was nicht.« Außerdem müsste Gilla dafür das Ende der Ferien abwarten, während sie doch vor Ungeduld vergeht.

Mit unsicheren Schritten geht Suor Giuliana auf die Tür zu, lehnt sich an den Rahmen und dreht sich um. »Sie haben gewiss recht«, sagt sie mit dem unbewegten Gesichtsausdruck der heiligen Anna auf dem Thron. »Aber ich bin sicher, Sie finden einen Weg.«

Esters Ausstattung

– 1 roter Lederkoffer
– 1 Mantel
– 2 Strickmützen
– 1 Paar Handschuhe
– 3 Winterkleider
– 3 Sommerkleider
– 2 Strickjäckchen mit Knöpfen
– 2 Paar Winterschuhe
– 1 Paar Frühjahrs- bzw. Herbstschuhe
– 2 Paar Sandalen
– 3 wollene Leibchen
– 5 wollene Unterhosen
– 5 Baumwollunterhosen
– 5 Paar Wollstrümpfe
– 3 Paar feine Baumwollsöckchen
– 1 Zahnbürste
– 1 Stück Lavendelseife
– 7 Haarklammern
– 3 Haarschleifen
– 1 Lateingrammatik
– 1 Lesebuch für die 5. Klasse
– 1 Leinenbeutel, der Geburtsurkunde und Taufschein enthält

- 1 Fläschchen Hustensaft
- 1 Säckchen aus grünem Damast mit goldener Kordel, das 25 720 Lire in Scheinen und Münzen enthält

Im Mantelsaum:
- 1 Paar Granatohrringe
- 1 Paar goldene Manschettenknöpfe
- 1 Perlenkette mit Goldverschluss
- 1 goldener Ehering

Das Chanukkawunder

Neun Tage vor Weihnachten, nachmittags nach der Messe. Auf ihrem Bett in dem Zimmer, das sie mit sechs größeren Mädchen teilt, blättert Ester in einem bebilderten Buch, das Suor Giuliana ihr geliehen hat, aber zerstreut, ohne das große Fenster zum Hof aus den Augen zu verlieren.

Bei den Großen zu schlafen ist ein weiteres Privileg. Mit ihren Altersgenossinnen war es eine Katastrophe. Hänseleien. Geschubse. Diebstähle. Grausame Scherze. Suor Giuliana sagt, die Großen hätten andere Sorgen, sie dächten darüber nach, was sie erwartet, wenn sie das Waisenhaus verlassen, deshalb würden sie sie in Frieden lassen. Und in der Tat bleiben die sechs Zimmergenossinnen unter sich, plaudernd sitzen sie in dem freien Raum zwischen den zwei Bettenreihen im Kreis auf strohgeflochtenen Stühlen, jede mit Stickrahmen, Nadel und einem bunten Garnknäuel.

Lesen, lernen und Hausaufgaben machen, statt zu sticken oder im Gemüsegarten zu arbeiten, gehört ebenfalls zu Esters Privilegien. Sticken zu lernen würde ihr gar nicht missfallen, aber die Mutter Oberin meint, wer zur Schule geht, geht zur Schule, und Schluss. Die Kleine argwöhnt, dass sie so entschieden hat, weil es schwieriger ist, jemandem, der nicht spricht, etwas beizubringen.

Verstohlen beobachtet sie das Hin und Her der Nadeln, den Tanz der Fingerspitzen auf dem Leinen. Ja, es mal auszuprobieren würde ihr durchaus nicht missfallen. Das Grüppchen ist gut eingespielt, und sie fühlt sich schon groß genug, nicht so wie die, die schon einen Busen haben und heimlich rauchen, aber fast, und Sticken scheint ihr machbar. Mama kann's, denkt sie. Wäre das eine Überraschung, wenn Ester etwas für sie sticken würde. Außerdem langweilt sie sich heute. Gewöhnlich erledigt sie am Nachmittag ihre Hausaufgaben, aber seit die Ferien begonnen haben, zieht sich die Zeit zäh dahin, die Minuten stocken im bald gemächlichen, bald aufgeregten Stimmengewirr der Zimmergenossinnen, und sie fühlt die Augenlider schwer werden, will aber nicht schlafen, im Gegenteil, heute muss sie wacher bleiben denn je, deshalb probiert sie, sich auf die Bilder in dem Buch zu konzentrieren.

Es handelt von einem heiligen kleinen Mädchen namens Bernadette Soubirous, einer armen Hirtin, barfuß, mit Kopftuch und Stock in der Hand. Ester hat schon von ihr gehört. Von dem Ort Lourdes auch. Deshalb hat sie das Buch gern angenommen, das Suor Giuliana für sie ausgesucht hat.

Eines schönen Tages, als die kleine Hirtin gerade ihre Herde weiden lässt, erscheint ihr in einer Grotte die Muttergottes, in einen strahlend weißen Mantel gehüllt. Die Geschichte wundert Ester nicht, die Jungfrau Maria sieht aus wie ein Engel ohne Flügel, und von Engeln, die vom Himmel herabkommen, um sich in die Angelegenheiten der Menschen einzumischen, hat sie schon gehört. Engel, die guten Rat bringen, bewaffnete Engel. Sie schaut zum

Fenster hinaus. Der Nachmittag ist noch lichterfüllt. Unter den Fingern der Zimmergenossinnen erblühen auf den Stickrahmen langsam Blumenkronen, französischblau und blassblau, Ranken mit zartgrünen Blättchen. Es muss sich um die Bestellung irgendeiner Dame von außerhalb handeln, denkt Ester. Wahrscheinlich eine Tischdecke für zwölf Personen. Die Nonnen besticken die Decke, die Mädchen die Servietten.

Ester zwingt sich, zum Buch zurückzukehren. Sie weiß, wenn Engel vom Himmel herabschweben, erschrecken die Menschen zuerst. Auf der Abbildung dagegen ist die junge Hirtin ganz ruhig und kehrt auf den folgenden Seiten mehrmals in die Grotte zurück, wo die engelsgleiche Madonna sich immer wieder zeigt. So verbreitet sich die Kunde, und es kommen Leute. Hunderte, dann Tausende. Eine Quelle entspringt dem nackten Felsen. »Ein Wunder!«, schreit jemand. Einige Seiten später gebraucht die Madonna schwierige Wörter wie »unbefleckte Empfängnis«. Schwierig für ein Hirtenmädchen, das nicht lesen und nicht schreiben kann, aber auch für Ester, die ungeduldig schnauft. Das Licht, das durch die Scheiben fällt, ist jetzt pures Gold, und die Mädchen rücken ihre Stühle ans Fenster. Von nun an folgen die Wunder aufeinander wie die Perlen des Rosenkranzes. Ein kleines Mädchen taucht ihren gelähmten Arm in die Quelle und wird vom Wasser geheilt. Die Kerze, die die Hirtin in der Hand hält, brennt ganz herunter, und die Flamme brennt auf der Handfläche weiter, immer weiter, endlose Minuten lang, zwei, drei, zehn, fünfzehn, und die Hand bleibt unversehrt. Noch mehr Seiten, noch mehr Wunder, bis Ester den Blick wieder hebt. Draußen ist das

Licht nun orange. Die Betten scharlachrote Inseln. Sie klappt das Buch zu. Die Mädchen stehen auf, verstauen die Stickrahmen in einem Korb und schieben die Stühle in einer Ecke zusammen.

Niemand achtet auf Ester, niemand sieht, wie sie die tiefen Manteltaschen kontrolliert, den Schlafsaal und dann das Gebäude verlässt. Im Bogengang nimmt sie eine Kerosinlaterne mit. Bevor sie den Verschlag betritt, wendet sie sich um, blickt prüfend zum Himmel. Düster blau. Die Sonne ein blutiger Kratzer am Horizont. Gut, denkt sie, auch wenn sie nicht sicher ist, ob es sich um den richtigen Sonnenuntergang handelt.

Chanukka beginnt mit dem Sinken der Sonne am vierundzwanzigsten Tag des Monats Kislew, aber Ester hat den Überblick verloren und weiß nicht, ob es noch Kislew oder schon Tevet ist. Soweit sie sich erinnert, erleuchteten die *Chanukkiot,* die Festlampen, die Fenster zur selben Zeit, in der die Kaufleute den Weihnachtsschmuck ausstellten. Dann erstrahlte die ganze Stadt im Lichterglanz, die Straßen verwunschene Pfade, und der Zauber berührte auch die, die nicht Weihnachten feierten.

Ferne Erinnerungen. An Mamas Hand gehen. Schaufenster voller Würste, Süßigkeiten, Holzspielsachen, Pinocchios, Nikoläuse. Los, weiter, denkt sie. Das Abendlicht reicht gerade noch, um über die Schwelle in den Verschlag zu treten, die Stufen hinunterzusteigen, die Streichhölzer zu finden, die Laterne anzuzünden und den Docht zu regulieren. Von der Katze keine Spur.

»Miez, Miez, Miez«, flüstert Ester.

Blumentöpfe aus Terrakotta, aufgeschichtete Ziegel, ein von Zeit und Feuchtigkeit morsches Fass aus Kastanienholz: Das Gefängnis, in das die Kleine die Katze eingesperrt hat, ist voller dunkler Ecken, in die sich das Tier zurückziehen kann, wenn es will.

»Es ist nur zu deinem Besten«, sagt Ester. »Draußen ist es gefährlich. Die Leute haben Hunger, sie essen auch Katzen. Maria Luisa sagt, dass sie sogar Ratten essen.«

Die Katze lässt sich nicht blicken. Das Kerosin verbreitet einen guten Geruch. Die Laterne zeichnet eine gelbliche Scheibe auf den schmutzigen Boden. Die Kleine setzt sich auf den gewohnten Platz, den Rücken an die Mauer gelehnt, die Beine angezogen, aber heute bleiben die Spitzen der Stiefelchen im Lichtkreis. »Die Leute machen schreckliche Sachen«, fügt sie hinzu.

Stille.

»Maria Luisa kennst du nicht, aber sie ist eine Freundin von mir!« Sie reibt sich die Hände, um sie zu wärmen. »Und zu Freunden muss man ehrlich sein. Jetzt komm schon raus.«

Die Katze rührt sich nicht. Im Licht der Laterne wippt die Kleine mit den Fußspitzen. Längliche Schatten wandern die Wände empor wie in einer Gespenstergeschichte.

»Eigentlich muss man zu allen ehrlich sein. Aber wenn es nicht geht? Wenn es gefährlich ist?«

Die Kälte kriecht vom Boden herauf, mit langen, eisigen Fingern dringt sie durch Mantel und Kleid, sogar durch die lange Wollunterhose.

»Wenn du nicht ehrlich sein kannst, dann lüge wenigstens nicht«, würde ihr Großvater sagen.

Dessen ist sich Ester ganz sicher, als säße er neben ihr und flüsterte es ihr ins Ohr. Und auch Mama und Papa. *Lüge wenigstens nicht.* Für sie sind sie alle da. Ester steht auf und stampft mit den Füßen. »Ich lüge nicht. Ich heiße nicht Francesca Pellegrini. Ich habe keine Weihnachtserinnerungen. Ich erwarte mir nichts von Weihnachten. Ich schreibe keine Lügen!«

Sie tritt an das Kippfenster, kramt in der Manteltasche und legt den Kerzenstummel, den sie in der Kirche mitgenommen hat, auf das Bord.

Katholisches Wachs, sagt eine Stimme in ihrem Kopf.

»Wachs ist Wachs«, antwortet sie laut.

Im Licht der Laterne reiht sie die acht Stummel auf. Draußen tiefe, abweisende Dunkelheit. Ester zündet die Kerze an, lässt einen Tropfen Wachs auf das Brett fallen und klebt sie fest. Sie zieht ein Stückchen Brot aus der Tasche, teilt es in zwei Hälften, geht in die Hocke und legt eine davon neben das Wasserschüsselchen. Dann löscht sie die Laterne, erhebt sich wieder und stellt sich aufrecht und ordentlich hin. »Tu so, als wäre es ein Kartoffelpuffer«, befiehlt sie der verborgenen Katze. Sie schließt die Augen. Versammelt Mutter, Vater und Großvater um sich. »In Öl ausgebacken, nicht in Schmalz«, fügt sie hinzu. Sie öffnet die Augen, greift nach der Kerze und zündet den ersten Stummel an. Das Flämmchen zittert, leuchtende Pünktchen erhellen ihr Gesicht. Die Dunkelheit draußen ist nicht mehr zu sehen.

Im Geist rezitiert sie: *Baruch atah Adonaj, Elohejnu Melech HaOlam, schehechejanu, wekijmanu wehigianu la'seman haseh.* Gepriesen seist Du, Ewiger, unser Gott, König der Welt, der Du uns hast leben lassen, uns erhalten hast und uns hast diese Zeit erreichen lassen.

Sie nimmt den ersten Bissen, kaut und denkt an den Chanukkaleuchter, die Lampe mit dem Wunderöl, die Lampe, die gegen jede Voraussicht, jede Vernunft, jede Verzweiflung nicht aufhört zu brennen. Denkt an die Lichter, die an diesem Abend und an Millionen Abenden vor diesem von den Fenstern aus der Welt zurufen: »Ein Wunder, ein Wunder!«

1940–1943

Anordnungen bezüglich der jüdischen Bürger

1

Am 12. Januar 1940 wird verboten, Juden Genehmigungen für Handelsagenturen, Patente und Markenzeichen auszustellen.

Am 14. Januar wird ihnen die Anfertigung und der Verkauf militärischer Kleidung verboten.

Am 31. Januar der Handel mit Preziosen.

Am 29. Februar die Ausstellung und Erneuerung von Lizenzen zum Betreiben von Cafés, Bars, Ausschank von Wein und anderen Alkoholika.

Am 4. März die Vergabe von Krediten samt allen ähnlichen und damit zusammenhängenden Tätigkeiten.

Am 22. März die Tätigkeit im Showgeschäft (Schauspieler, Künstler in den Bereichen Varieté, Revue und Operette sowie Techniker und Bühnenarbeiter, Platzanweiser, Wach- und Reinigungspersonal).

Am 13. April der Besitz von Jagdgewehren.

Am 16. April wird das Ausstellen von Zimmervermietungslizenzen erlaubt, aber nur für Zimmer, die ausschließlich Juden vorbehalten sind.

Am 31. Mai wird das Tätigkeitsverbot auf die Beschäftigten im Schmucksektor ausgedehnt.

Genua, Juni 1940

Gilla lernt für die Abschlussprüfung. In der Nacht vom 11. auf den 12. Juni 1940 schläft sie bei brennendem Licht ein, das Pädagogikbuch auf dem Laken, aufgeschlagen beim Kapitel *Methodologie und spontane Bildung des Geistes*. Geweckt wird sie von der Sirene des Fliegeralarms. Im ersten Moment ist sie verwirrt. Einige Sekunden später steht ihre Mutter in der Zimmertür, dann am Bettrand. Energisch knipst sie das Licht aus und reicht ihr den Morgenrock. »Zieh ihn an«, sagt sie.

Der Vater erwartet sie am Eingang, und gemeinsam steigen sie im Finstern die Treppe hinunter, das Dachfenster ist mit dunkelblauem Papier verklebt. Sie krallen sich bald am Geländer, bald am melierten Putz der Wände fest. Die Mutter geht voraus. Hinter ihr der Vater, eine Hand auf ihrer Schulter. Unterwegs stoßen weitere Hausbewohner zu ihnen. Der Keller ist zu klein, denkt das Mädchen. Sie fühlt, wie der Herzschlag beschleunigt, die Lungen Mühe haben, sich zu füllen. Zu klein, um uns alle zu fassen, und ohne Fluchtweg.

Zwei Tage zuvor hat der Duce vom Balkon an der Piazza Venezia in Rom gesprochen, und das Radio hat seine Rede auf allen Plätzen Italiens übertragen, auch auf der Piazza De Ferrari in Genua, die so voll war wie noch nie. »Die

Kriegserklärung wurde den Botschaftern von Großbritannien und Frankreich schon überbracht.« Aufschrei der Menge. »Siegen!« Tosender Beifall. Jubel. Wieder und wieder. Unmöglich zu unterscheiden, was durch das metallische Knistern der Lautsprecher hindurch aus Rom kommt und was die umstehende Menge durchläuft wie ein elektrischer Schlag. »Siegen! Wir werden siegen!«

Der Keller riecht nach Schimmel. Gilla findet in einer Ecke Platz, eingezwängt zwischen Mutter und Vater, mit angezogenen Beinen. Sie kann sie nicht ausstrecken, ohne einen anderen Fuß, eine Wade, ein Knie zu berühren. Das Herz beruhigt sich ganz langsam. Der Vater hält die Hände im Schoß, die Rechte drückt die Linke, um die Verstümmelung zu verbergen. Drückt und presst, Anspannung und Scham. Gilla denkt an die zwei Finger, die in den Bergen im Karst geblieben sind. Sie hat den Karst nie gesehen, hat aber ein unheilvolles Bild davon. Rundherum Gemurmel und Niesen. Nach langen Minuten des Schweigens wagt sich einer vor: »Ist es nicht besser, wir gehen wieder schlafen?« Im Halbdunkel kann sie nicht feststellen, wer gesprochen hat. Unterdessen füllt sich der Keller mit dem Atem und den Gerüchen von Körpern, die aus dem Schlaf gerissen wurden. Der erste Luftangriff auf eine italienische Stadt, und ihr gelingt es nicht, an etwas anderes zu denken als an die Unannehmlichkeit ungenügender Kleidung, zerknitterte Schlafanzüge, wirre Haare, Zähne, die geputzt, Bärte, die rasiert werden müssen.

Bei der Explosion fängt das Kind der Krankenschwester, die im zweiten Stock ihnen gegenüber wohnt, zu schreien an. Die Einschläge folgen ungeordnet und deshalb umso fürchterlicher aufeinander, bald nah, ganz nah, bald fern, bald abrupt, bald von einem Dröhnen gefolgt, das nicht mehr aufhört. Die Hitze nimmt zu, der Raum ist stickig vor Lärm und Angst. Gilla bekommt keine Luft und lockert den Gürtel des Morgenrocks. Das Neugeborene schreit unentwegt und lässt sich nicht beruhigen.

Plötzlich erscheint die verwirrte Witwe aus dem ersten Stock mitten im Getümmel. Sie trägt Ohrringe und Lippenstift, die Finger sind mit Ringen überladen. In ihrem wallenden Leinennachthemd gleicht sie einem Falter mit strohigen Flügeln. Als sie hereinkommt, bewegt sich der Keller wie ein Lebewesen, eine Nachtblume, die die Blütenblätter öffnet, um sie zu empfangen. Gilla dagegen schließt die Augen. Draußen fallen aus dem Bauch englischer zweimotoriger Whitleys zwei Tonnen Bomben wie zerstörerische Rieseneier.

Nach Paris!

… Als sich im Morgengrauen der Himmel weiß zu färben begann, kam der große Befehl. Angetreten! …

… Die schönen blonden Jungen aus dem verbündeten Deutschland formierten sich in Reih und Glied wie zu einer Parade, mit dem Stahlhelm am Tornister und sonnenverbrannter Kehle. »Nach Paris!« Vor ihnen kleine Staffeln leichter Panzer, setzten sich die Soldaten in Bewegung, als die Sonne aufging. Paris erwachte mit tausend funkelnden Reflexen: Kein Lärm kennzeichnete dieses Erwachen. In der Nacht waren die französischen Soldaten abgezogen, und alle Bürger wussten, dass für das freie Paris die letzte Stunde geschlagen hatte auf dem Ziffernblatt der Geschichte, dieser wunderbaren modernen Geschichte, deren Entwicklungen der Genialität Hitlers und der Tapferkeit seiner Soldaten zu verdanken sind. Der Bois de Boulogne war menschenleer, menschenleer die Piscine Molitor, menschenleer das gleichnamige Tor …

… Die Panzer fuhren in die stolze Hauptstadt ein … Die deutschen Infanteristen setzten die Stahlhelme auf und begannen ihren Triumphmarsch im Paradeschritt … Eins, zwei! Eins, zwei! … Nie zuvor hat Paris ein solch männliches Getöse vernommen. Unter dem Arc de Triomphe, im Zentrum der Place de l'Étoile, sind die Sieger hindurchdefiliert … Auf dem Eiffelturm weht eine riesige Hakenkreuzfahne …

La Stampa, erste Seite, 15. Juni 1940

Casale Monferrato, 16. Juni 1940, Nachmittag

Ende des Schuljahrs. Im Wohnzimmer der Sacerdotis. Nachdem der Unterricht in der jüdischen Schule in Turin zu Ende ist und auch die Stunden für die Kinder der jüdischen Gemeinde vorbei sind, sieht der Tisch nach dem Mittagessen aus wie ein Floß, das in der Ruhe eines sommerlichen Meeres dahintreibt. Der Lehrer Abram Sacerdoti raucht eine Zigarette und ist in ein altes Geometriebuch vertieft. Eine komplizierte Abhandlung über die Möglichkeit, den n-dimensionalen Raum grafisch darzustellen. Seine Frau und die Kleine hantieren mit Kärtchen, Buntstiften, Schere, Leim und der ersten Seite der Zeitung *La Stampa*.

»Darf ich ausschneiden?«, fragt Ester.

»Dafür bist du noch zu klein«, erwidert die Mutter.

»Aber Papa …«

Abram schüttelt den Kopf, ohne den Blick vom Text zu heben. »Du bist nicht zu klein«, sagt er. Ester legt die Hände zusammen und lächelt. »Aber die Schere ist zu groß«, schließt er. Sonst nichts. Die Kleine seufzt. Sieht den Vater an. Das Buch, das vor ihm liegt, hat ihn schon wieder gepackt wie eine Welle. Sie schaut die Mutter an, wie sie die Zeitung zerschneidet. Das könnte sie auch, da ist sie ganz sicher.

»Jetzt nimm alle Kärtchen, die wir in der Schule gebraucht haben, und mache zwei Stapel. Vokale auf die eine Seite, Konsonanten auf die andere«, sagt Margherita zu ihr. Sie benutzt lieber Buchstaben aus der Zeitung, so gewöhnen sich die Kinder an die gedruckten Lettern. Sie schneidet sie aus und klebt sie auf rechteckige Kärtchen, die an kleine Spielkarten erinnern. Sie benutzt auch ganze Silben oder Buchstabengruppen wie -NG- oder -TION. Die Aufgabe besteht darin, alles zu mischen und immer neue Wörter daraus zu bilden: si-NG-en, fa-NG-en, Informa-TION, Sta-TION.

»Aber das sind ganz viele!«, sagt Ester.

»Schön wär's, wenn es *ganz viele* wären. Im September werden wir *ganz viele* brauchen. Und wenn du sie sortiert hast, zählst du sie.«

Ester stöhnt.

»Stöhn nicht«, sagt Abram.

Durchs offene Fenster dringt ein Lufthauch herein und wirbelt Zeitungsstreifen durcheinander. *Maginot, Kyrenaika, Frontalangriff, Feinde* flattern durchs Zimmer wie Blätter im Wind. Margherita fängt sie ein, dann konzentriert sie sich auf die einzelnen Buchstaben, während Abram am Rand seines Textes Formeln notiert.

»So?«, sagt Ester nach ein paar Minuten. Sie hat zwei Kartenstöße gemacht.

Margherita kontrolliert sie. »Sehr gut. Jetzt zähl sie.« Dann mustert sie die soeben ausgeschnittenen Buchstaben. Es kommt nicht oft vor, dass die Zeitungsüberschriften aus riesigen Großbuchstaben bestehen. *Paris* über eine ganze Seite. *Bombenangriff* mittelgroß. Dank der deutschen Eroberungen ist ihre Ausbeute nicht zu verachten: drei A, zwei I, ein P, zwei R, ein G, zwei B, zwei M, ein D, ein N und ein T. Sie beginnt, die Rechtecke aus Pappe auszuschneiden, auf die die Buchstaben aufgeklebt werden sollen.

»Zweiundzwanzig Vokale und einunddreißig Konsonanten«, ruft Ester aus.

»Sehr gut. Wie heißt der?«, fragt Margherita und hält ihr ein R hin.

Vor einigen Tagen ist die Kleine fünf Jahre alt geworden, und das heißt ihrer Meinung nach, dass sie nun *wirklich* ein *großes* Mädchen ist. Wie ist es möglich, dass Mama das nicht merkt?, denkt sie und verdreht die Augen. Sie kennt nicht nur alle Buchstaben des italienischen Alphabets, sie kann sie auch mit dem Bleistift schreiben. Und sie kennt auch die vier Buchstaben des hebräischen Alphabets, die in den Dreidel eingraviert sind, den der Großvater ihr zu Chanukka geschenkt hat. Es sind נ, ג, ה und ש, das steht für: »Ein großes Wunder geschah dort.« Sie kann ihren Vor- und Nachnamen schreiben, den von Mama, *Margherita* oder *Rita Segre*, den von Papa, *Abram Sacerdoti*, den von Großvater, *Giosuè Sacerdoti*, und die Wörter *Mama*, *Papa*, *Opa*, *Apfel*, *Birne* und *Haus*. Sie kann bis hundert zählen und auch noch viele andere Sachen. Petersilie von Rosmarin unterscheiden. Das Eigelb vom Eiweiß trennen, ohne einen Tropfen zu verschütten und ohne die Schale zu zerdrücken.

»Also, welcher Buchstabe ist das?«, hakt Margherita nach.

»Err«, antwortet Ester und reicht ihr das letzte R, um zu zeigen, dass sie doch längst Bescheid weiß.

»Err wie?«

Die Kleine überlegt. Der Buchstabe R ist der letzte ihres Vornamens, aber die Mutter will ein Wort, das mit R *anfängt*. Das ist das Spiel. Sie lässt die Zunge am Gaumen vibrieren, sucht nach dem Klang. Ein wunderbares *erleben* fällt ihr ein und ein raffiniertes *dröhnen,* ein Wort, dessen Bedeutung sie nicht kennt, das sie aber Papa hat sagen hören, als er laut aus der Zeitung vorlas.

»Also, Err wie?«, wiederholt Margherita.

Abram seufzt. »Ich bin sicher, dass Raffaele …«

»Raffaele?«, wirft Ester ein.

»Prima. Err wie *Raffaele*. Jetzt versuch mal, den Namen deines Onkels zusammenzusetzen.«

»Ich wollte sagen, Raffaele …«, fängt Abram wieder an und klappt das Buch zu.

Margherita hält beim Ausschneiden inne und sieht ihn starr an. »Darüber haben wir schon gesprochen, Abram. Bitte keine Vermutungen, das macht Angst. Halten wir uns an die Tatsachen.«

Der Lehrer Sacerdoti steht auf, zieht ein letztes Mal an seiner Zigarette, drückt den Stummel im Aschenbecher aus und fängt an, durchs Zimmer zu gehen. »Die Tatsachen. In der Zeitung steht, drei Viertel der Pariser sind geflohen. Das ist eine Tatsache.«

Margherita schneidet weiter Rechtecke aus. »Ich traue der Zeitung nicht. Konzentrieren wir uns auf das, was wir sicher wissen.«

Abram legt die Hände auf die Stuhllehne und schaut vor sich hin. »Der letzte Brief aus Paris stammt vom 2. Juni.«

»Also sind wir sicher, dass Raffaele, Giulia und die Kinder am 2. Juni noch in Paris waren.«

»Camillo auch?«, mischt sich Ester ein. Sie weiß nicht, ob man das Wort »Raffaele« mit zwei F schreibt.

»Deine Cousins auch, ja«, erwidert Margherita und nickt mit Blick auf die zwei F, die die Kleine in der Hand hält.

»Ja, aber dann hat Mussolini den Krieg erklärt. Der Krieg ist eine weitere Tatsache. Eine ziemlich ungeheure Tatsache«, fängt Abram wieder an.

»Wir wissen nicht, ob sie noch in Paris sind, Abram. Mal keine Gespenster an die Wand, das hilft gar nichts.«

»Ist ja nur so ein Gedanke. Und wenn ich's mir recht überlege, meine ich, dass die Pariser unsere Kriegserklärung nicht gerade mit Begeisterung aufgenommen haben werden. Dass sie, wenn die halbe Welt von einem ›Dolchstoß in den Rücken des darniederliegenden Frankreichs‹ spricht, den Italienern, die in Paris wohnen, wohl nicht zugejubelt haben werden.«

»Und daraus folgt?«

»Daraus folgt, dass mein Bruder, so wie ich ihn kenne, seine Familie in Sicherheit gebracht haben wird.«

»Das ist möglich. Nur können wir nicht sicher sein.«

»Und ich denke, wenn wir keine Briefe mehr bekommen, hängt das vielleicht damit zusammen, dass sie unterwegs sind. Und vielleicht kommen sie wieder nach Hause.«

»Wie hastig du bist. Nach allem, was wir wissen, könnten sie genauso gut noch in der Rue des Rosiers sein. Aber was ich mich wirklich frage, ist …«

»Was zum Teufel sie am 2. Juni immer noch dort gemacht haben, wo die Deutschen doch *nach Paris* aufgebrochen waren«, sagt Abram mit einer Kopfbewegung Richtung Zeitungsschnipsel.

»Letztlich sind die Deutschen unsere Verbündeten«, antwortet Margherita. Sie wiederholt die Worte, die Raffaele Sacerdoti in seinem Brief vom 2. Juni geschrieben hat. Im hochtrabenden Ton des Anwalts, der es gewohnt ist, vor Gericht aufzutreten.

»Stimmt das so?«, fragt Ester.

Margherita mustert das Wort, das die Kleine gelegt hat. »Versuch mal, es zu lesen.«

»R-a-f-f-e-l-e«, buchstabiert Ester.

»Ich geb dir einen Hinweis«, flüstert sie ihr ins Ohr. »Da fehlt ein Vokal.« Dann sieht sie ihren Mann an. »Aber die Deutschen sind Deutsche, Abram. Und wir …«

Abram umklammert die Stuhllehne, bis die Fingerknöchel weiß werden. »Und wir sind Juden«, sagt er.

Rationierung

Immer noch Juni 1940. Es ist ein herrlicher Abend, die Sonne steht senkrecht über dem Horizont, und ein leichter Wind bringt den Trost des ländlichen Sommers in die Stadt. Giosuè Sacerdoti verweilt noch auf der Ladenschwelle, nicht nur, um die Kühle zu genießen oder weil es ihn traurig macht, in die leere Wohnung zurückzukehren, sondern weil er auf das Zwielicht des Sonnenuntergangs wartet, um sich unbeobachtet zu bewegen.

Als es vom Glockenturm acht Uhr schlägt, beschließt er, die Fensterläden vor dem Schaufenster anzubringen. Ein außerhalb der gewohnten Zeiten geöffneter Laden, so ärmlich er auch sein mag, weckt auf jeden Fall Verdacht. Er knöpft seine Weste zu und geht los, den Stock in der rechten, den Korb mit den Resten des Mittagessens in der linken Hand. Etwas im Verborgenen tun ist berauschend. »Wirklich, Livia.«

Die Gespräche mit seiner verstorbenen Frau werden immer häufiger. Giosuè Sacerdoti sorgt sich nicht einmal mehr darum, sie zu verbergen. Beim Gehen spricht er laut mit seiner unsichtbaren Gefährtin, lacht, schüttelt den Kopf. Heute Abend jedoch sind die Bewegungen kontrolliert, der Tonfall gemäßigt, denn es ist wichtig, dass er niemandem auffällt. Aber ein alter Mann fällt sowieso niemandem auf, denkt er, während er in die Arkaden einbiegt. »*Giovinezza, giovinezza, primavera di bellezza …*«, trällert er. Jugend, Jugend, Frühling der Schönheit. »Livia, meine Liebe, heutzutage hat das Alter durchaus seine Vorteile.«

Mitten auf dem Corso verlangsamt er den Schritt, blickt sich um, schlüpft in eine Gasse und erreicht eine kleine Türe ohne Schild. Mit dem Stockgriff klopft er zweimal dagegen. Der Riegel klickt dreimal, gefolgt vom Geräusch der Vorhängekette, dann öffnet sich die Tür gerade weit genug, um ihn einzulassen. Giosuè Sacerdoti findet sich eingehüllt in den Duft von Knoblauch, Holz, Wachs und Altpapier, der im hinteren Raum des Gemischtwarenladens herrscht.

»Sie kommen zu früh!«, sagt der Händler. »Ich hatte Sie extra gebeten, erst bei Dunkelheit zu kommen.«

»Im Juni will die Sonne einfach nicht untergehen.«

Der Mann trägt eine Mütze auf dem Kopf, am Leib einen Kittel und über dem Kittel eine lange Schürze, die seine Knöchel streift. Er hinkt auffällig. »Folgen Sie mir«, sagt er und begibt sich in einen Wald von Regalen, Fässern, Kisten, Dosen, Ballonflaschen mit Wein, Kartoffelsäcken, Zwiebelzöpfen. An einem Tisch voller kleiner Drahtbündel und Blöcken von grauer Seife bleibt er stehen. »Hier ist Ihre Bestellung«, sagt er und reicht Giosuè Sacerdoti eine Tüte aus blassblauem Papier.

»Ist das alles?«

»Sie sind nicht mein einziger Kunde, Signor Sacerdoti. Macht achtzehn Lire.«

»Achtzehn Lire für ein Kilo Zucker? Nun seien Sie doch vernünftig.«

Der Händler schüttelt den Kopf. »Ohne Lebensmittelkarte ist das der Preis.« Beim Sprechen schließt er halb die Schildkrötenlider. Sein Gesicht eines runzligen Alten, grau wie das Lager, in dem er den größten Teil des Tages verbringt, bekommt einen leichenartigen Zug, wie von einem Toten, der noch nicht ganz die Stimme verloren hat. »Wenn es Ihnen nicht passt, lassen Sie es hier, und wir bleiben trotzdem Freunde.«

Die Lebensmittelkarte reicht für ein Pfund Zucker pro Person. Das bedeutet, dass der Sommer 1940 ein Sommer ohne Eingemachtes sein wird, ebenso der Herbst und dann der Winter. »Wie viel Marmelade kann man mit einem Kilo Zucker kochen?«, fragt Giosuè Sacerdoti seine Frau.

»Soll ich Ihnen Marmelade besorgen?«, sagt der Händler.

Giosuè Sacerdoti schüttelt den Kopf, lehnt den Stock an den Tisch, stellt den Korb ab und zählt achtzehn Lire aus seiner Brieftasche ab, einen guten Teil seiner Tageseinnahmen. »Zucker werde ich noch mehr brauchen«, sagt er, während er dem Händler das Geld hinhält. »Und auch Maismehl und mindestens drei große Blechkanister Olivenöl.«

»Ich werde mein Möglichstes tun. Den Preis kann ich Ihnen aber nicht garantieren«, sagt der Mann. Die Augen sind funkelnde Schlitze.

»Garantieren Sie mir die Lieferung. Lassen Sie mir von Ihrem Gehilfen Bescheid sagen, wenn die Sachen da sind«, erwidert Giosuè Sacerdoti. Dann verstaut er den Zucker im Korb, legt ein Küchentuch darüber, nimmt den Stock wieder an sich, dreht sich um und geht Richtung Ausgang.

»Schicken Sie Ihren Sohn für das Öl. Die Kanister sind schwer«, sagt der Händler.

Giosuè Sacerdoti bleibt stehen. Fasziniert betrachtet er einen Stapel Paraffinkerzen. Hunderte von Kerzen. Glatt und weiß wie Knochen.

»Haben Sie gehört? Sagen Sie Ihrem Sohn, er soll sich eine Schubkarre besorgen.«

»Unsere Söhne wissen nichts vom Krieg. Denken Sie da manchmal dran?«, sagt Giosuè Sacerdoti.

»Was sagen Sie?«

»Den Krieg kennen nur wir Alten. Die Jungen müssen ihn wieder von vorne lernen. Und so jede Generation, schon immer und für immer. Das ist grausam, finden Sie nicht?«

»Hören Sie, Sacerdoti. Für das Öl schicken Sie mir Abram, aber nicht vor neun Uhr abends.«

»Grausam vom Standpunkt Gottes aus gesehen, meine ich.«

»Fluchen Sie nicht, das gefällt mir nicht. Und sagen Sie Ihrem Sohn, er soll kommen, wenn es dunkel ist, sonst mache ich nicht auf. Für Sie habe ich eine Ausnahme gemacht.«

»Etwa, weil wir uns schon so lange kennen?«, sagt Giosuè Sacerdoti, ohne sich umzudrehen. Die Schulterblätter stechen wie Steine unter dem glänzenden Futter der Weste hervor. Dem Händler kommt es vor, als würden sie von stummem Gelächter erschüttert. Oder von einem Schauder, schwer zu sagen.

»Deshalb haben Sie eine Ausnahme gemacht«, fährt Giosuè Sacerdoti fort. »Weil ich *weiß*. Weil ich dabei war. Oder vielleicht haben Sie für Ihr Bein eine Ausnahme gemacht. Im Gedenken an Ihr armes Bein, das Sie dem Vaterland geopfert haben.«

»Ihr Gerede gefällt mir nicht. Ich …«

»Sie haben eine Ausnahme gemacht, weil wir beide alles wissen, was man wissen muss. Und fürchten muss.«

»Heute Abend verstehe ich Sie einfach nicht.«

»O doch, Sie verstehen mich. Sie verstehen vollkommen, dass ich lieber nicht hier wäre. Sie verstehen es, denn auch Sie sind, insgesamt gesehen, nicht froh, hier zu sein. Keiner von uns beiden möchte hier sein. Noch einmal. Wieder von vorn. Und für immer.«

Aus den Tiefen des Lagerraums dringt das Geräusch eines kleinen Zusammenbruchs.

Draußen schlagen die Glocken die halbe Stunde. Wie auf ein geheimes Zeichen hin kommt Giosuè Sacerdoti wieder zu sich. »Ich wünsche Ihnen einen guten Abend, schlafen Sie wohl«, sagt er, während er durch das Labyrinth aus Haushaltswaren davongeht.

Anordnungen bezüglich der jüdischen Bürger

2

Am 24. Juli 1940 wird den Juden verboten, mit Antiquitäten oder Gebrauchtwaren zu handeln.

Am 30. Juli wird die Ausübung von ambulantem Handel verboten.

Am 10. August wird das Verbot bezüglich der Fertigung und des Verkaufs militärischer Kleidung auch auf die arischen Ehepartner ausgedehnt.

Am 21. August wird das Verbot bezüglich des Handels mit Wertsachen auch auf die arischen Ehepartner ausgedehnt.

Am 7. September werden die Fahrerlaubnisse für Autos eingezogen.

Am 16. September wird das Verbot, mit Antiquitäten oder Gebrauchtwaren zu handeln, auch auf die arischen Ehepartner ausgedehnt.

Am 23. September wird die Ausübung der Kunst der Fotografie verboten.

Am 19. Oktober die Tätigkeit als Zollspediteur.

Am 20. Oktober die Maklertätigkeit.

Am 22. November die Ausübung des Berufs des Taxichauffeurs.

Am 16. Dezember stellt das Innenministerium klar, dass Juden nicht in das Armenregister eingetragen werden und keine Fürsorgeunterstützung in Anspruch nehmen können.

Brief aus Paris, Ende Oktober 1940

Allein am einzigen Tisch in der Dreizimmerwohnung über den Dächern des elften Arrondissements sitzend, blickt der Rechtsanwalt Raffaele Sacerdoti von dem Brief auf, den er gerade an seinen Bruder Abram schreibt. Die Wohnung riecht nach altem Rauch, die Tapete ist zerrissen, das Mobiliar verkommen, das Parkett von den Zigarettenkippen des Vormieters gezeichnet. Die Miete ist ein Verbrechen. Speisekammer gibt es keine, und wenn es eine gäbe, wäre sie leer. Ein Huhn, koscher oder unrein, ist nicht aufzutreiben oder kostet eine Unsumme.

Der Rechtsanwalt nutzt zum Schreiben den Umstand, dass seine Frau Giulia mit den Kindern ausgegangen ist. In diesem Moment stehen sie geduldig Schlange vor einem Laden, und im Haus herrscht Ruhe. Endlich. Allerdings fällt es ihm schwer, sich zu konzentrieren. Der Entwurf, den er vor sich hat, ist mit Streichungen übersät.

Was seine Klarheit beeinträchtigt, ist nicht die elende Unterbringung oder die Tatsache, den Tag in einer Dachkammer zu vertrödeln und nicht in einem Pariser Café oder noch besser in einem Gerichtssaal. Was ihm die Seelenruhe raubt, ist Giulias Gesichtsausdruck, seit sie umgezogen sind. Die Ausdruckslosigkeit. Der Nicht-Ausdruck. Das Fehlen von Klagen, Gejammer, Groll. Warum beschimpft sie ihn nicht? Warum knallt sie nicht mit den Türen? Warum bekommt sie keine hysterischen Anfälle? Warum poliert sie hartnäckig Möbel, die man eigentlich in den Ofen stecken müsste? Aber in welchen Ofen? Warum besteht sie nicht darauf, einen anzuschaffen? Die kämpferische Veranlagung des Rechtsanwalts Raffaele Sacerdoti braucht einen Gegner, doch stattdessen herrscht in der Dreizimmerwohnung eitel Frieden, Ruhe, Lächeln, Kälte, Hunger und Resignation.

Er liest noch einmal laut, was er geschrieben hat. Er hat sich zur Regel gemacht: nur das Wesentliche. Er erwähnt weder die Tristesse der Wohnung noch andere Bagatellen, die Abram verführen könnten, ihn zu bemitleiden. Oder die unüberwindliche Melancholie seines Vaters Giosuè verschlimmern könnten.

Stattdessen erzählt er, wie vor einigen Monaten zwei deutsche Offiziere in der Rue des Rosiers erschienen, das obligatorische Schild JÜDISCHES UNTERNEHMEN von der Tür rissen und sämtliche Räumlichkeiten »im Auftrag der Besatzungsverwaltung« beschlagnahmten. Wohnungen, Lagerräume, alles. Er schreibt beinahe lässig darüber, als hätte es sich alles in allem um ein amüsantes Abenteuer gehandelt, voller komischer Situationen, über die man lachen musste, etwa die auffällige Nase des befehlshabenden Offiziers, *von solchen Ausmaßen, dass mir Zweifel an seinem perfekten Ariertum kamen*. Hahaha.

Er schreibt nichts über die hastig gepackten Koffer, Giulias Blässe, den Schmuck und die Ersparnisse, die sie nur zum kleinen Teil und durch einen glücklichen Zufall retten konnten. Lieber kommentiert er die Entscheidung des Cousins Jacob Levi, Paris zu verlassen und nach Südfrankreich zu flüchten, heraus aus dem von der Wehrmacht besetzten Gebiet.

Er hat zwei Autos mit Gepäck und seinem Nachwuchs vollgestopft und ist zur Villa in Cap d'Antibes abgereist. Die Einladung, ihm zu folgen, habe ich freundlich abgelehnt. Hat der liebe Jacob nicht verstanden, dass das sogenannte Freie Frankreich Befehle vom Führer erhält?

Ich bin sicher, dass man in einer Großstadt leichter unbemerkt durchkommt und sich zwischen Hunderttausenden anderen Menschen mit Nasen in allen Größen eher seinen Geschäften widmen kann, als wenn man sich in einem Kaff am Arsch der Welt als Reicher aufspielt.

Er liest es noch einmal durch. Korrigiert *Ich bin sicher, dass man in einer Großstadt leichter unbemerkt durchkommt* zu: *Ich hoffe, dass man in einer Großstadt leichter unbemerkt durchkommt.* Dann streicht er es wieder und kehrt zur vorigen Version zurück. Der Rechtsanwalt Raffaele Sacerdoti geht das Leben frontal an, er *hofft* nicht: Der Rechtsanwalt Sacerdoti ist sicher.

Er streicht auch *am Arsch der Welt*. Besser: *am Ende der Welt*. Der Sinn des Satzes bleibt erhalten, und er weiß, dass Abram den Brief vor der Kleinen laut vorlesen wird.

Er fährt fort. *Außerdem heißt es, dass sie in Südfrankreich beschlossen haben, die ausländischen Juden in den Pyrenäen zu internieren.* Setzt noch hinzu: *Und ich hasse das Gebirge!* Hahaha.

Was noch?

Er bräuchte einen Schluck Grappa. Bitterer Gedanke.

Sein Tisch in der Kanzlei in Casale, seine Akten, der Flachmann in der Schublade. Nägel im Fleisch. Die glühende Sehnsucht nach den banalen Dingen.

Er steht auf, nimmt ein Glas vom Abtropfgestell, dreht den Wasserhahn auf und wartet, bis das Wasser aus der Tiefe der Leitungen aufsteigt (oder vom Dach herunterkommt, er ist sich nicht sicher). Kurz: bis das Rinnsal rostigen Wassers das Glas gefüllt hat. Er trinkt. Eisenspäne. Geht zurück an den Tisch. Also, was noch?

Die Zählung der Juden. Auch hier.

Die Unmenge verbotener Berufe, einschließlich des Rechtsanwaltsberufs. Erneut.

Die Brandanschläge auf Synagogen. Wen wundert es?

Das Verbot für Juden, die besetzte Zone zu verlassen.

Das ist das Schlimmste, falls er je Lust bekäme, den Cousin aufzusuchen und im Herbst das Mittelmeer zu genießen. Oder Bruder und Vater wiederzusehen. Kurz: Falls an einem dieser Tage das schleichende Heimweh in ihm explodieren würde wie eine Eiterbeule und es dem Rechtsanwalt Sacerdoti nicht mehr gelänge, sich zusammenzunehmen. Er schüttelt den Kopf. *Homesickness,* sagen die englischen Feinde. Die Krankheit dessen, der keine Ruhe findet. Er schaut durch das Dachfenster. Paris ist grau und still.

Vorerst leben wir von den Ersparnissen, schreibt er.

Liest es durch. Streicht *Vorerst leben wir.* Schreibt: *Wir leben gut von den Ersparnissen.*

Anordnungen bezüglich der jüdischen Bürger

3

Am 15. Januar 1941, infolge des Trennungsprinzips, an dem sich die gesamte italienische Gesetzgebung zur Verteidigung der Rasse orientiert, wird den Juden verboten, Tierschutzvereinen beizutreten.

Am 20. Januar, im Einklang mit demselben Prinzip, wird ihnen die Leitung von Tanzschulen verboten.

Am 14. Februar wird ihnen die Arbeit als Portier verboten, außer in solchen Gebäuden, in denen ausschließlich Juden wohnen.

Am 3. März wird die Beschlagnahmung von Radioapparaten angeordnet, die in jüdischem Besitz sind.

Am 2. April wird der Handel mit gebrauchten Büchern verboten.

Am 6. April wird die Ausstellung von Hausverwalterlizenzen verboten, ausgenommen für Wohnungen und Mehrparteienhäuser von Juden.

Am 12. April wird der Verkauf von Radioapparaten verboten.

Am 15. April wird die Ausstellung von Genehmigungen für Handelsgeschäfte ausgesetzt.

Am 4. Mai wird den Juden verboten, Lederwaren wie

Handschuhe und Handtaschen in Hotels auszustellen und zu verkaufen.

Am 20. Juni werden die jüdischen Namen aus den Telefonbüchern getilgt.

Am 10. Juli wird der Handel mit wollenen Lumpen und gebrauchter Wolle verboten.

Am 5. September wird jede Druckereitätigkeit verboten.

Am 22. Oktober wird die Kopiertätigkeit in Geschäften verboten.

Bomben vom Meer

Im Morgengrauen des 9. Februar 1941 kreist ein englisches Aufklärungsgeschwader über Genua wie ein Schwarm mechanischer Vögel. Gilla nimmt das Brummen der Motoren wahr, während sie den letzten Schluck Milch trinkt. Unbekümmert verlässt sie das Haus, der Krieg, den sie kennt, ist ein ständiges Hin und Her, und sie vermutet, dass die Piloten sich auf das beschränken, was sie gewöhnlich machen. Luftaufnahmen vom Hafen, von den Militärschiffen in der Bucht, von der Küstenbatterie in Pegli, von dem bewaffneten Ponton GM-269, von dem Panzerzug, der in Voltri stationiert ist, von der Eisenbahn, den Stahlwerken, den Werften.

Sie ist unterwegs, als um 7.35 Uhr der Alarm ertönt. Umzukehren, die Via San Vincenzo zurückzugehen, Richtung Piazza Colombo in die Via Galata einzubiegen und zu Hause in den Keller hinunterzusteigen, rechnet sie aus, würde genauso lang dauern, wie zur Schule zu laufen, wo sie vor einigen Wochen den Dienst angetreten hat.

Schule, beschließt sie. Damit nicht noch ein Tag verloren ist. Sie beeilt sich, rennt aber nicht, denn Sirene heißt nicht Bombenangriff, zumindest nicht immer. Und tatsächlich bleibt Gilla alle Zeit, die acht Kinder einzusammeln, die trotz des Alarms gekommen sind, sie ins Untergeschoss zu führen, die Absperrung aus Sandsäcken zu überwinden, eine freie Ecke neben den Stützpfosten zu finden (in ausreichender Entfernung von den anderen Grüppchen), sie im Schneidersitz einen Kreis bilden zu lassen und mit dem Unterricht zu beginnen.

In ihrem ersten Jahr als Lehrerin hat man ihr die Kleinsten anvertraut. Die Stundenzahl ist reduziert, dauernd fehlt jemand. Im Februar haben sie mit Müh und Not das Abc gelernt, nur die Besten können einfache Wörter lesen. Die erfahrenen Kolleginnen prophezeien, dass sie ihr Leben lang Esel bleiben werden. Gilla tut so, als wäre der Krieg ein unerwünschter Gast. Man kann ihn nicht wegjagen, aber man kann ihn ausschließen. »Los. Üben wir noch einmal das Vierer-Einmaleins«, sagt sie.

Um 8.14 Uhr, etwa zehn Seemeilen vor der Küste in eine Nebelbank gehüllt, eröffnen die englischen Schlachtschiffe *Renown* und *Malaya* und der draußen mit sieben Zerstörern ankernde Kreuzer *Sheffield* das Feuer. Beim Sechser-Einmaleins erfolgt die erste Explosion.

Geschosse Kaliber .381, so groß wie Baumstämme und so schwer wie Autos, zerbröseln die Molen, die Hauptmauern der Kathedrale, das Dach der Stahlwerke, die mit Fresken bemalten Decken in den prächtigen Häusern der Via XX Settembre. Geschosse hagelt es auch zu Tausenden auf die Dampfer in den Schwimmdocks, auf das Ospedale Galliera, auf die Büsten und die Gemälde der Akademie der schönen Künste, auf die Notariatsakten und die Stempelpapiere des Staatsarchivs, auf die Gebäude, die auf das elegante, unregelmäßige Achteck der Piazza Colombo hinausgehen. Blind vom Nebel, irren sich die Landbatterien im

Ziel. Die Rohrleitungen platzen. Die Scheiben zerspringen. Der Rauch der Brände verdunkelt den Himmel. Wie grauer Schnee legt sich der Staub auf die verschont gebliebenen Dächer, das Straßenpflaster, die Trümmerhaufen.

Im Untergeschoss der Schule ist es, als befände man sich unter einer Bleiglocke, auf die ein Riese mit einem Knüppel einschlägt. Der Fußboden bebt. Das Krachen übertönt das Geschrei der Kinder, das Weinen, das Schluchzen, die Seufzer, das Rufen der Lehrerinnen.

Gilla öffnet die Augen. Ihre acht Schüler haben sich dicht an sie gedrängt. »Es ist vorbei«, sagt sie. »Nur ruhig«, sagt sie. Die Kinder sprechen nicht. Sie zittern. »Jetzt stehen wir auf, nehmen uns alle an der Hand und gehen hinaus«, sagt sie.

Die Kinder gehorchen. Draußen stehen andere Grüppchen, andere Lehrerinnen. »Jede kümmert sich um die eigenen«, sagt eine. Sie setzen sich auf die Stufen. Obwohl es kalt und der Bombenangriff zu Ende ist, hat niemand den Mut, das Gebäude wieder zu betreten. Nach und nach kommen die Verwandten. Einer, zwei, drei, sechs, sieben. Das achte Kind heißt Marco, ihn holt niemand ab. Die Mittagessenszeit kommt und geht vorüber. Auf den Stufen der Schule sind nur noch sie beide übrig. »Noch eine halbe Stunde?«, fragt Gilla. Marco nickt. Nach einer halben Stunde sagt die Lehrerin: »Erklär mir, wo du wohnst, ich bringe dich hin.« *Wo du wohnst,* nicht *wo du gewohnt hast*. Der unerwünschte Gast? Soll weiter draußen bleiben.

Hand in Hand machen sie sich auf den Weg. Die Stadt ist nicht wiederzuerkennen. Gilla befürchtet, dass er die Straße nicht mehr findet, doch Marco strebt entschlossen Richtung Via San Vincenzo. Sie sind fast bei ihrem Haus, ohne dass sie es bemerkt hat. Auch von ihrer Familie hat niemand nach ihr geschaut. Sie verscheucht den Gedanken.

Blass und still klettert Marco auf ein Häufchen Schutt, vorbei an einem Mannschaftswagen der Stadtpolizei, einer Gruppe von Personen, die eine Leiche umringen, einer am Boden sitzenden Frau mit einem Säugling im Arm und einer langen Wunde, die ihr die Kopfhaut spaltet. Drei Stockwerke, offen, obszön wie zur Schau gestellte Eingeweide. Tische, Stühle, Kochtöpfe, ein Sofa, ein Tapetenfetzen mit winzigen blauen Blümchen, ein Sessel, ein Bild, eine Matratze, ein Mantel, ein schief schwankender Kronleuchter, ein Nachttopf, Scherben, Besteck, ein Spielzeuggewehr, einige Bücher, eine absurderweise ganz gebliebene Flasche. Gilla schaudert. Sie weiß nicht mehr, wie das Gebäude vor der Explosion ausgesehen hat, erinnert sich nicht an die Läden im Erdgeschoss, an nichts. Unterdessen wird zwischen den Trümmern gegraben. Eimer voll Schutt gehen von Hand zu Hand.

»Marco!« Eine Frau mit blutigem Gesicht und verschmierten Kleidern verlässt ihren Platz in der Reihe und kommt auf den Trümmern balancierend näher.

»Ich bin Marcos Lehrerin«, sagt Gilla.

Die Frau hört nicht zu, drückt das Kind an sich, küsst es. »Es geht dir gut, es geht dir gut«, wiederholt sie.

In den Armen der Frau gleicht das Kind einer Stoffpuppe. Es lässt die Hand der Lehrerin nicht los.

»Ich gehe dann«, sagt Gilla.

In dem Augenblick wendet sich die Frau zu ihr um. »Ja, ja, danke, ich bin die Tante.«

Marco schweigt, rührt sich nicht, drückt weiter Gillas Hand. Sie hockt sich vor ihn. »Ich lasse dich jetzt hier bei deiner Tante, in Ordnung?«, sagt sie.

»Wo ist meine Mama?«, fragt er sie.

»Komm, Marco, komm mit«, sagt die Frau und legt ihm den Arm um die Schultern. In den Augen alle Qual der Welt. »Gehen Sie nur, gehen Sie heim, wir hören hier nicht auf zu suchen«, sagt die Frau. Sanft löst sie die Hand des Kindes aus Gillas, hält sie ganz fest, und zusammen taumeln die beiden auf das verwüstete Gebäude zu.

Gilla macht kehrt und geht wieder über den Teppich aus Schutt. Ihr Kopf ist leer. Nicht ein Gedanke, nicht ein Wort. Sie erreicht die Abzweigung zur Via Galata und ringt nach Luft. Kleine, hastige Atemzüge voll Staub. Der Geruch, das Chaos, die Zerstörung. Dann sieht sie es. Ihr Haus. Es steht noch. Das Uhrmachergeschäft. Es steht noch. Ihr Vater kehrt mit einem Reisigbesen Glasscherben zusammen. Ihre Mutter steht daneben. Beide unversehrt. Das Herz beruhigt sich. Brechreiz schüttelt sie. Sie dreht sich um und übergibt sich. Dann wischt sie sich mit dem Mantelärmel den Mund ab und geht zu ihnen.

Paris, 20. August 1941

Es ist ein verschlafener, schon früh um zehn Uhr schwüler Mittwoch, als der Rechtsanwalt Raffaele Sacerdoti von zwei Männern der Gendarmerie angehalten wird, während er gerade zu seinem gewohnten Morgenspaziergang um den Block aus dem Haus tritt. Sie kontrollieren seine Papiere, folgen ihm die vier Stockwerke hinauf bis zur Dreizimmerwohnung, begleiten ihn ins einzige Schlafzimmer, durchsuchen den Schrank und die Tasche, in die er, sagen sie, das Nötigste für eine kurze Reise packen soll, herrschen seine Frau Giulia und die Söhne Alberto und Camillo, alle kreidebleich, an, aus dem Weg zu gehen, erschrecken beim Hinuntersteigen die Nachbarn, die auf den Türschwellen stehen, und zwingen ihn, zusammen mit anderen jüdischen Männern, vorwiegend Ausländern, die an jenem Morgen auf den Straßen des elften Arrondissements verhaftet worden waren, in einen Mannschaftswagen zu steigen.

Dieser erreicht vollbeladen am frühen Nachmittag den nordöstlichen Vorort Drancy und lädt die Gefangenen vor einem riesigen vierstöckigen, noch unfertigen Sozialwohnungsbau ab, hufeisenförmig, mit zentralem Innenhof, so groß wie ein Exerzierplatz, und zweiundzwanzig Treppenaufgängen zu den verschiedenen Bereichen. Rundherum Stacheldraht, bewaffnete Schutzleute und Wachtürme.

Die Registrierung geht ohne Pannen vonstatten. Die Mannschaftswagen fahren noch weitere vier Tage hin und her. Vom elften Arrondissement breitet sich die Razzia wie ein Spinnennetz über die ganze Stadt aus. Der Wohnblock von Drancy verwandelt sich in einen schwarzen Ameisenhaufen. Tausende von erwachsenen Männern, wenig Wasser, fast kein Essen. Unbeugsam fordert der Rechtsanwalt Raffaele Sacerdoti zu erfahren, wie die Anklage lautet.

»Verbrechen gegen das Dritte Reich«, sagen sie zu ihm.

Casale Monferrato, Herbst 1941

Die Sacerdotis werden immer ärmer. Die Preise stiegen, die Einnahmen nicht. Das bisschen, das die jüdische Schule von Turin Abram garantiert, das noch geringere bisschen, das Giosuè nach Abzug der Kosten und der Raummiete mit dem Laden verdient, die paar Münzen, die Rita mit den Nachhilfestunden für die Kinder der Gemeinde dazuverdient. Sie zahlen, wann sie können und sowieso pro Stunde, und häufig fehlen sie, weil die Mütter sie schlafen lassen nach der im Luftschutzkeller verbrachten Nacht. Oder sie schicken sie zum Anstehen für Brot oder Eier. Zwanzig Lire das halbe Dutzend, während vor dem Krieg zwei Lire genügten.

Wer nicht an der Front oder bei der Arbeit ist, verbringt den Tag mit Schlangestehen. Das Unentbehrliche ist rationiert. Brennstoff, Brot, Nudeln, Reis, Öl, Butter, Zucker, Käse, sogar Tomatenkonserven. Das Fleisch verschwindet. Fette und Kohlehydrate werden an der Front benötigt. Während der deutsche Verbündete zügig vorrückt und ganz Europa Deutsch spricht, hinkt das italienische Heer hintennach. Man muss die Soldaten besser bewaffnen. Ernähren, kleiden, für Schuhe sorgen. Die Kälte des Balkans, die Hitze der afrikanischen Wüste. Die Rationen der Lebensmittelkarten werden weiter gekürzt. Schlangestehen zum Vormerken und Schlangestehen zum Abholen. Kleiebrot, Brot aus Linsenmehl. Verwässerte Milch. Und Gerüchte: In der Milch sei Kalk, im Brot Sägemehl und Marmorstaub.

Jud Süß, der vom deutschen Propagandaminister Joseph Goebbels in Auftrag gegebene und mit Erfolg bei den achten Filmfestspielen von Venedig uraufgeführte Film, macht in der Stadt großen Eindruck.

Die ersten Bilder mit den Edelsteinen und Perlen, die Jud Süß in einem riesigen Panzerschrank aufbewahrt.

Jud Süß, der erklärt, dass er kein Vaterland kennt.

Jud Süß, der einem unschuldigen, blonden jungen Mädchen nachstellt.

Jud Süß, der das Mädchen vergewaltigt.

Die Machenschaften, die Skrupellosigkeit, sogar die Hässlichkeit des Jud Süß entflammen die Gemüter.

Am Ende der Vorführung läuft eine Gruppe von Hitzköpfen mit Steinen in den Taschen und Stöcken in der Faust zur Synagoge. Die Scheiben gehen zu Bruch, das Portal hält stand. Der Raum, in dem Margherita Sacerdoti das Alphabet lehrt, ist sicher, aber tagelang nimmt kein einziges Kind an ihren Stunden teil.

Beim ersten Kälteeinbruch steht Giosuè Sacerdoti vor der Wahl: entweder die Einnahmen aus dem Laden in Brennholz und Lebensmittel zu investieren oder die Miete zu bezahlen. Er entscheidet sich für den Schwarzmarkt und kauft zwei Säcke Kartoffeln, einen Sack getrocknete Kastanien, vier Kilo weiße Bohnen, drei Gänsesalami und eine Ladung Eichenholz bester Qualität, ausreichend für knapp drei Wochen.

Die Tage vergehen, und der Eigentümer des Ladens erscheint nicht, um die ausstehende Miete einzutreiben. Der Laden *Stoffe aus aller Welt* hat schon den wütenden Wogen unzähliger Gefechte mit dem Zoll, dem Abgrund des Ersten Weltkriegs, den Inflationsblasen, den Kursschwankungen, der Finanzkatastrophe von 1929, den Gewitterschauern der Wirtschaftssanktionen und den Windstößen der Autarkie getrotzt, und Giosuè Sacerdoti beginnt zu glauben, dass er vielleicht auch diesen Sturm überleben wird.

Er irrt sich. In den ersten Dezembertagen erscheinen zwei üble Burschen. Zur Mittagszeit. Es ist schon öfter vorgekommen, dass der Besitzer sich skrupelloser Handlanger bedient hat. Früher hat Giosuè Sacerdoti sie immer hinausgeworfen, den Mietvertrag in der einen, die vereinbarte Summe in der anderen Hand. Die Macht des Geldes. Die Macht des Rechts. Der bei Gericht hoch angesehene Sohn, der furchterregende Raffaele Sacerdoti.

Diesmal haben die zwei Handlanger es nicht einmal nötig zu schreien. Es gibt kein Geld mehr, vielleicht auch kein Recht, und gewiss ist kein Rechtsanwalt Sacerdoti da. Im Hinterzimmer unterschreibt Giosuè Sacerdoti die Papiere, die sie ihm vorlegen, und kassiert dafür eine Summe, die einem Drittel des Marktwerts seiner Lizenz entspricht. Am Nachmittag öffnet er nicht mehr.

»Der Laden ist weg«, teilt er seinem Sohn am Abend mit. Er legt das mit einer goldenen Kordel verschlossene Säckchen aus grünem Damast auf den Tisch. Darinnen das Geld, das er für die Abtretung der Lizenz erhalten hat. »Für Ester«, fügt er hinzu.

In der folgenden Woche übersiedelt er zu ihnen in die Wohnung im zweiten Stock, die zwei Zimmerchen im ersten, in denen er mit Livia gelebt hat und wo vor einundvierzig Jahren Raffaele auf die Welt gekommen ist und dann Abram, der jetzt sechsunddreißig wird, annonciert er zum Verkauf. »So heizen wir nur einen Ofen«, sagt er.

Die Wohnung ist klein, aber Ester ist überglücklich. Abram nutzt seine Geometriekenntnisse: Er misst das Wohnzimmer aus, zeichnet einen Plan, simuliert das Umstellen der Möbel, und dabei springt eine recht helle und einigermaßen abgeschirmte Ecke für das Bett des Großvaters heraus.

Auch Margherita zieht es vor, einen Mann im Haus zu haben, denn um die Reisekosten zu verringern, wird Abram von nun an unter der Woche in Turin übernachten, in einer mit Klappbett, Tischchen und Nachttopf ausgestatteten Kammer in der Schule. Während in den Kellerräumen unter den Klassenzimmern deutsche und polnische jüdische Familien auf der Flucht schlafen.

Paris, zwischen Herbst 1941 und Sommer 1942

Einmal in der Woche lässt Giulia Sacerdoti die Kinder mit dem ausdrücklichen Befehl, niemandem zu öffnen, allein in der Dreizimmerwohnung und begibt sich zu Fuß zur Avenue Jean Jaures und zum Tor des Lagers von Drancy. Hin und zurück sind das vier Stunden. Sie fragt den Wachposten nach dem Gefangenen Sacerdoti Raffaele und händigt ihm ein für ihren Mann bestimmtes Päckchen aus. Der Inhalt variiert. Zwei Äpfel, ein Brot, ein Paar Wollstrümpfe, ein Schal, ein gebratener Hühnerschenkel, was sie eben entbehren kann. Ausnahmsweise manchmal eine Schachtel Zigaretten oder ein Tütchen Pfefferminzpastillen.

Ob das Päckchen den Rechtsanwalt Raffaele Sacerdoti erreicht oder nicht, hängt davon ab, wer gerade am Eingang Dienst hat. Auch deshalb magert der Rechtsanwalt ab. Sehr. Er leidet unter Schlaflosigkeit und Magenschmerzen. Gelenke und Beine tun ihm weh, nicht unbedingt wegen der Prügel. In Drancy werden die Leute nicht totgeschlagen, oder nur selten. Man stirbt an Durchfall, Hunger, Erschießung.

Am 27. März 1942, sieben Monate und sieben Tage nach seiner Inhaftierung, ist der Rechtsanwalt Raffaele Sacerdoti nicht wiederzuerkennen. Mit weiteren 564 Gefangenen wird er beim Morgenappell selektiert. Sie sollen schnellstens ihre Sachen packen, weil sie verlegt werden. In die Ardennen, so scheint es. Um Holz zu fällen für das Reich.

In der Nähe des Lagers gibt es zwei Bahnhöfe. »Bourget-Drancy«, prägt sich der Rechtsanwalt ein, »Zug Nummer 767, dritte Klasse.« Um siebzehn Uhr setzt sich der Triebwagen in Bewegung. Richtung Norden. Es wirkt wie jede andere Reise. Bei der wiegenden Bewegung versucht Raffaele Sacerdoti sogar, ein bisschen zu schlafen.

Anführer des Zugs ist ein Deutscher aus Tübingen, der SS-Offizier Theodor Dannecker, Leiter des Judenreferats des SD in Paris. An diesem Tag wird er achtundzwanzig Jahre alt, seine Männer haben ihn in dem für die Offiziere reservierten Waggon mit seiner Lieblingstorte überrascht, Schlagsahne, Schokolade und kandierte Kirschen. Nach der kleinen Feier macht er einen Rundgang.

»Wenn einer zu fliehen versucht«, sagt er, »werden alle Insassen des Wagens erschossen.«

Der Rechtsanwalt Raffaele Sacerdoti macht es wie alle, er hält den Blick gesenkt. Nicht so weit allerdings, dass er nicht in der Physiognomie des jungen Mannes etwas Bekanntes bemerkte. Die Form der Backenknochen, vielleicht. Nicht, dass ihn die Erschießungsdrohung nicht beunruhigte, nur zweifelt er daran, dass jemand die Kraft hat, eine Flucht zu wagen. Zusätzlich zu den Backenknochen ist es auch die Form der Kinnlade, die auf eine Ähnlichkeit hinweist, und während der Offizier mit seinem Gefolge auf den nächsten Waggon zugeht, wird der Eindruck zu einem Namen. *Milano Samuele,* der Praktikant in der Kanzlei von Casale Monferrato. An den erinnert ihn der Offizier!

Dem Rechtsanwalt Raffaele Sacerdoti stockt der Atem. Mit aller Kraft will er den Namen, die Gestalt, das Bild seiner selbst von *damals* von sich fernhalten. Er ist mittlerweile sehr geschickt darin, seine Gedanken zu beherrschen, Monate hat er Zeit gehabt, um sich im Gestank des Lagers von Drancy darin zu üben. Aber er ist nicht an diesen Zug gewöhnt, der wegen der Normalität der dritten Klasse etwas Beruhigendes hat und etwas Teuflisches wegen der höhnischen Soldateska und des geheimnisvollen Ziels. Deshalb trifft ihn die plötzliche Erinnerung an das, was gewesen ist, ungeschützt, mit nacktem Herzen dem verheerenden Luftzug des Gedächtnisses ausgesetzt. Erst weint er still, dann schluchzt er hemmungslos wie noch nie in den langen Monaten in Drancy, dabei hatte er sich doch vorgenommen, das nie zu tun.

In der Nacht beruhigt er sich. Am Bahnhof Compiègne steigen weitere 547 Juden ein, und der Zug fährt wieder an. Richtung Osten. »Vielleicht geht es ja wirklich zum Holzfällen in die Ardennen«, heißt das umlaufende Gerücht. Unter seinem Sitz findet der Rechtsanwalt ein zusammengeknülltes Zettelchen. Jemand hat eine Rechnung darauf notiert und es dann weggeworfen. Ungesehen streicht er es auf seinem Schenkel glatt, während die Lokomotive immer weiter nach Osten eilt. Er hatte noch nie darüber nachgedacht, wie erschreckend es sein könnte, nicht zu wissen, wohin man fährt. Die Ardennen stellt er sich jetzt als den schönsten Ort der Welt vor. Die Illusion verfliegt, als der Zug die Grenze überquert und danach durch Deutschland weiterfährt, von Westen nach Osten. Schiffbrüchige in einem Meer unbekannter Gelände. Da erinnert er sich an den

Zettel. Er schafft es, sich einen Bleistiftstummel auszuleihen, schreibt, steckt die Botschaft in die Tasche und wartet auf den richtigen Augenblick, um sie aus dem Fenster zu werfen. *Message in a bottle,* nur ohne Flasche. Derweil vergehen die Tage, und auch Deutschland ist nicht die Endstation, obwohl mittlerweile ganz Europa Deutschland ist. Es sind Tage ohne Wasser, manche werden ohnmächtig, andere werden erschossen. Die Endstation liegt in Polen, heißt Auschwitz-Birkenau, und keiner der Gefangenen hat je davon gehört, auch der Rechtsanwalt Raffaele Sacerdoti nicht.

In Paris wird der Frühling unterdessen zum Sommer. Giulia Sacerdoti bringt weiterhin Päckchen nach Drancy, und keiner der Wachposten lehnt sie ab oder sagt ihr, dass ihr Mann längst verlegt wurde. Der einzige Unterschied ist, dass sie jetzt mehr hungert und dass sie auf ihre Kleidung einen gelben Stern aufnähen musste, auf dem *Juif* steht. Sie schreibt Nachrichten an Raffaele, schiebt sie unter das Brot oder zwischen die Pfefferminzpastillen, schreibt auch an die Verwandten in Casale Monferrato, aber vielleicht gehen die Briefe irgendwo verloren, denn sie erhält keine Antwort. Alberto wird zwölf, Camillo zehn Jahre alt. Der Erstgeborene bekommt als Geschenk ein Paar Strümpfe, umwickelt mit einer Schleife aus echter Seide. Der Zweitgeborene bekommt ein Bilderbuch, bei dem zweimal zwanzig Seiten fehlen. Am Abend nutzen sie die sommerliche Helle, um es gemeinsam zu lesen und dabei zu versuchen, die fehlenden Seiten zu erfinden.

Am Morgen des 16. Juli 1942, zwei Tage nach dem Nationalfeiertag, stürmt eine Patrouille französischer Polizisten die vier Stockwerke hoch, tritt die Tür der Dreizimmerwohnung ein und findet die drei beim Aushülsen der Erbsen, die sie bei einer Frau auf dem Schwarzmarkt gekauft haben. Giulia Sacerdoti bietet sie den Polizisten an, leert für sie ihr Portemonnaie aus, nimmt ihre Ohrringe ab, aber sie haben kein Erbarmen. Jeder kann eine Decke, einen Pullover und ein Paar Schuhe mitnehmen. »Bei dieser Hitze?«, fragt Alberto. Die Antwort ist eine Ohrfeige. Die Polizei verfrachtet sie in einen Mannschaftswagen, ganz ähnlich jenem, mit dem vor gut einem Jahr der Rechtsanwalt Raffaele Sacerdoti fortgebracht wurde. Der Bestimmungsort liegt in der Gegend des Eiffelturms, das Vélodrome d'Hiver. Eine schöne Metallkonstruktion mit großem, zentralem Glasdach, gebaut für Radrennen im geschlossenen Raum auf einer ovalen, zweihundertfünfzig Meter langen Rennbahn aus duftendem Pinienholz.

In weniger als achtundvierzig Stunden sind Tausende im Vélodrome zusammengepfercht, fast alles Ausländer, hauptsächlich Frauen und Kinder. Fenster geschlossen, fünf Toiletten, ein einziger Wasserhahn. Der Gestank ist unerträglich. Jeder Fluchtversuch endet mit Erschießung. So geht es fünf Tage lang, dann werden Giulia, Alberto und Camillo Sacerdoti nach Drancy gebracht und von dort mit der Eisenbahn in einem Viehwagen nach Auschwitz-Birkenau.

Anordnungen bezüglich der jüdischen Bürger

4

Der Krieg lenkt den faschistischen Gesetzgeber nicht ab. Den Juden wird der Handel mit Gebrauchtwaren, nicht wollenen Lumpen, Büchern, Kindersachen, Spielkarten, optischen Geräten, religiösen Gegenständen, Schreibwaren und Kalziumkarbid verboten. Verboten wird auch die Arbeit bei der Müllabfuhr, in Nähschulen, im Bergbau, auf Schiffswerften und in Betrieben, die für die Kriegsproduktion nützlich sind, wie Fiat, die Allgemeine Elektrizitätsgesellschaft und Montedison. Es wird verboten, in der nationalen Presse Werbung für die eigenen Firmen zu machen. Werke von jüdischen Autoren darzustellen, aufzuführen, zu projizieren oder auf Schallplatten aufzunehmen. Brieftauben zu züchten.

Die Anweisungen überstürzen sich, fließen ein in Rundschreiben, Gesetze, Dekrete, in Mitteilungen an die Präfekten. Sie kommen zu den vorherigen hinzu und sind derart eng und ungeordnet mit den vielfältigen Erscheinungsformen des Realen verflochten, dass die Polizisten, die das alles überwachen sollen, nicht immer den Überblick behalten. Im Zweifel fragen sie die Vorgesetzten, und die Vorgesetzten fragen die Vorgesetzten der Vorgesetzten, und so gelangen die Anfragen wieder bis zur Präfektur und von allen Präfekturen Italiens bis zur Generaldirektion der Öffentlichen Sicherheit, zur Generaldirektion für Demografie und Rasse, zum Innenministerium, zum Sekretariat der Partei und von dort, in einem Hin und Her von Meinungen, das Wochen oder Monate dauern kann, landen sie wieder bei den Polizisten, die das alles überwachen sollen, in Form von weiteren Rundschreiben und anderen Bekanntmachungen, Präzisierungen und Erläuterungen, denen man auf die eine oder andere Weise Rechnung tragen muss.

Vom 6. Mai 1942 ist zum Beispiel das Rundschreiben der Generaldirektion für Demografie und Rasse, in dem die Präfekten aufgefordert werden, männliche und weibliche Juden zwischen achtzehn und fünfundfünfzig Jahren zur Arbeit zu verpflichten. Zwangsarbeitskräfte im Dienst des Krieg führenden Landes.

Die Präfekten studieren das Rundschreiben. Es braucht Zeit, die Firmen herauszufinden, die den Juden erlaubte Beschäftigungen bieten, und dann die gelben Vorladungskarten zu verschicken, die Ausnahmen, die Besonderheiten, die Zweifelsfälle zu prüfen. Daher tritt Margherita Sacerdoti erst am Ende des Sommers ihren Dienst als Faltarbeiterin in einem Betrieb an, der am Stadtrand Papiertüten herstellt. Da sie eine minderjährige Tochter hat, müsste sie eigentlich befreit sein, doch die Angelegenheit ist noch in der Schwebe, also steigt sie jeden Morgen aufs Fahrrad und fährt los. Abram dagegen ist freigestellt, weil es ihm aufgrund einer früheren, nie aufgehobenen Anordnung gestattet ist, in der jüdischen Schule in Turin als Lehrer zu arbeiten.

Ester verbringt die Tage mit dem Großvater. Die Vormittage vergehen mit Schlangestehen für Lebensmittel. Am Nachmittag lesen sie zusammen *Pinocchio, Herz, Die Tiger von Mompracem* oder üben noch mal die vier Grundrechnungsarten. Bei schönem Wetter machen sie lange Spaziergänge bis zum Po. Manchmal begegnen sie Bäuerinnen auf dem Fahrrad, die vom Land Wirsing, Fenchel oder getrocknete weiße Bohnen in die Stadt bringen.

Jeden Tag gehen sie am Laden vorbei. Giosuè besteht darauf, weil er überzeugt ist, dass es seine verstorbene Frau sehr freut. Es gibt ein neues, frisch gemaltes Schild, das Schaufenster wirkt heller, das Innere ist modernisiert worden, und es werden nicht mehr nur Stoffe angeboten, sondern auch Handschuhe, Gürtel und Hüte jeder Fasson. Am Ladentisch bedient ein elegantes Paar um die fünfzig. In Anbetracht der Zeiten ist die Auswahl erstaunlich und die Qualität vom Feinsten.

»Hast du Sehnsucht?«, fragt Ester einmal.

Giosuè Sacerdoti steht vor dem Schaufenster, mustert weiter die aufgefächerten Ziegenlederhandschuhe und schweigt. Ester denkt, der Großvater habe sie nicht gehört, und wiederholt: »Tut es dir leid, dass du deinen Laden nicht mehr hast?«

Der Mann nimmt den Spaziergang wieder auf, doch die Kleine bedrängt ihn: »Warum antwortest du nicht?«

»Weil ich nicht weiß, was ich sagen soll.«

Ester bleibt ruckartig stehen. »Du weißt nicht, ob du Sehnsucht nach deinem Laden hast?« Für eine Siebenjährige ist die Kleine sehr aufgeweckt.

»Ich sehne mich nach deiner Großmutter.«

»Aber auch nach dem Laden?«

»Das ist dasselbe.«

»Das verstehe ich nicht.«

»Es ist schwer zu erklären.« Der Laden *ist* Livia. Das Leben, das er mit ihr verbracht hat. Was nach dem Tod seiner Frau geschehen ist, hat keine Spuren in ihm hinterlassen, oder nur ganz schwache, so wie Schneckenschleim. Nicht einmal die schmerzlichen Ereignisse der Gegenwart, nicht einmal der Schrecken der zwei Handlanger, die ihn gezwungen haben, die Abtretung zu unterschreiben, oder die nächtlichen Bombenangriffe. Nicht einmal, und dafür schämt er sich, das rätselhafte Schicksal von Raffaele, Giulia und ihren Kindern. Es ist, als geschähe das alles anderswo, in einer dieser geheimnisvollen Dimensionen, die Abram ihm manchmal zu erklären versucht hat. Aus Zahlen und Berechnungen bestehende Größen, während Fleisch und Blut für Giosuè ganz in der Vergangenheit liegen.

»Ich finde, die Frage ist nicht schwer«, sagt die Kleine.

Giosuè Sacerdoti nimmt ihre Hand. »Da irrst du dich.« Die kleine Hand, für die, dessen ist er sicher, es sich lohnt, morgens aufzuwachen. »Und ich schweige lieber, statt zu lügen.« Er drückt die kleinen Finger, führt sie an die Lippen und küsst sie. Eine Hand aus Fleisch und Blut. Aber weniger lebendig, weniger drängend und präsent als Livias. Und auch dafür schämt sich Giosuè Sacerdoti zutiefst.

Area bombing

Im Herbst 1942 ist es in Genua nicht einfach, das Nötige für eine echte Torte zusammenzubringen. Eier sind kostbar, Zucker ist rar und sehr teuer, von Butter nicht zu reden. Der Uhrmacherladen überlebt mühsam mit Reparaturen. Die Kundschaft besteht aus kleinen Händlern, Handwerkern, niedrigen Angestellten, Leuten, die zu alt sind für die Front. Oder Sekretärinnen, Friseurinnen, Schneiderinnen, deren einzige Tätigkeit nur noch darin besteht, Kleider und Mäntel enger zu machen, oder auch Hausfrauen, die seit Beginn des Kriegs jede Münze zählen. Niemand von ihnen kann es sich in diesen Monaten leisten, Geld für einen neuen Wecker zu verschwenden, schon gar nicht für eine Armband- oder Taschenuhr.

Bei Gilla daheim ist die Situation nicht besser. Zum Frühstück gibt es verwässerte Milch, Ersatzkaffee und ein Stück Brot. Zum Mittagessen eine Bohnen-, Kichererbsen- oder Linsensuppe. Zum Abendessen gegarte Zwiebeln, manchmal eine gekochte Kartoffel, ein Omelett aus einem Ei pro Kopf, ab und zu getrocknete Feigen oder ein Stück Käse.

Anfang Oktober gelingt es Gillas Mutter, durch einige Bekanntschaften und ohne Wissen der Tochter auf dem Schwarzmarkt etwas Kastanienmehl, eine kleine Honigwabe und eine Handvoll Sultaninen aufzutreiben, zu einem sündhaft teuren Preis. Am Abend des 11. Oktober wartet sie, bis alle schlafen, und steht dann heimlich auf, weicht die Sultaninen ein, vermischt das Kastanienmehl mit etwas Wasser, streut eine Prise Salz hinein – wirklich nur eine Prise, denn auch Salz ist knapp –, drückt die Wabe in zwei Finger hoch heißem Wasser aus, damit sich der Honig löst, fügt Sultaninen und Honig hinzu, rührt energisch und gibt das Ganze in eine Form, die sie mit einem Hauch Olivenöl eingefettet hat. Bevor es Tag wird, verlässt sie das Haus mit dem in ein Küchentuch gewickelten *castagnaccio,* geht zur Bäckerei des Viertels, schiebt die Kuchenform zwischen die backenden Brote, setzt sich vor den Ofen und wartet, während die Flammen ihr Gesicht rot und orange färben. Bei Sonnenaufgang kehrt sie mit der dampfenden Kuchenform heim.

Als Gilla aufwacht, duftet es überall nach Honig und Kastanien. Im Zimmer, im Flur und natürlich in der Küche. Der Kuchen steht auf dem Tisch, lauwarm und verlockend. Ohne Kerzen, denn Kerzen sind nicht billig, aber mit einer Tüllschleife und einem Glückwunschkärtchen.

»Warum staunst du, mein Kind? Dachtest du etwa, wir hätten es vergessen? Man wird doch nicht alle Tage zwanzig Jahre alt«, sagt die Mutter. Dann fügt sie hinzu: »Nur für dich«, während der immer hagerer werdende Vater seelenruhig zustimmend nickt.

Tagelang zehrt Gilla von dem *castagnaccio,* den sie, in Ölpapier eingewickelt, am kühlsten Ort des Hauses aufbewahrt. Nur morgens isst sie ein Eckchen zum Milchersatzkaffee. Ein unendlicher Geburtstag, denkt sie jedes Mal, wenn sie den cremigen Kuchen verspeist, besonders willkommen, wenn die Nacht durch einen Fliegeralarm verdüstert war.

Sie trauen sich nicht mehr, in den Keller hinunterzusteigen. Zu viele Häuser haben beim Einsturz die Bewohner unter sich begraben. Lieber gehen sie bei der ersten Sirene – sechs Heultöne à fünfzehn Sekunden, eine eineinhalb Minuten lange Ewigkeit – auf die Straße hinaus, und sei es auch mitten in der Nacht. Die Bewohner bilden dann eine kleine Prozession, die verwirrte Witwe aus dem ersten Sock vorneweg, die Krankenschwester mit dem Säugling am Schluss, und bieten den durch die Verdunkelung gespenstisch gewordenen Straßen die Stirn, bis sie einen der nach Salz riechenden Luftschutzbunker erreichen, eingerichtet von der Stadtverwaltung in den unterirdischen Gängen, die sich wie die Röhren von Regenwürmern durch diese seltsame Stadt ziehen, die Meer und Gebirge zugleich ist. Doch auf diese Weise werden die Alarmnächte zu schlaflosen Inseln und die folgenden Tage zu Inselgruppen voll Nervosität und Müdigkeit. Da ist das Eckchen *castagnaccio* hochwillkommen. Den letzten Bissen isst sie am Morgen des 22. Oktober 1942, zehn Tage nach ihrem Geburtstag. Und es ist wirklich schade, dass der Kuchen alle ist, denn die Nacht, die sie erwartet, ist die der Apokalypse.

Area bombing nennt man den Angriff auf städtische Ansiedlungen mit riesigen Mengen von Sprengbomben und Stabbrandbomben, rudimentären Metallröhren, die sich beim Aufschlagen entzünden und mit einer entflammbaren Mischung gefüllt sind, entweder Thermit oder weißem oder gelbem Phosphor. Nach der gängigen militärischen Doktrin soll der Wechsel von Spreng- und Brandbomben so erfolgen, dass es unmöglich ist, am Boden einzugreifen, um die Flammen zu löschen, weil sie sich ungehindert ausbreiten und tagelang unbeherrschbar sind.

Der Zweck des *area bombing* ist kein unmittelbar militärischer, wie es bei einem Angriff auf Kriegsinfrastruktur der Fall wäre, sondern ein strategischer: die Zivilbevölkerung dort zu treffen, wo sie am zahlreichsten und körperlich schwächsten ist, in den Kleinbürger- und Arbeitervierteln. Alte. Kinder. Panik auslösen, Wut und Misstrauen in die Regierenden schüren, die nicht fähig sind, ihr Volk zu schützen.

Von kämpfenden Heeren verschiedentlich eingesetzt, ist der emblematischste Fall die italienisch-deutsche Bombardierung der baskischen Stadt Guernica während des Spanischen Bürgerkriegs, und in der zweiten Hälfte des Jahres 1942 dominiert die Doktrin des *area bombing* die britische Strategie, verkörpert durch Sir Arthur Harris (Befehlshaber des Bomber Command und von seinen Untergebenen »The Butcher«, der Metzger, genannt) und dessen präzise Anweisungen für die Besatzungen der Royal Air Force.

Auf einen dieser detaillierten Befehle hin starten am Abend des 22. Oktober 1942 hundert Avro Lancaster. *Lankie* für die Piloten. Angetrieben von vier Rolls-Royce-Motoren mit 1460 PS, heben die Flugzeuge von den englischen Militärbasen ab, überqueren den Ärmelkanal, fliegen achthundert Kilometer über von den Deutschen kontrolliertes französisches Territorium, weichen der Überwachung der Bodenflugabwehr und den für Nachtflug ausgerüsteten Jägern aus und erreichen die Alpen. Eine vier Kilometer hohe Mauer aus Granit und Eis, die sie mit Schwung überwinden müssen, in der Dunkelheit, indem sie Nebelbänke und eisige Wolken durchschneiden bis zum oberen Teil der Tropsphäre in fünf- oder auch sechstausend Meter Höhe. Die Kabinen sind nicht druckdicht, und bei dem schwindelerregenden Höhenflug fehlt der Sauerstoff. Eisschichten beschweren die einhundertzwanzig Quadratmeter messenden Tragflächen. Die Piloten fliegen blindlings, geblendet von der opaleszenten Schicht auf den Fensterscheiben. Die Temperatur fällt auf minus vierzig Grad Celsius. Unter drei Paar Handschuhen werden die Finger steif, können nur mit Mühe Hebel ziehen, Knöpfe drehen. Die Bordschützen, im kältesten Teil des Flugzeugs zusammengekauert, erbrechen oder werden ohnmächtig. Sechzig, auch siebzig Minuten lang geht das so. Das ist schlimmer als die deutschen Jagdbomber, denken die Piloten, schlimmer als die gewaltige Nazi-Artillerie. Dann endlich das Aufblitzen der Dora Baltea, der große Korridor des Aostatals, das spiegelglatte Band des Po und die fette, friedliche Poebene, weiß im Mondlicht. Der Himmel ist wolkenlos. Dic italienische Flugabwehr erschreckt sie nicht. Das Mittelmeer schimmert. Genua ist dunkel, aber im Licht der Leuchtgranaten nicht unsichtbar. Die Richtschützen nehmen die Piazza De Ferrari aufs Korn, und hundertachtzig Tonnen Spreng- und Brandbomben fallen auf die Stadt.

Als die unmenschliche Bombardierung endet, verlassen Männer und Frauen nach und nach die Luftschutzkeller. Gilla hält ihre Eltern an der Hand. Die Finger, die an der

Hand des Vaters fehlen, empören sie wie Beleidigungen. Auf der Schwelle halten sie staunend inne. Die Nacht ist eine rote Flamme, die herrisch loht. Das Feuer ist ein wildes Raubtier, das geräuschvoll atmet, mit schrecklichen Stimmen und Gekreisch, wie es nur in Albträumen geschieht. Gillas Vater legt die Arme um die beiden Frauen, und so gehen sie nach Hause, aneinandergeschmiegt, ohne ein Wort, in der Luft, die nach Asche und Metall riecht. Und unser Haus steht noch, denkt Gilla mit Tränen in den Augen. Das Haus und der Laden.

Niemand kann wieder einschlafen, selbst die Kinder nicht. Als es Tag wird, ist die rote Glut des Sonnenaufgangs eins mit den Flammen. Das Meer – düster und kalt – hat bräunlich silberne Reflexe. Der Bahnhof Brignole brennt, die Krankenzimmer im Ospedale Pammatone brennen, die Betten, die Nachttische mit den schon für die Verabreichung bereitgestellten Medikamenten, die Stühle für die Verwandten der Patienten. Die mittelalterlichen Bogengänge von Sottoripa brennen, die Läden der Gemüsehändler, die Stoffe, die Posamenten, die Handschuhe, die Hüte, die Spazierstöcke, die Getreidesäcke, die geschnittenen Kutteln brennen. Palazzo San Giorgio, Palazzo Spinola und die Präfektur brennen, Palazzo Tursi und das Rathaus, die Reichtümer der Bankiers und der Condottieri, die Hütten der Hafenarbeiter, die Kirchen Santa Maria in Passione, San Silvestro, Sant'Agostino. Es gibt keine Worte, um das Grauen zu beschreiben. Jahrhunderte, Jahrtausende des Grauens. Troja in Flammen, Schwefel über Gomorra, Karthago dem Erdboden gleichgemacht und Salz auf den Trümmern, Konstantinopel unter den Kanonenschlägen der Ottomanen. Und wie in einem düsteren Märchen treten auch in der gemarterten Stadt König Vittorio Emanuele III. und Königin Elena in ihren numinosen sterblichen Körpern vor das Angesicht ihrer entsetzten Untertanen.

Bitterkeit. Wut. Am Abend brennt Genua immer noch. Viele entschließen sich, in den Luftschutzbunkern zu übernachten. Auch Gilla und alle Nachbarn. Sie sind in dem feuchten Raum, als um Viertel vor zehn die Sirene erneut ertönt. Sie setzt verspätet ein: Die ersten Flugzeuge sind schon über der Stadt, und der Himmel strahlt von weißen Leuchtgranaten. Im Lärm der Flugabwehr ist es schwer, das Pfeifen der Bomben herauszuhören, die auf die Kirche der Annunziata, das Teatro Paganini, den Palazzo Imperiale in Campetto fallen, aber das Wetter ist schlecht, und die Bomber ziehen sich diesmal rasch zurück.

Nach der Entwarnung bleibt der Uhrmacher stur, er will den Bunker nicht verlassen. Gilla löst sich aus der Umarmung. »Ich gehe nachsehen«, sagt sie. Hastig läuft sie zurück, kümmert sich nicht um die neue Zerstörung, die die Stadt entstellt. Haus und Laden stehen immer noch. Als sie es feststellt, kommt bösartige Freude in ihr auf, eine irre Begeisterung. Rasch kehrt sie zum Bunker zurück, beruhigt die Eltern, und zusammen gehen sie wieder heim, aber sie denkt gar nicht daran zu schlafen. Sie hat den Eindruck, dass ihr Blut schneller kreist, das Herz in der Brust wie rasend pumpt.

Sobald es hell wird, zieht sie schwere Schuhe und alte Arbeitshandschuhe an und bändigt ihre Haare mit einem Kopftuch. Dann steigt sie in den Keller hinunter, holt eine Schaufel und klettert über die Trümmer in der Via XX Settembre bis zur Piazza De Ferrari. In den Ohren hört sie das Feuer, mit der Nase riecht sie es, in der Ferne, in der Nähe, immer und immer noch. Aber irgendwo muss man doch anfangen, denkt sie, und das Zentrum der Stadt scheint ihr der vernünftigste Ort zu sein, um bei den Bergungsarbeiten zu helfen.

Unterwegs spürt sie eine Spannung, die aus Blicken und abgehackten Wörtern besteht, eine grauenhafte Losung. Runtersteigen. Schieben. Rutschen. Zerdrücken. Ersticken. Sie begreift, dass in der Galleria delle Grazie etwas Schlimmes passiert ist, in einem der größten Bunker der Stadt, zugänglich nur über eine stinkende schmale Treppe wie aus Dantes Hölle.

Als sie den Platz erreicht, verwirrt sie die Verwüstung. Sie geht auf die Türme der Porta Soprana zu, die Galleria delle Grazie ist dort unten. Eine kleine, außergewöhnlich stille Menschenmenge umringt einen Lastwagen. Alle starren auf die Ladefläche. Herber Geruch, Blut in dünnen schwarzen Rinnsalen, verästelt wie verdorrte Bäume. Gilla findet einen Durchlass, richtet den Blick nach vorn, grässlich gebannt. Jemand lädt etwas ab. Arme bilden eine Kette. Plötzlich begreift sie und zieht sich zurück. Leichen. Männer, Frauen, Kinder. Hunderte. Verstümmelte Körper, zerstückelt, dunkelviolett von getrocknetem Blut. Vom Haufen hochgehoben und sorgfältig, liebevoll aufgereiht für die Identifizierung.

Sie stützt sich auf die Schaufel. Auf einmal weiß sie nicht mehr, was sie damit anfangen soll, Übelkeit würgt sie bei dem Gedanken, sie dabeizuhaben. Als sei sie an einer Schändung schuld. Sie ist mit der Vorstellung hergekommen, die Straße von Trümmern zu befreien, aber es handelt sich nicht um Trümmer, und das ist keine Straße, kein Platz, keine Stadt mehr. Das ist ein Friedhof.

In den folgenden Wochen wird Genua zu einer Falle. In der Nacht vom 6. und vom 7. November 1942 bombardiert die Royal Air Force das Zentrum erneut. Getroffen werden die östlichen Viertel, Villa Pallavicini, die Stahlwerke Ansaldo, die Kirche Santa Chiara und noch einmal die Kirche der Annunziata. Das Bomber Command verfeinert die Technik. Schnelle und erbarmungslose Überraschungsangriffe. Die *pathfinder* machen die Nacht mit Leuchtgranaten zum Tag. Die Bomber fliegen hintereinander in kompakter Formation, einem sogenannten *stream,* und werfen *blockbuster*-Bomben ab, Blocksprenger. Tonnenschwere Ungeheuer. In Schutt und Asche gelegte Stadtteile. Am 13. November ist Sampierdarena an der Reihe, das Ospedale Galliera, die Loggia dei Mercanti. Am 15. November der Hafen, Carignano und die Kirchen Cosma e Damiano und San Siro.

Gillas Mutter verbringt die Tage mit der Jagd nach Lebensmitteln. Gilla teilt sich auf zwischen den wenigen Stunden Unterricht, die man noch geben kann, und den Rettungsarbeiten. Nicht alle Trümmer werden rasch weggeräumt. Die Haufen stinken nach Desinfektionsmittel und verwestem Fleisch. Der Uhrmacher beschließt, dass der Augenblick gekommen ist, die Ersparnisse zu zählen und die Stadt zu verlassen. »Ich habe einen Bekannten in Borgo di Dentro. Er ist bereit, uns aufzunehmen. Die Miete ist hoch, aber wir schaffen es. Auf dem Land gibt es zu essen, und vielleicht bombardieren sie dort nicht«, sagt er beim Frühstück. Die zwei Frauen sehen sich an. Dann willigen sie erschöpft ein.

Licht

Casale Monferrato, November 1942. Es ist später Nachmittag, als Margherita am Ende ihrer Schicht die Tütenfabrik verlässt, aufs Fahrrad steigt und nach Hause fährt. Die Nachricht, die sie am Morgen im Briefkasten gefunden hat, wiegt schwer wie ein Stein in ihrer Tasche. Bei der Arbeit hatte sie weder die Zeit noch den Mut, den Umschlag zu öffnen. Kein Absender. Ausländische Briefmarken. Deutsche? Schweizerische? Die Adresse in einer Handschrift, die Margherita nicht kennt. Abram ist in Turin und kommt erst in zwei Tagen zurück. Was soll sie tun? Sie beschließt, den Umschlag ohne ihn zu öffnen. Es gibt Dinge, die nicht zu lange warten können. Allerdings nicht vor Esters und Giosuès Augen. Erst will sie verstehen, dann teilen. Vielleicht. Wenn es nötig sein sollte.

Wenige Meter vor dem Haus hält sie an. Sie schaut sich um, sucht nach einem Platz, wo sie sich hinsetzen und ungestört lesen kann. In der Umfassungsmauer eines alten Gebäudes bemerkt sie eine lange, schmale Nische und darinnen, als sei er Teil des Gebäudes, einen Sitz aus Holzleisten.

Er ist ihr noch nie aufgefallen, und sie kann sich nicht erinnern, je gesehen zu haben, dass dort jemand saß. Tatsächlich handelt es sich um einen wenig geeigneten Ort für eine Bank. Es gibt keine Bäume, die im Sommer Schatten spenden, man sieht nichts Interessantes, keinen reizvollen Ausschnitt des Corsos, kein anziehendes Panorama. Und auch den Eingang des Hauses nicht, in dem sie lebt. Nur, von der Seite, die Fenster der Wohnung im zweiten Stock. Aber für das, was sie vorhat, ist der Platz ideal. Sie zieht den Umschlag aus der Tasche, schiebt vorsichtig den Zeigefinger unter die Lasche und schafft es, ihn zu öffnen, ohne ihn zu zerreißen. Ein gefaltetes Blatt kommt zum Vorschein, es sieht zerknittert aus, als sei es schon einmal zusammengeknüllt und dann wieder zum Schreiben verwendet worden. Auf der Vorderseite stehen Zahlen, addiert zu einer Summe, mit blauer Tinte. Und dann ihre Adresse, mit Bleistift. Diese in der vornehmen, Achtung gebietenden, unverwechselbaren Handschrift von Raffaele Sacerdoti. Margherita hält den Atem an und dreht das Papier um.

Deutschland, 29. März 1942

Lieber Vater, liebe Abram und Margherita, liebe Ester, vor zwei Tagen sind meine Mitgefangenen und ich zum Bahnhof Bourget-Drancy verbracht und in den Zug Nummer 767 verladen worden, in einen Waggon dritter Klasse. Seitdem fahren wir, ohne zu wissen, wohin. Ich lege Euch Giulia, Alberto und Camillo ans Herz, ich glaube, sie sind in Sicherheit an der Adresse, die Ihr schon kennt. Ich denke an Euch alle und umarme Euch mit unendlicher Zärtlichkeit.

R.

Sonst nichts. Es ist auch sehr wenig Platz, und der Rechtsanwalt Raffaele Sacerdoti musste schon bis zum äußersten Rand schreiben, sodass dieses »mit unendlicher Zärtlichkeit«, obwohl durchaus lesbar, hingehaucht wirkt wie ein Flüstern.

Margherita liest und liest erneut. Sie dreht und wendet das Blatt zwischen den Händen, sucht weitere Informationen, auch auf dem Umschlag, eine Adresse, irgendetwas, das Aufschluss geben könnte, wo sich ihr Schwager befindet. Die Daten verunsichern sie. Giulias letzter Brief ist vom Juni, danach kam nichts mehr. Die Schwägerin schrieb, es gehe ihnen gut und Raffaele sei immer noch in Drancy inhaftiert. Aber auf diesem Zettel, datiert auf den 29. März … diesem erst jetzt angekommenen Zettel … mit acht Monaten Verspätung … Margherita ist verwirrt. Derweil nimmt die kalte Novemberdunkelheit zu, und sie zieht den Mantel fester um sich. Sie ist verwirrt und erschrocken. Vor Angst zittern ihre Lippen, ihre Gedanken. Wie Fäden verschlingen sie sich in der Finsternis zu einer rätselhaften, furchterregenden Zeichnung, bis im zweiten Stock, bei ihr zu Hause, ein Licht angeht und sie wegfegt.

Borgo di Dentro, Ende November 1942

Der erste Eindruck ist beruhigend: Der Bahnhof von Borgo di Dentro ist ein schmuckloses, zweistöckiges Gebäude mit hell gestrichenen Wänden, sauber, still, verziert mit einem eleganten schmiedeeisernen Vordach. Und vor allem keine Trümmer, denkt Gilla.

Vor eineinhalb Stunden ist sie mit ihren Eltern in Genua abgefahren, hat das Meer hinter sich gelassen und den Apennin überquert in einem Zug, der zwischen Kastanienwäldern und winzigen, rauchig und bröckelnd aussehenden Dörfern dahinkroch. Borgo di Dentro ist die erste Stadt. Sie haben zwei Koffer pro Kopf und eine Reisetruhe, die sie mit ziemlicher Mühe erst auf dem Bahnsteig und dann im Wartesaal des Bahnhofs abgestellt haben.

»Ich schaue mal nach einem Wagen«, sagt der Vater und dreht sich um, doch in dem Moment erscheint ein schlaksiger Mann in der Glastür, bedeutet ihnen zu warten und kommt mit einem etwa zwölfjährigen Jungen zurück. Zusammen packen sie die Truhe und schleppen sie bis zum Vorplatz, wo ein Karren auf sie wartet, gezogen von einem klobigen, halb kahlen Pferd. Der Vater setzt sich auf dem Kutschbock neben den Mann, der, wie Gilla verstanden hat, ihr neuer Hausherr ist. Sie, die Mutter und der Junge teilen sich die Ladepritsche mit den Koffern und der Truhe.

Der Bahnhof liegt am Stadtrand, die Straße ist ruhig. Gilla sucht weiter nach Anzeichen des Kriegs, findet aber keine. Eine baumbestandene Straße, ein paar unscheinbare kleine Häuser, ein Stück Grasland, wieder kleine Häuser, kein Auto, nur einem Bus begegnen sie, der wohl in die Hügel fährt, vermutet Gilla, dorthin, wo es Lebensmittel gibt. Aber der Treibstoff muss auch hier rationiert sein, denkt sie auf einmal. Dann stehen die Häuser plötzlich dichter beieinander. Gilla erkennt einen Laden, noch einen und noch einen. Ein Bäcker, ein Schuster, ein Gewürzhändler, ein Café, eine Kirche, noch eine größere. Sie zeigt der Mutter ein Geschäft für Salz, Tabak und Kolonialwaren und sogar das Schaufenster einer Modistin. Doch als sie schon glaubt, die Physiognomie des Ortes gleiche der einer Hausfrau ohne Geheimnisse und Flausen im Kopf, verwandelt sich Borgo di Dentro vor ihren Augen.

»Willkommen in der Altstadt«, sagt der Hausherr.

Der Karren ist in eine enge Straße mit Kopfsteinpflaster eingebogen, die Mauern zum Greifen nah, der Himmel bleiern, und die Fahrt wird holpriger. Gilla ist, als straffte der Junge die Schultern, der Blick stolz, kämpferisch. Sie vermutet, dass er ein Taschenmesser einstecken hat.

Die enge Straße wird zur Gasse. Schwarze Gewölbe, lichtlose kleine Plätze, Schmutz, Gesichter von Köhlern und Hufschmieden, loderndes Feuer, Scharen von Jungen mit dem gleichen Ausdruck wie der, der neben ihr sitzt. Und Ratten. Gilla schluckt. Die Mutter schluckt. Sie sehen sich an. Für einen Moment haben sie das Gefühl, nach Genua zurückgekehrt zu sein. Aber nicht in ihr gepflegtes, bürgerliches Viertel: in den stinkenden Bauch des Hafens.

Nur dass es hier nicht nach Fisch riecht, sondern nach Pisse, Kohl, Kutteln, dass es kein Meer gibt und viel kälter ist.

Die Truhe im Vico Luna Nummer 13 die Treppe hinaufzubugsieren ist eine Qual. Die Dachwohnung eisig. Flur, Küche, ein Schlafzimmer mit Ehebett und eine Abstellkammer mit einem schmalen Bett. Alles auf einen Blick erfassbar. Ihr Wohnzimmer in Genua ist größer. Der Hausherr kassiert unterdessen sechs Monate Miete im Voraus, geht und lässt sie in entgeistertem Schweigen zurück.

Dann sagt der Vater: »Ich gehe ein bisschen Holz besorgen und etwas zu essen.« Er reibt sich die Hände.

Die Mutter holt aus der Truhe ein Stück Seife und ein paar Lappen. »Wasser gibt es. Hilf mir«, sagt sie zu Gilla. Sie schrubben alles, im Mantel: den Tisch, die Stühle, Kopf- und Fußteil des Ehebetts und des schmalen Betts, das Waschbecken, den Küchenschrank, die Vitrine in dem winzigen Flur, die Toilette im Treppenhaus. Als der Vater mit den Vorräten zurückkommt, schrubbt er mit.

Am Abend ist die Dachwohnung sauber und warm, der Topf kocht auf dem Ofen, die Kleider sind im einzigen Schrank, die Wäsche in der kleinen Kommode, die Töpfe auf einem Brett in der Küche, das Geschirr in der Vitrine im Flur, die Häkeldeckchen auf den ärmlichen Möbeln, die Uhrmacherwerkzeuge des Vaters auf einer kleinen Ablage, die Nähmaschine der Mutter auf einer anderen, die Bücher der Lehrerin Gilla neben dem Bett gestapelt, als Nachttisch.

»Seht ihr? Man braucht nur ein bisschen Geduld«, sagt der Vater, das Feuer anfachend.

Durch das kleine Küchenfenster malt der Mond auf den Fußboden eine Pfütze aus Licht.

Abram kehrt nach Hause zurück

Im Herbst und Winter fliegen ständig britische Bomber über die Alpen. Sichtung folgt auf Sichtung, was einen Reigen von Hypothesen zeitigt, die sofort dementiert werden. Genua? Mailand? Turin? Unmöglich festzustellen, wohin die Geschwader unterwegs sind, und so beginnen in allen bewohnten Zentren zwischen der Poebene und dem Apennin die Sirenen zu heulen. Vercelli, Novara, Casale, Alessandria, Asti, Tortona, Pavia, Novi Ligure, Savona. Millionen von Menschen schrecken aus dem Schlaf, ziehen sich im Dunkeln an, nehmen die Kinder, greifen nach der am Vorabend gepackten Tasche – eine Decke, etwas zu essen und zu trinken, den Schmuck, Mullbinden, ein Fläschchen Wasserstoffperoxid – und hasten in den Keller oder den nächstgelegenen Bunker.

In dem Kämmerchen, das sie ihm in der jüdischen Schule in Turin zugewiesen haben, hat der Lehrer Abram Sacerdoti sich angewöhnt, in Kleidern zu schlafen, das Portemonnaie in der Innentasche des Jacketts, eine Taschenlampe unter dem Kopfkissen. So weckt ihn die Sirene, als in der Nacht vom Freitag, dem 20. November, zweihundertzweiunddreißig Flieger die Stadt angreifen. Nie waren es mehr bei einer Mission über der Halbinsel, so der Bericht des Bomber Command.

Der Lehrer springt sofort auf. Die Schule neben der Synagoge ist ein paar hundert Meter von dem Bunker entfernt, den er als den sichersten erachtet. Er läuft auf die Straße und folgt dem Menschenstrom, der Himmel sternklar und taghell wegen der Leuchtspurgeschosse der Flugabwehr. Er betritt den Bunker in dem Moment, als eine Bombe das Dach der Synagoge durchschlägt. Der Brand greift auf die Empore und die Büros der Gemeinde über, und nach wenigen Minuten stürzt auch die Schule ein.

Nach der Entwarnung hastet Abram zurück. Die Katastrophe lässt ihn verstummen. Von der Synagoge stehen nur noch die Grundmauern, der Rest ist Flammen und Asche. Er beginnt, durch die Stadt zu irren, in seinen Mantel gewickelt, den Kopf voller fürchterlicher Gespenster. Im Morgengrauen steht er wieder vor der Schule. »Unterricht fällt aus«, ist das Gerücht, das unter den herbeigeeilten Kollegen kursiert. Für ihn hört es sich an wie ein mitleidiger Euphemismus. Aber da ist auch der Direktor, der anordnet, »zu retten, was zu retten ist«, und mit einer Aufgabe vor sich erlangt der Lehrer Abram Sacerdoti wieder Besonnenheit und Klarheit.

Retten, was zu retten ist, bedeutet dreierlei. Erstens: die Stützpfeiler, die noch stehenden Wände und die Türstöcke prüfen und wenigstens das Erdgeschoss wieder herrichten. Zweitens: die Kinder aus dem nahen jüdischen Internat nach Casale Monferrato bringen, in Sicherheit vor den Bomben, in die Räume der dortigen Synagoge und unter die Bögen der Empore. Drittens: die Räume des Internats als zusätzliche Schulzimmer umgestalten.

In den folgenden Tagen schippt Abram bereitwillig

Schutt, transportiert Stühle, Tafeln und Holzöfen als Ersatz für die unbrauchbar gewordenen Heizkörper. Mit Lineal und Winkelmaß plant er und zieht dann Trennwände ein. Er räumt Bücher in den Keller, der zur Bibliothek umfunktioniert wurde. Derweil hören die Angriffe nicht auf. Am 28. November experimentiert das Bomber Command in Turin mit Vier-Tonnen-Bomben. Am Folgetag erneut ein Angriff und ebenso am 8. Dezember, am Fest der Unbefleckten Empfängnis, am 9. und am 11., und trotz allem wird die Schule wunderbarerweise wieder eröffnet. Doch die Schüler werden immer weniger, wer kann, hat die Stadt verlassen, ist in die Hügel geflüchtet und sieht von oben den Bombardierungen zu wie einem teuflischen Reigen von Lichtern und Explosionen. »Mit größter Bestürzung« teilt der Direktor dem Lehrer Sacerdoti mit, dass die Gemeinde ihm nicht mehr die gleiche Stundenzahl garantieren kann.

Also beginnt Abram wieder zu pendeln, aber nur dreimal pro Woche. Geld wird ein Problem, ein großes Problem. Doch davon weiß Ester nichts. Im Gegenteil, sie ist sehr zufrieden: Morgens geht sie mit den aus Turin evakuierten Kindern zur Schule, nachmittags spielt sie mit ihnen im Hof der Synagoge. Seit ihr Vater wieder zu Hause schläft, machen ihr die Flugzeuge, die unablässig über ihren Kopf jagen, auch weniger Angst.

Borgo di Dentro, Cascina Leone

Weihnachten 1942 ist ein trauriges Fest, und das neue Jahr bringt nur Schlimmes. Von der russischen Front kommen schlechteste Nachrichten: Die italienische Armee, die im vorigen Sommer den deutschen Verbündeten an den Ufern des Don unterstützt hat, befindet sich in Auflösung.

In der Dachwohnung im Vico Luna begnügt sich Gillas Vater mit kleinen Reparaturen, aber maßvoll, um den schon mageren Verdienst der beiden anderen Uhrmacher der Stadt nicht noch zu schmälern. Er bedient lieber diejenigen, die nicht genug Geld haben, um in einen richtigen Laden zu gehen. Er repariert Wecker, die sich nicht mehr aufziehen lassen, tauscht Schräubchen aus, Gläser, Zeiger von billigen Schrottuhren, lässt sich mit Kartoffeln und Kastanien oder auch gar nicht bezahlen und ist dankbar, dass Kopf und Hände beschäftigt sind.

Die Lebensmittelbeschaffung obliegt im Allgemeinen Gilla und ihrer Mutter. In der Stadt einzukaufen ist jedoch ungünstig, man muss zu den Bauern gehen. Italien ist dabei, den Krieg zu verlieren, das stimmt, doch wie lange wird die Agonie dauern? »Was reichen muss, sind die Ersparnisse«, sagt die Mutter.

Also wandern die beiden Frauen des Hauses durch die

Umgebung von Borgo di Dentro, sind halbe Tage unterwegs, erforschen Maultierpfade und staubige Straßen, bis sie im März 1943 zur Cascina Leone kommen.

An diesem Morgen weht ein schneidender Wind, und das Licht ist trüb. Das Mädchen, das sie empfängt, sagt bedauernd, im Gemüsegarten seien nur noch ein paar Kohlköpfe übrig, ein krummer Kürbis und einige schmächtige Fenchelknollen. Aber sie verschwindet im Keller und kommt mit einem Bündel Karotten zurück, fast frisch, nur schmutzig vom Sand, in dem sie aufbewahrt wurden. »Die schenke ich euch. Kommt wieder, wir haben gesät, und die Hühner spüren den Frühling.« Sie hebt die Hand und zeigt auf den Stall, die Luft, den Wald hinter dem Wohnhaus, den heller werdenden Himmel. Sie wirkt fröhlich, ihr Blick lebhaft. Sie heißt Rosa Maria.

Von da an besuchen Gilla und ihre Mutter die Cascina Leone mindestens einmal in der Woche. Ende März gibt es Wegwarte und Artischocken, im April Mönchsbart, Spargel, Rote Bete und die Nachricht, dass Rosa Marias Vater Carlo Leone offiziell in der eisigen Steppe von Nikitowka verschollen ist. Das Mädchen sagt es mit gestrafften Schultern und geradem Rücken, Gilla kommt es fast vor, als sei sie seit dem letzten Mal gewachsen. Sie zeigt ihnen das Telegramm, dann steckt sie es gefaltet in die Schürzentasche. »Es heißt, in Afrika laufe es besser«, fügt sie hinzu und verstaut einen großen Kopfsalat in dem Korb, den die beiden Frauen aus der Stadt mitgebracht haben. »Aber besser für wen? Je früher es vorbei ist, umso besser.«

Der Mai ist eine Pracht: Feldbohnen, Erbsen und dann Mispeln und Erdbeeren. In der Cascina Leone kennen Gilla und ihre Mutter inzwischen alle. Kommen sie bei hoch stehender Sonne, sitzt Rosa Marias Urgroßvater Primo vor der Küchentür, neben sich die kleine Hündin Nuxe, eine hervorragende Trüffelsucherin. Kommen sie früh am Morgen, kann es leicht sein, dass sie die Hündin mit Rosa Marias älterem Bruder Giacomo treffen, die vom Trüffelsuchen aus dem Wald kommen. Und dann Großmütter, Tanten und Kinder, ein Haufen Leute. »Was für eine große Familie«, sagen sie, während sie, mit Obst und Gemüse beladen, in die Dachwohnung im Vico Luna zurückkehren. Rosa Maria schenkt ihnen immer etwas: zwei saftige Aprikosen, eine Handvoll Nüsse vom vorigen Jahr, manchmal einen winzigen Trüffel, der nach Moos duftet. Im Juni gibt es Frühlingszwiebeln, neue Kartoffeln und knackige, glänzende Zucchini. Als die ersten Kirschen reifen, ist Afrika verloren. Im Juli gibt es Tomaten und Auberginen. Gillas Mutter schneidet sie in Scheiben, streut Salz darüber, damit sie Wasser verlieren, paniert sie mit Ei und Semmelbrösel und frittiert sie. »Falsche Koteletts!«, sagt sie, wenn sie sie auf den Tisch stellt. Die Dachwohnung duftet nach Öl und Rosmarin, als die Engländer und Amerikaner in Sizilien landen.

SCHULJAHR 1945–46

Zweites Trimester

Das zerbrochene Universum

Bei laufendem Radio, ein Holzscheit im Ofen, widmet sich Gilla nach dem Abendessen dem kleinen Modell des Sonnensystems. Seit Wochen hat sie es nicht mehr angerührt. Erst die Weihnachtsferien in Genua, bei den Eltern, dann die Wiederaufnahme des Unterrichts mit seinem Wirbel an zusätzlichen Verpflichtungen. Und währenddessen verstaubten die Pappmascheekügelchen im Vico Luna auf dem Küchentisch, und Gillas Unbehagen wegen der ständig aufgeschobenen Arbeit wurde immer größer, wie Brot im Backofen.

»Ruhe und Entschlossenheit«, sagt sie laut zu sich selbst. *Ruhe* und *Entschlossenheit* sind Wörter, die ihr Vater oft benutzt. Zusammen mit *Fingerspitzengefühl, Aufmerksamkeit, Ordnung, Sorgfalt. Geduld.* Neben den entsprechenden Ärmchen reiht sie die kleinen Kugeln auf, die sie aus Papier und Leim geformt und dann mit Temperafarben bemalt hat. Inzwischen sind die Ärmchen alle gerade und glänzen, die Dorne, die die Planeten halten sollen, *sorgfältig* geschliffen.

»Und auch ein bisschen Mut.«

Den Mechanismus in Angriff zu nehmen, der die gesamte Bewegung steuert, ist nämlich die kühnste Herausforderung.

Mit stehengebliebenen Uhren ist Gilla geschickt. Sie öffnet den hinteren Deckel, lockert die Schrauben, so klein wie Hirsekörner, entfernt die Stifte, die Brücken, die Rubine, zieht die Krone von der Aufzugswelle, nimmt die Zahnräder, den Anker, die Unruh heraus. Sie kontrolliert jedes Stück mit der Uhrmacherlupe. Dann tauscht sie aus, feilt, spült in rektifiziertem Benzin und baut alle Teile wieder zusammen. In den meisten Fällen läuft die Zeit an diesem Punkt still weiter.

Jetzt dreht sie den Mechanismus des Planetariums in den Händen hin und her. Sie stellt sich vor, es handle sich um eine große, zylinderförmige Uhr, die Zahnräder des Getriebes durch millimetergroße Teile paarweise verbunden. Bei einer klassischen Uhr entspricht der Bewegung des zentralen Rads der symmetrische, aber verschiedene Schritt des Minutenrads. Wenn für die Planeten des Modells eine ähnliche Mechanik gilt, und Gilla hat keinen Grund zu glauben, dass es nicht so ist, dann werden die Reparaturvorgänge dieselben sein. Die Teile abmontieren und die Reihenfolge notieren. Jede Komponente von Verkrustungen durch Staub und Fett befreien. Die Messingteile polieren. Alles wieder zusammenbauen und dabei die sich berührenden Teile ölen.

Mit Ruhe, viel Ruhe, sagt die Stimme ihres Vaters in ihrem Kopf.

Gilla beginnt, indem sie das Sonnenkügelchen abnimmt. Dann schraubt sie die obere Hülle mit den Tierkreiszeichen und die seitlichen Abdeckungen ab, bis der Mechanismus frei steht.

»Jetzt kommt das Schöne, Papa.« Weg mit dem Knauf, dann das erste Rad, dann nacheinander die übrigen – *die*

Anordnung, Gilla! –, bis zum letzten, das dem Planeten entspricht, der am weitesten von der Sonne entfernt ist, Neptun.

Sie merkt, dass sie schwitzt. Sie steht auf, geht ein paar Schritte, trocknet die Schweißtröpfchen auf ihrer Stirn, kehrt an den Tisch zurück und betrachtet das zerlegte Universum. Jedes Rad einzeln, mit der Uhrmacherlupe. Oxidierte Flecken, stumpfe Zähnchen. Sehr viele. Das Übermaß an Arbeit erschreckt sie. Für einen Augenblick. Dann steht sie erneut auf, tritt ans Spülbecken, mischt einen Löffel voll Bikarbonat mit ein paar Tropfen Zitronensaft, verdünnt das Ganze mit ein wenig Wasser, lässt es schäumen, trocknet ihre Hände ab und stellt das Radio lauter. Nacheinander zieht sie alle Schubladen auf, bis sie eine halb volle Schachtel Zigaretten findet. Sie zündet sich eine an, zieht genüsslich, nimmt mit der Zigarette zwischen den Lippen das Zitronen-Bikarbonat-Gemisch, setzt sich an den Tisch, taucht einen kleinen Lappen ein und beginnt, das Neptun-Rad abzureiben. Mit *Fingerspitzengefühl*.

Sie reibt und trällert und raucht die Zigarette zu Ende. Die erste seit … seit wann? Einem Jahr?

Sie trällert vor sich hin und denkt an nichts. Auch nicht an das Thema, das sie der Klasse gleich nach der Rückkehr aufgegeben hat. *Beschreibe deine Stadt*. Ein Reinfall, denn die Kleine hat weder Neapel noch die Stadt am Po geschildert und nur das bisschen erzählt, das sie über Borgo di Dentro weiß.

Gilla steht auf, zündet sich eine zweite Zigarette an, beginnt wieder zu reiben. Im Kopf hält sie ein paar imaginäre Unterrichtsstunden. Sie denkt nicht an das zweite Thema, das sie gestellt hat: *Beschreibe deine Wohnung*. Die Kleine hat erklärt, wie es im Waisenhaus aussieht. Zweiter unerhörter Reinfall. Sie denkt nicht an das Thema, das der Schlüssel zu dem Geheimnis hätte sein können: *Eine schmerzliche Erinnerung*. Sie denkt nicht an den Moment, in dem sie, zum Diktieren des Titels bereit, die vierundzwanzig Schülerinnen der 5D angeschaut und kurz, aber nicht ohne *Aufmerksamkeit,* überlegt hat, wie ihr kurzes Kleinmädchenleben im Krieg gewesen sein muss. Danach hat sie ein banales Winterthema diktiert.

Unterdessen schreitet der Abend voran, wirbelnd wie Nachtfalter häuft sich der Schnee vor dem Fenster auf. Den Blick auf die Arbeit geheftet, lächelt Gilla über das ganze Gesicht und merkt es nicht. Sie denkt nicht an Michele, und selbst das merkt sie nicht. Sie denkt nicht an die Kälte, unter der er wie alle in den Bergen litt, den Hunger, die furchtbare Angst vor einer Razzia. Sie denkt nicht an die Patrouillen der Deutschen mit ihren Hunden, an die Faschisten, an die Massengräber voller junger Männer. Sie denkt nicht daran, wie sie auf einmal mit unerträglicher Gewissheit gefühlt hat, dass es keine Verabredungen unter dem Nussbaum mehr geben würde, keine Küsse, keine Pläne, keinen Michele. Sie arbeitet an dem Modell und denkt an nichts, und es ist das erste Mal. Sie achtet nicht auf das, was sie als erfahrene Uhrmacherin genau weiß. Die Zeit, die stillsteht, zufällig oder schicksalhaft. Die Zeit, die dann mit ein bisschen *Geduld* und ein bisschen *Sorgfalt* wieder weiterläuft.

Im Labyrinth des Waisenhauses

I

Maria Luisa Piombo klopft gleich nach dem Mittagessen mit ihren Heften, dem Federmäppchen, dem Lesebuch und einer Tüte getrockneter Kastanien an die Tür des Waisenhauses.

»Ich bin gekommen, um mit meiner Schulkameradin Francesca Pellegrini Hausaufgaben zu machen. Die hier schickt Ihnen meine Mama«, sagt sie zu der Nonne an der Pforte und hält ihr die Tüte hin.

Buchstabengetreu folgt sie den Anweisungen, die Ester ihr auf einen Zettel geschrieben hat. So zu kommunizieren ist ganz natürlich geworden. Ester schreibt, und Maria Luisa spricht. Laut, wenn sie allein sind. Flüsternd, wenn sie in der Klasse sind.

Die Nonne nimmt die Kastanien in Empfang und befiehlt ihr zu warten, dann verschwindet sie hinter einer Tür. Nach einigen Minuten erscheint Suor Giuliana mit Ester. Die Alte lässt die Mädchen am Tisch in dem Sprechzimmer Platz nehmen, in dem sie Gilla getroffen hat. »Fangt ruhig an«, sagt sie.

Es ist eher ungewöhnlich, dass ein Zögling aus dem Waisenhaus derartige Besuche erhält, aber Ester ist ein Sonderfall. Suor Giuliana ist erstaunt, dass es der Kleinen gelungen ist, eine Freundin zu finden, denn die Nachmittage im Waisenhaus verbringt sie immer völlig isoliert. Sehr erstaunt. Sie hält es sogar für ihre Pflicht, sich ein genaues Bild von der Beziehung zu machen, die die beiden verbindet. »Ich bleibe bei euch«, sagt sie, während sie sich neben das Fenster mit der mattierten Scheibe setzt.

Die zwei Mädchen sehen sich an. »Rechnen«, sagt Maria Luisa. Ester nickt. Sie schlagen ihre Hefte auf und beginnen, die Aufgaben zu lösen. Maria Luisa bleibt fast sofort stecken. Sie betrachtet das Gemälde an der Wand gegenüber. Die heilige Anna ist starr wie ein Holzklotz. Die Madonna ist sehr ernst. Das Jesuskind mustert sie mit strengem Blick. Das Mädchen senkt den Kopf auf das Blatt. Der Rauminhalt des Würfels ist für sie ein schmerzliches Rätsel. Ester hat mittlerweile die verschiedenen Schritte beendet und zeigt ihr die Lösung. In vollkommenem Schweigen schreibt sie ihr alle Schritte mit Bleistift vor, damit Maria Luisa sie mit Tinte nachziehen kann. So vergehen zehn Minuten, und Suor Giuliana döst ein, ihr Kinn auf den Schleier gesunken.

Die zwei Mädchen lachen mit unterdrücktem Glucksen. Rasch beenden sie die Aufgaben und die kurzen Aufsätze, die sie Maestra Gilla am nächsten Tag abgeben müssen. Maria Luisa liest laut eine Seite über Christoph Kolumbus aus dem Lesebuch vor. Mit einem Kopfnicken fordert Ester sie auf, den Text zu wiederholen und sich Wörter und Daten zu merken. *Kastilien, Aragon, Palos, Karavelle, Cipangu, 12. Oktober 1492.* Suor Giuliana erwacht, aber bald verfällt sie bei Maria Luisas monotoner Stimme in noch tieferen

Schlaf als zuvor. Als sie wieder aufwacht, ist das Sprechzimmer in kaltes Dämmerlicht versunken. »Du gehst jetzt besser heim«, sagt sie daraufhin zu Maria Luisa.

An den folgenden drei Nachmittagen wiederholt sich das Treffen auf die gleiche Weise. Am vierten Tag beschließt Suor Giuliana, sie könne den beiden vertrauen, und lässt sie allein. Sobald es zu dämmern beginnt, schreibt Ester auf ein Blatt: *Willst du ein Geheimnis wissen?*

»Sicher!«, antwortet Maria Luisa.

Ester ermahnt sie, leise zu sein. Dann fordert sie ihre Freundin auf, ihre Jacke anzuziehen, und führt sie durch das Labyrinth des Waisenhauses.

Neptun

I
(Maestra Gillas imaginäre Lektion,
während sie das Rad des Neptuns poliert)

Der Planet Neptun ist ungefähr genauso groß wie Uranus und braucht fast 165 Jahre, um einmal komplett um die Sonne zu wandern.

Seine Ausmaße sind mehr als beachtenswert – kennt ihr dieses Wort, Kinder? –, er ist ein sehr großer Planet, und trotzdem ist er nicht leicht zu beobachten. In der Tat war er in der Antike unbekannt.

Die Geschichte der Entdeckung des Neptuns ist wirklich äußerst lehrreich. Hört mir aufmerksam zu. Erinnert ihr euch noch an Uranus? Wie alle Planeten bewegt sich Uranus auf einer bestimmten Umlaufbahn, das heißt auf einer Art Pfad im All, einer Spur, die die Form einer Ellipse hat.

Vor etwa hundert Jahren machte es einen englischen Mathematikstudenten, der sich auch sehr für Astronomie begeisterte, neugierig, dass Uranus am Himmel keine perfekte Ellipse zeichnete. In bestimmten Momenten schien der Planet ein ganz kleines bisschen von seiner Bahn abzuweichen.

Dieser Student war damals erst zweiundzwanzig Jahre alt. Er wusste – so wie ihr es ja auch wisst, weil wir es schon durchgenommen haben –, dass die Himmelskörper sich gegenseitig anziehen. Ließ sich damit die seltsame Umlaufbahn des Uranus erklären? Der junge Student meinte Ja und war überzeugt, dass es irgendwo weit hinten am schwarzen Himmel einen Planeten geben müsse, der so groß war, dass er auch einen Giganten wie Uranus anzog und aus der Bahn brachte. Einen Planeten, den leider noch nie jemand gesehen hatte. Vielleicht war er zu weit weg. Vielleicht unmöglich zu sehen, nicht einmal mit den gewaltigsten Teleskopen, außer …

»Außer?«, wird eines der Mädchen wiederholen.

Außer wenn einer weiß, wo er hinschauen muss. Als brillanter Mathematiker begann der Student, Berechnungen anzustellen. Er überprüfte noch einmal sorgfältig die Umlaufbahn des Uranus, ermittelte den genauen Punkt, an dem die Bahn sich verformte, und stellte eine Hypothese auf, wo sich der geheimnisvolle Planet befinden müsste. Eine Unmenge Berechnungen. Denn Mathematik ist nicht nur nützlich, um das Restgeld beim Bäcker nachzuzählen. Mathematik dient dazu, das Universum zu erforschen!

Zweifelnde Gesichter.

Kurzum, nachdem er alle Berechnungen abgeschlossen hatte, war der Student sicher, den Ort gefunden zu haben, auf den man das Teleskop richten musste. Voll Begeisterung übermittelte er die Koordinaten an das Observatorium in Greenwich, das bedeutendste von ganz England, vielleicht das bedeutendste der Welt. Aber der königliche Astronom, also der Direktor des Observatoriums, traute der Sache nicht. Schließlich handelte es sich bloß um einen unbedeutenden Studenten, was konnte der schon von unbekannten Planeten wissen?

»Aber der Junge hatte recht«, wird an der Stelle eine besonders scharfsinnige Schülerin sagen. Oder vielleicht eine, die mehr als die anderen daran gewöhnt ist, dass ihr Märchen vorgelesen werden.

Alles zu seiner Zeit. Während der englische Student seine Berechnungen anstellte, kam ein etwas älterer, aber auch noch sehr junger französischer Astronom zu ähnlichen Schlüssen. Und auch er war hingerissen von der Idee, durch die Mathematik die Position eines neuen Planeten im Universum entdeckt zu haben. Also wandte er sich an den Direktor des Observatoriums in Paris, aber der fand seine Hypothese keiner Beachtung wert. Daraufhin schrieb der französische Astronom an das Observatorium von Berlin, wo ein weiterer junger Mann, ein einfacher Assistent, sich der Sache annahm und es nicht ohne Mühe schaffte, seinen alten Chef zu überzeugen, ein bisschen Zeit in die Recherche zu investieren.

Als die Genehmigung endlich eintraf, wählte der Assistent eine klare Nacht, drehte das Teleskop in die von dem französischen Astronomen beschriebene Richtung und entdeckte nach wenigen Minuten ein leuchtendes Pünktchen, das auf den Sternkarten nicht verzeichnet war. Ein neuer Planet, und er bekam den Namen …

»Neptun!«, rufen die Mädchen im Chor.

Genau. Was haben wir also aus dieser Geschichte gelernt, Kinder?

»Dass wir Mathematik lernen müssen!« Gelächter. Auch Gilla schmunzelt. Was weiß sie denn schon davon, wie die Dinge zwischen den Astronomen im neunzehnten Jahrhundert abliefen …

Wir haben gelernt, dass das Wissen keine Grenzen kennt, Kinder. Dass wir Großes vollbringen können, wenn wir zusammenarbeiten. Dass es für die Wissenschaft kein England, Frankreich, Deutschland gibt.

Noch zweifelndere Gesichter. Was ist dann mit der Geografie? Und dem Krieg? Warum gibt es dann Krieg?

Und nun noch das Wichtigste von allem: Wir haben gelernt, dass die Welt der Jugend gehört.

Aber das lernt jede Generation wieder von vorn, denkt Gilla. Auf ihre Weise. Auf ihre Kosten. Zum Beispiel in den Bergen.

Im Labyrinth des Waisenhauses

2

Maria Luisa Piombo war noch nie in einem Waisenhaus. Ein bisschen ist sie neugierig auf dieses eingesperrte Leben, und ein bisschen erschreckt es sie, deshalb macht sie sich ganz klein und hält sich hinter Ester.

Um diese Zeit ist das Hauptportal schon geschlossen, und die Schwester Pförtnerin hat sich in den Nonnenflügel zurückgezogen. Die Flure sind Schattengalerien, auf die sich die Türen zu den Schlafräumen öffnen. Ester lugt hinter dem Türpfosten hervor, und als sie sicher ist, dass niemand auf sie achtet, drückt sie der Freundin die Hand und zieht sie hinter sich her. Ein paar Minuten geht das so, dann finden sie sich im Hof wieder.

»Und jetzt?«, fragt Maria Luisa.

Ester legt den Finger auf die Lippen. Um die Fenster zu meiden, entfernt sie sich vom Gebäude. Auf einem langen Umweg führt sie die Freundin auf die Rückseite zum verlassenen Teil des Hauses, vor das Häufchen Schrott, das die Tür zu dem Verschlag verbirgt.

Maria Luisa kneift die Augen zusammen und versteht nicht. Der gleiche stumpfsinnige Ausdruck, den sie vor einer Tafel voller Multiplikationen bekommt. Sie sieht, wie

Ester einen stacheligen Brombeerzweig wegschiebt, eine rostige Tonne und dann zwei aufgeschlitzte Reifen beiseiterollt. Zum Vorschein kommt eine niedrige Tür, die unten mit einem Brett verstärkt ist. Sie sieht aus wie die Haustür von Schneewittchen und den sieben Zwergen. Oder die der Hexe bei Hänsel und Gretel.

Ester bedeutet ihr zu warten. Aus dem Ausschnitt zieht sie eine Kordel mit einem Schlüssel, schiebt das Brett zur Seite und öffnet die Tür gerade so weit, dass sie hineinschlüpfen kann. Das mit dem Brett war eine gute Idee, denkt sie, echt ein Glück, dass ich es gefunden habe. Sie denkt auch, dass sie noch ein zweites bräuchte, um den Spalt unten auch zuzumachen, wenn sie drinnen ist, sonst könnte die Katze unter der Tür durchkriechen und weglaufen.

Maria Luisa hört sie drinnen hantieren. Dann öffnet sich die Tür, und dahinter führt eine Treppe nach unten. Gestank. Maria Luisa fasst sich ein Herz, setzt einen Fuß hinein, dann den anderen, und dann sieht sie sie im Halbdunkel. Ihre Freundin hält eine grau-weiße Katze auf dem Arm und winkt ihr, die Tür zuzumachen. Maria Luisa gehorcht und folgt Ester durch den unterirdischen Schlauch. Es stinkt wirklich ekelerregend. »Miez, Miez, Miez«, hört sie Ester sagen.

Sie hört sie *sprechen*.

Dann windet sich die Katze. Das kommt immer häufiger vor. Und wenn sie in einem dieser Momente tatsächlich beschließen würde, unter der Tür durchzukriechen und abzuhauen? Ester denkt, dass sie um jeden Preis eine Lösung finden muss, weil es draußen für die Katze zu riskant ist. Sie schaudert bei dem Gedanken an die Gefahr. Einstweilen jedoch lässt sie sie auf den Boden gleiten. »Hab keine Angst. Sie ist meine Freundin«, sagt sie, während das Tier in dem Gerümpel verschwindet, das den Raum füllt. Dann dreht sie sich um und macht eine Handbewegung, als wollte sie sagen: »Tut mir leid.«

Maria Luisa sieht sie mit riesigen Augen an. »Das ist aber wirklich ein Geheimnis!«, sagt sie.

Neptun

2

(Maestra Gillas zweite imaginäre Lektion, während sie das Rad des Neptuns poliert)

Die Römer nannten den Gott des Meeres Neptun. Die Griechen, die große Seefahrer waren und im ganzen Mittelmeerraum Kolonien gegründet hatten, nannten ihn Poseidon.

Ihr müsst wissen, dass Poseidon einen sehr rachsüchtigen Charakter und entschieden eigenartige Kinder hatte, etwa den Polyphem, einen Giganten mit nur einem Auge mitten auf der Stirn und der Angewohnheit, Menschenfleisch zu essen.

Eines schönen Tages geriet Odysseus, der König von Ithaka, mit seinen Gefährten in die Höhle, in der Polyphem lebte …

Ist die *Odyssee* nicht doch zu viel?, fragt sich Gilla. Der Zyklop, die Lotosesser, die Sirenen, die Zauberin Kirke, die Nymphe Kalypso, Penelope, die nachts das Gewebe wieder auftrennt: zu kompliziert für Mädchen in der fünften Klasse?

Also, am Ende blendete Odysseus den Zyklopen, und Poseidon beschloss, sich zu rächen.

Die Rache einer Gottheit sollte man nicht auf die leichte Schulter nehmen, aber Odysseus hatte im Trojanischen Krieg gekämpft, wo er schreckliche Dinge gesehen hatte, daher war er zu allem bereit. In dem Moment kehrte er gerade mit seinem Schiff und seinen Waffenbrüdern nach Hause zurück. Doch Poseidon entfesselte einen mächtigen Sturm, ließ sie kentern und legte ihnen immer neue Hindernisse in den Weg, wenn sie wieder in See stechen wollten.

»Und Odysseus?«

Gilla hält Odysseus für einen dieser Namen, die sich einprägen.

Odysseus war sehr mutig, und obwohl sein Leben von Mächten abhing, die größer waren als er, dunklen, bösen Mächten, die jeden bezwungen hätten, gab er sich nicht geschlagen. So landete er nach tausend Schicksalsschlägen und einer gut zehnjährigen Reise endlich wieder in seinem geliebten Ithaka, wo seine Frau Penelope und sein Sohn Telemachos auf ihn warteten. Denn Odysseus liebte Abenteuer, doch was er sich am meisten wünschte, war: nach Hause zurückzukehren.

Wie alle, die den Krieg kennen, denkt Gilla.

Dann denkt sie an die Väter, die Onkel, die Brüder, die nicht oder in einem schwarzen Sack zurückgekehrt sind. Sie denkt an Michele. An Giacomo Leone, den Bruder von Rosa Maria. An Achille Ferro. Sie denkt, dass man manche

Gedanken zwar fernhalten kann, aber nur zeitweise. Diese Lektion passt nicht, beschließt sie.

Ministerialprogramm und didaktische Hinweise für die fünfte Klasse

- **Fach:** Handarbeit
- **Jungenklassen:** Gartenarbeit. Vorbereitung kleiner praktischer Hilfsmittel für die anderen Klassen.
- **Mädchenklassen:** Nachthemd zuschneiden. Nähen. Reihen. Knopflöcher. Sticken. Monogramme. Stopfen.

Villa Franzoni

Die Tage werden länger. An einem Sonntag mit klarem Himmel zieht Gilla die Stiefel an, steckt ein paar Sachen in einen Beutel und verlässt beim ersten Tageslicht das Haus. Sie hat Lust zu gehen, das Herz zu fühlen, das drängt, die Lunge, die sich mit frischer, sauberer Luft füllt.

Sie lässt den Vico Luna hinter sich, biegt in einen Bogengang ein und folgt ihm bis zum Ende. Borgo di Dentro liegt am Zusammenfluss zweier Wildwasser, und die dunkle Gasse verbreitert sich zu einem Platz, direkt über einem der beiden Bäche. Gilla schaut hinunter. Volles Licht und wenig Wasser, in winzige, glitzernde Pfützen versprengt.

In ihrem Rücken ist der Laden des rebellischen Schusters Achille Ferro. Verrammelt. Tagsüber traf Gilla ihn immer hinter seiner Werkbank an. Nachts in der Wohnung im zweiten Stock des *Königspalasts,* des baufälligsten Gebäudes der Altstadt. Wo jetzt, aufgrund von Verwandtschaftsbeziehungen, die Gilla nicht ganz klar sind, die Familie Leone wohnt, einschließlich ihrer Freundin Rosa Maria.

Achille war viel älter als ihr Vater, überlegt Gilla. Er war der Großvater der Partisanen. Sie muss lächeln. Unter den Fußbodenbrettern Munition und Ausgaben der Untergrundzeitung *Il patriota,* dazu jede Menge halb automatische Pistolen, die sie zerstreuten oder betrunkenen Wehrmachtssoldaten abgenommen hatten. An die Brüstung gelehnt, spürt Gilla die geisterhafte Präsenz des Alten. Sie dreht sich um, nähert sich der verschlossenen Tür und späht durch die Ritzen. Ihr ist, als sähe sie ihn über die Schachteln mit Nägeln gebeugt. Der Eindruck ist so stark, dass sie den Geruch des Leders riecht und die Hände zu Fäusten ballt. Ein trügerischer Eindruck, denn Achille Ferro wurde am Sonntag, dem 4. März 1945, von den Deutschen festgenommen, zu Tode geprügelt und in einen Graben geworfen. In wenigen Tagen ist es ein Jahr her, und was sie macht, ist kein Spaziergang, denkt Gilla. Es geht nicht um Laufen oder frische Luft: Es ist eine Wallfahrt.

Dann steigt sie zum Wildbach hinunter, überquert die Brücke, geht direkt auf die Hügel zu. Zügig wandert sie an einem Akazienspalier entlang. Erste Pause: Hier haben die Partisanen den deutschen Mannschaftswagen angegriffen, und ihre Freundin Rosa Maria Leone, die unter den Gefangenen war, hat es geschafft zu fliehen. Gilla senkt den Kopf, dann wandert sie weiter bergauf. Die Straße führt in Serpentinen durch die Weinberge, sie verlangsamt den Schritt. Zweite Pause in der Nähe einer Biegung: Hier stieß man oft auf eine Straßensperre. Sie durchsuchten immer ihren Fahrradkorb. Weiter hinauf, noch mehr Serpentinen, mehr Weinberge. Spuren von Schnee. Dritte Pause: eine Weggabelung, und der Wald wurde dichter, was Rettung bedeutete.

Die ungepflasterte Straße verläuft zwischen Kastanienbäumen. Hier, hier und hier, denkt Gilla, während sie sich Gesichter und Augenblicke ins Gedächtnis ruft. Die Vergangenheit ist in die Rinde der Bäume eingeritzt, in die

Rippen der Blätter zwischen den Steinen. Plötzlich taucht Cascina Leone vor ihr auf. Zerborsten, schwarz von Ruß. Sonntag, der 4. März 1945, noch einmal. Gilla fühlt, dass ihre Augen feucht werden. Sie sieht wieder die verkohlten, einsturzgefährdeten Balken der Wohnhäuser in Genua, durchschlagen von Geschossen. Und an den Triften aufgestellte Votivkapellen, mit Flammen, die um die Verdammten lodern. Ein höllisches Datum.

Sie lässt sich auf dem Rest nieder, der noch von der Bank übrig ist, wo Primo Leone, der Urgroßvater ihrer Freundin Rosa Maria, in seiner stillen Selbstvergessenheit auf das Mittagessen zu warten pflegte. Sie lässt den Blick über die Tenne schweifen. Es gelingt ihr nicht zu beten. Sie bleibt lange so sitzen, im Geist der Vergangenheit zugewandt. Die Erde dreht sich unterdessen ein winzig kleines bisschen weiter, die Sonne steigt höher und wärmt sie, und sie knöpft den Mantel auf. Eine unüberlegte Bewegung, eine millimeterbreite Bresche in der Mauer der Gedanken, breit genug, damit sich die Gegenwart einschleicht, sie packt und sanft mitzieht.

Daraufhin denkt Gilla an die kleinen Mädchen der 5D. Aus dem Beutel zieht sie ihr Heft und den Bleistift. Das zweite Trimester schreitet im Sturmschritt voran. Entsprechend dem ministerialen Lehrplan muss man einige Stunden der Handarbeit widmen. Sie stellt sich etwas für Ostern vor. Zeit gibt es, was fehlt, sind die Mittel. Keine bemalten Eier, denn Eier darf man nicht verschwenden, und die Mehrzahl der Mädchen kann sich weder Temperafarben noch Pinsel leisten. Für gehäkelte Topflappen bräuchte man zu viel farbiges Garn. Um ein Nachthemd zuzuschneiden, auch ein ganz einfaches, einen Sack ohne Ärmel, ist zu viel Stoff nötig. Man kann höchstens an ein Beutelchen denken. Ein Beutelchen kann man immer gebrauchen. Sie schreibt ihre Einfälle ins Heft.

Grobes Leinen, mindestens 80 × 30 cm.
Durchzug/Knöpfe. Knopflöcher.
Nadeln und Faden zum Nähen. Fingerhut. Schneidermaßband.
Zum Sticken: Sticknadeln, Rahmen (wenn möglich), Stickgarn, kleine Scheren.

Nach und nach füllt sich die Seite.

Muster: Blättchen, Girlanden, Schleifen, Lämmchen.
Frohe Ostern (Kreuzstich).
Heftstich, Rückstich, Grasstich, Fliegenstich.

Was die Stickrahmen betrifft, fragt sich Gilla, ob eine Jungenklasse sie nicht für alle bauen könnte. Oder sie basteln sie selbst. Ist doch eigentlich ganz einfach. Sie liest alles noch mal durch. Gute Idee, findet sie. Sie blättert im Heft. Die gegebenen Aufsatzthemen. Die Noten, bei denen sie unsicher ist. Die Stichpunkte für den Unterricht. Bei Esters Ausstattung hält sie inne. Die Liste der Sachen, die die Kleine bei sich hatte, als sie im Waisenhaus ankam, enthält eine Anomalie, sie wüsste aber nicht zu sagen, welche. Etwas entgeht ihr. Sie steckt das Notizbuch wieder in den Beutel und wandert weiter.

Obwohl noch kahl, wirkt der Wald hinter der Cascina

Leone voller Leben. Die hellgrünen Knospen saugen Nährstoffe aus den Zweigen. Der Boden strahlt vor gelben und lilafarbenen Krokussen. Die Sonne stärkt die Vögel. Gilla holt ein Brötchen aus ihrem Beutel und isst es genüsslich. Sie sammelt die Krümel in ihrer Hand und schüttet sie in die Höhlung eines Baumstamms, als wäre es eine Futterstelle. Rasch erreicht sie den großen Walnussbaum am Rand des Gutes der Grafen Franzoni. So ganz ohne Blätter erscheint der Baum majestätisch, die mächtigen Äste, der Stamm gespalten wie vom Axthieb eines Riesen, die Wurzeln kraftvoll an den Boden geklammert.

Angesichts von so viel Schönheit geht Gilla langsamer. Ihr ist eine Idee gekommen. Doch um herauszufinden, ob es eine gute Idee ist, müsste sie etwas im Notizbuch nachschauen. Also will sie sich unter den Nussbaum setzen (wie oft hat sie das in der Vergangenheit getan), aber da strecken die Erinnerungen ihre spitzen, messerscharfen Krallen aus.

Nicht heute, denkt sie, noch nicht, und geht auf das große Haus zu, das über dem Anwesen thront. Sie würde mit geschlossenen Augen hinfinden, sogar bei Dunkelheit. Auch das kam in der Vergangenheit vor. Sie geht zügig, im Kopf das immer deutlichere Bild von Esters Ausstattung. Die Anomalie ist nicht in der Liste, denkt sie, sondern in dem, was fehlt.

Der Weg schlängelt sich zwischen Buckeln aus Klee und Strohblumen dahin. Der Blick hebt sich über die gezackte Linie der Wälder und streift über die Hügel. Gilla spürt unter sich die Millionen, Milliarden von Schritten, die Menschen schon vor ihr hier an diesem Ort gegangen sind. Jäger, Maultiertreiber, beladen mit Öl und Salz, fliegende Händler, Fahrende, Prediger, Lumpensammler, Bauern, Eierverkäuferinnen, Wäscherinnen, Mägde, Gutsherren, Faschisten, Deutsche, Partisanen. Unten sieht sie die dunklen Umrisse von Borgo di Dentro geheimnisvoll im Nebel, der von den Wildbächen aufsteigt. Wie eine Krone sieht sie rundherum Türme und Kastelle, ihre Last an Trauer und Pracht, darüber noch den Mond aus Seidenpapier und die Sonne hoch am Himmel, und empfindet die ganze Unsinnigkeit dieser Ausdrucksweise.

Nicht die Sonne bewegt sich, Kinder, es ist die Erde, die herumwirbelt, atemlos eilen wir der Tagundnachtgleiche entgegen, wenn sich zweimal im Jahr Licht und Dunkelheit die Waage halten. Wir sind es, die unablässig in den Abgrund stürzen.

Auf dem Gipfel wird der Weg zwischen zwei Baumreihen zur Allee. An deren Ende liegt die Villa Franzoni, ruhig und imposant wie eine Kathedrale. Instinktiv bleibt Gilla stehen. Sammelt ihre Gedanken. Die riesige Voliere mit den großen weißen Segeln ganz in der Nähe gleicht einem Schiff, das bereit ist, in See zu stechen. Im Lauf der Zeit haben hier Meisen und Drosseln Schutz gefunden, Falken und Spatzen, während in den Untergeschossen der Villa die Rebellen versteckt und heimlich ihre Verletzungen behandelt wurden. Die Gräfin Adelaide Franzoni täuschte Sympathien für die deutschen Besatzer vor, empfing sie in ihrem Klaviersalon, bot Erfrischungen an, spielte für sie, machte auf Deutsch Konversation und versorgte unterdessen Partisanen und Tagelöhner. Aus den Vorratskellern kamen Lebensmittel und Waffen. Aus den stuckverzierten Zimmern Jacken, Hosen, Decken. Nachts wurden unter den Gewölben mit Waldnymphen und Donnergöttern revolutionäre Beratungen abgehalten. Rosa Maria, die ganze Familie Leone, Michele: Sie waren hier zu Hause. Erinnerungen, die für Gilla wie kratzige Liebkosungen sind.

Dann geht sie weiter, erreicht die Eingangstür. Sie kann sich nicht entschließen zu klopfen. Sie denkt an den ganzen Weg, den sie zurückgelegt hat. Der Laden des Vaters, das Lehrerinnenseminar, die Appelle auf der Piazza, die Bomben, die Leichen, das Schlangestehen beim Brotholen, die Berge, die Angst, die Kälte, die Waffen, Michele, die Grundschule von Borgo di Dentro, ein geheimnisvolles kleines Mädchen. Hundert Leben, denkt sie, da öffnet sich plötzlich die Tür, und die Gräfin Adelaide Franzoni steht vor ihr.

»Adelaide …«, fängt Gilla an, aber die Frau lässt sie nicht ausreden, ergreift ihre Hände und ruft: »Gilla! Endlich! Willkommen daheim! Wir wollten uns gerade zu Tisch setzen.«

Maria Luisa hat Angst

Als die Lehrerin Gilla in der Klasse diktiert, was sie für die Handarbeiten zu Ostern brauchen, kann Maria Luisa Piombo ihr Glück kaum fassen. Zum ersten Mal wird sie kein Geld ausgeben müssen, weil sie zu Hause alles hat, was notwendig ist. Und zum ersten Mal bekommt sie eine Aufgabe gestellt, bei der sie sich nicht wie ein Dummkopf fühlt. Säume, Knopflöcher, kleine Stickereien sind ihr tägliches Brot. Sie hat nur Zweifel, was das Wort »Monogramm« betrifft. Jubelt aber innerlich, als sie begreift, dass die Anfangsbuchstaben der Namen gemeint sind. Auch darin ist sie geübt! Gleichzeitig spürt sie die Anspannung ihrer Banknachbarin. »Ich helfe dir«, flüstert sie ihr zu.

Die Lehrerin Gilla erklärt unterdessen, wie die Arbeit vor sich gehen soll. Zuerst wird der Stoff zugeschnitten, dazu braucht man das Schneidermaßband, dann kommt der Saum am oberen Rand …

Maria Luisa hört nur mit halbem Ohr hin. Einen Beutel zu nähen ist so was von banal. Außerdem lenkt sie der Gedanke an das ab, was sie entdeckt hat. Sie mustert Ester aus dem Augenwinkel. In dem Verschlag sprach ihre Freundin mit der Katze, aber nicht mit ihr, und das findet Maria Luisa sehr seltsam. Eine Verhaltensweise, die sie beunruhigt, eine Sturheit, die sie erschreckt.

»Vor allem müsst ihr euch ausdenken, was ihr sticken wollt. Blättchen, ein Olivenzweiglein, ein Lämmchen, kleine Blumen. Lasst euch vom Frühling inspirieren ...«

Ja, erschreckt. So fühlt sie sich. Sie, die sich doch sonst vor nichts fürchtet. Deshalb schafft sie es nicht, zu ihrer Freundin zu sagen: »Warum sprichst du nicht mit mir, wenn du sprechen kannst?« Ganz klar und deutlich. Sie hat den Eindruck, Ester könnte sich zurückziehen wie eine Schnecke in ihr Haus und gar nicht mehr mit ihr sprechen, auch nicht mit Blicken, auch nicht mit Zetteln.

»Fangt schon mal an zu überlegen. Dann zeichnen wir es, und anschließend übertragen wir die Zeichnung auf den Stoff. Aber jetzt üben wir erst mal, Monogramme zu ...«

Maria Luisa ist sicher, dass irgendetwas nicht stimmt. Eine Katze einzusperren ist nicht richtig. Sich zu weigern zu sprechen, wenn man sprechen kann, ist nicht gut. Sie sieht zu, wie Maestra Gilla Großbuchstaben schwungvoll und voller Kringel an die Tafel malt. Sie mag die Lehrerin. Eine gerechte Frau. Könnte sie vielleicht eine Lösung wissen? Sie mustert Ester, übers Heft gebeugt. Sie hat ein E mit bauchigen Kurven gezeichnet und ein S, das einer Schlange gleicht. Wie gut sie zeichnen kann. Wenn die Schule vorbei ist, könnten sie vielleicht zusammen Hemden mit fantastischen Monogrammen nähen, denkt Maria Luisa. Tischdecken mit herrlichen Figuren. Und sie dem Mann verkaufen, der alle vierzehn Tage bei ihr daheim die Wäsche abholt. Zusammen Geld verdienen. Ein Blick der Lehrerin ruft sie zur Arbeit zurück. Also konzentriert sie sich auf ihr Heft. Sie skizziert ein M, schweift aber gleich wieder ab. Sie weiß nicht, ob es eine akzeptable Lösung ist, mit Maestra Gilla zu sprechen. Ihre beste Freundin hat ihr ein Geheimnis anvertraut, und sie ist keine Petze. Aber was ist das Geheimnis?, fragt sie sich. Die Katze oder das andere?

Die Lehrerin Gilla geht zwischen den Bänken herum. Sie beginnt in den letzten Reihen, sagt Sachen wie »Versuch mal, das hier etwas abzurunden« oder »Diese Linie ist zu dick«. Maria Luisa merkt, wie ihre Freundin unruhig wird, sieht, wie sie die Seite aus dem Heft herausreißt, zusammenknüllt und in die Tasche steckt.

»Was tust du? Die Buchstaben waren doch wunderschön!«, flüstert Maria Luisa ihr zu. Aber sie hört ihr nicht zu, hebt die Hand und deutet zur Tür.

Die Lehrerin sagt: »Geh ruhig.« Dann nähert sie sich der Bank, wo nur noch Maria Luisa sitzt. Sie mustert Esters Heft, bemerkt die herausgerissene Seite und presst die Lippen zusammen.

»Maestra«, sagt Maria Luisa ganz leise.

»Was ist?«

Das Mädchen verstummt. Es sieht ihr nicht ähnlich, jemanden zu verraten, aber irgendetwas muss sie doch tun, um ihrer Freundin zu helfen.

»Sprich, Piombo.«

»Ich wollte Ihnen sagen, dass Pellegrini eine Katze hat.«

Gilla schaut sie überrascht an. Was hat jetzt Pellegrinis Katze hier zu suchen? Sie will etwas sagen, aber die Kleine hat sich schon wieder über der Seite ihres Hefts zusammengekauert und zeichnet aufmerksam ein L, das die Lehrerin auf den ersten Blick überraschend elegant findet.

Matzen

Gillas Besuch in der Villa Franzoni ist ungefähr vierzehn Tage her. Beim Mittagessen hat sie ihre Freundin Rosa Maria beiseitegenommen und sie gebeten, ein Treffen mit ihrem Verlobten Lorenzo Levi auszumachen. Nur sie drei, ohne Leute drum herum.

Sie empfängt die beiden in der Dachwohnung im Vico Luna. »Setzt euch, achtet nicht auf die Unordnung«, sagt sie und zeigt auf das Planetarium auf dem Tisch. Sie stellt die Espressokanne aufs Feuer und holt drei unterschiedliche Tässchen heraus.

Rosa Maria ist ungeduldig. »Also? Was soll die ganze Geheimnistuerei?«

»Zuerst der Kaffee. Echter Kaffee«, antwortet Gilla. Aus dem Augenwinkel beobachtet sie Lorenzo. Tipptopp gekleidet, Krawatte, Manschettenknöpfe, eine kleine, runde Brille mit Goldrand. Wie verschieden er von dem scheuen Jungen ist, den Gilla in den Bergen kennengelernt hat. Jetzt arbeitet er als Buchhalter für eine große Weinfirma und hatte nicht wenig Mühe, einen halben Tag freizubekommen.

»Gatto«, sagt Gilla. Gatto, Katze, war Lorenzos Deckname. Den hatten sie ihm verordnet, weil es zu den Zeiten, als die Juden verfolgt wurden, problematisch war, Levi zu heißen, und weil er ein stiller Junge war und sich nicht mit den anderen zusammenrottete. »Gatto«, wiederholt Gilla und lässt das Wort auf der Zunge zergehen. »Ich brauche dich.«

Rosa Maria errötet vor Aufregung und Stolz. Das ruhige Leben der Nachkriegszeit ist nichts für sie, jede Rückbesinnung auf die Vergangenheit ist ihr willkommen.

Gilla serviert den Kaffee, dann holt sie ihr Heft, schlägt die Seite mit Esters Ausstattung auf und legt es vor sich hin, als fürchtete sie, den Faden zu verlieren. Sie erzählt von der geheimnisvollen Schülerin, die in ihrer Klasse aufgetaucht ist. »Sie heißt Francesca Pellegrini. Vielleicht.« Und vielleicht ist sie stumm, aber auch diesbezüglich hat Gilla ihre Zweifel.

»Und was können wir da tun?«, fragt Rosa Maria, während sie die leeren Tässchen abräumt und ins Spülbecken stellt. Gilla dreht das Heft und schiebt es Lorenzo hin. »Das sind die Sachen, die sie bei sich hatte. Findest du da was merkwürdig?«

Lorenzo Levi rückt sich die Brille auf der Nase zurecht und geht die Seite durch. Rosa Maria schaut ihm neugierig über die Schulter.

Er liest, liest noch einmal, seufzt. »Kein Kreuz? Nicht einmal ein kleines Marienmedaillon? Auch nicht um den Hals?«, fragt er.

»Genau.« Gilla macht ein Gesicht, als habe sie gerade eine Münze wiedergefunden, die sie unten in einer Tasche vergessen hatte.

»Du meinst also …«

»Nun ja, könnte doch sein.«

»Halt, halt«, sagt Rosa Maria. »Ich verstehe nicht. Ihr seid zu schnell für mich.«

Lorenzo dreht sich zu ihr um. »Gilla vermutet, dass die Kleine Jüdin ist, deswegen wollte sie mit mir reden.«

Rosa Maria hebt die Hände zum Gesicht. Dann steht sie auf und beginnt, im Zimmer herumzugehen.

»Deine Frage ist nicht leicht zu beantworten, Gilla«, fährt Lorenzo fort. »Wenn es sich um einen Jungen handelte …«

Jetzt errötet Gilla. Sie hat gar keine Lust, mit dem Verlobten ihrer Freundin über Beschneidung zu sprechen.

»Es ist aber ein Mädchen. Und sie spricht nicht«, mischt sich Rosa Maria ein.

»Aber die katholischen Gebete kennt sie«, sagt Gilla.

»Das heißt gar nichts«, sagt Lorenzo.

»Wie meinst du das?« Abrupt bleibt Rosa Maria am Tisch stehen und spielt mit den Pappmascheekügelchen des Planetariums.

»Sie könnte sie gelernt haben. Wohnt sie nicht bei den Nonnen? Jüdische Frauen und Mädchen sind in Klöstern untergeschlüpft. Und es zirkulierten auch falsche Papiere, viele haben den Namen gewechselt«, antwortet Lorenzo.

»Wie du, Gatto«, sagt Gilla lächelnd.

Lorenzo lächelt nicht. Gilla weiß nicht genau, was seiner Familie zugestoßen ist, nur, dass er jetzt allein ist. Rosa Maria war in dieser Hinsicht immer sehr zurückhaltend.

»Ich frage mich, ob man irgendwie herausfinden kann, ob die Kleine Jüdin ist, ohne …«, überlegt Gilla laut.

Lorenzo sieht sie mit düsterer Miene an. »Ohne?«

»Ohne sie zu erschrecken?«, sagt Rosa Maria.

Gilla nickt. »Der Krieg ist vorbei. Sie hat keinen Grund mehr, sich zu fürchten, aber es ist, als ob …«

»Vielleicht ist er für sie nicht vorbei«, sagt Lorenzo. »Vielleicht wartet sie auf jemanden.« Seine Stimme klingt so bitter, dass sich Rosa Maria neben ihn stellt. Er scheint es gar nicht zu merken. »Seien wir pragmatisch«, sagt er.

»Was schlägst du vor?«, fragt Gilla.

»Bald ist das jüdische Osterfest. Ich werde dir koschere Matzen besorgen. Das sind besondere kleine Fladen ohne Hefe. Schau mal, wie sie darauf reagiert. Ob sie sie erkennt. Ich glaube nicht, dass ein katholisches Kind je welche gesehen hat.«

»Das ist eine gute Idee. Was meinst du, Gilla?«, sagt Rosa Maria.

Doch Lorenzo Levi lässt ihr keine Zeit zu antworten. Seine glatten Backen werden rot. »Aber angenommen, sie ist Jüdin, was kannst du dann für sie tun?«, sagt er und hebt die Stimme. »Es ist eine Menge Zeit vergangen, Gilla. Denkst du wirklich, dass du etwas für sie tun kannst?«

Gilla sieht erst Rosa Maria an, dann ihn. »Ich weiß es nicht. Ich werde ihr helfen, ihre Familie zu suchen, glaube ich.«

Mit Daumen und Zeigefinger schiebt Lorenzo die Brille hoch, drückt auf seine geschlossenen Augenlider. Er seufzt. Antwortet nicht.

Milchweißes Garn

Maria Luisa Piombo beschließt, als österliche Handarbeit einen prächtigen Blütenkranz mit dem eingeflochtenen Monogramm MLP zu sticken, bei dem allen der Mund offen bleibt vor Staunen. Ester dagegen zeichnet ein Lamm mit zarten weißen Beinchen und hellgrau gelocktem Fell, kniend auf einer Schicht grüner Halbmonde, die Grashalme darstellen sollen. Als Signatur fügt sie in flammendem Rot das Monogramm FP hinzu, Francesca Pellegrini. Das Blatt auf die Glasscheibe legend, überträgt sie die Komposition auf den Stoffrest, der ein Beutel werden wird.

Das Lamm war einer der Vorschläge der Lehrerin, daher ist Ester beruhigt. Auch wenn sie es in ihrem Herzen gewählt hat, weil man es am Sederabend zu Pessach isst, zur Erinnerung an den Auszug der Juden aus Ägypten, die Türpfosten und Tragbalken mit Lammblut kennzeichneten, damit der Todesengel vorüberging und ihre Kinder verschonte. Was die Buchstaben betrifft, ist sich Ester, obwohl sie keine Ahnung vom Sticken hat, einigermaßen sicher, dass aus dem F mit wenig Aufwand ein E werden kann und aus dem schwungvollen P ein S. Sie möchte ihrer Mutter eine schöne Überraschung bereiten, wenn sie sie endlich abholen kommt. Ester versucht, diese Gedanken im Zaum zu halten, aber wäre es nicht schön, wenn Margherita Sacerdoti zu Pessach an die Tür des Waisenhauses klopfen würde? Wäre das dann nicht ein schönes Geschenk?

Jetzt kommt erst einmal der schwierige Teil. Ester dreht Nadeln und Garnstränge hin und her. Suor Giuliana hat ihr feinstes farbiges Garn besorgt. *Silbergrau, perlgrau, waldgrün, mintgrün, milchweiß, elfenbeinweiß.* Baumwolle, so glatt, dass sie wie Seide wirkt. Aber sie weiß nicht, wo sie anfangen soll. Heimlich, dass die Lehrerin es nicht sieht, macht Maria Luisa die ersten Schritte für sie. Sie spannt den Stoff in den Rahmen und beginnt mit den *silbergrauen* Umrissen des Lamms, doch da Gilla zwischen den Bänken herumgeht, wäre es unvorsichtig zu übertreiben.

Also versucht Ester, die Bewegungen der Freundin nachzuahmen. Sie vergisst den Fingerhut, sticht sich, leckt das Blut sofort ab, steckt den Fingerhut an und versucht es erneut, aber das Ergebnis taugt nicht viel.

»Du hast ein ziemlich schwieriges Motiv gewählt. Warte, ich zeig es dir.« Gilla tritt an ihre Bank. »Siehst du? So«, sagt sie. »Sehr gute Idee, der Grasstich«, fügt sie mit Blick auf Maria Luisa Piombo an, die sofort blass wird. »Passt sehr gut, wenn man einer Kurve folgen muss. Versuch du es mal, Pellegrini.«

Ester nimmt die Arbeit wieder in die Hand, zögert aber.

»Dir passiert nichts, wenn du es falsch machst«, flüstert Gilla.

Daraufhin fasst die Kleine Mut und folgt mit dem grauen Garn den weichen Linien ihres Pessach-Lämmchens. Der Kopf, die hängenden Ohren, der gewölbte Rücken, die unter dem Körper gefalteten Beine.

»Sehr gut. Jetzt füllen wir alles mit Weiß.« Die Lehrerin

wechselt das Garn aus und zeigt ihr, wie es geht. »Das ist Plattstich. Nur zu.«

Erst langsam, dann immer schneller ahmt Ester Gillas Zickzack nach. Das Lämmchen wächst mit jedem Stich, bekommt ein weiches Fell aus *milchweißen* Fäden, eng und samtig, ähnlich Margherita Sacerdotis Reliefstickerei auf den Laken, in denen Ester als Kind in einer sehr fernen und doch konkreten Zeit schlief, berührbar wie der Faden, der ihre Fingerspitzen streichelt.

Ostern

Koscheres für Pessach.
Viel Glück.
Lorenzo

Gatto macht immer wenig Worte, denkt Gilla, als sie die Karte in dem Päckchen mit den drei flachen Fladen liest, das ihre Freundin ihr am Palmsonntagmorgen vorbeigebracht hat. Sie ist nicht sicher, ob sie die Bedeutung des Ausdrucks »Koscheres für Pessach« ganz verstanden hat, aber sie prägt sich die Worte ein und wünscht sich, dass sie funktionieren mögen.

Gleich am Nachmittag schiebt sie das Päckchen in die Handtasche und begibt sich zum Waisenhaus. Die Nonne an der Pforte findet nichts Unschickliches daran, wenn eine Lehrerin an einem Feiertag nach ihrer Schülerin fragt, und lässt die beiden im gewohnten Sprechzimmer Platz nehmen.

Gilla fühlt sich unwohl, sie fürchtet, dass Suor Giuliana dazukommt. Mit der Nonne will sie nicht über ihre Vermutungen sprechen, und mit dem Direktor auch nicht. Zuerst muss sie verstehen, dann wird sie entscheiden, was zu tun ist. »Ich kam zufällig hier vorbei und habe dir das Heft mit den Korrekturen mitgebracht«, sagt sie, um das Eis zu brechen.

Die Kleine schlägt es auf der Seite mit den Hausaufgaben auf und sieht keinerlei Anmerkungen, weder rote noch blaue.

»Es ist ein bisschen merkwürdig, Pellegrini. Keine deiner Klassenkameradinnen weiß so viel wie du.«

Die Kleine senkt den Blick, als wäre sie auf frischer Tat ertappt worden. Auch Gilla sitzt wie auf Kohlen. Das zweite Trimester ist abgeschlossen, die Kleine hat hervorragende Noten, und das Gespräch verläuft nicht, wie sie es sich vorgestellt hat. Außerdem fürchtet sie immer noch, dass plötzlich Suor Giuliana hereinkommt. »Es ist ein schöner Tag«, sagt sie, »wollen wir in den Hof gehen?«

Die Kleine nickt und schiebt das Heft in die Tasche des grauen Kittels, der dem gleicht, den alle hier tragen. Sie ist gewachsen, und ihre alten Kleider passen ihr nicht mehr. In der lauen Aprilluft prangt der Hof in festlichen Farben. Das Gelb der Forsythien, das zarte Rosa winziger Pfirsichblüten, das Grün der Maiglöckchen-Rabatten. Einige Mädchen sitzen in der Sonne, den Rücken an die Mauer gelehnt. Ein Grüppchen der ganz Kleinen spielt Himmel und Hölle. Die beiden gehen zu einer Bank unter einer Zeder. »Ich habe dir ein Geschenk mitgebracht«, sagt die Lehrerin.

Die Kleine rührt sich nicht, nur ihre Augen weiten sich, der Blick plötzlich lebhaft.

Gilla zieht das Päckchen mit den Fladen aus ihrer Handtasche. »Koscheres für Pessach«, sagt sie laut und deutlich und fixiert das Kind.

Die Kleine hält den Atem an. Ihr Blick ist erstaunt, dann entsetzt.

»Nein, nein, hab keine Angst«, beruhigt Gilla sie. Auf

einmal kommt es ihr vor, als habe sie etwas völlig Falsches getan. »Es ist nur ein Geschenk. Ich wollte dich nicht erschrecken.«

Die Kleine nimmt die Matzen in die Hände. Sie bricht ein Eckchen ab und führt es an die Lippen. Die Fladen duften nicht und schmecken nach nichts außer nach im Holzfeuer verbranntem Mehl. Sie kaut, schließt die Augen, sieht die Synagoge wieder vor sich, den Hof, die Treppe, das Untergeschoss, die dreieckige Öffnung des Backofens, die Metallklappe, die warme, dunkle Höhle, wo von Sonnenaufgang bis Sonnenuntergang in Erwartung von Pessach Matzen gebacken wurden. Sie hat nicht die Kraft, dem Schwall der Erinnerung standzuhalten, und beginnt zu weinen. Tränen ohne Schluchzer, wie in der Stille des nächtlichen Schlafsaals.

»Alles ist gut, alles ist gut«, sagt Gilla und umarmt sie. Doch die Kleine weicht zurück, wickelt die Matzen hastig wieder ein und steckt sie in die Tasche zu dem Heft, dann fährt sie sich mit den Händen über das Gesicht.

»Du bist also Jüdin?« Innerlich formuliert Gilla die Frage, macht aber den Mund nicht auf. Es ist nicht mehr nötig. Es war noch nie nötig. Welche Bedeutung hat es, ob das Kind jüdisch ist oder nicht? Warum dieses ganze Theater inszenieren? Diesen Hinterhalt?

Gilla schämt sich. Die Klarheit, die Gewissheit, im Recht zu sein, die sie empfand, als sie vor der Tür des Waisenhauses stand, ist verflogen wie Nebel um die Mittagszeit. Jetzt fühlt sie nur noch die schamlose Ungeheuerlichkeit ihres Stolzes und das Bedauern, nicht zurückzukönnen. Und sie spürt die Anstrengung, die aufgestaute Wut, die unüberwindliche Müdigkeit des Kindes neben ihr. Die Worte, die in ihrem Kopf herumsummen wie eingesperrte Insekten. »Ich weiß, dass du eine schöne Katze hast«, sagt sie dann, weil ihr nichts Besseres einfällt und sie hofft, das Herz der Kleinen zu erleichtern.

Die Kleine antwortet nicht.

»Eine wunderschöne Katze.«

Die Kleine schaut sie einen Augenblick an. Und begreift. Nur ihre Freundin Maria Luisa kann mit der Lehrerin über die Katze gesprochen haben. Sie begreift und entscheidet. Es ist etwas, das dunkel mit bestimmten Worten zu tun hat, Worten, die am Sederabend an Pessach gesprochen werden oder in dem Buch stehen, aus dem gelesen wird. *Ostern. Pessach. Übergang. Weitergehen. Hoffnung. Zukunft.*

»Ein wirklich besonderes Tier.« Gilla hat den Eindruck, auf dem richtigen Weg zu sein.

Die Kleine nickt, nimmt sie an der Hand, führt sie zur Rückseite des Gebäudes und geht unter tausend Vorsichtsmaßnahmen, damit die Katze nicht wegläuft, voraus in den Verschlag.

1943–1945

In Sizilien wurde auch gestern hart gekämpft. Der feindliche Ansturm, in den östlichen und mittleren Abschnitten der Front verhalten, hat sich am westlichen Flügel unserer Aufstellung besonders stark wiederholt.

Kriegsbericht Nr. 1156 vom 25. Juli 1943

Infolge der Luftangriffe der vergangenen Tage sind folgende Verluste unter der Zivilbevölkerung festgestellt worden: in Bologna 97 Tote und 270 Verletzte; in Aquino (Frosinone) 4 Tote und 10 Verletzte wegen verzögerter Explosion von Bomben; in Capo Rizzuto 1 Toter und 2 Verletzte; in Livorno 17 Verletzte, 2 davon schwer.

La Stampa, erste Seite, 26. Juli 1943

BADOGLIO REGIERUNGSCHEF

MUSSOLINIS RÜCKTRITT VOM KÖNIG ANGENOMMEN

La Stampa, Titel auf der ersten Seite, 26. Juli 1943

Besetzung

1

Zuerst kommen die Lastwagen, die Panzerfahrzeuge, die Mannschaftswagen mit Geschütz auf der Pritsche, die offenen Laster, die Panzerspähwagen mit scharfem Profil, die robusten Kübelwagen mit Klappverdeck, die Motorräder mit Beiwagen. Und schwere und leichte Maschinengewehre, Gewehre, Mörser, Haubitzen, Panzerabwehrkanonen, Maschinenpistolen.

Dann kommen Verbandsmaterial, Suturfaden, Skalpelle, Scheren, Zangen, Klingen, Wasserstoffperoxid, Chloroform, Morphiumampullen.

Dann Schreibmaschinen, Farbbänder, Fernschreiber, Telefonapparate, Umschläge, Stempel, Durchschlagpapier.

Dann, unterteilt nach Größe und Rang, Mäntel, Jacken, Hosen, Schuhe, Stiefel, Gürtel, Bandeliere, Dienstmützen, Helme.

Alles in voluminöse Register eingetragen, die ihrerseits große Karteikästen aus Metall und sperrige Schränke füllen. Alles entsprechend den minutiösen Richtlinien der Operation »Achse«, des Geheimplans, aufgestellt von den Deutschen im späten Frühjahr 1943 im Hinblick auf einen möglichen Rückzug Italiens aus dem Krieg.

Als daher am Abend des 8. September 1943, drei Minuten vor dem Piepston, der die Radionachrichten um 19.45 Uhr ankündigt, der Chef der italienischen Regierung, Marschall Badoglio, an die Mikrofone der Rundfunkanstalt EIAR tritt und »die Unmöglichkeit, den ungleichen Kampf gegen die gewaltige Übermacht des Feindes fortzuführen« und die Unterzeichnung des Waffenstillstands mit den Engländern und Amerikanern bekannt gibt, besetzen die Soldaten der Wehrmacht das Land schon seit Wochen. Plätze, Schulen, Villen mit Fresken an den Decken, Palazzi mit Adelswappen über dem Eingang.

Vier Tage nach der Verkündung des Waffenstillstands können sich dreitausend deutsche Soldaten, die den arktischen Hauch der russischen Steppe überlebt haben und in die Panzerdivision *Leibstandarte SS Adolf Hitler* eingegliedert wurden, als die Herren von Turin betrachten. Vom Zentrum bis zur Peripherie, vom Sitz des hohen Militärkommandos bis zu den Postämtern, von den Bahnhöfen bis zum Militärdistrikt, zu den Kasernen, den Fabriken. Neunundvierzig Zivilisten wurden getötet, dreiundneunzig verletzt. Meist ganz gewöhnliche Leute – darunter auch ein kleines Mädchen –, niedergemäht von Maschinengewehrgarben und Handgranaten. Keinerlei Scharmützel dagegen mit den italienischen Streitkräften, die nach der Botschaft von Marschall Badoglio sich selbst überlassen werden und sich ohne einen einzigen Schuss ergeben.

Sofort beginnen die Beschlagnahmungen in den Lagerhäusern der Stadt und im Umland. Die Überführung der gefangenen Soldaten in die Granitsteinbrüche und die deutschen Arbeitslager steht ganz oben auf der Prioritätenliste.

Zwischen dem 15. September und dem 11. Oktober widmen sich einige Angehörige derselben Division bereitwillig dem Massaker an den Juden. Die Erfahrung an der russischen Front – Massenerschießungen, Massengräber, Gaswagen – soll nicht umsonst sein. Vierundfünfzig am Lago Maggiore untergekommene Juden, für den Anfang. Einige mit einem Schuss aus einer Feuerwaffe getötet, andere mit Eisendraht aneinandergefesselt und mit Ruderschlägen ertränkt, andere mit einer Rohrzange erschlagen. Von wieder anderen werden die Leichen zerstückelt und in einem Heizkessel verbrannt. Doch handelt es sich dabei um vereinzelte, unkoordinierte Initiativen, nicht eingebunden in die mit eiserner Hand und höchster Präzision von Adolf Eichmann geleitete Organisation. Um die Sache anzupacken, entsendet dieser unverzüglich einen Mann seines Vertrauens, der sich schon bei den Razzien und Transporten in Frankreich hervorgetan hat, die Deportation von Raffaele, Giulia, Alberto und Camillo Sacerdoti nach Auschwitz inbegriffen. In den ersten Oktobertagen nimmt der SS-Hauptsturmführer Theodor Dannecker ein Büro in Besitz, das unter der Ägide der neu gegründeten sogenannten Italienischen Sozialrepublik eigens für ihn eingerichtet wurde. Wenig später nimmt diese auch die Verhaftungen in die Hand.

Turin, jüdische Schule, September 1943

Auf den Gehsteigen der Via San Pio v bis zur Via Sant'Anselmo und dann die Via Sant'Anselmo entlang und wieder zurück und erneut hin und her, vorbei an kleinen Trümmerbergen rund um das, was von der jüdischen Schule und der Synagoge noch übrig ist, haben die Schüler, während sie darauf warten, geprüft zu werden, die bedauerliche Tendenz, einander anzuziehen wie gegensätzlich geladene Ionen. Auf diese Weise bilden sie Moleküle von vier, sogar fünf Elementen, lebhaft reaktiv, aber hartnäckig kompakt und dadurch auch Leuten suspekt, die der italienischen Jugend durchaus wohlgesinnt gegenüberstehen. Wie sehr dann erst den Nazis, von denen die Stadt wimmelt.

»Geht auseinander!«, zischt der Lehrer Abram Sacerdoti, als er an einem der zahlreichen Grüppchen vorbeigeht. »Wollt ihr, dass sie uns alle verhaften?« Dann nimmt er das Gespräch mit dem Schüler wieder auf, der neben ihm spaziert. Denn wie *Gespräch* und *Spaziergang* sollen diese ungewöhnlichen Prüfungen wirken. Die jüdische Schule ist offiziell geschlossen, und sie alle, Junge wie Alte, bemühen sich, auszusehen wie harmlose Bürger auf der Straße. Väter oder Großväter Arm in Arm mit Söhnen oder Enkeln.

Für den Lehrer Abram Sacerdoti sind dies die letzten

Schüler und die letzten Prüfungen. Jeden Morgen fährt er im Dunkeln in Casale Monferrato los und fordert Bushäuschen, Bahnhöfe, Waggons und alle anderen Orte heraus, die plötzlichen und gewalttätigen Inspektionen durch die Wehrmachtssoldaten unterworfen sind. Zwei Stunden mindestens, mit bangem Herzen. Und am Abend zwei Stunden zurück.

»Die jungen Leute brauchen das Abschlusszeugnis«, wiederholt er Margherita und sich selbst.

»Bist du sicher?«, erwidert sie.

Nach dem Fall Mussolinis hat die neue Regierung die antijüdischen Gesetze nicht abgeschafft, aber immerhin einige Verbote aufgehoben, was den Lehrer Abram Sacerdoti zuversichtlich stimmt. »Wenn sie es jetzt nicht brauchen, dann brauchen sie es später«, sagt er. Die Universitäten werden seine Jungen und Mädchen wieder aufnehmen. Die Banken, die Versicherungen, die öffentlichen Ämter. Sie werden Industrielle, Lehrer, Universitätsprofessoren sein. So unerschütterlich ist sein Vertrauen, dass ihm scheint, als trete er dem Tag von einer funkelnden Rüstung geschützt entgegen. »Hoffentlich. Aber sei bloß vorsichtig«, sagt sie auf der Schwelle, während sie ihm eine Tüte mit dem Mittagessen in die Tasche schiebt.

Im Gedanken an Rita lächelt der Lehrer Abram Sacerdoti. Sein Schüler stürzt sich gerade in eine kühne Darlegung des zweiten Hauptsatzes der Thermodynamik. Auf dem Gehsteig gegenüber kommt langsamen Schrittes der Kollege für italienische Literatur näher, während er die Schülerin, die er prüft, eine bestimmte, besonders schwierige Terzine von Dante kommentieren lässt. Der Philosophielehrer dagegen doziert mit gedämpfter Stimme, immer zwei Schritte, dann eine Pause, und dem Lehrer Abram Sacerdoti kommt er vor wie der Peripatetiker Aristoteles. Mit dem Griechischlehrer, der Homer aus dem Gedächtnis rezitiert und heimlich vielen Juden aus Osteuropa bei der Flucht hilft, verbindet Abram eine ganz besondere Beziehung. Wenn er ihm begegnet, zieht er zeremoniös den Hut. »Commendatore!«, ruft er in dem übermütigen, studentischen Ton, der von den komplexen, instabilen Molekülen der jungen Leute durch Osmose auf die Lehrer übergreift.

»Cavaliere!«, erwidert der Gräzist und schwingt ebenfalls den Hut. Dann kehrt er zu seinem Prüfling und zum sechsten Gesang der *Odyssee* zurück. Abram verlangsamt den Schritt, vergisst die Thermodynamik, vernimmt schweigend die Worte des Kollegen ... τόσα ... τε καί ... Odysseus an Nausikaa ... Sie jung und schön, er ein Schiffbrüchiger und halb tot, aber voller Hoffnung.

Mögen die Götter dir schenken, so viel dein Herz nur begehret,
Einen Mann und ein Haus, und euch mit seliger Eintracht segnen!
Denn nichts ist besser und wünschenswerter auf Erden ...

Besetzung

2

Borgo di Dentro trifft der Waffenstillstand vom 8. September wie ein elektrischer Schlag. In der Nacht entwaffnen die deutschen Soldaten der LXXVI. *Infanterie-Division* mühelos eine kleine italienische Einheit der Fallschirmspringer-Abwehr, räumen die Klassenzimmer der Berufsschule aus und richten dort ihre Kommandozentrale ein. Sie besetzen die Musikschule, die Grundschule, die Casa del Fascio, die Freizeiteinrichtung und weitere für die Truppe oder die Pferde geeignet erscheinende Gebäude.

Gilla ist bestürzt. Ist der Krieg denn nun wirklich vorbei, wie Marschall Badoglio im Rundfunk erklärt hat? Die Tage vergehen. In der Dachwohnung im Vico Luna erwägen sie und ihre Eltern, ob sie die Koffer packen und nach Hause zurückkehren sollen, nach Genua. Sie malen sich aus, wie sie den Uhrenladen wieder eröffnen und die letzten Sommertage ausnutzen, um im Meer zu baden. Doch die Fröhlichkeit am Tisch erlahmt schnell. Im Ort gibt es nicht einen Winkel, wo man keiner deutschen Patrouille begegnet. Die Besatzer verhängen von 9 Uhr abends bis 5.30 Uhr morgens eine Ausgangssperre. Sie durchsuchen Zivilisten, Frauen, Alte. Auch Gillas Mutter, die eines Vormittags bleich und stumm von einer Besorgung heimkommt. Die Deutschen tragen elegante Uniformen, Handschuhe, neue Stiefel, ölglänzende Waffen. Sie suchen nach Waffen und italienischen Soldaten. Eine Bäckerei bäckt Tag und Nacht Brot und Kuchen nur für sie. Der Duft breitet sich in den Gassen aus, erreicht die oberen Stockwerke, dringt bis in die Keller vor, wo man Schutz sucht, wenn die Sirenen die Bomber ankündigen. Kuchen aus Eiern, Butter und Zucker. Echtem Zucker, nicht der ekelhaften rötlichen Brühe aus gekochten Roten Beten, an die sich in Borgo di Dentro inzwischen alle gewöhnt haben. Und in Genua? Was wohl in Genua gerade passiert? »Wir bleiben hier, vielleicht ist das sicherer«, entscheidet Gillas Vater für alle.

Aus Tagen werden Wochen, dann kommt der Oktober. Die Altstadt ist in Aufruhr. Nach abenteuerlichen Reisen zu Land und zu Wasser kehren die italienischen Soldaten wie Odysseus aus dem Krieg zurück. Entwaffnet, in irgendwo ergatterten Kleidern, versteckt in Wagenkästen und in Lokomotiven neben den Kohlehaufen. Zu Hause können sie nicht bleiben, zu den deutschen Patrouillen sind die faschistischen italienischen dazugekommen, und so muss man Verstecke und Essen für sie finden.

Auch die Cascina Leone ist in Aufruhr. An einem Nachmittag Ende Oktober treffen Gilla und ihre Mutter dort eine ganze lärmende Tischrunde an. Rosa Maria springt auf, nimmt sie mit in den Hühnerstall und in den Gemüsegarten, wählt einen riesigen Blumenkohl für sie aus und begleitet sie dann ein Stück weit auf dem Heimweg entlang der Straße, die bergab in den Kastanienwald führt.

»Tut mir leid«, murmelt sie, »heute ist viel los.«

Die Frauen gehen auf einem Teppich aus goldgelben Blättern und Kastanienschalen, die wie stachelige Blüten aussehen.

»Verwandte?«, fragt Gillas Mutter.

»Cousins«, erwidert Rosa Maria. Zu schnell, zu laut. »Ihr meint doch nicht …«

»Wir meinen gar nichts, Rosa. Aber …« Die Frau sucht nach Worten.

»Braucht ihr was? Jacken, Hosen? Meine Mutter kann hervorragend nähen«, wirft Gilla ein.

Rosa Maria ist verblüfft. Kann sie den beiden trauen? Die Frauen sind nicht von hier, und sie weiß nur, dass sie aus Genua stammen, dass der Vater Uhren repariert, dass die junge Frau einen seltsamen Namen hat und angehende Grundschullehrerin ist. Sie weiß, dass die beiden nett sind. Gilla, wenig älter als sie, war ihr sofort sympathisch. Aber was, wenn sie Spitzel sind? Wenn sie gleich zur deutschen Kommandozentrale gehen, um die Cascina Leone zu verpfeifen? Ihr Vater Carlo ist in Russland vermisst. Ihr Onkel Filippo ist Kommunist, und sechs Jahre Gefängnis waren selbst für einen wie ihn, groß und stark wie ein Berg, kein Spaziergang. Einen anderen Onkel, Nico, den sie nie kennengelernt hat, haben die Faschisten totgeschlagen, als er noch ein Junge war. Sie muss vorsichtig sein, denkt sie. Die Familie Leone hat schon genug gegeben.

»Oder vielleicht Socken, Schals …«, fügt Gillas Mutter hinzu.

Die Sonne steht niedrig am Horizont. Die Blätter rascheln bei jedem Schritt. »Auch Stiefel. Es wird allmählich kalt«, sagt Gilla und haucht in ihre Hände. Etwas tun, denkt sie. Endlich! Seit sie mit der Schaufel in der Hand die Nachmittage damit verbracht hatte, ihre Stadt von den Trümmern zu befreien, hat sie sich nicht mehr so entschlossen gefühlt.

Rosa Maria bleibt stehen und sieht die beiden an. Die Mutter erinnert sie an ihre Mutter. Dieselbe Entschiedenheit. Die junge Frau hat glühende Augen. Irgendjemandem muss man ja trauen, denkt sie. »Jacken, am besten gefüttert. Außerdem Strümpfe, Schals, Stiefel und auch Pasta oder Reis. Der Winter wird hart«, antwortet sie.

»Nächstes Mal bringen wir euch was mit«, sagt Gillas Mutter.

»Nein, nicht uns. Sucht nach dem Schuhmacher Achille Ferro, in der Altstadt. Wenn ihr etwas habt, was nützlich sein kann, sagt ihm Bescheid, er gibt euch dann Anweisungen.«

Drei Tage später steht Gilla vor der Schusterwerkstatt. Die Tür ist offen. Sie schaut nach, ob der Mann allein ist, dann geht sie hinein. Er arbeitet weiter an einem Schaft. »Rosa Maria Leone schickt mich«, sagt sie.

Der Mann hebt den Blick. Sein Ausdruck ist gleichzeitig erschöpft und lebhaft.

POLIZEIVERORDNUNG NR. 5

Innenministerium

Rundschreiben-Telegramm, chiffriert, aufgegeben um 9 Uhr am 1. 12. 1943 (verfasst am 30. November)

Absolute Priorität
An alle Provinzvorsteher …

Alle Juden … wohnhaft auf nationalem Gebiet, müssen in entsprechende Konzentrationslager gebracht werden.

Alle ihre beweglichen und unbeweglichen Güter müssen umgehend beschlagnahmt werden, bis sie im Interesse der Italienischen Sozialrepublik konfisziert werden, die sie den durch die feindlichen Fliegerangriffe ausgebombten Bedürftigen zukommen lassen wird …

Der Minister
gez. Buffarini Guidi

Dunkelheit

Der Herbst 1943 ist der dunkelste, den es je gab. In Casale Monferrato dauert die tägliche Ausgangssperre dreizehn Stunden. Die Schwarzhemden werden aus dem Schrank geholt, wo sie seit der Festnahme des Cavalier Benito Mussolini gelegen hatten, es werden neue genäht und in Cafés und auf der Piazza zur Schau gestellt. Gemischt mit dem Graugrün der Naziuniformen, erschrecken sie Giosuè Sacerdoti zu Tode, zuerst weigert er sich, das Haus zu verlassen, dann die Wohnung und schließlich den Raum, den Abram im Wohnzimmer für ihn abgeteilt hatte. Er verbringt die Tage damit, hinter den Vorhängen verstohlen den immerwährenden Schatten zu beobachten. Oder er erzählt Ester alte Geschichten von wunderlichen Kunden und unauffindbaren Stoffen mit Namen wie bei Emilio Salgari. Mako, Kattun, Kalmuck. Ausländische Wörter, deshalb verboten und deshalb unwiderstehlich. Oder er plaudert mit seiner verstorbenen Frau. »Was für Zeiten, Livia«, seufzt er, wenn ein deutscher Mannschaftswagen dröhnend unter dem Fenster vorbeidonnert. Und wenn die Sirenen aufheulen und alle jüdischen und katholischen Hausbewohner in einer langen Reihe in den Keller hinuntersteigen, egal ob tags oder nachts, wickelt er sich fest in seine Decken. »Liebe Frau, wir zwei bleiben hier, ganz ruhig im Warmen«, sagt er, schließt die Augen und versinkt in der lichten Finsternis der Erinnerungen.

Von den Mitgliedern der kleinen israelitischen Gemeinschaft sind nur wenige in der Stadt geblieben. Keine Nachricht von Raffaele oder Giulia. Dunkelheit über Dunkelheit. Doch erst nach dem Rundschreiben von Ende November, also dem Befehl, die Juden zu verhaften, zu internieren und ihre Habe zu beschlagnahmen, ist es kein Leben mehr für die Sacerdotis. Margherita und Abram verlassen abwechselnd das Haus, höchstens ein paarmal pro Woche, ohne die Kleine und nur, um etwas zu essen zu besorgen. Sie gehen dicht an den Mauern entlang, sie mit Kopftuch, er mit tief in die Stirn gezogenem Hut. Alle kennen hier alle. Kleinstadt, liebenswertes Nest, Falle.

Bohnen, Butter, Ricotta, Kohle, Frauenstrümpfe, Fahrradreifen: Alles wird auf dem Schwarzmarkt gehandelt. Die Ersparnisse schwinden. Margherita verkauft unter der Hand ein getriebenes Armband ihrer Mutter, und so können sie zwei Säcke Kartoffeln und einen Sack Maismehl erstehen. Am Wohnzimmertisch entwerfen und verwerfen sie Fluchtpläne. Auf der anderen Seite der Trennwand hört Giosuè manchmal zu, manchmal nicht, verloren in seinen Fantastereien. Turin oder Mailand oder jede andere Großstadt schließen sie aus. Wenig zu essen und zu viele Bomben. Und außerdem: Wer von ihren Bekannten würde sich vier zusätzliche Personen aufhalsen?

Sie erwägen die Schweiz. Viele versuchen es, aber Giosuè? Eine aufwendige Reise, Kontrollen, unwegsame Straßen, Grenzposten, vereiste Pfade.

Bleibt noch das Land. Sich im grenzenlosen Auf und Ab

der Reben verlieren. Sich auflösen in der atavistischen Abgeschiedenheit der Bauernhöfe. Margherita nimmt zu einer Bäuerin Kontakt auf, die auf dem Schwarzmarkt arbeitet. Die Frau wird mit dem Pfarrer ihres Dorfes sprechen, und während sie auf eine Antwort warten, wagt Abram eine Reise nach Turin. Der Griechischkollege hat für die ganze Familie falsche Papiere und ein Büchlein voller Madonnen- und Heiligenbilder besorgt. Die Personalausweise, die Taufscheine und die Heiratsurkunde sind mit Stempeln von Gemeinden versehen, die in der Hand der Alliierten sind. Abram versteckt alles unter seinem Hemd und kommt mit schweißnassen Händen und trockenem Mund nach Hause. Am Wohnzimmertisch beginnen sie die katholischen Gebete zu studieren, lernen die neuen Personalien auswendig, erfinden Biografien und fragen sich gegenseitig ab.

Giosuè Sacerdoti heißt jetzt *Pietro Pellegrini,* geboren in *Neapel* am 20. Februar 1879, Sohn von Angelo und Luisa De Curtis, Witwer und von Beruf *Trödler.* Auf der Bettkante sitzend, wiederholt er die Lektion wie ein Schüler. Abram Sacerdoti ist *Ludovico Pellegrini,* ebenfalls in *Neapel* geboren am 30. Januar 1902, Sohn von Pietro und Lucia Esposito, verheiratet, *Geometer.* Margherita ist *Margherita Moretti,* verheiratete *Pellegrini,* geboren in *Salerno* am 7. Februar 1905, Tochter von Mario und Rosa Caputo, *Hausfrau.*

»Du hast wenigstens denselben Vornamen. So ist es einfacher«, sagt Ester.

»Jammer nicht, wiederhole«, erwidert Margherita.

Die Kleine schnauft ungehalten. Immer daheim eingesperrt zu sein ist eine Qual. »*Francesca Pellegrini,* geboren in *Neapel* am 4. Juli 1935.«

»Wie heißt dein Vater?«

»Ludovico Pellegrini.«

»Wann hat er Geburtstag?«

»Am 30. Januar.«

»Und dein Opa väterlicherseits heißt?«

»Pietro Pellegrini.«

»Und deine Oma mütterlicherseits?«

Ester denkt nach. Sie vermutet eine Falle. Die Großeltern mütterlicherseits sind körperlose Gestalten, die in Rahmen verblassen. Beide gestorben, bevor sie auf die Welt kam, in der stillstehenden Zeit der Märchen und der Bibel.

»Also, Fräulein Alleswisserin. Wie heißt deine Oma mütterlicherseits?«

»*Rosa Caputo.* Zufrieden?«, erwidert die Kleine.

»Und deine Oma väterlicherseits?«, mischt sich Giosuè ein. Die Stimme, von der anderen Seite der Trennwand, klingt untröstlich.

Ester geht um die Wand herum, setzt sich neben den Großvater auf die Bettkante, nimmt seine Hand und sagt: »Livia, Großvater.«

»Braves Kind.«

»Je weniger Lügen wir erzählen, umso weniger sind wir in Gefahr, uns zu irren«, flüstert Abram seiner Frau zu.

Margherita nickt. »Ja wirklich, dass dir bei so vielen Berufen ausgerechnet der Geometer zugefallen ist«, sagt sie.

»Da siehst du das Schicksal«, antwortet er. Nach der Familie ist die Geometrie seine große Liebe.

»Aber was macht ein Geometer denn?«, fragt Ester aus dem Zimmerchen des Großvaters.

Abram geht zu ihnen. »Du kennst Geometrie, ja? Quadratfläche, Fünfeck, Volumen eines Würfels …«

Ester schnauft erneut. Seit sie dauernd daheim eingesperrt sind, tun sie nichts als lernen.

»Gut. Geometrie kommt aus dem Griechischen und bedeutet ›das Maß der Erde‹. Jetzt schau dir diesen Raumteiler an«, sagt Abram und legt die Hand auf die für Giosuè eingezogene Wand. »Was für eine Form hat sie?«

Ester versteht nicht.

»Was ist das? Ein Quadrat? Ein Sechseck?«

Die Kleine seufzt. »Ein Rechteck.«

»Ein Rechteck. Und wie groß sind die Seiten?«

»Da bräuchte man einen Meterstab.«

»Ich sag es dir. Drei Meter zwanzig die Länge und zwei Meter vierzig die Höhe. Wenn jeder Backstein zwanzig Zentimeter lang und zwölf Zentimeter hoch ist, wie viele Backsteine waren dann für diese Wand nötig?«

Margherita lacht.

»Papa, bitte!!!«, quengelt Ester.

Abram seufzt. »Ein Geometer ist einer, der *alles* messen kann«, sagt er. »Das Maß ist etwas Abstraktes. Berechnungen, Formeln. Kannst du mir folgen?«

Ester nickt.

»Aus dieser abstrakten Sache macht der Geometer etwas Konkretes, etwas, worin man wohnen kann, was man verkaufen, benutzen, mit Händen greifen kann. Eine Mauer, ein Zimmer, ein Kornfeld, einen Weinberg, einen Palazzo. Hast du jetzt verstanden?«

Ester wird aufmerksam. Die Vorstellung, dass all das Geschreibsel, das Zusammenzählen und Abziehen und Malnehmen und Teilen, das ihr die Nachmittage vergällt, eine Verbindung zur Wirklichkeit hat, klingt für sie neu und wertvoll. »Aber das ist dann ja eine ganz wichtige Arbeit«, sagt sie.

»Unverzichtbar!«, erwidert Abram lachend. Dann wird er wieder ernst und zerknautscht den Personalausweis von *Ludovico Pellegrini*. »Der sieht zu neu aus«, sagt er.

Chanukka geht vorüber, ohne Kartoffelpuffer, weil das Öl knapp ist. Aus dem Herbst wird Winter. Die letzten Tage des Jahres vergehen ohne Festlichkeiten, ohne Bälle. In aller Stille verwischen andere jüdische Familien ihre Spuren. Jungen im Einberufungsalter flüchten in die Hügel. Manche schließen sich den Rebellen an. Die britischen Bomber wechseln mit amerikanischen Fliegenden Festungen ab. Sie greifen tagsüber an, und am azurblauen Himmel sehen sie aus wie Wale mit metallischem Bauch. Das neue Jahr kommt. Ein von Mussolini gezeichnetes Dekret legt fest, dass die Besitztümer der Juden nicht nur zugunsten des Staates konfisziert, sondern auch von einem eigens dafür geschaffenen Amt verwaltet werden. Eine Frage von Wochen, vielleicht Tagen, und die Sacerdotis werden keinen Ort zum Leben mehr haben.

Anfang Februar bringt die Bäuerin endlich gute Nachrichten. Es gebe eine Familie, die bereit sei, sie in einer Kate etwa zehn Kilometer vor der Stadt aufzunehmen. Ein ruhiger Ort, fast alles Backsteinmauern, das Dach annehmbar stabil, nur eine kleine, bei Gewitter undichte Stelle, und wenn man will, könnte man auch eine Ziege für die Milch und ein paar Hühner für die Eier unterbringen. Zu berücksichtigen sei allerdings die karge Einrichtung. Ein Tisch, zwei Stühle, zwei Betten, ein großes und ein kleines. Und die Bettwäsche müssten sie selbst mitbringen.

Die Sacerdotis nehmen das Angebot an. Am Mittwoch, dem 16. Februar 1944, sind die Koffer gepackt. Margherita macht sich mit Ester auf die Suche nach einer kleinen Koffertruhe für die Laken.

Während sie mit einem Trödler um den Preis feilscht, klopfen drei Polizisten an ihre Wohnungstür. Mit den Papieren, die Abram ihnen reicht, können sie nichts anfangen und werfen sie in den Ofen. In der Kleinstadt weiß jeder, dass der Mathematiklehrer und der alte Stoffverkäufer Sacerdoti heißen und Juden sind. »Nicht mehr als ein Gepäckstück pro Kopf«, befiehlt der Ranghöchste mit einem Blick auf die Koffer. Dann laden sie Abram und Giosuè auf den Rücksitz eines schwarzen Balilla, jeder mit seinem Bündel auf den Knien. Zwei der Polizisten nehmen vorne Platz, der dritte steigt auf ein Motorrad und fährt voraus Richtung Gefängnis.

Die Koffertruhe hat die idealen Maße, nicht zu groß und nicht zu klein. Aber sie ist alt, das Leder hat Dellen, und der Verschluss ist defekt. Deshalb schlägt Margherita einen günstigen Preis heraus.

Mutter und Tochter nehmen sie an den seitlichen Griffen und machen sich auf den Heimweg. Bei dem Gedanken zu verreisen bekommt Ester gute Laune. »Können wir dort eine Katze halten, Mama?«, fragt sie.

»Mal sehen«, erwidert Margherita.

Mal sehen klingt fast wie ja, denkt Ester. Sie kennt nur

Stadtkatzen. Eine Landkatze stellt sie sich raubeinig und draufgängerisch vor. »Und einen Hund?«, fügt sie hinzu.

»Ziegen, Hühner, Katzen, Hunde. Es ist doch kein Bauernhof, Ester!«

Sie sehen den Balilla nicht, hören das Motorrad nicht, aber von Weitem erkennt Margherita die Silhouette einer Nachbarin. Die Frau steht an der Ecke, ringt die Hände und schlägt sie so hektisch vors Gesicht, das Margherita reflexhaft die Fäuste ballt, die Finger so fest um den Koffergriff gekrallt, bis es schmerzt. »Bleib stehen«, sagt sie zu Ester.

Sie stellen den Koffer ab.

Die Frau kommt ihnen mit aufgeregten Schritten entgegen. »Signora Rita, Signora Rita«, sagt sie, und Margherita begreift.

»Alle beide?«, fragt sie.

Die Frau nickt.

»Alle beide was, Mama?«

»Gehen Sie ins Istituto Nostra Signora di Lourdes. Drei Minuten zu Fuß. Wissen Sie, wo das ist?«, fragt die katholische Nachbarin.

Margherita nickt, sie hat davon gehört. Oratorium, Mädchenheim, auch für Waisenkinder, Zufluchtsstätte.

»Sie werden Ihnen helfen«, versichert die Frau. »Und lassen Sie mir Ihren Schlüssel da. Heute Nacht gehe ich Ihre Sachen holen, und morgen bringe ich sie Ihnen.«

Margherita sieht sie an, dann ihre Tochter. Sie presst die Lippen aufeinander, beißt die Zähne zusammen, die Arme eng am Körper. Hat sie eine Wahl? Sie reicht der Nachbarin den Schlüssel. »Die Koffer sind schon gepackt. Wenn sie sie nicht mitgenommen haben. Jedenfalls einer mit Messingbeschlägen und ein kleinerer aus rotem Leder.«

»Beschläge. Kleiner roter. Aber jetzt beeilen Sie sich, sie waren zu dritt, womöglich kommen sie zurück. Nehmen Sie auch die Koffertruhe mit, so was kann immer nützlich sein.«

»Im Schlafzimmer steht eine Kommode. Da ist Hustensaft drin, für die Kleine.« Sie zögert. Nein, sie hat keine Wahl. »Außerdem liegt in der obersten Schublade noch ein Säckchen aus grünem Damast, zugebunden mit einer Goldkordel.«

Die Frau verengt die Augen.

»Ich bitte Sie«, sagt Margherita.

Ins Gefängnis, schnell

Ins Gefängnis kommt man schnell. Befehl von oben. Sie haben nicht alle Juden festgenommen? Es gibt noch welche, die frei herumlaufen? Die sich wie Ratten in Kellern und Dachböden verstecken? Jetzt ist keine Zeit, darum kümmern wir uns später. Jedenfalls haben sie eine ganz schöne Menge erwischt. Was zählt, ist die Anzahl. Effizienz. Zusammentreiben und sofort an den Bestimmungsort überführen. Von Casale nach Piacenza, nach Parma, nach Reggio Emilia, durch die ganze Poebene bis zum Polizeihaft- und Durchgangslager von Fossoli.

Baracken. Doppelter Stacheldrahtzaun, weit genug auseinander für den Kontrollrundgang. Wachtürme mit Scheinwerfern und Maschinengewehren. Drancy, denkt Abram, hütet sich aber, Giosuè diesen Gedanken mitzuteilen. Vater und Sohn müssen einem deutschen Offizier Vornamen, Nachnamen, Geburtsdatum und Geburtsort, Wohnsitz und Beruf mitteilen, und dieser kreuzt die Kategorie *Volljude* an. Weder »Sohn aus einer Mischehe« noch »Ehemann in einer Mischehe«. Kein Dolmetscher nötig, auch das notiert der Offizier unten auf Abrams Karteikarte.

Der Lagerleiter erklärt die Vorschriften. Man weist ihnen ein Stockbett zu, Giosuè unten, Abram oben, doch bleibt ihnen keine Zeit, sich mit den anderen Internierten anzufreunden oder den Weg zur Latrine oder zur Krankenstube herauszufinden, schon kommt der Befehl zum Weitertransport. Alle? Alle. Männer, Frauen, Alte, Kinder und auch die Kranken. Wann? Morgen.

Schnell, wieder schnell. Abram und Giosuè packen erneut ihre Koffer. Abram bemüht sich, die Gerüchte zu überhören, die in Umlauf sind, die schrecklichen Drohungen, falls jemand einen Fluchtversuch machen sollte, die Gebete einiger Gruppen, das nächtliche Klagegeschrei, den kleinen Irrsinn derjenigen, die das Schlimmste befürchten. Es gelingt ihm, sich eine Postkarte zu beschaffen, und er sucht nach zärtlichen und fröhlichen Worten für Frau und Kind. Zur Ermutigung sagt er zu Giosuè: »Sie werden uns in ein Arbeitslager schicken.«

»Auch die Kinder?«, erwidert der Alte.

Im Morgengrauen des 22. Februar steigen sechshundertfünfzig Menschen in die Autobusse zum Bahnhof Carpi. Schnell, immer schnell. Ein langer Zug erwartet sie. Keine Waggons: Güterwagen. Giosuè schwankt, Abram schluckt. Er hatte sich eine Reise in der dritten Klasse vorgestellt, wie Raffaele.

Unterdessen schreien die Soldaten herum, stoßen die Menschen mit schräg gehaltenem Gewehr vorwärts, »Los, weitergehen«, einer schlägt einen Gefangenen mit dem Kolben. »Schau nicht hin«, sagt Abram zu seinem Vater, hält ihm den Kopf und zieht ihn an sich. Seit wann haben sich Vater und Sohn nicht mehr umarmt? Sie steigen in den zugewiesenen Wagen, erobern sich eine Ecke, halten sich weiter eng umschlungen. Die Schiebetüre knallt zu, das Krachen des Riegels ist entsetzlich. Licht sickert durch die

Ritzen. Die Augen gewöhnen sich daran. Rundherum eine ununterscheidbare Masse. Schweine, denkt Abram. Lämmer, Kühe, Ochsen. Auch Kälber.

Die Lokomotive setzt sich erst am Abend in Bewegung. Am nächsten Tag fährt der Zug über den Brenner. Kein Wasser, nichts zu essen. Für die Bedürfnisse wartet man auf einen Halt, dann raus, vor allen. Männer, Frauen, Kinder. Kälte, nachts Eiseskälte. Fünf Tag später öffnet sich die Tür wieder, und sie blicken auf öde polnische, im Winterfrost erstarrte Felder. Ein Bahnhof wie viele, durch die sie schon gefahren sind. Im Licht der Scheinwerfer entweicht der Gestank in weißlichen Wolken. AUSCHWITZ, liest Abram.

Alle müssen aussteigen. Deutsche Soldaten mischen sich in das dichte Gewimmel vor dem Zug, stellen Fragen. Abram antwortet für Giosuè. Seit Stunden – Tagen? – scheint der Vater nicht mehr bei sich zu sein.

Er wird in den Gleisbereich geschickt, wo nach und nach der größte Teil der Gefangenen landet.

Abram will ihm folgen, aber sie schieben ihn zu einer kleinen Gruppe auf der gegenüberliegenden Seite. Er wehrt sich. Ein Soldat schlägt ihn nieder, zwingt ihn, wieder aufzustehen, und schleift ihn dorthin, wo er laut Befehl zu sein hat. Abram sucht mit den Augen nach dem Vater, sieht ihn aber nicht mehr. Erst jetzt schaut er sich um. Männer. Junge Männer. Er ist einer der ältesten.

Casale Monferrato, Nostra Signora di Lourdes

Ester hat Angst und ist verwirrt. Warum gehen sie jetzt, nachdem sie die Koffertruhe gefunden haben, nicht nach Hause? Was ist dem Vater zugestoßen? Wo ist der Großvater? Wer hat die beiden weggeholt?

Margherita, schreckensbleich, macht ihr ein Zeichen zu schweigen. Sie zerrt sie den Corso entlang, eine erste Biegung, eine zweite.

Wer ist diese Signora aus Lourdes, zu der sie unterwegs sind?

Während sie in einer Art Vorzimmer warten, muss sie *still sein*. Es ist ein Befehl. Gewöhnlich gibt ihr die Mutter keine Befehle, aber das ist eindeutig ein Befehl, und Ester fühlt, dass ihr, wenn sie nicht gehorcht, etwas Schlimmes passieren wird. Ihr, ihnen beiden. Also herrscht minutenlanges Schweigen. Das Schlagen einer Pendeluhr, sonst nichts.

Die Frau, die sie schließlich empfängt, ist klein und sehr alt. Streng das zu einem silbernen Knoten geschlungene Haar, streng die Einrichtung des Zimmers, streng der lange schwarze Rock, die schwarze Bluse, die schwarzen Steinchen der Kette, die die Alte um die Taille trägt, streng das stählerne Kreuz auf der Brust, unter dem kantigen Gesicht, den Hängebacken, der stumpfen, vom Rost der Zeit angegriffenen Haut. Streng die Halsbinde. Unwillkürlich versteckt Ester sich hinter der Mutter, als wäre sie noch ein kleines Kind.

Sie setzen sich. Draußen beginnt es zu regnen. Es dunkelt. Warum sind sie noch hier? Warum gehen sie nicht wieder heim? Wollten sie nicht heute Abend abfahren? Die Ziege für die Milch, die Hühner für die Eier, vielleicht eine Katze. Nur die Koffertruhe fehlte, aber die haben sie doch gefunden, sie steht nur einen Schritt von Ester entfernt vor einem Sockel, und auf dem Sockel steht eine schlanke Madonna, weiß der Mantel, rosig die Wangen, himmelblau das Band in der Taille. Ester weiß genau, was eine Madonna ist. Was sie nicht weiß, ist, warum sie hier ist, *schön stillsitzen, liebe Ester, Mama erklärt es dir gleich.* Das Trommeln gegen die Scheiben wird heftiger. Die Nacht verschließt den Blick. Ester versteht nicht, und ihre Beine beginnen, auf und ab zu wippen. Sie versucht, sie anzuhalten, stemmt die Hände auf die Knie, *nur ruhig, Mäuschen, Mama erklärt es dir später,* auch die Brust hebt und senkt sich, und sie bekommt keine Luft. Die Fragen, die in der Falle gefangenen Wörter, schütteln sie, sie wollen heraus. Wo ist Papa? Was bedeutet *willkommen*? Was bedeutet *hierbleiben*? Wo ist Papa? Wo ist Großvater?

»Nostra Signora di Lourdes« steht auf dem Messingschildchen unter den kleinen, nackten Füßen, die aus dem Gewand der Madonna herausschauen. Ester errötet, sie hatte nichts begriffen. Nostra Signora di Lourdes ist die Madonna, nicht die Alte. *Regeln. Vorsicht. Versteckt.* Sie versteht noch immer nicht, ihr Herz schlägt wie wild. Und unterdessen trifft der grausame Regen mit seinen feinen, spitzen Nadeln die Welt.

Zyklon B

Giosuè Sacerdoti ist allein mitten in dem gedemütigten, übel riechenden Strom. Das Grauen des Güterwagens lastet auf seiner Brust wie ein Klumpen Pech. »Abram? Abram?«, flüstert er und blickt um sich.

Er versteht die deutschen Befehle nicht. Jemand übernimmt es, sie ihm mit einem harten Schlag auf den Schenkel zu erklären. Der Schmerz durchzuckt ihn von einer Seite zur anderen. Der Alte hat den Eindruck, sein Körper, der Teil, der noch Schmerz empfinden kann, sei eine durchscheinende Hülle, wie der leere Panzer der Zikade, der unter den Schuhen knistert, während das Leben und der Gesang woanders vibrieren, im Blau. »Das ist eine gute Sache, liebste Livia.«

Ein Lastwagen, ein kurzer, geordneter Marsch, ein kastenförmiges Gebäude. Gespenster sind um ihn, entkleiden ihn. Er findet sich eng an andere nackte, bebende Körper gedrückt. Die Nacktheit erscheint ihm wie eine unerträgliche Wahrheit, und er schließt die Augen. Im Dunkeln tastet er mit den Fingern die Schale seines Insektenbauchs ab, den Ansatz der haarigen Beinchen, stellt sich einen Durchlass vor, stürzt hinein, lässt sich vom Schauder überwältigen. *Abram, Raffaele, Ester Püppchen Hexlein Schmierfink, Alberto, Camillo, Rita, Giulia, Livia, meine Livia.*

Schma Jisrael, stimmt jemand an, *Höre, Israel,* doch vielleicht ist auch das nur eine weitere innerliche Aufwallung. Giosuè Sacerdoti kann es nicht sagen. Er neigt den Kopf, legt die Hände übereinander, die Finger verschränkt, wie er es mit der Enkelin macht, wie er es mit seiner Frau machte und als Kind mit seiner Mutter.

Tropfen für Tropfen verflüssigt sich der schwarze Klumpen und wird weggeschwemmt, lässt ihn sauber und durchsichtig zurück.

In dem geschlossenen, überfüllten Raum erreicht die Temperatur inzwischen über fünfundzwanzig Grad, die in den Kristallen des Zyklon B enthaltene Blausäure tritt als Gas aus, erreicht die Konzentration von 0,3 Gramm pro Kubikmeter, dringt in die Atemwege ein. Giosuè Sacerdoti hat keine Angst. Er spürt weder Kälte noch Hunger noch Durst noch Angst. In der Hülle des Körpers nur ein reißendes Strömen, wie von einer Welle, kurz bevor sie sich auflöst im weiten Meer des Lebens.

Borgo di Dentro, Frühjahr 1944

Der Ortsverband des Nationalen Befreiungskomitees arbeitet im Untergrund für die Partisanen, die in den Bergen Zuflucht gefunden haben. Lebensmittel, Waffen, Wäsche, Decken, Landkarten, kartografische Folien, chiffrierte Botschaften. Ebenso geheim koordiniert er in der Stadt kleine, ungreifbare Sabotageeinheiten. Leute, die eine Ladung Sprengstoff zwischen den Hebeln einer Weichenanlage platzieren oder sich nachts in die deutschen Lager schleichen, um sich zu holen, was sie brauchen. Der Sitz des Komitees ist im Hinterzimmer eines Tabakladens, aber Gilla nimmt nicht an den Treffen teil. Wie die anderen Stafetten bekommt sie Anweisungen von dem Schuster Achille Ferro.

Obwohl sie nicht in Borgo di Dentro geboren ist, kennt sie sich mittlerweile dank Rosa Marias Erklärungen perfekt aus. In der Altstadt zum Beispiel gibt es eine Gasse, die in eine noch engere, dunkle Gasse mündet, und am Ende kommt ein Bogen und dahinter ein Laubengang mit einem großen Blumentopf aus Terrakotta, bedeckt mit einem prächtigen Kissen aus Goldefeu. Der ideale Platz, um Gegenstände von der Größe einer Luger P08 9 Millimeter zu verstecken. Ebenfalls in der Altstadt gibt es noch eine Gasse, die zu einem breiteren Platz führt, und in der Hausnummer 7 wohnt eine Alte, die sich als Hexe gibt und mehr verblödet tut, als sie in Wirklichkeit ist. Bei ihr kann man, wenn nötig, sperrige Sachen wie eine Maschinenpistole 35 abgeben oder jemanden für ein, zwei Nächte unterbringen.

Will sie die sicheren Orte in der Neustadt aufsuchen, die weniger heruntergekommen ist, bewegt Gilla sich unauffällig, indem sie ihre besten Schuhe trägt, einen Filzhut mit Stoffblumen an der Krempe und Handschuhe aus Ziegenleder. Sie hasst es, den Platz vor der Grundschule zu überqueren, die von den Deutschen besetzt ist: Man erzählt sich furchtbare Geschichten über das, was den Gefangenen in den Kellern angetan wird. Am liebsten sind ihr die Aufträge, die sie in die Hügel führen, und manchmal wagt sie sich dann noch höher hinauf, in die Berge, wo es jetzt Hunderte von Partisanen gibt, zum Beispiel in der Nähe der Cascina Benedicta, des Hauptquartiers des Widerstands, wo sich auch Gatto und Rosa Marias Bruder Giacomo aufhalten. Lange Touren und deshalb gefährlicher. Touren, die man sorgfältig vorbereiten muss, meist mit dem Fahrrad, mit Hosenrock und Bergstiefeln, manchmal mit einem Rucksack auf dem Rücken, und immer viele Stunden Licht vor sich, aber bereit, bis in die Nacht unterwegs zu sein.

Am Mittwoch, dem 1. März, kommt Gilla frühmorgens in Achille Ferros Werkstatt. Er reicht ihr eine chiffrierte Botschaft, sie schiebt das Blatt zwischen die Seiten des Physikbuchs, das sie im Gymnasium benutzte, verstaut es im Fahrradkorb, legt ein reich bebildertes Exemplar des Romans *Die Brautleute*, zwei Tüten mit getrockneten Bohnen und eine mit Kichererbsen dazu und breitet ein Stück

Wachstuch darüber, dasselbe Material wie das Cape mit Kapuze, das ihre Mutter für sie genäht hat. Dann fährt sie los.

Ein dichter Nieselregen fällt, und das ist gut so, weil man dann weniger leicht auf Straßensperren trifft. Über den Lenker gebeugt, radelt sie zügig zur Cascina Leone hinauf, während der Regen ihr ins Gesicht prustet. Sie stellt das Fahrrad im Heuschober ab, verstaut die Botschaft im Büstenhalter, Kichererbsen und Bohnen in den Taschen und schlägt den Weg ein, der hinter dem Haus den Hang hinaufführt.

Der Regen rauscht zu Tal. Violette Krokusse und Schneeglöckchen leuchten im Unterholz. Bei jedem Schritt spritzen schlammige Rinnsale. Das Wasser dringt durch die Nähte der Kapuze und macht ihren Hals nass. Vom starren Saum des Capes rinnt es auf die nackten Waden, die aufgerollten Söckchen und in die Stiefel hinein. Ein Reh folgt ihr ein Stück weit, furchtlos, im Trockenen unter seinem dichten, glänzenden Fell, und beobachtet sie mit großen feuchten, ruhigen Augen, als wäre sie ein seltsames, aber harmloses Waldwesen.

Schließlich führt der Weg aus dem Wald hinaus und verbreitert sich in der Ebene. Da ist der Walnussbaum, denkt Gilla und streicht sich die triefenden Strähnen aus der Stirn.

Michele heißt nicht Michele, doch da er sich hinter einem Decknamen verbergen musste, hat er Sachen wie *Tigre, Lupo, Lampo* verworfen, die er für alberne Kindereien hält, und den Namen des Menschen gewählt, den er am meisten geliebt hat: seinen Großvater. Ja, er hat beschlossen, dass er sich in der neuen Welt, die sie gerade in Schlamm und Kälte aufbauen, weiterhin Michele nennen wird. Mit freundlichen Grüßen an den gestelzten Namen, den seine Eltern für ihn ausgesucht haben. Nie würden sie sehen wollen, wo er schläft, wenn er schläft (wo es sich gerade ergibt), was er isst, wenn er isst (wenig), und wie er sein Leben riskiert, um die Deutschen zu verjagen und Revolution zu machen. Dass beides dasselbe ist, wollen sie einfach nicht begreifen. Sein Großvater, der hätte es verstanden. Dessen ist sich Michele sicher. Obgleich er ein Bourgeois war, hätte er es verstanden. Ein reicher Bourgeois. Welche Schweinerei der Faschismus ist, war ihm zum Beispiel sofort völlig klar, und er nahm ihn, als er noch Kind war, an der Hand und erklärte es ihm in einfachen Worten.

»Buch und Schrot, Vollidiot.«

»Du bist im Jahr des Marschs auf Rom geboren, du kennst die Alternativen nicht.«

»Du bist im Jahr des Marschs auf Rom geboren, euch werden sie verarschen.«

Michele wirft die Kippe in eine Pfütze und kauert sich am Stamm des großen Nussbaums auf eine Wurzel, breit und flach wie eine Bank. Unter dem Kinn bilden die Beine ein gleichschenkliges, hohes, schmales Dreieck. Er zieht die seltsame Tasche heran, die er dabeihat. Eine Arzttasche, aber mit zwei Riemen, lang genug, um sie umzuhängen. Schweinekalt, denkt er. Und feucht. Er flucht, wie er es in den Bergen gelernt hat, still, pflichtbewusst, mit Genauigkeit und Unschuld. Als würde man ein Ventil aufdrehen zum Entlüften. Das Mädchen hat Verspätung, denkt er. Kalt und feucht, wie es ist, wird er einen Schnupfen kriegen, Katarrh, Sinusitis, Bronchitis, Brustfellentzündung. Oder vielleicht ist er zu früh dran, wer weiß. Die Uhr ist stehen geblieben. Sie steht, seit der Großvater gestorben ist und Michele sie umgeschnallt hat. *Jetzt kenne ich die Alternativen, Großvater.* Sein Blick ist starr auf den Boden gerichtet, als Gilla durch das Astgewirr schaut.

»Michele?«

Wer sonst?, will er schon antworten, aber als er den Kopf hebt, verstummt er.

Die Kapuze ist ihr auf die Schulter gerutscht, und sie hantiert auf der Höhe der Brust unter dem Cape. »Stecken Sie das ein«, sagt sie und reicht ihm einen gefalteten Zettel. In der diesigen Umgebung glitzern winzige Regentropfen auf ihren Wimpern.

Michele streckt die Beine aus und dehnt sich in seiner vollen, beträchtlichen Länge. Er legt die Tasche auf die flache Wurzel, beugt sich hinunter, lässt das Schloss aufschnappen, holt ein Stethoskop heraus, ein paar Fläschchen, ein Etui, das Gilla nicht einordnen kann, zwei Schwefelkerzen, Läusepulver, eine Metalldose für Spritzen.

»Sind Sie Arzt?«, fragt sie.

»Beinah«, erwidert Michele. Er nimmt den Deckel der Dose ab, holt die Teile der Spritze heraus und legt sie auf den Deckel, dann lässt er innen ein kleines Fach aufspringen und schiebt den Zettel ungelesen hinein. Er setzt die Dose wieder zusammen und räumt alles wieder in die Tasche.

»Beinah?«

»Vier Jahre Medizin.«

»Und dann?«

»Und dann …« Michele macht eine umfassende Handbewegung, als wollte er sagen: der Krieg, die Nazis, die Revolution. »Und Sie?«

»Lehrerin.«

Es hört auf zu regnen. Nur noch vereinzelt tropft es auf das Bett aus welken Blättern. Die Haut des Mädchens schimmert blass, als sei sie aus einer salzhaltigen Substanz. Spontan möchte Michele sein Taschentuch herausziehen und ihr das Gesicht trocknen. Daraufhin schiebt er die Hände in die Taschen und ballt sie zu Fäusten.

»Mir ist warm«, sagt sie. Sie hebt das Cape über den Kopf, wie ein Insekt das Außenskelett abstreift und mutiert, und zeigt sich einen Augenblick zart und schutzlos in der weichen Hülle des Pullovers. Michele ist verstört, doch Gilla bewegt sich schon selbstsicher unter der Krone des Nussbaums, in ihrem Element wie ein Tier sucht sie den passenden Zweig, um ihr Cape aufzuhängen. »Bevor ich's vergesse«, sagt sie, sich ruckartig umdrehend, und reicht ihm Kichererbsen und Bohnen.

Er schiebt auch die in seine Tasche, dann hängt er sie um, ist zum Aufbruch bereit. Was sollte er sonst tun? Aber er rührt sich nicht. »Sie sind nicht von hier«, sagt er.

»Sie auch nicht«, sagt Gilla und mustert ihn von Kopf bis Fuß. »Damit machen Sie bei allen Außentrupps die Runde?« Sie deutet auf die Tasche.

»Tja.«

»Damit und ohne Pistole.«

»Hm.«

»Schön. Gefährlich, aber schön.«

Er zuckt die Achseln und macht noch mal eine Handbewegung, schwenkt die langen Finger durch die feuchte Luft, als wollte er sagen: Nicht der Rede wert. Eine angeberische Bewegung, die er sofort bereut. Es kommt ihm vor, als habe sie sich einen Schritt entfernt, obwohl sie sich nicht gerührt hat. Also wird er wieder ernst, zu ernst, wie einer, der sich verbessern will und dabei übertreibt. »Keine Waffen«, verkündet er.

»Nicht einmal, wenn es nötig ist?«

»Ich töte keine Menschen. Ich behandle sie.« Der Satz klingt so pathetisch, dass Michele rot wird vor Scham.

»Seltsame Art, Revolution zu machen«, sagt sie und lächelt, wobei ihre Zähne zum Vorschein kommen.

Klein, regelmäßig, bemerkt er, und er bemerkt auch die Kräuselung über ihrer Oberlippe. Dann klappt er den Jackenkragen hoch und zieht den Kopf ein. Dieses Mädchen bringt ihn durcheinander. Wieder fühlt er, dass er gehen muss, und rührt sich nicht. »Wie heißen Sie?«, fragt er.

»Gilla.«

»Ich meine Ihren echten Namen.«

Das Mädchen antwortet nicht sofort. Sie teilt ihre Haare in zwei lange Strähnen und drückt sie nacheinander aus. »Du bist ein origineller Typ, stimmt's?«, sagt sie dann.

Bei dem *du* seufzt Michele, als würde sich eine Anspannung lösen. »Also?«, hakt er nach.

»Originell. Undiszipliniert. Unvorsichtig. Und ungeduldig.«

»Willst du mir deinen Namen sagen oder nicht?«

»Gilla.«

»Heißt du wirklich Gilla?«

»Von Geburt an.« Die Augen des Mädchens leuchten vor Vergnügen. Sie nimmt das Cape am Saum und streift es über. Die feuchten Haare kleben an ihren Wangen wie eine Kriegsbemalung. »Ich muss gehen, ciao«, sagt sie, und ohne eine Antwort abzuwarten, macht sie sich auf den Weg, der zur Cascina Leone und zu ihrem Fahrrad führt. Das Cape wippt bei jedem Schritt. Rundherum spritzt Schlamm auf.

Es folgen ungestüme Wochen. Die Luft wird lau. Die Bäume erwachen aus der winterlichen Starre, die Knospen schwellen, junge Blättchen öffnen sich im Wind. Das Gras wächst schwungvoll. Michele und Gilla marschieren durch das lebendige Grün, überwinden Kontrollposten, weichen Hinterhalten aus, streifen durch die Stadt, die Dörfer der Umgebung, die Hügel, die Berge. Sie begegnen sich nicht, aber sie denken aneinander.

Michele fragt nach ihr, immer wieder, ohne sich um den Klatsch zu kümmern. Es gelingt ihm herauszufinden, wo sie wohnt. Wenn er in Borgo di Dentro vorbeikommt, treibt er sich in der Nähe des Vico Luna herum, träumt von zufälligen Begegnungen, erfindet glaubhafte Ausreden. Sie bewegt sich allein, rasch und resolut mit ihren Geheimbotschaften, Schulbüchern, Lebensmitteln, der Munition. Sie prägt sich ein, woran sie sich noch erinnert (die Form seines Kinns, seine Hände, ein Wort), inszeniert imaginäre Gespräche.

Beide beschwören im Geist ununterbrochen die Gegenwart des anderen. Als Anfang April die Nachricht von einer blutigen Razzia in den Bergen rund um die Cascina Benedicta eintrifft, kommt es Michele und Gilla, obwohl sie sich nicht wiedergesehen haben, so vor, als hätten sie eine große Wegstrecke gemeinsam zurückgelegt. Und die Angst, sich nicht wiederzusehen, nagt unablässig an ihren Gedanken wie ein Holzwurm.

In der Not des Augenblicks werden die Keller der Villa Franzoni zu einer geheimen Krankenstation. Tag und Nacht treffen Verletzte ein, mit behelfsmäßigen Fahrzeugen oder auf der Schulter getragen. Michele schwitzt, das Herz klopft ihm bis zum Hals. Ich bin kein echter Arzt, denkt er, während er im Licht einer schwachen Glühbirne abtastet, abhört, Blutungen stillt, desinfiziert, vernäht. Gilla dagegen pendelt zwischen Borgo di Dentro und der Villa, transportiert Leintücher, Brot, Zucker, Morphiumampullen. Dummes, dummes, dummes Ding, denkt sie. Das ist nicht die Zeit für Spielchen. Für Zaudern und Zögern, ermüdende Rituale. Dafür ist keine Zeit, denn die Zeit ist geschrumpft, hat sich verkürzt, verdichtet, und der Tod steht auf der Schwelle. Blöd, blöd, blöd. Mitten in der Nacht steigt sie endlich mit einem Korb Mullbinden in den Keller hinunter. Im Halbdunkel irrt sie zwischen improvisierten Liegen herum. Es riecht nach Blut, Schweiß, Erbrochenem. Sie erkennt Rosa Maria, die auf einem Schemel neben einer Liege sitzt, darauf Gatto, leichenblass, die Schulter ein einziger Blutklumpen, und Rosa Maria betupft ihm mit einem feuchten Tuch die Lippen. Sie erkennt noch andere, dann sieht sie ihn. Eine Silhouette, über einen Verletzten gebeugt. Sie schließt die Augen und denkt: Danke, danke, danke. Er hebt den Kopf, und sein Herz beruhigt sich. Sie ist es. Sie lebt.

Die Bestätigung von Giacomo Leones Tod, zusammen mit einhundertsechsundvierzig Gefährten ermordet und in ein Massengrab geworfen, kommt erst drei Tage später.

Casale Monferrato, Ester und Margherita

Die Nachbarin hält Wort. Am Tag nach Abrams und Giosuès Verhaftung werden der Koffer mit den Beschlägen und der aus dunkelrotem Leder samt dem grünen Damastsäckchen im Istituto Nostra Signora di Lourdes abgegeben.

Die Direktorin registriert sie mit den neuen Namen. *Francesca Pellegrini* als Waisenkind und Internatszögling, *Margherita Moretti,* verheiratete *Pellegrini,* Witwe, als Aufseherin. »Hütet euch, laut über eure Angelegenheiten zu sprechen«, mahnt sie. »Je weniger Leute wissen, dass ihr Jüdinnen seid, umso besser.« Und auch: »Hütet euch vor Fremden.« Sie verpflichtet sie, alle Gottesdienste zu besuchen, von der Frühmesse bis zu den Abendgebeten. Ester muss auch zum Katechismusunterricht. Nicht aus Missionseifer, versichert die Nonne, sondern um sie besser zu verstecken. »Noch nie waren die Gebete so nützlich.«

Die Alltagsroutine schluckt sie. Margherita hilft in der Küche, putzt die Schlafsäle und die Toiletten, liest den kleineren Waisenmädchen die Lebensgeschichten der Heiligen vor. Einige Gebete sind auf Lateinisch. Sie besorgt sich eine Grammatik und beginnt, Ester in freien Augenblicken die Grundlagen beizubringen. Sie vertreiben die Angst, indem sie sich zusammen an wenig begangene Orte zurückziehen, in die Waschküche oder die Besenkammer. Dort eingeschlossen erzählen sie einander von Papa, von Großvater, von Onkel Raffaele, von Tante Giulia, Alberto und Camillo. Sie schmieden Pläne für herrliche Feste, wenn sie sich alle wiedersehen werden. Luftballons, Gebäck, Blumen, Schokolade. »Und eine schöne Torte«, sagt Ester. »Eine Riesentorte«, erwidert Margherita. Manchmal schließt sie sich allein dort ein, um ein bisschen zu weinen.

Sie gehen sehr selten aus, nur im Notfall, wenn sich bei der enormen Betreuungsarbeit, die jeden Tag im Istituto Nostra Signora di Lourdes anfällt, niemand sonst darum kümmern kann. Ein Paket, das abgegeben, eine Spende, die abgeholt werden muss. In solchen Fällen machen die beiden einen Umweg und gehen bei dem Sitz aus Holzleisten vorbei, von wo aus man die Fenster ihrer Wohnung sieht. »Nur eine Minute«, sagt Margherita, »mehr ist gefährlich.« Sie betrachten die von der Nachbarin geschlossenen Fensterläden im zweiten Stock, drücken einander die Hand, stecken die Köpfe zusammen und versuchen, sich an alles zu erinnern, wie es war, als sie es zurückgelassen haben.

»Unser Schlafzimmer«, flüstert Margherita.

»Tapete *eigelb*«, antwortet Ester, »und pfirsichfarbene Vorhänge.«

»Der Schrank hat Messinggriffe«, fährt Margherita fort. Die Kommode mit den vier Schubladen und der geflammten Marmorplatte und darauf die Granatohrringe in dem cremefarbenen Stoffschächtelchen, der Schildpattkamm, die Bürste, das Fläschchen Violetta di Parma. Dann Esters Zimmer. Die Tagesdecke mit Fransen, die Lampe mit bordeauxrotem Schirm, *Pinocchio, Herz, Die Tiger von Mom-*

pracem, die Puppe Enrichetta. Und dann die anderen Zimmer. Alles, unbedingt. »Jede Einzelheit, Ester«, flüstert Margherita. Der Tisch, die durchbrochene Bordüre, die Zuckerdose mit dem Griff in Form einer doppelten Eichel.

Auschwitz – Ausbau

In Kommandos verschiedener Größe eingeteilt, arbeiten die jüdischen Häftlinge, die bei den häufigen Selektionen den Gaskammern entgehen, und die, die kein Todesurteil durch Erhängen oder Erschießen trifft, in den Kohleminen der Umgebung, auf den Feldern anstelle der Zugpferde, in der nahen Zementfabrik von Golleschau, bei der Gleisreparatur, beim Transport jeder Art von Material per Hand und allgemein bei der Erweiterung und Wartung dieses Lagers und der angeschlossenen Außenlager. Sie bauen Häuser, Abflusskanäle, Straßen, Zäune, Baracken, Luftschutzbunker für die deutschen Soldaten und auch eine Kaserne, eine Raffinerie, ein Elektrizitätswerk, eine Chemiefabrik. Bei diesem ruhelosen Tun sterben sie früher oder später an Kälte, Hunger, Prügel, Fleckfieber, Scharlach, Ruhr, Diphtherie und Erschöpfung.

Auschwitz ist eine große Baustelle von Sterbenden. Als Anfang Mai 1944 der Frühling wie ein Segen die wenigen überrascht, die den brutalen polnischen Winter überlebt haben, hat Abram Sacerdoti fünfunddreißig Prozent seines Körpergewichts verloren, seine Haut ist grau, er hat von Frostbeulen aufgeplatzte Hände, zwei von einem Knüppelschlag angebrochene Rippen, eine böse Wunde an der linken Fußsohle, und wie alle leidet er an qualvollem Hunger.

Im Hinblick auf die Ankunft von Zügen aus Ungarn muss dringend der Gleisanschluss fertig werden, an dem die Deportierten auf der neuen Rampe des gigantischen Außenlagers Auschwitz II-Birkenau abgeladen werden. Der Arbeitsaufwand nimmt durch die Planung, Einteilung und Kontrolle dermaßen zu, dass die Bauleitung, die ihren Sitz am nördlichen Rand des Lagers hat, zwischen den Wohnungen der Offiziere und der Villa des Kommandanten, gezwungen ist, auf die Schnelle spezialisierte Fachleute zu finden. Geodäten.

Im Lagerleben kann Abram nicht auf privilegierte Stellungen wie Kapo oder Unterkapo hoffen. Obwohl er Deutsch spricht, was ihn für sein Kommando von Erdarbeitern und Schubkarrenfahrern wertvoll macht, ist er nur ein italienischer Jude. Weniger als nichts. Außerdem muss man für diese Rollen über eine Grausamkeit verfügen, die ihm fremd ist und die man nicht vortäuschen kann. Ebenso wenig hat er Zugang zur Aristokratie, die in geschlossenen Räumen arbeitet: Zimmerer, Elektriker, Klempner, Anstreicher. Er weiß auch, dass er kein richtiger, ausgebildeter Geodät ist, trotzdem versucht er es.

Am Morgen der Prüfung ist sein Kopf leer, aber es gibt wenige Kandidaten, und der zuständige Offizier hat kaum topografische Kenntnisse, wenig Erfahrung und große Eile.

Abram besinnt sich auf seine Trigonometrie und schafft es. Von da an ändert sich sein Leben. Man weist ihm einen Tisch zu, den er mit einem anderen Häftling zu teilen hat. Einem Franzosen aus Chartres, der viele Monate nach Raffaele durch Drancy geschleust worden war. Ein echter Geodät, aber sein Deutsch ist rudimentär, und so hat jeder etwas, das für das Überleben des anderen wichtig ist. Untereinander kommunizieren sie in der *lingua franca* des Lagers, einer Mischung aus Polnisch, Jiddisch, Griechisch, Russisch, Ungarisch, Französisch, Italienisch. Da es streng verboten ist, die Papiere der Direktion zu beschmutzen, erhalten sie eine Ration Seife und sind verpflichtet, sich gleich nach der Ankunft damit zu waschen. Anschließend müssen sie Ärmelschoner überziehen. Pflichten, die Privilegien sind. Dazu eine Extrarasur Mitte der Woche und einen kompletten Wechsel der Häftlingskleidung alle vierzehn Tage. Darüber hinaus verkehren in der Direktion Zivilisten, technische Fachleute aus Betrieben, die auf Kanalisation und Straßenbau spezialisiert sind, und Zivilisten bedeuten Essen, und nicht selten landet etwas davon auch auf ihrem Tisch der Ausgestoßenen.

Abram nimmt nicht mehr ab, oder zumindest langsamer. Er sieht weniger zerlumpt aus, und sein Geruch ist weniger abstoßend, wodurch er vor der Selektion für das Gas geschützt ist. Er verbringt den Tag mit Berechnungen, mit der Quantifizierung von Materialien, der Umwandlung der topografischen Erhebungen, die der Kollege besorgt, in Planimetrie und Karten. Das chaotische Lagerleben zeigt sich ihm in geheimnisvoll unzusammenhängenden Bruchstücken, die aber alle der Vermessung unterworfen sind. Hölzerne Baracken: 40,78 × 9,56 Meter. Gebäude: 36 × 11,4 Meter, mit 17 Fenstern und 60 dreistöckigen Pritschen. Ziegelbauten: 36 × 4,5 Meter, mit 90 Wasserhähnen und 58 Klosettlöchern. Lagerhallen, Küchen, Fabriken für Kanonen und elektronische Komponenten, eine Mühle. Und überall wird gebaut, gebaut, gebaut. Die Erinnerung an zu Hause, wochenlang am Grund des Bewusstseins verschlossen, meldet sich langsam wieder. Margherita mit einer Farbe. Ester mit einem Wort. Giosuè. Glühende Peitschenhiebe. Auch Raffaele stellt er sich nun wieder vor. Überall erkundigt er sich nach den Juden aus Drancy. Des Öfteren meint er, ihn von hinten in der Silhouette eines anderen Häftlings zu erkennen, irrt sich aber jedes Mal, und jeder Irrtum trifft ihn wie ein Nagel in die Brust. Bei all dem Bauen, das auch ein Bauen auf Papier ist, entdeckt er irgendwann, dass es eine Druckerei gibt und daneben sogar eine Reparaturwerkstatt für Schreibmaschinen und natürlich ein Zensurbüro für die Korrespondenz, und dadurch entdeckt er, dass man schreiben kann, dass jüdischen Häftlingen alle zwei Monate ein Brief oder eine Postkarte erlaubt ist, auf Deutsch, auf von der Lagerdruckerei vorgedrucktem Papier, und es ist obligatorisch zu schreiben: *Ich bin gesund und fühle mich gut.*

Mitte Juni gelingt es Abram dann, eine halbe Brotration gegen eine Postkarte einzutauschen. Die ganze Nacht sucht er nach Worten, wälzt sich auf der Pritsche hin und her, die Füße des Mithäftlings im Gesicht, schlaflos, verloren im Albtraum dieser babylonischen Sprachverwirrung, zu der er verdammt ist. Polnisch, Russisch, Französisch, Ungarisch, Jiddisch. Und Deutsch, immerzu Deutsch. *Los! Schnell! Alles raus!* Lügenworte wie *Arbeit macht frei* oder *Morgen früh*, was hier *niemals* bedeutet. Und die unendlich vielen Ausdrücke, um nicht *Mensch* zu sagen. *Stück* (Wie viel *Stück* kommen heute? Wie viel *Stück* in einer Baracke 40,78 × 9,56 Meter?). *Häftling. Läusefresser. Rattenfresser, Muselmann,* was bedeutet: verzweifelter, verurteilter, wandelnder Toter.

Am nächsten Morgen geht er zur Bauleitung, wäscht sich die Hände mit der Seife, zieht die vorgeschriebenen Ärmelschoner über und schreibt auf die Karte Margheritas Namen, die Adresse, das Datum, die Uhrzeit und einen einzigen Satz: *Ich bin gesund und fühle mich gut*. Dann bittet er um die Erlaubnis, die Karte in die abgehende Post zu stecken.

Und so vergehen die Tage und werden zu Wochen, Ende Juni, Juli, und die Zeit macht aus ihm, dem Häftling 174 562 – hundertvierundsiebzig fünfhundertzweiundsechzig –, einen alten Mann, einen der wenigen mit einer Nummer auf dem Arm, die so weit zurückgeht. Keinen ehrwürdigen Weisen wie die Polen in den Ghettos, aber doch eine Figur von Achtung gebietender Ausdauer. Nicht wie die Juden aus Drancy, wenige, so wenige, dass man sich kaum der Illusion hingeben kann, Raffaele lebend wiederzusehen, aber immerhin. Jedenfalls ein Überlebender, das heißt: eine andere Art von Aristokrat, dem man den Respekt schuldet, der den Starken gebührt, und die abergläubische Verehrung, die den durch ein Wunder Geretteten gilt.

Derweil macht er mit den Messungen weiter. Ab und zu kann er sich eine Postkarte beschaffen und schickt sie an Margherita. Die Zweimonatsregel ist nicht so bindend. Er schreibt Namen, Nachnamen, Adresse, Datum, Uhrzeit, *Ich bin gesund und fühle mich gut*. Sonst nichts. Die Präzision seiner Berechnungen und sein fließendes Deutsch retten ihn mehrmals, aber er hat keinerlei Vertrauen in das Morgen. Morgen ist *niemals*.

Heute dagegen, *jetzt*, während die blasse polnische Sonne im Juli 1944 die armen Körper der Häftlinge austrocknet, während im *Zigeunerfamilienlager* die Kinder an Noma sterben, die Münder zerfressen und die Wangen so hauchdünn, dass man hindurchsieht, und er ein weiteres Mal den Namen Margherita auf eine Postkarte schreibt, die der Zensur keinen Anlass bieten wird, sie aufzuhalten, heute, jetzt, in diesem Augenblick, ist der Häftling 174 562 lebendig.

Borgo di Dentro, August 1944

Gilla tritt mit Nachdruck in die Pedale, während sie munter die Straße hinaufradelt. Die Sandalen verbiegen sich bei der Anstrengung, die Sonne knallt senkrecht auf den Strohhut, den sie mit einem Band unter dem Kinn befestigt hat.

Fünf Monate kennt sie Michele jetzt.

Vier Monate seit dem Massaker in der Cascina Benedicta.

Sie erinnert sich an Gesichter, Einzelheiten, die trockene Gebirgsluft, das Kastanienmeer, das Kommen und Gehen im Hauptquartier der Partisanen. Ein Ameisenhaufen, denkt sie.

Vom Haaransatz läuft ihr ein Schweißbächlein den Rücken hinunter und bildet auf der Baumwollbluse einen eiförmigen Fleck zwischen den Schulterblättern. Die Straße wird steiler, und sie tritt noch ein bisschen fester.

Vier Monate und einige Tage.

Ein Ameisenhaufen, auf einen Streich mit dem Absatz zertreten. Nazistiefel. Faschistenstiefel. Der aufgeplatzte Asphalt rüttelt sie auf.

Zu viel Steigung für so schwere Gedanken.

Sie hebt den Blick vom Lenker, erkennt die Abzweigung, die etwas weiter vorn zu dem Bauernhaus führt, das ihr Ziel ist, die verschlüsselte Mitteilung im Halter unter dem Sattel versteckt. Das Bild von Ameisenhaufen und Stiefel zeichnet ihr eine Falte auf die Stirn, die Erinnerung an die überlebenden Genossen, die wie Ameisen auseinanderstieben.

»Und doch sind wir jetzt hier«, sagt sie zu der Luft, zum Himmel, zum Unkraut am Straßenrand.

Harte Tage, nach dem Blutbad, aber dann haben die Überlebenden wieder zusammengefunden, und neue Partisanen sind hinzugekommen. Zu zweit, zu dritt, zu siebt. Kleine Gruppen, um das Risiko zu verringern. Entschlossene kleine Gruppen: zuschlagen und abhauen. Pausenlos, damit der Nazi nicht ruhig schläft, damit der Faschist bei jedem Schritt zittert. Gut versteckte kleine Gruppen: In den Hügeln rund um Borgo di Dentro, die Gilla gerade mit aller Kraft hinaufradelt, wimmelt es von Verstecken, Unterschlupfen, Höhlen, überall, wo es geht, in einem Heuschober, einem Steinhäuschen mitten in den Weinbergen, einem Trockenschuppen für Kastanien. Ein geheimes Spinnennetz, das sich dauernd verändert, hier lockerer, dort dichter wird, mit den Stafetten wie ihr und Rosa Maria in ständiger Bewegung. Es ist ein Gedanke, der einen schwindlig macht, aber das wandelbare, rätselhafte Spinnennetz, das Gilla kreuz und quer mit dem Fahrrad erkundet, hat für sie, nur für sie, ein unverrückbares Zentrum: den großen Nussbaum, unter dem sie Michele kennengelernt hat.

Dort treffen sie sich jeden Sonntag um elf Uhr. Sie besucht die erste Messe, dann läuft sie in den Wald hinauf bis zu dem Baum. Er richtet es so ein, dass er die Nacht davor in der Nähe schläft.

»Sonntag um elf, Gilla, auch wenn die Welt untergeht.«

»Die Alliierten sind in Rom«, sagt er.

»Die Alliierten sind auf dem Weg nach Norden.«

Und beim letzten Mal: »Die Alliierten sind in Frankreich gelandet, zwischen Cannes und Toulon. Bald werden sie hier sein.«

Jetzt biegt Gilla in eine schmale, staubige Schotterstraße ein, mit seltenen Oasen der Kühle unter den gewölbten, dicht belaubten Akazien. Sie lockert das Band und lässt den Strohhut in den Nacken rutschen. Sie atmet tief.

Das ist nicht die Zeit für die Liebe. So heißt es.

Alles nur Neid, denkt sie.

Sie radelt ruhig. »Nach Cannes fahre ich mit dir«, sagt Michele in ihrem Kopf. Sie hält an, bindet den Hut wieder fest und fährt weiter. Zwischen einem Sonntag und dem nächsten, bei ihrem Auf und Ab mit chiffrierten Botschaften, Broten, Munition und Handgranaten, wiederholt sie jedes Wort, das Michele und sie sich vor und nach der Liebe gesagt haben.

»Es dauert nicht mehr lang, Gilla, dann bring ich dich hin.«

Umschlungen lagen sie da, ihre Wange in der Beuge zwischen seinem Hals und seinem Schlüsselbein. Während sie das Blau durch die dichte Krone des Nussbaums blinken sah, stellte Gilla sich weißen Sand und Seeigel mit blutrotem Herzen vor. »Was heißt *nicht mehr lang*?«, flüsterte sie.

»Wochen«, antwortete er.

Die Straße wird flach, dann führt sie bergab, und Gilla saust mit dem Fahrrad den Hang hinunter. »Wochen, Wochen, Wochen«, wiederholt sie dem Splitt, der aufspritzend ihre Waden verletzt, und dem Gras in den Gräben.

Sie irren sich.

Casale Monferrato, Esters Wohnung, September 1944

Als sie vom Einkaufen kommt, zieht Piera Bianchi, verheiratete Fontana, für alle die *Witwe Fontana,* aus dem Briefkasten eine regulär gestempelte Postkarte in ausgezeichnetem Zustand. Ihr Herz beginnt wie wild zu schlagen. Sie liest.

Fossoli in Emilia, 21. Februar 1944

Liebste Rita, hier geht es uns gut, und es fehlt uns an nichts. Wir teilen ein Stockbett in einem großen Schlafraum, als wären wir in einem Ferienheim. Morgen früh ist Abfahrt. Ich weiß noch nicht, wohin, aber ich werde Dir schreiben. Pass auf Dich auf und auf meinen Liebling Ester. Ich sende Dir eine Trilliarde Küsschen und für das Hexlein eine ganze Stunde Kitzeln, kleine Bisse in den Hals und Rechenaufgaben mit Komma.

Dein Abram (mit Großvater Giosuè)

Die Witwe Fontana zieht die Lippen zusammen. Um ihren Mund bildet sich ein Kranz winziger, rot unterlaufener Fältchen. Kann der Briefträger denn nicht lesen?, fragt sie sich verärgert. Hat er nicht gesehen, dass hier *Fontana* steht und nicht *Sacerdoti*?

Die Einkaufstasche mit dem bisschen, das ihr ihre Lebensmittelkarte samt der ihrer Tochter Laura garantiert, hinter sich her schleifend, steigt sie die zwei Stockwerke hinauf. Gianni, der Zweitgeborene der Witwe und des Hauptmanns Gabriele Fontana, wird von der Republikanischen Nationalgarde ernährt.

Vor der Tür stopft die Frau die Postkarte in die Rocktasche, schließt auf und lässt den Einkauf gleich hinter der Schwelle fallen. Sie macht ein finsteres Gesicht. »Laura!«, schreit sie.

»Natürlich kann der Briefträger lesen«, murrt sie vor sich hin. Wenn er nicht lesen könnte, hätte er ja nicht diesen Beruf.

»Lauraaa!«

Mit einem Handtuch um den Kopf kommt das Mädchen aus dem Bad.

»Immer dieses Theater mit den Haaren! Beeil dich. Räum das Zeug weg«, sagt sie und deutet auf den Einkauf. »Gleich kommt *die da*. Ich ziehe mich inzwischen um.«

Die da ist die stundenweise Haushaltshilfe, die ihr die Partei zu Ehren des von ihrem Mann zuerst in Abessinien, dann in Spanien und dann in Russland geleisteten Dienstes zugewiesen hat. Aber die Witwe Fontana traut ihr nicht. Deshalb kauft sie allein ein oder lässt sich höchstens von Laura helfen und hält alles unter Verschluss, Mehl, Zwiebeln, Zucker, Eier, Karotten, Öl, sogar das Sägemehl. Und sie kontrolliert persönlich, dass die Kartoffelschalen dünn genug sind und man beim Würzen der angebratenen Gemüsemischung nicht übertreibt.

Während die Tochter mit der Tasche in der Küche verschwindet, geht sie ins Ehezimmer. Sie zieht die Bluse aus und legt den Rock ab, aus der Tasche schaut die Postkarte heraus. Die Witwe Fontana knallt sie auf die Kommode. »Fontana, nicht Sacerdoti!«, schimpft sie laut.

»Was sagst du, Mama?«

Die Witwe Fontana hält es für bedauerlich, dass sich die Briefträger noch an die Vergangenheit erinnern. Mehr als bedauerlich: beleidigend. Diese Postkarte ist eine ungebührliche Einmischung, wenn nicht sogar ein Affront. Sie wird mit den zuständigen Leuten darüber sprechen. Sie nimmt die Ohrringe ab, schlüpft in den Hausmantel, überprüft sich im Spiegel über der Kommode. In ihrem Alter, vierzig, fast fünfzig, muss man *auf sich halten*. Die eigelbe Tapete *erschlägt* einen, denkt sie. Und sie hasst auch die geflammte Marmorplatte auf der Kommode. Sie packt die Karte und nimmt sie mit ins Wohnzimmer. »Bist du fertig?«, schreit sie der Tochter zu. »Denk dran, dass uns *die da* gleich im Weg sein wird.«

Sie lässt sich am Tisch nieder. Aus einem Wurzelholzkästchen holt sie ein zerknittertes Päckchen und eine Schachtel Streichhölzer. Sie zählt die restlichen Zigaretten. Besser auch verstecken, denkt sie. Sie zündet sich eine an und führt sie an die Lippen, rot wie die Fingernägel. Es ist ihr wichtig, in Ordnung zu sein, auch zu Hause. Vor allem zu Hause.

»Hab alles weggeräumt. Was ist das?«, sagt das Mädchen mit Blick auf die Postkarte.

Die Witwe Fontana spuckt eine Rauchwolke aus, legt die Zigarette in den Aschenbecher, nimmt die Karte. »Nichts«, erwidert sie. Dann liest sie sie erneut. *21. Februar 1944.* Sie zählt an den Fingern ab. Sechs Monate. Ist das viel? Wenig? Der letzte Brief des Hauptmanns Gabriele Fontana ist auf den 28. Dezember 1942 datiert. Zwanzig Monate früher. Sechs Monate aus der Emilia, zwanzig Monate von der russischen Front, grübelt sie.

»Von wem ist die?«, fragt Laura, während sie das Handtuch abnimmt. Die feuchten Haare fallen auf ihre Schultern wie Ringelschlangen. Man sieht ihr nicht an, dass sie achtzehn Jahre alt ist.

»Es ist nichts, habe ich gesagt. Trockne dir die Haare, sonst erkältest du dich noch.« Die Witwe Fontana reißt die Postkarte mittendurch, dann noch einmal und wirft die Fetzen auf den Fußboden. Die Tochter beugt sich vor, als wollte sie sie aufheben.

»Lass sie liegen. *Die da* soll sich ihren Lohn verdienen.«

Die Wohnung, die ihr die Partei für die Verdienste des Hauptmanns Fontana in Libyen, Albanien und Griechenland und auch ein bisschen für die Verdienste ihres sechzehnjährigen Sohnes Gianni als Freiwilliger der Republik zugewiesen hat, die Wohnung, die der Familie Sacerdoti gehört hatte, ist deutlich kleiner als die Mailänder Wohnung, an die die Witwe Fontana gewöhnt war, bevor eine amerikanische Vier-Tonnen-Bombe sie gesprengt hat.

»Wenn wir schon in einem Loch hausen müssen, dann soll es wenigstens ordentlich sein«, sagt sie und nimmt noch einen Zug von der Zigarette. »Schließlich könnte dein Vater jeden Augenblick zurückkommen.« Grollend mustert sie die grünen und braunen Rücken der Bücher, die wegzuwerfen sie sich immer noch nicht entschlossen hat. Dann hebt sie den Blick, schwarz von bröckelnder Wimperntusche, und schaut das Mädchen an. »Und du auch, Herrgott, mit diesen Haaren. Du willst doch nicht, dass er dich so sieht!«

»Du bist ja verrückt. Komplett verrückt«, sagt die Tochter. Dann hebt sie die Fetzen von Abram Sacerdotis Postkarte auf und steckt sie ein.

Beschlagnahmung jüdischen Eigentums seitens der Provinzpräfektur

- **Zeitraum:** März–Dezember 1944
- **Anzahl Verordnungen:** über 600
- **Betroffene Personen:** 353
- **Beschlagnahmte Güter:** Postsparbücher, Banksparbücher, Immobilienbesitz oder Anteile, landwirtschaftliche Grundstücke, 1 Gewächshaus für Blumen, 12 Logen im Theater, 10 Vorauszahlungen für Fernverbindungen, 3 Radioapparate, 2 Betten ohne Lattenrost, 3 Heuschober, 292 Paar Schuhe, 1 altes Klavier, 1 Damenhut, 1 Stück Futterstoff, 1 Stück Jute, 1 Medaillon aus vergoldetem Metall, 1 kleiner Anhänger, 1 größerer Anhänger

Polnischer Herbst

Der polnische Herbst hat spitze Klauen. Unter den steifen Brisen des Polarwinds dehnt sich die Zeit des Appells bis zur Ohnmacht. Wer neu ist, wer noch keinen Lagerwinter erlebt hat, weiß es noch nicht und irrt mit Augen voller Entsetzen umher, im selben Hemd, derselben Hose, denselben Holzschuhen wie im Sommer.

Abram magert wieder ab. Die in den Räumen der Bauleitung angesammelte Wärme rettet ihn nicht vor der eiskalten Suppe, der nächtlichen Zugluft, den Wunden, den blutig aufgesprungenen Lippen, dem Hunger.

Im Lauf der Wochen erscheint ihm die Topografie des Lagers weniger rätselhaft. Der Lager: *Arbeitslager. Nebenlager. Außenlager.* Auf dem Papier erkennt er mittlerweile sofort das Kartoffellager, den Galgen für die kollektiven Exekutionen, das der SS vorbehaltene Krankenhaus, die Gleise, die Minen, die Fabriken, die Flüsse Weichsel und Sola, die Gräben für die Verbrennung der Leichen, die nicht direkt in die Verbrennungsöfen kommen. Über die Verbrennungsöfen weiß er viel: die Lage, die Ausmaße, die Bauart der Karren für den Leichentransport, sogar die Maße des Brenners, den ein Lieferant der Bauleitung angeboten hat: 60 × 75 Zentimeter. Mehr als genug, da keine Särge verwendet werden. Noch immer schreibt er Postkarten nach Hause, *Ich bin gesund und fühle mich gut,* aber es passiert ihm nicht mehr, irgendwo Raffaele zu sehen, nicht aus Vergesslichkeit oder Lieblosigkeit, sondern aus Mangel an Kraft.

Casale Monferrato – Trennung

Anfang Oktober funktioniert der Heizkessel im Istituto Nostra Signora di Lourdes auf einmal nicht mehr, und innerhalb weniger Stunden nimmt der Herbst die Schlafsäle, das Nähzimmer, den Katechismusraum, die Kapelle und das Refektorium in Besitz. Drei Tage später erscheint frühmorgens ein Arbeiter mit einem großen Werkzeugkasten auf der Schulter, begibt sich zu dem Heizkessel im Untergeschoss und macht sich ans Werk. Es ist noch keine halbe Stunde vergangen, als Ester, die gelangweilt in der Nähe der Küche herumhängt, beauftragt wird, ihm ein Fläschchen Wein und ein Glas zu bringen.

Glücklich, endlich eine interessante Aufgabe zu bekommen, denkt die Kleine nicht daran abzulehnen, obwohl es ihr eigentlich nicht erlaubt ist, Kontakt zu Fremden zu haben. Woche für Woche hat sich die anfängliche Disziplin ein wenig gelockert. Im schützenden Bauch des Instituts mit Mama in Sicherheit, sind Nazis und faschistische Soldaten für sie Fantasiegestalten wie die Menschenfresser im Märchen. Unbekannte Wesen, sicherlich real und fürchterlich, wenn sie Papa und Großvater mitgenommen haben, aber weit entfernt von diesen Fluren, von diesen immer gleichen Schürzen, von diesem heimeligen Geruch nach gekochten Kartoffeln und Weihrauch. Mit munteren Schritten geht sie also ins Untergeschoss. »Ich habe Ihnen etwas zu trinken mitgebracht«, sagt sie zu dem Installateur. Sie stellt das Tablett auf einen Schemel und setzt sich. Der Mann hebt den Blick vom Heizkessel, reibt sich mit einem Lappen die Hände ab und setzt sich neben sie. »Danke«, sagt er.

»Bitte«, erwidert Ester und schenkt ihm etwas Wein ein.

Der Mann leert das Glas in einem Zug. »Wie alt bist du?«

»Neun. Ist er sehr kaputt?«, fragt sie und zeigt auf den Kessel.

»Er ist sehr alt«, antwortet er.

»Aber Sie werden ihn reparieren, nicht wahr? Es ist so kalt …«

Der Mann antwortet nicht und macht sich wieder an die Arbeit. Mit einem Schraubenschlüssel zieht er eine Mutter fest.

Ester hat keine Absicht zu gehen. »Haben Sie das Problem schon identifiziert?«

»Was für altkluge Worte für ein neunjähriges Waisenkind.«

»Ich bin kein Waisenkind.«

»Nein?«

»Nein. Nur … Ich wohne bloß hier.«

»Hmm«, macht der Mann und kneift das rechte Auge zusammen. Er fängt wieder an zu hantieren. Mit einer Art großer, klebriger Spritze träufelt er ein paar Tropfen schwarzes Öl in die Maschinerie, dann fährt er mit dem Daumen rund um den Fleck, um den Überschuss zu entfernen. »Und seit wann wohnst du hier?«, fragt er.

Ester überlegt. »Sieben Monate«, antwortet sie.

»Hmm.« Wieder zuckt sein rechtes Auge mehrmals, man kann es nicht übersehen, und Ester wendet den Blick ab. Es ist ungezogen, jemanden anzustarren, der einen Tic hat. Der Mann wirkt aber nicht beunruhigt. Er montiert einen kleinen, verkrusteten Metallblock ab und legt ihn auf den Boden. Dann kniet er sich hin. »Und wo habt ihr vorher gewohnt?«, fragt er und sieht sie von unten nach oben an.

Die Kleine erklärt es ihm.

»Hmm. Hmm. Hmm«, macht der Mann erneut. Das blitzartige Zucken verzerrt seine gesamte rechte Gesichtshälfte bis zum Nasenloch und zur Oberlippe. Mehrmals blinkt ein gelblicher Zahn. »Halt mal«, sagt er und reicht ihr einen Schraubenzieher.

Ester hockt sich neben ihn. Sie schaut zu, wie er ein Drahtbürstchen aus dem Werkzeugkasten nimmt und anfängt, den Block abzukratzen. Ihr Vater fällt ihr ein, wenn er etwas reparierte. »Ich bin eine gute Gehilfin«, sagt sie.

»Und wie heißt du, gute Gehilfin?«

»Pellegrini Francesca.«

»Gut, Pellegrini Francesca, jetzt gib den Schraubenzieher wieder her.«

Die Kleine gehorcht. Sie beobachtet den Mann, während er die Schrauben an den vier Ecken des Blocks herausdreht, der im Nu aufklappt wie eine Frucht. »Jetzt halt mal den Schraubenzieher und die Schrauben. Verlier sie nicht, ja! Mal sehen, ob du wirklich eine gute Gehilfin bist.«

»Ich helfe immer meinem Papa«, erwidert sie.

»Der ist aber nicht hier.«

»O nein«, lacht Ester. »Hier dürfen nur Frauen wohnen.«

»Hmm.« Der Mann holt tief Luft. Ester verspürt ein

bisschen Mitleid. So ein Tic muss sehr anstrengend sein, denkt sie.

»Und wie heißt dein Papa? Womöglich kenne ich ihn. Das ist eine kleine Stadt.«

»Abram …«

Ester hält inne, ballt die Fäuste, wird glühend rot. Die Schrauben stechen ihr in die Handfläche.

»Hmm«, macht der Mann.

»Er heißt Ludovico Pellegrini. Er ist am 30. Januar 1902 in Neapel geboren und von Beruf Geometer«, sagt sie in einem Schwall.

Der Mann antwortet nicht und sieht sie nicht an, kratzt weiter die Verkrustungen ab. Ein jüdisches Mädchen sind tausend Lire, denkt er. Eine Erwachsene fünftausend. Zwei Erwachsene … »In Neapel kenne ich niemanden«, sagt er dann.

Das Gespräch mit dem Installateur summt in ihr herum wie ein Insekt, daher läuft Ester zu ihrer Mutter und erzählt ihr alles. Margherita wird blass.

Am Tisch im Zimmer mit der Madonna von Lourdes lässt sich die alte Frau, die das Institut leitet, alles Wort für Wort wiederholen, was der Mann gesagt und Ester geantwortet hat. Einmal, zweimal, dreimal, bis die Kleine zu weinen anfängt. Die Frau legt sich die Hand auf die Brust. »Ich kümmere mich darum, packt ihr einstweilen die Koffer«, ordnet sie an.

Gegen Abend sind sie wieder alle in dem Zimmer mit der Madonna von Lourdes. Nur dass in einer Ecke auch noch zwei beleibte Bäuerinnen stehen, im Mantel, dicke Wolltücher auf dem Kopf, mit Taschen in der Hand, die zu geräumig sind, um modisch zu sein.

»Signora Giovanna Ferrari und Signora Maria Re«, sagt die Alte. Die beiden senken zum Gruß den Kopf. »Margherita, du gehst mit Signora Re.«

Esters Atem geht schneller. Sie lässt den rotledernen Koffer auf die Erde gleiten, den die Mutter für sie gepackt hat. Er enthält ihre Kleider, das grüne Damastsäckchen, die Flasche Hustensaft, die falschen Papiere und einen Brief, den die Mutter mit *Margherita Moretti* unterschrieben hat. Signora Giovanna macht einen Schritt auf die Kleine zu, die zurückweicht. Daraufhin lässt Margherita sie Platz nehmen, setzt sich ihr gegenüber und ergreift ihre Hände. »Wir müssen jetzt tapfer sein«, sagt sie.

Ester schüttelt den Kopf.

Die kleine alte Frau tritt zu ihr, legt ihr eine Hand auf die Schulter. »Du wirst es gut haben. Signora Giovanna hat ein goldenes Herz.«

Ester zittert auf dem Stuhl, die Lippen, die Tränen zwischen den Wimpern, die Brust, die Hände in Margheritas Händen. »Wir werden uns bald wiedersehen, mein Kind, das verspreche ich dir. Sobald keine Gefahr mehr besteht, komme ich dich abholen. Hast du verstanden? Ich komme dich abholen. Du machst inzwischen, was wir besprochen haben. Versprichst du mir das? Versprichst du es mir, *Francesca*?«

Die Kleine nickt. Sie hat verstanden. Sie wird sich nicht mehr irren. Sie heißt *Francesca Pellegrini.* Mama heißt *Margherita Moretti*, Papa *Ludovico Pellegrini*, Großvater *Pietro Pellegrini*. Sie wird sich nie mehr irren.

»Nur Mut«, sagt die kleine alte Frau, »es ist schon sehr spät.« Margherita drückt Ester an sich und flüstert ihr ins Ohr: »Ich komme dich abholen.«

Margherita erreicht das Haus von Signora Maria Re spätnachts, unter einem gipsweißen Mond trotzt sie der Ausgangssperre. Der Bauernhof liegt gleich außerhalb des Dorfs Sala Monferrato. Man erkennt einen Gemüsegarten und einen Weinberg, der den Hang hinunterläuft. Erwartet wird sie von einem hinkenden Mann und zwei Kindern, wenig älter als Ester, denen befohlen wurde, sie von diesem Augenblick an *Tante* zu nennen, niemals mit niemandem aus keinem Grund über sie zu sprechen (unter Androhung von Strafen biblischer Grausamkeit) und ihre Sachen ins Elternschlafzimmer zu räumen (wo sie fortan schlafen werden), während *Tante Margherita* ihr Zimmer in Besitz nehmen wird.

Ester dagegen erreicht ihr Ziel erst gegen Abend des nächsten Tages. Signora Giovanna Ferrari verbringt die erste Nacht lieber im Haus ihrer Schwester, die auf halber Strecke wohnt. In aller Ruhe wandert sie zu dem Hof auf den Hügeln von Mombaruzzo, genießt dabei die herbstliche Landschaft und die unerwartete Befreiung von den anstrengenden Aufgaben, die ihren Alltag bestimmen.

Sie redet über die Maßen gern, nimmt die Kleine an der Hand, trägt in der anderen sowohl ihre Tasche als auch den roten Lederkoffer und erzählt Ester im Gehen haarklein, was sie erwartet. Der Bauernhof mit dem Heuschober und dem Stall, der Haselnusswald, der bis zu einem Wildbach voller Fische reicht, die Weinberge, die zu dieser Jahreszeit gelb sind, die Kuh mit dem Kälbchen, die Stallhasen, die Hühner im Hühnerstall, die drei Katzen, die fabelhafte Mäusejäger sind, Drosseln und Schlangen, ein Hündchen namens Pin, alt wie Methusalem und halb blind, Signora Giovannas Vater und Mutter, die Felice und Luisa heißen, Signora Giovannas Mann und Vater ihrer Kinder, der Stefano heißt, ein vierjähriges Mädchen namens Luisa wie die Großmutter, ein Sechsjähriger namens Felice wie der Großvater und ein Dreizehnjähriger namens Fausto wie der andere Großvater, der aber nicht mehr da ist.

Ester hört ihr nur teilweise zu. Ich werde mich nie mehr irren, sagt sie sich immer wieder vor. Sie geht rasch. Auf den Sandstraßen und den Abkürzungen quer über die Hänge macht sie keinen falschen Schritt.

»Braves Kind!«, ruft Signora Giovanna ab und zu aus, dann schwatzt sie weiter. Sie erzählt, dass sie insgesamt fünf Kinder hat. Nein, sieben, wenn man die zwei mitzählt, die gestorben sind, noch bevor sie laufen konnten, ein Sohn an Masern, bei der Tochter weiß man es nicht, selbst der Doktor hat es nicht verstanden, ein sehr, sehr hohes Fieber, das Tag und Nacht nicht herunterging. Aber fünf sind lebendig, denn außer Luisa, Felice und Fausto gibt es noch die zwei größeren Jungen, die bei den Rebellen sind. Sie heißen Andres wie ein Onkel, den es nicht mehr gibt, und Filippo wie die Großmutter Filippa, die auch nicht mehr lebt. Im Haus gibt es auch etliche Waffen, zwei Pistolen, zwei Maschinengewehre und vier Handgranaten, aber alles gut versteckt im Keller, und außerdem, je weniger Ester darüber weiß, umso besser. »Wir leben nämlich in der Partisanenrepublik«, sagt sie, »aber man weiß ja nicht, wie lang das hält.«

Ester hat keine Ahnung, was eine *Partisanenrepublik* ist, und es interessiert sie auch nicht. Signora Giovannas Wortschwall transportiert sie wie eiskaltes Wasser in der schneidenden Luft, und allmählich, während sie sich immer weiter von zu Hause entfernt, fühlt sie, wie die weiche, warme Materie, aus der die Muskeln und die Haut bestehen, sich verhärtet und zu Rinde wird und dass ihr hölzerner Körper auf den Fluten dahintreibt. Der Schmuck, den die Mutter ihr in aller Eile ins Mantelfutter eingenäht hat, schlägt an ihre Beine wie von der Strömung hin und her geworfene Steinchen.

»Braves Kind. Du gehst wie ein Mann!«

Schließlich erreichen sie das Bauernhaus, den Hof, die Küche, die Treppe, das Zimmer, das sie mit der kleinen Luisa und dem kleinen Felice teilen wird, und wieder der Hof, der Stall, der Heuschober, der im Mondlicht weiße Weinberg, und an dieser Stelle fühlt Ester, dass ihre Brust ein Baumstamm ist, und die Beine, die Arme, die Finger sind kahle Äste, dem Wind ausgesetzt, aber unempfindlich gegen Kälte und Sturm. Sie antwortet nicht auf Signora Giovannas Fragen und auch nicht auf die des kleinen Felice und der kleinen Luisa. Die Wörter, die sich in ihrem Kopf formen, finden den Weg nach draußen nicht mehr. Wie Blasen blähen sie sich in ihr auf und platzen.

Vierzehn Tage später bricht die Hölle aus. Aus der Ebene marschieren Kolonnen deutscher Wehrmachtssoldaten und italienischer Soldaten der Republikanischen Nationalgarde und der Schwarzen Brigade von Alessandria herauf und durchkämmen die Hügel. Signora Giovannas ältester Sohn stürmt nach Hause, um die Waffen zu verstecken. Signora Giovanna entscheidet, dass die Kleine in Gefahr ist, dass es aber zu weit und zu gefährlich ist, sie nach Casale ins Institut zurückzubringen, dass es am sichersten ist, sie direkt dem Bischof anzuvertrauen, dem Bischof von Acqui Terme, nicht dem von Casale. Dorthin sind es mit dem Zug wenige Minuten.

Der älteste Sohn von Signora Giovanna sagt: »Ich fahre, lasst ihr inzwischen die Waffen in den trockenen Brunnen hinunter.«

Der Weg vom Bauernhaus zum Bahnhof ist kurz, der Junge hat den gleichen festen Griff wie Signora Giovanna, und der rote Lederkoffer schwankt in seiner Hand, als würde er von einem Riesen getragen. Das Gleis liegt an einer von Brombeergestrüpp grauen Brache, der Bahnsteig ist voller Menschen. Darunter auch Soldaten, vier- bis fünfköpfige Patrouillen, die die Reisenden anhalten und die Papiere kontrollieren. Wegen seines Alters und seiner Kleidung kann der Junge nicht unbemerkt passieren. Es steht ihm ins Gesicht geschrieben, dass er ein Rebell ist. Also sucht er einen abgelegenen Winkel, aber der Bahnhof ist klein, und die Soldaten kommen immer näher, als der Zug einfährt. Er hilft Ester beim Einsteigen und folgt ihr. Durchs Fenster sieht er, dass eine Patrouille auf ihn aufmerksam geworden ist und zwei Militärs sich anschicken einzusteigen. Er schaut sich um. Da sitzt ein junger Priester, allein, mit einem Brevier in der Hand. Sie blicken sich an, und der Junge riskiert es. »Sie heißt Francesca, sie spricht nicht, versteht aber alles, hier sind ihre Sachen, der Bischof erwartet sie«, sagt er.

Ester schaut ihn mit aufgerissenen Augen an.

»Viel Glück«, sagt er zu ihr, dann geht er mit großen Schritten zum Ausgang, auf der entgegengesetzten Seite der Tür, durch die die Soldaten eingestiegen sind.

Der Priester schweigt. Er beugt sich zum Fenster, sieht, wie der Junge sich durchs Gestrüpp kämpft, sieht, wie Soldaten mit dem Finger auf ihn zeigen und ihn verfolgen, während der Zug wieder anfährt.

»Setz dich zu mir, Francesca«, sagt er zu der Kleinen, dann liest er weiter im Brevier.

Sie lassen den Bahnhof Acqui Terme hinter sich. Der Priester hört nicht zu lesen auf. Sie passieren andere, kleinere Bahnhöfe, dann Borgo di Dentro, und fahren den Apennin hinauf, Kastanienwälder, weitere kleine Bahnhöfe.

»Bald sieht man das Meer«, sagt der Priester.

Ester hebt den Blick.

Am Bahnhof von Genua Sampierdarena steigen sie aus.

Zweiter Winter in den Bergen

Im Herbst 1944 sind die Alliierten in Florenz, in Lucca, in Pistoia, in Rimini, dreißig Kilometer vor Bologna, doch dann stoppen sie den Vormarsch und beschließen, Deutschland an den Flanken anzugreifen und den Krieg woanders zu gewinnen. Der Kommandant des alliierten Heers in Italien, General Harold Alexander, teilt es den Partisanen am 13. November via Radio mit: »Operationen einstellen.« Und auch: »Neue Anweisungen abwarten.«

In den nach dem Blutbad bei der Cascina Benedicta neu gebildeten Partisanengruppen klingen seine Worte wie Totenglocken. Ein zweiter Winter in den Bergen, das liegt nicht jedem, und wer sich das nicht zutraut, kehrt ins Tal zurück und verkriecht sich, so gut er kann.

Michele kümmert sich um die, die bleiben. Nur mit seiner Arzttasche und einem kargen Vorrat an Medikamenten bewaffnet, bewegt er sich zwischen den Gruppen. Er kommt oft nach Borgo di Dentro herunter, schleicht sich ins Krankenhaus, hamstert mit Beihilfe des Verantwortlichen Sulfonamide für Bronchialleiden, Hustensaft und Insektenvertilgungsmittel gegen Filzläuse. Er plant einen Raubzug in dem in der Grundschule eingerichteten deutschen Hospital, aber die Gerüchte über Folterungen im Kellergeschoss bringen ihn davon ab. Gilla hilft mit dem, was sie unterwegs zusammentragen kann. Der Schuhmacher Achille Ferro hat ihr die zusätzliche Aufgabe übertragen, in den Bauernhöfen Exemplare der Untergrundzeitung *Il ribelle* zu verteilen, vervielfältigt in einer Druckerei, deren Standort aus Sicherheitsgründen auch sie nicht kennt. Sonntagmorgens um elf treffen sie und Michele sich noch immer am Nussbaum. Er kommt pünktlich, Gilla hat die Uhr des Großvaters repariert. Dass General Alexanders Befehle eine Tragödie sind, verstehen sie, aber nur mit dem Kopf. Dass der Winter ein Gemetzel anrichten wird. Dass der Krieg fast gewonnen ist, man aber erst mal so lange überleben muss. Mit dem Kopf, nicht mit dem Herzen. Das Herz eilt voraus zum nächsten Frühling, zum Friedenssommer. »Im Mai bring ich dich wirklich ans Meer«, flüstert er und knabbert an ihrem Ohrläppchen. »Im Mai, im Juni, im Juli.«

Auschwitz – Abbau

Abram Sacerdoti hatte schon Anfang August bemerkt, dass sich etwas zu ändern begann, als der Bauleitung Aufgaben bezüglich der Räumung des Zigeunerfamilienlagers zugefallen waren, dessen unsägliche Hütten nun zeitweise für andere Lager bestimmte Juden aufnehmen sollten. Welche Lager?, hatte er sich daraufhin gefragt. Und auch im September waren einen Monat lang Depots geleert und Baracken abgebaut und anderswo wieder aufgebaut worden, weit weg.

Im November nehmen die Dinge eine andere Wendung. Der Frost lässt die Leitungen platzen, aber überraschenderweise muss man keine Liste der für die Reparatur nötigen Materialien mehr anfertigen. Die Befehle sind so klar und endgültig, dass ihr Echo auch den Tisch der zwei jüdischen Geodäten erreicht. Die Erweiterungspläne stoppen. Alle. Die Gaskammern stilllegen. Die Technikräume der Gaskammern abbauen, anschließend die der Verbrennungsöfen II und III. Die dreißig Baracken von »Kanada« leeren, dem Ort, wo die persönliche Habe der Deportierten gelagert und registriert ist. Schuhe, Mäntel, Pelze, Medikamente, Gürtel, Hüte, Koffer, alles sofort abtransportieren, nach Deutschland. Die Häftlinge auf Züge verteilen, die zu anderen Lagern fahren. Welche Lager?, fragt sich Abram erneut, doch diesmal kennt er die Antwort. Lager, weit weg von der Front, Buchenwald, Flossenbürg, Ravensbrück, Dachau, weit weg von der Roten Armee, die an der östlichen Flanke Großdeutschlands an Boden gewinnt. Kurz: Alles auflösen, und zwar schnell.

Abram spürt die Angst der Deutschen. Er genießt sie. Er fürchtet sie. Ihre Angst ist unser Todesurteil, denkt er. Das Lager muss verschwinden. Er und alle anderen Häftlinge müssen verschwinden. Mitte Januar 1945 wird der Abbau hektisch. Ein spezielles Kommando wird damit beauftragt, menschliche Überreste aus den Verbrennungsgräben zu beseitigen, die noch aktiven Verbrennungsöfen werden gesprengt, die Häftlinge in Kolonnen eingeteilt, zu Fuß geht es los, dann wird man sehen. Der Räumungsbefehl ist unumstößlich, und er gilt für alle, auch für die, die bisher freigestellt waren, auch für die beiden Geodäten. Sein Kollege ist schon fort. Abram traut der Sache nicht. Marschieren ja, aber wie lange? Und was ist mit Essen? Von Lebensmitteln hat er nichts gehört, auch nicht von Wasser. Solange er kann, hält er sich in den Räumen der Bauleitung auf, gibt sich im allgemeinen Gewühl beschäftigt. Dann stehen die letzten Kolonnen kurz vor dem Abmarsch, auch die, zu der Abram gehört. Nur die Kranken bleiben zurück. Er argwöhnt, dass die Deutschen sie umbringen wollen, bevor sie das Lager verlassen. Er beobachtet, wie sie Fotografien, Filmrollen, Dokumente aufhäufen, und konsultiert die Karte des Lagers, die er im Getümmel entwendet hat. Er konzentriert sich auf die seit Längerem leer stehende Garage für motorisierte Fahrzeuge. Er schnappt sich eine Handvoll Papiere, schiebt sie unters Hemd und macht sich dorthin auf.

Ester ist froh

Seit das Land im Krieg ist, und vor allem, seit die Deutschen die Stadt besetzen, reagieren sie im Erzbistum von Genua auf komplizierte Situationen mit marmorner Verschwiegenheit und resoluter Promptheit. Daher findet man ohne zu viele Formalitäten für Francesca Pellegrini auf die Schnelle einen Platz in einem von Nonnen geführten Mädchenheim einige Kilometer außerhalb des Zentrums an der Riviera di Levante.

Vom Fenster des Schlafsaals, den sie ihr zugewiesen haben, sieht man das Meer. Sie hat neue Namen gelernt. *Boccadasse. Levante. Tigullien.* Sie entdeckt, dass das Hinausschauen ihre Schwermut lindert. Sie denkt wieder an Sandokan, an die Tiger von Mompracem, an die Perle von Labuan, an den Riesenhai, der Geppetto und Pinocchio verschluckt hat. Sie wird wieder klein. Im Stillen erzählt sie sich die Geschichten, als würde Großvater Giosuè sie ihr vorlesen. Die gleichen Worte, die gleichen Stimmen, die gleichen Ausdrücke. Wenn dann der Himmel klar und leuchtend ist und der Horizont sich grenzenlos und ruhig vor ihr auftut, scheint ihr, dass sich das Versprechen ihrer Mutter – »Ich komme dich abholen« – bald erfüllen wird. Dann wiederholt sie im Kopf Deklinationen und Konjugationen oder führt sich die Wohnung vor Augen, die sie zurückgelassen haben, das Elternschlafzimmer, das Wohnzimmer in allen Einzelheiten, wie sie es auf der Bank aus Holzleisten gemacht hat. Wie es Mama gefällt. Das wirkt wie ein Zauber, und Ester fühlt Mama neben sich auf der Bettkante, Hand in Hand.

So vergehen die Tage, unterteilt durch die Gebete, die Messen, das Saubermachen im Schlafsaal und die drei kargen Mahlzeiten. Sehr karg. Der November ist kalt, windig, azurblau. Ester lernt die Namen der Aufsicht habenden Nonnen und der lautesten ihrer Gefährtinnen. Im Dezember beginnt die Adventszeit, und sie lernt Weihnachtslieder und spezielle Gebete. Auch wenn sie keinen Ton von sich gibt, zwingt sie sich, sie auswendig zu lernen. Dann kommt Neujahr, das sechste seit Kriegsbeginn, und am 2. Januar 1945 entscheidet jemand im Erzbistum, sie zu verlegen. Nicht, weil sie ein schwieriges Kind ist, nicht, weil man ihr kein einziges Wort entlocken kann, sondern weil der Frieden noch fern ist und das Essen immer knapper.

»Auf dem Land gibt es kein Meer, aber dafür gibt es Salami!«, sagt der Abgesandte des Bischofs, der beauftragt ist, sie mit dem Zug nach Borgo di Dentro zum Waisenhaus zu begleiten.

Er ist ein kleiner, rotbäckiger, friedfertiger Mann in einem verblüffenden karierten Anzug unter einem Kamelhaarmantel, der ihm bis auf die Füße reicht. Er greift nach dem rotledernen Koffer, in den zum dritten Mal in drei Monaten jemand Esters Kleider gepackt hat, die falschen Papiere, das grüne Damastsäckchen, die Flasche Hustensaft und den Brief, unterschrieben mit *Margherita Moretti.* »Nenn mich *Onkel Carlo*«, sagt er verschwörerisch. Auf der Seepromenade verschluckt der viel zu lange Ärmel seines Mantels den Koffergriff.

Gemächlich erreichen sie den Bahnhof. In aller Ruhe. Zuerst eine Straßenbahn, dann wieder ein Stück Seepromenade zu Fuß, dann ein Tütchen heiße Maroni. *»Pour la route«,* sagt *Onkel Carlo,* setzt sich aber auf eine Bank mit Blick aufs Meer, und die Kastanien sind blitzschnell aufgegessen.

Dann noch eine zweite Straßenbahn, die sie aber zu weit vorne absetzt, weshalb sie zurückgehen müssen. Er nimmt es gelassen. »Niemand ist hinter uns her«, sagt er. Und auch: »Was gibt es Besseres als einen schönen Spaziergang.« Er kauft ein Tütchen Kürbiskerne für Ester und eines für sich, setzt den Koffer ab und isst sie auf. Wenn ihnen uniformierte Patrouillen mit Maschinenpistole an der Hüfte begegnen, wirkt er nicht beunruhigt. Ester hat den Eindruck, dass er sie gar nicht sieht. »Hast du Durst?«, fragt er sie vor einem Milchladen. Ohne die Antwort abzuwarten, gehen sie hinein, sie trinkt ein großes Glas Milch, und er leert mit zwei Riesenhappen ein Schälchen Schlagsahne.

Am Bahnhof angekommen, entdecken sie, dass die Linie durch Bombenangriffe beschädigt ist und es sein kann, dass man auf andere Verkehrsmittel umsteigen muss. Dass der Fahrplan nur ungefähr stimmt. Dass sich der Bahnsteig ändern könnte. Dass der Zug nach Borgo di Dentro Verspätung haben oder zu früh kommen, ausfallen oder umgeleitet werden könnte.

»Wenn wir da sind, sind wir da«, sagt *Onkel Carlo,* während er einen sehr traurigen Kiosk mustert, an dem er gleichwohl zwei dicke Scheiben Quittenbrot erstehen kann.

Ester, satt, begreift dann, als sie endlich an Bord sind, dass der Zug der gleiche ist, der sie nach Genua gebracht hat, nur dass er andersherum fährt, Richtung Heimat.

»Ooooh, endlich ein Lächeln. Jetzt freust du dich, hm? Da, nimm ein Anisbonbon«, sagt *Onkel Carlo*.

Auschwitz, 27. Januar 1945

Betrachtet man die Sache aus der Sicht der russischen Soldaten, ist das Erste, das sie wahrnehmen, der ekelerregende Geruch der Exkremente und der verwesenden Leichen. Schlimmer als die zerstörten Dörfer, die sie Haus für Haus zurückerobert haben. Schlimmer als die Isbi mit den verblödeten Alten, die mit dem Vieh zusammen schlafen. Schlimmer als der Gestank in den Schützengräben. Schlimmer als das Schlimmste, was ihnen in diesen schrecklichen Jahren begegnet ist.

Das Zweite ist die Stille, wie hinter dickem Glas, erstaunlich an einem Ort, der gebaut ist, um Menschenmassen zusammenzupferchen. Wachtürme, Stacheldraht, Gebäude, Waschräume, Straßen, Fenster und Türen, in vollkommener Stille. Sodass die russischen Soldaten zuerst denken, sie stünden vor einem unendlichen Friedhof.

Das Dritte ist das plötzliche Knirschen von Holzschuhen auf dem vereisten Boden. Ein Paar, zwei, drei. Nackte, blau gefrorene Glieder. Flatternde Lumpen. Leere Augen. Sodass die russischen Soldaten zuerst denken, sie stünden vor dem Tor zur Hölle.

Auch Abram verlässt das Lager, das er sich im hintersten Winkel der Garage gebaut hat. Eine Matratze, ein echtes Kissen und vier Decken. Ein königliches Bett, wenn es nur einen Ofen gäbe.

Er schaut durch ein Fensterchen, wickelt sich in die vier Decken und geht in diesem Aufzug hinaus. Der Schnee verletzt seine ans Halbdunkel gewöhnten Augen. Nur sehr langsam kann er scharf sehen. Kein Kommando hat die Toten weggetragen, denkt er. Haufen aufeinandergestapelter Toter. Er sieht Ratten, Raben, andere abgemagerte Häftlinge. Nur sehr langsam begreift er. Kranke, denkt er. Leute mit Diphtheritis, Tuberkulose. Kranke, die nicht von den Deutschen umgebracht worden sind. Er zieht seine vier Decken fester um sich. Die Russen auf der anderen Seite des Zauns tragen bodenlange Mäntel, Handschuhe, Pelzmützen, eine Atemwolke vor ihren von Fett weiß glänzenden Lippen. Er fühlt nichts. Alles bleibt sehr langsam. Er hat Durst, streckt eine Hand zum Boden, streift damit über den grauweißen Schlamm und leckt sie ab.

Sechs Tage zuvor, als die gläserne Stille sich des Lagers bemächtigte, hat er sich in das Hospital der SS vorgewagt, wo er außer den Decken, dem Kissen und der Matratze eine Dose Spargel in Salzlake und eine Packung Büchsenfleisch gefunden hat. Essen wie ein König. Danach seit vier Tagen nichts. Er spürt den linken Fuß nicht mehr. Hat Halluzinationen. Aber die Russen in ihren steifen Mänteln, schimmernd wie Rüstungen, scheinen ihm echt zu sein. Er schiebt die Hand in sein Hemd und zieht den Packen schmutziger Blätter heraus. »Schaut her«, schreit er stumm. »Seht, was das für ein Ort ist.«

Blutiger Sonntag

Am Sonntag, dem 4. März 1945, um acht Uhr morgens umstellen Wehrmachtsabteilungen und faschistische Truppen Borgo di Dentro. Mit Hunden an der Leine rücken sie Haus für Haus vor auf der Jagd nach Partisanen, Flugblättern, verbotenen Zeitungen, Waffen. Sie halten die Frauen an, die aus der ersten Messe kommen, durchsuchen sie ohne Umstände, wühlen in ihren Taschen und Handtaschen. Im Laden von Achille Ferro finden sie Dutzende Exemplare der Untergrundzeitung *Il ribelle* und eine Kiste mit Munition, weshalb sie ihn verhaften, in ihre Zentrale mitnehmen und gleich danach ins Kellergeschoss des Krankenhauses bringen, in die Folterkammern.

In dem Augenblick radelt Gilla hastig die Straße zur Cascina Leone entlang. Im Haus ist niemand. Im Heuschober hinter einer Bretterwand Dutzende von Maschinengewehren. Filippo Leone, Mitglied des Nationalen Befreiungskomitees und Rosa Marias Onkel, ist kurz davor gekommen und hat die Familie tief im Wald in Sicherheit gebracht. Gilla folgt genau seinen Anweisungen. Sie geht in die Küche, findet im Salzfass eine chiffrierte Botschaft, steckt sie ein und nimmt den Weg, der zum großen Nussbaum führt. Dort wird sie Michele treffen – wie jeden Sonntag um elf –, ihm erzählen, was in Borgo di Dentro los ist, und ihm den

Zettel aushändigen mit dem Befehl, ihn *unverzüglich* zum nächstgelegenen Stützpunkt zu bringen. Die Liebe kann warten. So lauten die Befehle.

Michele hat die Nacht ein paar Kilometer von Borgo di Dentro entfernt auf dem Speicher eines Bauernhauses verbracht. Um acht Uhr kommt die jüngste Tochter der Bauern mit einer Tüte an die Tür. »Zum Frühstück«, sagt sie. Sie ist nicht älter als fünf, hat schmutzige, zerraufte Haare, Grind unter den Nasenlöchern, trägt ein geflicktes Nachthemd, und die Füße stecken in voluminösen, verfilzten Wollsocken.

»Mama hat Milch heiß gemacht«, fügt sie hinzu.

Michele schaut in die Tüte: ein dunkles Brot und eine Handvoll Haselnüsse. Aus seiner Tasche zieht er eine Feldflasche aus Metall. »Kannst du ihr sagen, sie soll sie hier reintun?«

Die Kleine nickt, rührt sich aber nicht und greift auch nicht nach der Flasche.

»Willst du mir noch etwas sagen?«

Aus der Hemdtasche zieht sie ein dunkles Holzschächtelchen heraus. »Hier«, sagt sie, »das schenke ich dir.«

»Für mich?«

Die Kleine mustert die Spitzen ihrer Socken. »Mama sagt, du hast mir den Hustensaft geschenkt.«

Michele lächelt. Das Schächtelchen hat einen winzigen goldenen Verschluss. Er öffnet ihn, und auf Zehenspitzen springt eine hölzerne Tänzerin von der Größe einer Ackerbohne heraus.

»Es ist leider kaputt«, sagt die Kleine.

»Ein wunderschönes Geschenk.«

»Ja, aber es funktioniert nicht, es ist kaputt«, wiederholt sie.

Michele hockt sich neben sie. »Machen wir's so. Ich behalte das Geschenk eine Weile, aber nicht lange. Ich habe eine Freundin, die es vielleicht reparieren kann. Wenn sie es schafft, bring ich es dir zurück, einverstanden?«

Um halb zehn, im Schutz des Kastanienwalds, kommt Gilla auf dem Brei aus Schneematsch und alten Blättern schnell voran. Wenig später erreicht sie die Lichtung. Der Frühling lässt noch auf sich warten, doch der große Nussbaum scheint es nicht zu bemerken und pumpt Saft von den Wurzeln durch den riesigen, gespaltenen Stamm bis in die hohen Äste hinauf zu den winzigen, leuchtend grünen, von der Sonne durchbohrten Blättern. Budapest ist in russischer Hand, Dresden dem Erdboden gleichgemacht, der Krieg wird nicht mehr lang dauern, aber die letzten Tage sind die gefährlichsten, denkt Gilla, während sie Luft holt. Sie macht ein paar Schritte um den Baum, dann schlüpft sie unter die Krone und setzt sich auf die Wurzel, die so flach ist wie eine Bank. Ihr Atem geht wieder normal. Es ist zehn nach zehn. Sie weiß, dass Michele immer pünktlich ist, und stellt sich darauf ein zu warten.

Um zehn nach zehn erreichen ein Geländefahrzeug und ein Lastwagen mit Plane die Cascina Leone. Vier deutsche Soldaten stürmen mit gezückter Maschinenpistole ins Haus. Eine halbe Minute später schaut einer von ihnen aus einem Fenster im ersten Stock und winkt Richtung Geländefahrzeug. Der Offizier steigt aus dem Führerhaus, stellt sich in die Mitte der Tenne und gibt Befehle. Vom Lastwagen springen etwa zwanzig Männer und zerstreuen sich im Haus, im Heuschober, im Gemüsegarten und im Hühnerstall.

Um zehn nach zehn nimmt Michele den Weg, der im Zickzack den Nordhang des Hügels hinaufführt, wo Gilla ihn erwartet. Er wandert zwischen faserigen Grasbüscheln und Erikasträuchern bergan, bis er um zwanzig nach zehn einen mit grünlichen Flechten bewachsenen Stein findet, der ihm trocken zu sein scheint. Er setzt sich, holt die Tüte und die Feldflasche aus seiner Tasche und trinkt einen Schluck. Die Milch ist noch lauwarm. Er schaut auf die Uhr. Zeit genug, denkt er und beginnt zu frühstücken.

Um zwanzig nach zehn finden zwei Wehrmachtssoldaten im Heuschober der Cascina Leone das geheime Waffenlager. Der Offizier gibt den Befehl, die Bretterwand einzureißen und die Maschinengewehre auf den Lastwagen zu verladen.

Um zwanzig nach zehn versetzt ein aus Stalingrad heimgekehrter Soldat Achille Ferro im Kellergeschoss der Grundschule von Borgo di Dentro einen Faustschlag auf den linken Backenknochen. Der Offizier, der das Verhör leitet, tadelt ihn auf Deutsch. Der Gefangene muss sprechen können, ihm den Kiefer zu zertrümmern ist keine gute Idee.

Um halb elf treffen ein deutscher Geländewagen und einer voller Faschisten am Fuß des Hügels mit dem Walnussbaum ein, auf der Nordseite, wo etwas weiter oben Michele sitzt und frühstückt. Die Waffe an der Hüfte, beginnen die Soldaten mit dem Aufstieg.

Um halb elf hat Michele zwei Möglichkeiten: dem Hauptweg folgen, der durch ein Akazienwäldchen führt, oder ungeschützt schräg über den Hang laufen, um das Wäldchen herum, und Zeit gewinnen … Wie viel? Etwa zehn Minuten. Wieder blickt er auf die Uhr und entscheidet sich für die Abkürzung. Gilla kommt oft zu früh, zehn Minuten gewonnen, denkt er.

Um halb elf schaut Gilla auf die Uhr. Noch eine halbe Stunde, denkt sie, eine halbe Stunde, und Michele wird am Horizont auftauchen. Sie stellt sich seinen Gang vor, die geschulterte Tasche, die bis zum Ellbogen aufgerollten Hemdsärmel.

Um halb elf sagt Achille Ferro immer noch kein Wort.

Um halb elf sind alle Maschinengewehre auf den Lastwagen geladen, und die Cascina Leone ist vom Keller bis zum Dach durchsucht worden. Der Offizier befiehlt, drei Kanister Kerosin auf die Tenne zu bringen.

Um zwanzig vor elf explodieren die Fensterscheiben der Cascina Leone, und Gilla hört einen lauten Knall. Hastig springt sie auf und schaut unter der Krone des Nussbaums hervor. Ihr scheint, der Lärm komme vom Wald her. Ihre Hände und Lippen beginnen zu zittern.

Um zwanzig vor elf befestigt der Heimkehrer aus Stalingrad die Schraubzwingen an Achille Ferros Hoden.

Um Viertel vor elf marschiert Michele über die windgepeitschte Höhe und denkt an Gilla. Er fühlt, dass er sie kennt wie kein anderer. Es wird ihr nicht genügen, die Spieldose so zu reparieren, dass die Tänzerin sich um sich selbst dreht und die Musik spielt. Gilla wird sie verbessern, wie neu. Sie wird das zerrissene und schmutzige Tutu gegen ein wer weiß wie aufgetriebenes Tüllschleierchen austauschen. Sie wird ihre Uhrmacherlupe einsetzen und mit einem ihrer kleinen Pinsel das Gesicht der Tänzerin neu malen, die Augen, die feinen Wimpern, die kirschroten Lippen. Sie wird ihr ein winziges Metallkrönchen auf den Kopf schrauben, unzerstörbar und glänzend. »Seltsame Art, Revolution zu machen!«, wird Michele daraufhin zu ihr sagen. Dann wird er die funkelnde Spieldose in die Hand nehmen, diese anmutige kleine Welt, die Gilla erschaffen haben wird, und wird sie zusammen mit ihr erklingen lassen.

Um Viertel vor elf, von Flammen umschlossen, stürzt in der Cascina Leone zwischen dem ersten und dem zweiten Stock die Decke ein.

Um Viertel vor elf sichtet ein deutscher Soldat Michele.

Der nationale Aufstand lodert siegreich in Norditalien.

L'Unità, Presseorgan der Kommunistischen Partei Italiens, erste Seite, 26. April 1945

Genua, Alessandria und Domodossola von den Partisanen eingenommen.
Der Partisanenkrieg hat gesiegt.
Die rote Fahne in Berlin.

L'Italia libera, Presseorgan der Aktionspartei, erste Seite, 26. April 1945

Italien ist frei.

Il popolo, Presseorgan der Christdemokratischen Partei, erste Seite, 26. April 1945

Margherita kehrt nach Hause zurück

Mitte April, die Alliierten in nächster Nähe, haben die Partisanen die ganze Provinz besetzt, in Divisionen und Brigaden organisiert, die nach gefallenen Kämpfern benannt sind.

Nazis und Faschisten haben den Befehl, zu demobilisieren und nach Nordosten abzuziehen, in die Lombardei und Richtung Como, in die Gegend der Schweizer Grenze. Die wenigen deutschen Truppen, die noch im Umkreis sind; die Soldaten von Generalmajor Günther Meinhold, Festungskommandant in Genua; die Matrosen der Division San Marco; das gesamte IV. Armeekorps des deutschen Generals Jahn, stationiert an der ligurischen Küste zwischen Savona und Ventimiglia: Tausende von bewaffneten Männern und Panzerfahrzeugen müssen hier passieren. Partisanen und Offiziere der Wehrmacht suchen nach Möglichkeiten, Unehre und Blutbäder zu vermeiden. Die Pfarrer vermitteln. Es gelingt ihnen, und in der Nacht vom 27. auf den 28. April ergibt sich auch die kleine deutsche Garnison, die sich in Casale Monferrato in der Schule an der Piazza Castello verbarrikadiert hat. Trotzdem kann es immer noch gefährlich sein, vom Land in die Stadt zurückzukehren, und Margherita Sacerdoti verlässt das Bauernhäuschen der Signora Maria Re unter Tränen, guten Ratschlägen und mit dem Versprechen, sich wiederzusehen, erst am Montag, dem 30. April, bei Sonnenaufgang.

Schön, so zu gehen. Sie begleiten sie auf einem Karren bis an den Stadtrand, von dort wandert sie zügig in den Ort hinein, samt dem Koffer mit den Beschlägen und einem großen Korb voll Gemüse und frischen Eiern. In Casale herrscht noch Unordnung. Margherita sieht die Zeichen des Trubels, die Militärwagen mit bewaffneten Leuten in improvisierten Uniformen, amerikanische Jacken, deutsche Stiefel, rote Halstücher. Und überall junge Männer, wie man sie lange nicht mehr gesehen hat.

Sie macht sich auf den Weg zu ihrem Haus. Jeder Schritt verringert den Abstand zu dem Glück, das auf sie wartet, so rund und strahlend wie die auf den leeren Schaufenstern blitzende Aprilsonne. Wenn Ester zurückkommt, soll alles in Ordnung sein. Kein Staub, frisch bezogene Betten, gewaschene und gebügelte Vorhänge, eine riesige Torte. Ihre ausufernde Fantasie schließt auch Abram mit ein, Abram, der im Sessel sitzt, Abram, der sich mit Giosuè unterhält, Abram, der Ester kitzelt, und Raffaele, die Schwägerin Giulia, die Neffen, alle zusammen am Wohnzimmertisch, Tabletts mit süßem Gebäck, Spumante, alles wie früher, besser als früher.

Vor dem Haus hebt sie den Blick und bemerkt, dass die Fensterläden geöffnet sind. Vielleicht lüftet die katholische Nachbarin die Räume. Sehr nett, denkt sie, noch ein Grund, um sie zu belohnen.

Als sie an der Haustür über die Schwelle tritt, kommen ihr die Tränen, der bekannte Geruch ist eine Liebkosung. Erster Stock, zweiter, fast spürt sie das Gewicht des Koffers und des Korbs nicht mehr. Auf dem Treppenabsatz stellt sie alles ab, kramt in ihren Taschen, holt tief Luft, steckt den Schlüssel ins Schloss, aber etwas leistet Widerstand. Während sie noch hantiert, öffnet sich die Tür einen Spalt. Jemand hat innen die Kette vorgelegt.

»Wer sind Sie? Was wollen Sie? Verschwinden Sie!«, knurrt die Witwe Fontana.

Margherita weicht einen Schritt zurück, stößt gegen den Koffer, verliert beinahe das Gleichgewicht. Das ist nicht die katholische Nachbarin. In dem Spalt sieht sie ein schwarz geschminktes Auge, eine flammend rote Wange, eine ebenfalls feuerrote halbe Lippe, die Sehnen am Hals.

»Aber das ist meine Wohnung!«, sagt sie.

Als Antwort schlägt die Witwe Fontana die Tür zu. Margherita hört, wie sie den Schlüssel umdreht, einmal, zweimal, dreimal, und dabei brüllt: »Hauen Sie ab!«

Margherita ist ratlos. Sie steigt ein Stockwerk hinunter und klopft bei der katholischen Nachbarin. Keine Reaktion. Verwirrt verlässt sie das Haus. Zur Synagoge ist es nicht weit, also sucht sie dort nach Antworten, findet aber nur einen zahnlosen alten Mann mit langem weißem Bart, einem ebenfalls weißen Kittel und einer abgetragenen *Kippa,* der psalmodierend vor sich hin brummt.

Margherita kann sich nicht an ihn erinnern und er sich nicht an sie.

»Aber diese feindselige Zeit hat uns verändert, wir Ärmsten, und wer weiß, womöglich kennen wir uns und wissen es nicht, wir Ärmsten, wir Ärmsten«, sagt er. Er hat keine Erklärung für sie, er weiß nicht, wer die Frau ist, die in ihrer Wohnung wohnt, und sagt, sie solle später wiederkommen, die Gemeinde werde sicherlich ein Zimmer für sie finden. »Platz gibt es genug. Einige kommen vielleicht nicht mehr zurück, aber nur einige.« Und immer wieder sagt er: »Wir Ärmsten, wir Ärmsten.«

Margherita lässt Koffer und Korb in seiner Obhut und eilt zum Istituto Nostra Signora di Lourdes. Die kleine alte Frau empfängt sie sofort. »Ich bin untröstlich«, sagt sie, sobald sie im Zimmer mit der Madonna allein sind. Sie zündet zu Füßen der Statue eine Kerze an, dann setzt sie sich an den Tisch und beginnt zu sprechen. Sie erzählt Margherita, dass im Oktober in der Nähe des Bauernhofs von Signora Giovanna, bei der Ester wohnte, eine Razzia stattgefunden hat.

Dass der Sohn von Signora Giovanna die Kleine zum Bischofspalast in Acqui Terme bringen sollte.

Dass sie nie dort angekommen ist.

»Oh«, sagt Margherita. Ihre Hände beginnen zu zittern.

Dass der Sohn Partisan war und jetzt tot ist. Von den Faschisten verhaftet, gefoltert, erschossen.

Margherita rührt sich nicht.

Die alte Frau sagt, sie habe es selbst erst vor ein paar Tagen erfahren. Nach der Kapitulation der Deutschen habe sie eine Mitschwester zu Signora Giovanna geschickt, um das Kind abzuholen und …

»Und wann hatten Sie vor, mir das zu sagen?«, fragt Margherita.

Die alte Frau senkt den Kopf. »Ich habe versucht, die Sache aufzuklären, ohne Sie zu beunruhigen«, sagt sie.

»Ohne … mich zu beunruhigen?«, wiederholt Margherita.

Die alte Frau sagt, sie habe Signora Giovanna aufgesucht, um mit ihr zu sprechen. »Sie war überzeugt, dass die Kleine in Sicherheit ist. Das habe ihr Sohn noch am selben Tag zu ihr gesagt. ›Ich habe sie in guten Händen zurückgelassen.‹ Genau diese Worte.«

Margherita reagiert nicht.

Die alte Frau sagt, die Partisanenrepublik sei gescheitert, Signora Giovanna beweine zwei Söhne. Den ältesten und den zweitgeborenen. Sie sei nicht mehr wiederzuerkennen. Sie bete sehr viel für Signora Giovanna.

Margherita reagiert immer noch nicht. Dann steht sie plötzlich auf, wird aber blass, stützt die Hände auf den Tisch, muss sich wieder setzen. Durch die Bewegung verlöscht die Kerze zu Füßen der Madonna. »Sie haben meine Tochter verloren«, murmelt sie.

Die alte Frau seufzt. Sie sagt, sie sei selbst hingefahren, um mit dem Bischof von Acqui Terme zu sprechen, und auch mit dem von Casale. »Ich habe verlangt, die Register einzusehen. Aber es herrscht großes Durcheinander, und nicht alles ist registriert.«

»Zur Sicherheit.«

»Zur Sicherheit, ja. Von Ester – von Francesca – keine Spur.«

Margherita sackt zusammen, die Schultern gebeugt, die Hände vor dem Gesicht. Stumme kleine Schluchzer schütteln sie.

Auch die alte Frau ist jetzt sehr bleich. Sie nähert sich der Madonnenstatue und zündet die Kerze wieder an. »Wir werden sie finden«, sagt sie. »Ein kleines Mädchen verschwindet nicht einfach so.«

Gilla kehrt nicht nach Hause zurück

Borgo di Dentro ist frei. Das Echo der Feiern ist bis hinauf ins Dachgeschoss im Vico Luna 13 gedrungen. Festzug, Kapelle, rote Fahnen. Gilla hat nicht teilgenommen, nicht ohne Michele. Nicht ohne Achille Ferro, nicht ohne Rosa Marias Bruder, Giacomo Leone. Zu viele Tote, zu viel Schmerz.

»Auch Genua ist frei«, sagt Gillas Vater, während er sein Uhrmacherwerkzeug in den Etuis verstaut, die Etuis in dem Holzkasten, der sie alle enthält, und den Holzkasten in dem Schrankkoffer, mit dem sie vor einem Jahr und sieben Monaten als Evakuierte in Borgo di Dentro eingetroffen sind und mit dem sie in wenigen Stunden wieder abreisen werden.

»Frei wie der Wind! Hast du gehört, Gilla?«

»Hmm«, antwortet sie. Auf ihrem schmalen Bett liegend, tut sie, als sei sie in einen Roman vertieft, den ihr Rosa Maria gebracht hat, eine Leihgabe der Marchesa Franzoni. Seit dem blutigen Sonntag geht sie kaum noch aus dem Haus.

»Ich meine: Zieh die Idee doch wenigstens in Betracht.«

Der Roman handelt von einem anderen Krieg und von einer Frau namens Scarlett O'Hara. Eine, die alles tut, um ihr Haus zu retten, auch auf jemanden schießen.

»Ich verstehe deine Starrsinnigkeit wirklich nicht. Von hier wegzufahren wird dir guttun, und im Lauf der Zeit …«

Gilla hört ihm nicht zu. Sie denkt, dass Scarlett O'Hara Glück hat, weil sie genau weiß, wo ihr Haus steht. Sie ist eine Frau, die etwas sieht, wenn sie nach vorn schaut, während sie selbst Zweifel hat, große Zweifel.

Die Mutter schiebt den Rest des Gepäcks beiseite, setzt sich zu ihrer Tochter auf den Bettrand, nimmt ihre Hand. »Bist du sicher, dass du nicht mit uns zurückfahren willst? Dich hier allein zu lassen bricht mir das Herz.«

Daraufhin hebt Gilla den Blick vom Buch, glättet ihre Züge, um eine Ruhe vorzutäuschen, die sie nicht empfindet. »Ganz sicher, Mama. Ihr müsst den Laden wieder eröffnen, aber ich möchte mir lieber hier etwas suchen.«

Doch was eigentlich?, denkt sie dann, während sie sich wieder dem Buch zuwendet. Von all dem *Tun,* das ihre Tage und Wochen ausgefüllt hat, ist nichts übrig geblieben.

Die Mutter seufzt, sie hat keine Worte mehr, um ihre Tochter zu trösten, es gibt keine Worte für diese Wunde. Liebe – Segen und Fluch. Sie steht auf und kümmert sich wieder um das Gepäck.

Dabei ist es nicht so, dass Gilla sich in der Dachwohnung im Vico Luna zu Hause fühlte. Michele ist ihr Zuhause. Sie schluckt ein Schluchzen hinunter. Blättert eine Seite um. Sie glaubte, in den Bergen hätte sie gelernt, mit dem Tod umzugehen. Sie alle. Aber dem ist nicht so. Wieder blättert sie um. Nur zu gern würde sie ihren Eltern den Gefallen tun, aber in die Welt von vorher zurückzukehren ist unmöglich, denn mit Michele ist die ganze Welt gestorben, und auch die Zukunft ist mit Michele gestorben, und erst jetzt denkt

Gilla, dass sie die Wucht des Todes wirklich begriffen hat, deshalb blättert sie noch eine Seite um, tut so, als lese sie, und bleibt da, wo sie ist, regungslos, versteinert.

Postkarte aus dem russischen Sammelzentrum in Kattowitz, Südpolen

9. Mai 1945

Liebe Margherita, liebe Ester, ich schreibe Euch noch einmal mit Freude im Herzen, aber in Eile, weil ich Euch die schöne Neuigkeit sofort mitteilen möchte. Vor Kurzem hat uns die Nachricht von der bedingungslosen Kapitulation Deutschlands erreicht. Ich und meine Gefährten werden heute Abend mit einer großzügigen Ration polnischen Biers feiern, das uns von unseren gastfreundlichen russischen Gefängniswärtern versprochen wurde und an das sich unsere Mägen nur allzu schnell gewöhnen. Wir vertrauen darauf, dass sie uns in Kürze allesamt in einen Zug nach Italien verfrachten und uns endlich nach Hause schicken werden.

Mit viel Liebe
Papa

Casale Monferrato, Sommer 1945

Margherita sucht Signora Giovanna auf, den Bischof von Acqui Terme, den von Casale und auch den von Alessandria. Sie zeigt das Foto ihrer Tochter allen Priestern und Nonnen, die die Geduld aufbringen, sie anzuhören, bekommt aber keine Antworten. Sie lebt im Istituto Nostra Signora di Lourdes, und zwar nicht, weil die jüdische Gemeinde von Casale keinen Platz hätte, um sie aufzunehmen, sondern weil das Institut der letzte Ort ist, an dem sie mit Ester zusammen war. Und damit auch der Ort, an den die Kleine zurückkehren könnte, um sie zu suchen. Sie hilft ein bisschen in der Küche, erledigt, was es zu erledigen gibt. Sie geht auch in die Synagoge. In ein Heftchen mit grauem Umschlag kopiert sie den Bericht des Komitees zur Suche nach jüdischen Deportierten, der einmal in der Woche aus Rom übermittelt wird, und in den folgenden sieben Tagen studiert sie ihn aufmerksam.

Limentani Mario aus Venedig, aus Rom deportiert, wurde gegen April 1945 in Melk gesehen.

Tosca Disegni Tagliacozzo hat telegrafiert, dass sie die Grenze überquert hat und in Triest angekommen ist!

Von folgenden Deportierten haben wir Briefe erhalten: Greco Wladimiro aus Prag, Spizzichino Settimia, Sed Alberto (aus einem deutschen Krankenhaus), Fumara Marco.

Das Internationale Rote Kreuz teilt mit, dass Di Consiglio Cesare aus Rom sich zurzeit in Krakau befindet und sich bester Gesundheit erfreut.

Sie überträgt die Namen der Überlebenden, die nach und nach bekannt gegeben werden. Sie prägt sich das Labyrinth von Orten und Daten ein, schaut im Atlas nach, zeichnet Routen. Sie sucht nach einem Indiz, einem Faden, der sie zu Abram führt und von Abram zum Rest der Familie.

Die Deportierte Herscowitz Agata, aus Theresienstadt zurückgekehrt, hat ausgesagt, sie habe folgende Frauen zurückgelassen, bis vor zwei Wochen lebend und bei guter Gesundheit …

Der Vater und zwei Brüder von Mieli Ernesta waren vor einigen Wochen in Auschwitz noch am Leben.

Jeden Nachmittag geht sie zu der Bank aus Holzleisten, von der aus man die Fenster ihrer Wohnung sieht. Sie setzt sich hin, Rücken gerade, Schultern gestrafft, als trüge sie ein Kostüm aus wertvollem Stoff und nicht das dünne Baumwollkleid, das sie aus der Lumpensammlung der Pfarrei gefischt hat. Sie legt die Hände in den Schoß, auf eine imaginäre Handtasche.

Die Witwe Fontana sieht sie und zieht mit einem barschen Ruck die Vorhänge zu.

Margherita ignoriert sie. Es gab Tage, an denen es ihr graute bei der Vorstellung, von Mildtätigkeit zu leben. Jetzt nicht mehr. Ihr einziger Gedanke ist Warten. Morgens, nachmittags, bis Sonnenuntergang. Morgen. Übermorgen. Alle Zeit, die nötig ist.

Manchmal schaut die Tochter der Witwe Fontana aus dem Fenster, und eines Nachmittags Ende August kommt das Mädchen zu ihr. »Darf ich?«, sagt sie und deutet auf die Bank.

Margherita nickt, und das Mädchen setzt sich neben sie. »Es ist eine schöne Wohnung.«

Margherita schweigt.

Das Mädchen hat eine große Tasche dabei, zieht einen Umschlag heraus und hält ihn Margherita hin. »Meine Mutter ist kein böser Mensch, Signora Sacerdoti. Das ist der Krieg«, sagt sie. Dann entfernt sie sich.

Der Umschlag ist etwas größer als üblich und steckt voller Pappkärtchen. Nein: Postkarten. In Fetzen, die jemand geduldig wieder zusammengesetzt und mit hauchdünnen Fäden aus Siegellack miteinander verbunden hat. Margherita hält den Atem an. Fäden. Rot. Hauchdünne Fäden aus Siegellack.

Jede Postkarte wirkt wie von einem kostbaren, schimmernden Spinnennetz umhüllt, dichter auf der Vorderseite, wo Absender und Adresse stehen, spärlicher und getüpfelt auf der Rückseite.

Hex…n
kl…biss
Rechenaufg…en mit Komma
Freude…Herz
bedingu…los…tulation

Margherita steht auf, legt behutsam alle Postkarten auf die Holzleisten und ordnet sie nach Datum.

Die erste ist auf Italienisch geschrieben, kommt aus Fossoli und trägt das Datum 21. Februar 1944. Die letzte stammt vom 9. Mai 1945, das war vor etwas über drei Monaten, ebenfalls auf Italienisch, und kommt aus einem Ort namens Kattowitz. Zwischen der ersten und der letzten vier Postkarten auf Deutsch. Sie kommen aus Auschwitz, und Margherita ist sicher, dass sie diesem Ort begegnet ist, als sie den Bericht durchgegangen ist. Diese vier Postkarten sind praktisch identisch.

17. Juni 1944 – 12.45 Uhr
Ich bin gesund und fühle mich gut

21. September 1944 – 14.30 Uhr
Ich bin gesund und fühle mich gut

7. November 1944 – 11.15 Uhr
Ich bin gesund und fühle mich gut

2. Januar 1945 – 9.20 Uhr
Ich bin gesund und fühle mich gut

Margherita fühlt ihr Herz klopfen. »Sono in salute e mi sento bene«, übersetzt sie, während sie mit der Fingerspitze über die Tränen aus flammend rotem Siegellack streicht.

Im lebendigen Fleisch

Die Rückführung der italienischen Gefangenen aus dem Lager in Kattowitz wird Woche für Woche verschoben. Die Rote Armee glänzt nicht durch Effizienz, und ganz Europa liegt in Trümmern. Die Bahnverbindungen sind unterbrochen, die Waggons unauffindbar. Überall ein Gewimmel von geschäftigen Menschen, die alle Sprachen der Welt sprechen, Deportierte, Soldaten, Abenteurer, Rotkreuzschwestern, Waisen, die von zu Hause träumen.

Ende Juni geht es endlich los. Achthundert, vielleicht tausend Italiener, in einem Güterzug, wenig zu essen, man schläft auf dem Boden. Richtung Odessa, der Umstieg auf ein Schiff zeichnet sich ab, das Schwarze Meer, der mythische Bosporus, das Mittelmeer wie Odysseus, Italien.

Einstweilen erreicht der Zug schnaufend Lemberg, fährt im Herzen der verwüsteten Ukraine durch sonnenweiße Steppe und schwarze, triumphale Wälder. Dann sammelt er unerwartet weitere Italiener ein, nicht nur Juden, sondern auch ehemalige politische Häftlinge und ehemalige Kriegsgefangene, und biegt ebenso unerwartet nach Norden ab, weg von Odessa, weg vom Meer und von zu Hause, bis zum Lager von Sluzk.

So vergeht der Juli, Opfer der inkonsequenten und freudig zusammenhanglosen russischen Organisation. Am

20. Juli geht es schließlich zu Fuß Richtung Staryja Darohi, siebzig Kilometer östlich gelegen. Wenn die Sehnsucht nicht wäre, lebte es sich nicht schlecht. An Nahrung fehlt es nicht, die Russen sind gastfreundlich, man schläft einigermaßen bequem, und es kommt sogar vor, dass ein Wanderkino eine Vorstellung gibt.

Doch Mitte August erkrankt Abram Sacerdoti an einem lästigen Fieber. Anfangs misst er dem Unwohlsein keine Bedeutung bei – er hat schon viel Schlimmeres ertragen –, aber die Lage verschlechtert sich rasch. Gliederschmerzen, Übelkeit. Er nimmt wieder ab, was er vorher in Kattowitz und dann in Sluzk zugenommen hatte. Er hat Mühe, die Essensrationen zu verdauen, selbst das Roggenbrot verträgt er nicht.

Ende August verliert er das Bewusstsein. Die Krankenstation ist wie alles andere: improvisiert, und die Diagnose ist weder klar noch einfach. Vielleicht eine vorübergehende Infektion, vielleicht etwas Bösartiges, das schon seit Auschwitz in ihm arbeitet. Das ist nicht ungewöhnlich. Er wird in ein Zimmer verlegt, das in allem allen anderen gleicht, nur auf die Tür ist ein rotes Kreuz gemalt. Die Betten stehen so dicht nebeneinander, dass es für die Pfleger schwierig ist, zurechtzukommen, die Laken zu wechseln, die Toten fortzuschaffen.

Hitze und Gestank sind erstickend. Die Kranken bemerken es nicht immer. Viele sind bewusstlos, vom Fieber erschöpft, von den Infektionen ausgezehrt. Auch deshalb antwortet der Häftling 174 562 – hundertvierundsiebzig fünfhundertzweiundsechzig – nicht, als der Arzt seinen Namen sagt. In dem Nebel, in dem er seit Tagen lebt, weiß er nicht einmal mehr, ob die Nummer richtig ist, und die Unsicherheit quält ihn wie eine Klinge im lebendigen Fleisch.

SCHULJAHR 1945–46

Drittes Trimester

Ester und Gilla im Kellerverschlag

Als sie über die Schwelle getreten sind, schließt Ester hastig die Tür ab.

Das Licht ist spärlich, der Gestank unerträglich. Gilla fühlt Brechreiz aufsteigen, schafft es aber, ihn zu unterdrücken. Die Kleine wirkt gelassen, sie will sie nicht beunruhigen. Sie atmet aber nicht mehr durch die Nase und lässt sich an der Hand hinunterführen bis zu dem Fußboden voller Unrat.

In der Nähe des Kippfensters, dem hellsten Punkt im Keller, bleibt Ester stehen und schnalzt mit der Zunge. Ein trockenes, rhythmisches Geräusch, das Gillas Ansicht nach sehr entfernt an ein Wort erinnern könnte.

»Tz tz tz tz tz«, wiederholt die Kleine.

Nichts passiert. Die Lehrerin blickt sich um. Wasser in einem Schüsselchen, Kerzenstummel, eine ausgefranste Decke, schwer einzuordnender Krempel.

Die Kleine lässt ihre Hand los, zieht das Päckchen mit den Matzen aus der Tasche, bricht ein Stückchen ab, taucht es ins Wasser und formt ein Kügelchen. »Miez, Miez, Miez«, flüstert sie.

Gilla hält den Atem an. Ist es das, was Maria Luisa Piombo entdeckt hat? Pellegrini, die mit der Katze spricht? Eine plötzliche Fröhlichkeit lässt sie die Hände zu Fäusten ballen. Ich wusste es, ich wusste es, wiederholt sie innerlich.

»Komm her, ich hab dir was Gutes mitgebracht«, sagt Ester nun. Die Stimme ist klar, der Ton entschieden. Die Lehrerin fühlt, wie sie vor Aufregung glühend rot wird. Sie tritt einen Schritt zurück, damit die Kleine es nicht bemerkt, sie will sie nicht in Verlegenheit bringen.

»Komm, es schmeckt dir bestimmt, da bin ich sicher, los, komm.«

Hinter einem Stapel alter Ziegel lugt ein kleines Tier hervor. Eine graue Katze, die Brust schneeweiß, in Anbetracht des Drecks unglaublich weiß, mit aufgestelltem Schwanz, der sich an der Spitze zu einer stummen Frage krümmt.

Gilla lächelt unter Tränen. Sie wischt sie mit dem Handrücken ab. Alles wird gut, denkt sie, bei der Prüfung wird es keine Probleme geben, auch im Mündlichen wird Pellegrini hervorragend sein.

Die Katze schleicht unterdessen vorsichtig näher, die Schnurrhaare beben in der ungesunden Luft. Die Lehrerin kneift die Augen zusammen, strengt sich an, das Halbdunkel zu durchdringen. Sie erkennt, dass um den Hals der Katze eine Schnur geknotet ist und dass die Schnur auf dem Boden schleift, sich zwischen den Pfoten schlängelt und am anderen Ende an einem großen Nagel befestigt ist. Gillas Lächeln erlischt.

»Schau, was für eine schöne Überraschung«, sagt Ester und hält der Katze das Kügelchen hin.

Zwei, vielleicht drei Meter Schnur, schätzt Gilla. Mehr nicht. Rundherum überall Exkremente.

»Etwas ganz Gutes!«, sagt die Kleine.

Die Katze kommt noch näher, die funkelnden Augen bald Esters Hand, bald der Fremden zugewandt.

»Hab keine Angst.«

Die Katze entfernt sich, die Schnur spannt. Die Lehrerin schlägt die Hände vors Gesicht, die Finger auf den Nasenflügeln, um den Geruch zu übertönen. Die Katze macht wieder kehrt und beschnuppert den Happen. Blitzschnell leckt sie zwei-, dreimal daran, dann packt sie ihn überzeugt mit den Zähnen und trägt ihn irgendwohin ins Dunkle.

»So ist's brav!«, sagt die Kleine.

Gilla fühlt, dass sie etwas sagen muss. Dass die Katze wunderbar ist, der Ort aber schrecklich. Dass er sich weder für ein Kind noch für eine Katze eignet. Dass der Gestank unerträglich ist. Dass man eine Katze nicht an die Kette legen darf. Dass man hier dringend mit einer Bürste, heißem Wasser und Desinfektionsmittel anrücken muss.

»Heute Abend bring ich dir noch was anderes zu fressen«, sagt Ester.

Gilla betrachtet sie von hinten und fragt sich, ob sie beide das Gleiche sehen: einen unsäglichen Haufen Abfall. Sie fühlt, dass sie etwas *tun* muss. Die Schnur aufknoten? Die Kleine ausschimpfen? Suor Giuliana einweihen?

Unterdessen taucht die Katze wieder aus dem Dunkel auf, nähert sich der Kleinen und zeichnet eine Acht um ihre Fußknöchel. Die Schnur verheddert sich.

»Halt, warte«, sagt Ester, während sie sich befreit. »Du möchtest noch mehr, hm?« Sie knetet noch ein Kügelchen.

Gilla überläuft ein Schauder, wie jemandem, der plötzlich fürchtet, sich dem Wahnsinn gegenüberzusehen. »Die Schnur ist gefährlich«, flüstert sie.

Ester antwortet nicht. Gilla sieht, wie sie die Schultern hochzieht, wie der Hals unter der geflochtenen Schnecke erstarrt. Die Kleine kommt ihr vor wie aus Kristall. Ein falsches Wort, und sie zerspringt. Trotzdem … »Die Katze könnte sich wehtun«, beharrt sie.

Wieder antwortet die Kleine nicht und dreht sich auch nicht um. Sie krault das Tier am Kopf. »Dir passiert nichts. Ich beschütze dich. Ich kümmere mich um dich. Ich verlass dich nicht«, sagt sie.

Gilla seufzt. *Sprich mit mir, Pellegrini! Mit mir! Nicht mit ihr!* Sie versteht, dass die Dinge nicht so einfach sind, wie sie zuerst dachte. Und das dringendste Problem ist nicht das starrsinnige Schweigen, sondern das Gefängnis. Die absurde Gefangenschaft. Der Wahnsinn der Schnur. Sie geht neben der Kleinen in die Hocke. Tastet nach der Schnauze der Katze, nach dem von dem Knoten gezeichneten Hals. Sie streichelt ihn.

Die Katze schließt die Augen, reckt den Hals, fängt harmonisch und tröstlich zu schnurren an, *ron ron*.

»Draußen ist es gefährlich. Die Menschen sind böse«, sagt Ester. Das Weinen steckt ihr im Hals.

Gilla denkt, dass die Kleine recht hat. Die Menschen können sehr böse sein, und manchmal ist es dort draußen die Hölle. Sie streichelt weiter die Katze. Das *ron ron* wird intensiver, ein Vibrato, breitet sich ruhig in der reglosen Dunkelheit des Verschlags aus. Ihre Finger streifen Esters Finger. »Leben ist Risiken eingehen«, flüstert sie ihr zu.

Ester senkt den Blick.

»Soll ich es machen?«, fragt Gilla und greift behutsam nach dem Knoten am Hals der Katze. »Soll ich?«

Kleines Zeichen mit dem Kopf, ohne den Blick zu heben.

»Ich nehme das als ein Ja«, sagt Gilla und befreit die Katze ganz vorsichtig von der Schnur. »Siehst du? Sie läuft nicht weg. Sie hat dich lieb.«

Ja.

»Und du hast sie lieb.«

Ja, ja, ja.

»Wenn wir jemanden lieb haben, dürfen wir ihn nicht einsperren. Auch nicht, damit er in Sicherheit ist«, sagt Gilla. Ihre Stimme bebt.

Die Katze macht keinerlei Anstalten wegzulaufen. Sie sitzt da wie eine Sphinx, den Schwanz eng um den Körper gelegt, mit schläfrigem Ausdruck, und schnurrt unentwegt. *Ich bin hier. Ich lebe.*

»Lassen wir sie jetzt in Ruhe, was meinst du?«

Ester steht auf, sieht Gilla direkt in die Augen, dann geht sie vor ihr her zum Eingang. Als sie draußen sind, lässt sie die Tür angelehnt.

»Sehr gut. Du wirst sehen, dass sie nicht wegläuft. Oder sie dreht eine Runde und kommt dann zurück. Sie mag dich, und das hier ist ihr Zuhause.«

Noch ein Zeichen mit dem Kopf. *Ja,* aber nicht sehr überzeugt.

»Vertrau mir«, sagt Gilla.

Abram Sacerdoti, *Lehrer*

Keuchend fährt der Zug den Hang hinauf und bahnt sich einen Weg durch die dichte Vegetation. Auf den häufigen Schattenstrecken wirkt sie fast schwarz. Abram löst die Stirn nicht vom Fenster, auch wenn es schmutzig ist. Er genießt das Schauspiel. Tannen mit langen Armen, Lärchen mit zarten jungen Nadeln. Er hat keine Lust, sich mit den Reisegefährten zu unterhalten, die den Waggon bevölkern. Ihm ist der Augenblick wichtig. Er sieht einen Pfad, der parallel zum Gleis verläuft. Dann wieder Fichten. Eine Zirbelkiefer. Eine Gutsstraße in der Ferne. Ein Dorf aus niedrigen Häusern mit spitzen Dächern, ein kleiner Transitbahnhof. Er kann den Namen nicht erkennen und bedauert es. Im Geist wiederholt er sich die Orte, an denen er in den letzten sieben unendlichen Monaten gewesen ist. Macht noch einmal die Reise, die ihn von der widerlichen Krankenstation von Staryja Darohi bis hierher gebracht hat, nach einer unbestimmten Anzahl brennender Spritzen und etlichen Löffeln voll ekelerregender Mixturen. Zwei Wochen in Kosjatyn, mitten im Winter, als das Fieber noch kam und ging. Dann Jassy in Rumänien, Eis und Steppenwind. Dann Kronstadt. Dann Kurtitsch, fast schon in Ungarn. Hier entrollt er den Faden der Erinnerung. Der eine Bettnachbar ein Pferdedieb. Der andere ein Chemieingenieur. Die Krankenschwester mit dem flachen Gesicht und Händen wie Backschaufeln. Abends nach dem Essen unverständliche Klagelieder, zu Tränen rührend. Sparsamer Umgang mit Kerzen, mit Papier, mit allem. Dann das herrschaftliche Budapest. Pressburg, auf der Durchreise. Das kaiserliche Wien, das Ende des Winters und, so Gott will, seiner Krankheit. Er strengt sich an, im Gedächtnis für alles Platz zu machen. Die eiskalte Quarantäne im Lager St. Valentin, Geruch nach Karbolsäure und Suppe. Die rasende Fahrt durch Deutschland, die Trümmer in München, dann wieder hinunter nach Österreich, bis Innsbruck. Vorgestern. Er erinnert sich an Straßen, Kreuzungen, Wagen, Pferde, Militärzüge, Mannschaftswagen. Rosa Suppen aus Kartoffeln und Roter Bete. Auf der Zunge scharfer Meerrettich, Schnaps, der die Eingeweide in Brand steckte. Schüsseln voll ungarischer Milch, schaumig und fett wie die Bäuerin, die sie auf einem Wagen transportierte. Der griechische Schmuggler. Der Franzose, der mit Zigaretten handelte. Der Jude aus Rhodos, der sieben Sprachen sprach. Der Jude aus Minsk, der nur Jiddisch sprach.

Unterdessen bremst der Zug, dann hält er. Rundherum nur Berge. Eine Minute, zwei. Ein anderer Zug rast in entgegengesetzter Richtung vorbei. Abrams Zug fährt wieder an, aber in der mäßigen Geschwindigkeit, die einem Aufenthalt vorausgeht. Die Passagiere wissen es, zwischen den Sitzen greift eine gewisse Unruhe um sich, jemand klatscht in die Hände, ein anderer pfeift. BRENNERO – ITALIA steht auf den Schildern, die langsam an seinen Augen vorbeiziehen.

Der Aufenthalt an einer Staatsgrenze dauert immer lang.

Die Bürokratie, die jeden Krieg überlebt. Das ist allerdings kein Bahnhof wie die anderen, und Abram fühlt sich aufgehoben wie ein Blatt im Luftzug, der den Waggon durchweht. Er stellt sich vor, er sei ordentlich gekleidet, trüge nicht diese zu großen Stiefel, diese zusammengewürfelten, in den Transit- und Verteilungslagern aufgegabelten Lumpen, das kratzige Wollunterhemd aus Lemberg, die von einem Moskauer Soldaten abgelegte Barchenthose, das Hemd ergattert von einem Venezianer, der nach Odessa wollte. Er stellt sich einen Filzhut vor, einen kompletten Anzug, Hemd aus Batist, dunkle Krawatte, Hose mit Abnähern, Lederschuhe, geschnürt, die Spitze elegant durchbrochen, das Jackett mit drei Knöpfen, Revers und einer Innentasche, und in der Innentasche die Papiere, die er dem Zöllner zeigen wird. *Abram Sacerdoti … geboren in … wohnhaft in … verheiratet …* Er stellt sich den Blick des Zöllners bei der Berufsangabe vor. Dieses millimeterweise Weicherwerden des Gesichts. Er sieht ihn mit dem Kopf nicken. Hört ihn sagen: »Gute Weiterreise, *Herr Lehrer.*« Er legt die Hände aufs Gesicht, fühlt die schlecht rasierten, hohlen Wangen. Er lacht über sich selbst, aber nur ein ganz kleines bisschen. Wie lang hat er sich nicht mehr so gefühlt … Er weiß nicht zu sagen, wie.

In Wirklichkeit kommt keiner zum Kontrollieren, und nach wenigen Minuten fährt der Zug wieder los. Am Bahnsteig sieht Abram ein Paar, er um die dreißig, sie jünger. Zu Füßen des Mannes ein Koffer. Die zwei halten sich auf komische Weise an den Händen, Handflächen auf Handflächen gelegt, auf der Höhe der Brust, die Finger verschränkt. Abram beugt sich aus dem Fenster. Die frische Gebirgsluft streichelt seinen Nacken, bis die beiden aus seinem Blickfeld verschwinden und er sich wieder auf den Sitz fallen lässt. Margherita besetzt seine Gedanken, und Abram lässt es geschehen. Ihr Bild verletzt ihn nicht. Das erste Mal seit … Selbst das kann er nicht sagen. Im Geist ist es für ihn der Hochzeitstag, die Türen der heiligen Arche geöffnet und sie beide voreinander stehend wie das Liebespaar auf dem Bahnsteig. *Jetzt hält Gott seine Hand nicht mehr über dich, Abram, und auch nicht über dich, Margherita. Jetzt seid ihr eins, und Gott hält seine Hand über euch.*

Der Zug fährt nun schneller, die Sonne versinkt am Horizont, das Gefälle ins Etschtal hinunter schaukelt die Passagiere. Nachdenkliche Dunkelheit senkt sich über den Waggon. Abram nickt ein. Im Traum kommt ihn Ester Hexlein Schmierfink besuchen. Wenn der Zug abbremst, wacht er jedes Mal auf. Dann schläft er weiter den *sanften* und *süßen* Schlaf des Odysseus auf dem Weg nach Ithaka, in Sicherheit auf dem Schiff der Phaiaken, nicht wissend, was ihn daheim erwartet.

Das Universum steht still

Letzter Tag der Osterferien. Das kleine Modell des Sonnensystems vor sich, sitzt Gilla am Küchentisch und denkt, dass es über den Mond zu viel zu sagen gibt. Sie liest die Notizen noch einmal durch, die sie sich in ihrem Heft gemacht hat:

Mond: unser einziger Satellit. Plural Monde (z. B. die Monde des Jupiters, entdeckt von Galileo).
Unterschied eigenes Licht / reflektiertes Licht.
Unterschied Rotation / Umlauf.
Rotation des Mondes: synchron mit der Erde → Mond 2 Seiten, 1 Seite sichtbar und 1 Seite verborgen und geheimnisvoll.
Umlaufzeit: circa 29 Tage.

Sie hebt den Blick zu dem perfekt zusammengebauten Planetarium, das Getriebe gesäubert und geölt, die Stützen eingehakt, die Planeten alle an ihrem Platz, außer der Venus, die Gilla für zuletzt aufhebt, und dem Mond, den sie zwischen den Fingern hin und her rollt. Ein Kügelchen aus Pappmaschee, so groß wie eine Kichererbse. Mit einem Pinselchen hat Gilla ihn zur Hälfte schwarz angemalt (die verborgene, geheimnisvolle Seite), zur Hälfte mattweiß mit grauen Schlieren, die Staubmeere und Meteoritenkrater darstellen sollen.

Mondphasen. Neumond (Novilunium). Erstes Viertel. Halbmond. Letztes Viertel. Vollmond (Plenilunium). Mond im Westen, zunehmend. Mond im Osten, abnehmend. Gezeiten. Aussaat. Weinlese.

Zu viele Informationen, zu viele den Kindern unbekannte Wörter. Komplizierte Begriffe. Gilla muss auswählen. Unterrichten bedeutet auslassen.

Isis, Artemis, Selene.
Hexe / Sabbat.
Werwolf (Lykanthropie).
Lunatisch: Adjektiv. Synonyme: mondsüchtig, nachtwandelnd, schlafwandelnd, launisch.
Geschichte des Astolfo: Auf seinem Hippogryph fliegt er zum Mond, um den verlorenen Verstand des Cavalier Orlando zu suchen, der aus Liebe verrückt geworden war. (Verstand = Vernunft. Adjektiv: verständig. Synonym: vernünftig.)
Redewendungen: in den Mond gucken, nach dem Mond gehen, auf dem Mond leben.
Keusche Göttin im silbernen Glanze/Baue Segen auf die dir geweihte Pflanze! (Vincenzo Bellini – Norma)
Was tust du, Mond, am Himmel? Sag mir, was tust du, stiller Mond? (Giacomo Leopardi – Nachtgesang eines wandernden Hirten in Asien)

Sie findet sich selbst nicht mehr zurecht. Wenn sie keine Auswahl trifft, wenn sie nicht nichts opfert, wird das Ergebnis ein großes Kuddelmuddel in den Köpfen der Kinder.

Sie legt das Mondkügelchen auf den Tisch, greift nach dem Bleistift und streicht *Hexe/Sabbat* und *Werwolf (Lykanthropie)* durch. Warum die Mädchen erschrecken?

Dann streicht sie auch Bellini und Leopardi. Zu schwierig.

Ihr ist, als erkenne sie einen Pfad, der zu Orlandos Verrücktheit führt, und verbindet mit einem Pfeil *Lunatisch* mit *verrückt geworden*. Ein weiterer Pfeil führt von *verrückt geworden* zum durchgestrichenen *Werwolf* und von da zum *Vollmond*. Die Seite des Notizhefts sieht jetzt aus wie ein launisches, bizarres Hin und Her. Was für eine Unterrichtsstunde!

Gilla seufzt. Die Wahrheit ist, dass sie sich nur schwer konzentrieren kann, seit sie den Verschlag beim Waisenhaus verlassen hat. Diese Kleine beherrscht ihre Gedanken. Die Beschäftigung mit dem Modell lenkt sie nicht genug ab. Die Kleine, die mit der Katze spricht. Die eingesperrte Katze. Der Irrsinn der eingesperrten Katze. Der Irrsinn, nur mit der Katze zu sprechen.

Sie schaut hinaus. Im Blau schimmert ein kleiner Mond aus Gips. »Bist du meinetwegen hier?«, fragt Gilla ihn laut. Sie zwingt sich, zum Notizheft zurückzukehren. Geht noch einmal Verse und Zahlen durch. »Dichter, Gelehrte und Musiker. Alle hinter dir her«, sagt sie, während sie das Mondkügelchen vom Tisch nimmt. Dann setzt sie die Uhrmacherlupe ein, steckt das Gestirn auf seine Halterung und dreht an der Kurbel am Sockel des Mechanismus.

Die Planeten beginnen, sich um die flammend gelbe Sonne zu drehen. Jeder hält Schritt, in einem harmonischen, feierlichen Sphärenreigen. Am schnellsten das kleine Zahnrad, das den Merkur antreibt. Am langsamsten, kaum wahrnehmbar in seiner Bewegung, das Rad des Neptuns. Zwischen diesen beiden Extremen die übrigen Himmelskörper, der Kichererbsenmond eng an der Erde, wie ein Paar, das Auge in Auge tanzt.

»Passt es so?«, fragt Gilla, zum Azurblau gewandt.

Das Kügelchen, das die Venus darstellt, ist das einzige, das noch fehlt. Fast so groß wie die Erde, hat Gilla es hellbraun angemalt, mit Schlangenlinien im selben Gelb, das sie für die Sonne verwendet hat. Die Lehrerin setzt den letzten Planeten auf seinen Platz zwischen Merkur und Erde.

Sie betrachtet das endlich fertiggestellte Planetarium. Monate hat sie daran gearbeitet. »Nur Mut«, sagt sie zu sich selbst und dreht erneut an der Kurbel. Die Bewegung setzt wieder ein, blockiert aber sofort. Gilla strafft die Schultern. Wie ist das möglich?

Sie versucht es noch einmal.

Nichts zu machen.

Sie montiert das Venuskügelchen ab, dreht an der Kurbel, und der Mechanismus funktioniert. Sie setzt den Pappmascheeplaneten wieder ein, dreht, doch wieder passiert nichts. Gilla seufzt. Warum hakt es? Wie bei dem kleinen Mädchen, denkt sie. Es ist nicht verrückt, es hat eingewilligt, die Katze zu befreien, und dennoch …

Noch einmal nimmt sie das Pappmascheekügelchen ab. Ruhe. Aufmerksamkeit. Die Worte des Uhrmacher-Vaters. Die Venus wiegt so gut wie nichts, bringt aber alles aus dem

Lot. Ganz allein lässt sie das gesamte Universum stillstehen. Geduld. Sorgfalt. Gilt das auch für die Kleine? Welche geheime Last hindert sie daran, vorwärtszugehen?

Unendliche Dunkelheit

Endlich in Casale Monferrato angekommen, ist nichts so, wie Abram es sich vorgestellt hatte. Seine Wohnung ist nicht mehr die seine, dort wohnt jetzt eine wirsche, unangenehme Frau mit ihrer Tochter. Die katholische Nachbarin aus dem ersten Stock schickt ihn zum Istituto Nostra Signora di Lourdes. Die Leiterin lässt ihn in dem Zimmer mit der Madonnenstatue Platz nehmen, erzählt ihm alles, einschließlich Esters Verschwinden, und lässt dann Margherita rufen. Sie ist es und ist es doch nicht, denkt Abram, während er sich erhebt. Seine Hände beginnen zu schwitzen. »Rita«, sagt er kaum hörbar.

Margherita ist mager, blass, die Haare zu einem Knoten aufgesteckt. Helle Fäden sind der Frisur entkommen, kräuseln sich in einem grauen Glorienschein um ihr Gesicht.

Und ich? Bin ich noch ich?, denkt Abram derweil. Ihm fällt auf, dass seine Frau keinen Ehering mehr am Finger trägt. *Von A. für M.* ∞. Seinen hat das Lager geschluckt. *Von M. für A.* ∞. Ihn durchzuckt der Gedanke, auch Rita sei in der Hölle gewesen, einen Schritt von ihm entfernt, und ohne sich zu treffen, seien sie aus derselben Hölle zurückgekehrt, doch ihre Eheversprechen seien für immer verloren. Ein böser Gedanke. Er verscheucht ihn. Der Gedanke kommt zurück. Bleibt.

Margherita bemerkt den Blick ihres Mannes auf ihre Hände, aber es ist, als ginge die Sache sie nichts an. Sie erklärt nichts. Sie spricht nicht. Sie umarmt ihn, natürlich. Sie umfasst sein Gesicht mit den Händen, küsst ihn, drückt ihn an sich. Aber sie bewegt sich nervös, fahrig, wie jemand, der etwas tut, aber anderen Gedanken nachhängt. Esters Abwesenheit entfacht in ihrem Blick ein krankes Licht. Immer wieder verfällt ihr Gesicht in marmorne Starre, sodass die Freude, sich wiedergefunden zu haben, auch in den folgenden Tagen keine wirkliche Freude ist. Der Verlust des Kindes zieht zwischen ihnen einen furchtbaren Graben des Schweigens.

Abram kann nicht in dem Mädcheninstitut wohnen und in dieser Phase des Schuljahrs auch nicht wieder zu unterrichten beginnen. Er hätte sowieso nicht die Kraft dazu. Selbst die Stadt erkennt er kaum wieder, sie kommt ihm ungeformt vor, instabil, in der Luft hängend zwischen Vergangenheit und Zukunft. Neue Geschäfte, emsige Baustellen, Trümmer, noch immer Lebensmittelkarten. Die Synagoge, die ihnen ein kleines Zimmer mit Küchenbenutzung anbietet, ist in seinem Kopf nicht mehr die Synagoge, an die er sich erinnert, sondern eine traurige Höhle, und er ein gehetztes Tier, der Schlaf gleicht dem qualvollen Schlaf in der Gefangenschaft.

Über Auschwitz spricht er nicht, und ganz gewiss nicht mit dieser von Schuldgefühlen und vom Schmerz gebrochenen Frau. Er hat auch gar keine Worte dafür. Auch sucht er keine Behörde auf, um die verlorene Wohnung zurückzuverlangen. Er fühlt sich noch wie unterwegs, das Zuhause weit weg. Es gelingt ihm jedoch, sich ein Bündel Militärkarten und einen Zirkel zu besorgen. Er pflanzt die Nadel auf das Quadrat, das im Maßstab 1:25 000 den Bauernhof der Signora Giovanna darstellt, und zeichnet einen engen Kreis darum. Von dort gehen sie aus, obwohl Margherita schon ergebnislos gesucht hat.

Sie können sich zwei Fahrräder beschaffen, und so durchkämmen sie in immer weiteren konzentrischen Kreisen die Hügel mit einem Foto von Ester. Drei Tage pro Woche macht Margherita Dienst im Istituto. Davon leben sie. Wenn Margherita frei hat, suchen sie. Andere Bauernhöfe, Kreise, Kirchen, Geschäfte, noch mehr Orte werden mit der Zirkelspitze durchstochen. Die Landkarten füllen sich mit schlechten Zeichen. Zuletzt wechseln sie nur noch in Anwesenheit von Fremden einige Worte. Sie heißt *Ester, Ester Sacerdoti,* oder *Francesca Pellegrini, sie ist zehn Jahre alt, bald wird sie elf, die Haare so, die Augen so*. In solchen Momenten werden sie wieder ein Paar, fühlen aber nicht die Hand Gottes über ihrem Kopf.

Bei Dämmerung kehren sie heim. Abram wirft sich erschöpft aufs Bett. Margherita dagegen hält es im geschlossenen Raum nicht aus. Sie geht hinaus zu dem Sitz aus Holzleisten, von dem aus man ihre alte Wohnung sieht. Nicht die Eingangstür, nur die Fenster im zweiten Stock. Das genügt, mehr braucht sie nicht. Sie stellt sich vor, Ester säße neben ihr und zusammen erinnerten sie sich wieder an die Wohnung, wie sie war, die eigelbe Tapete, die pfirsichfarbenen Vorhänge, der Schrank aus Wurzelholz und alles andere, bis es Nacht wird, der Mond aufgeht und die Erde gleichgültig ihre Bahn durch die unendliche Dunkelheit zieht.

Venus

(Maestra Gillas imaginäre Lektion, während sie an dem stehen gebliebenen Mechanismus arbeitet)

Der Planet Venus ist fast so groß wie die Erde, und er ist derjenige, der uns bei seiner Rotationsbewegung am nächsten kommt. Sonne, Merkur, Venus und dann die Erde, erinnert ihr euch an die Abfolge?

Die Venus ist auch der einzige Planet im All, den wir mit bloßem Auge sehen können, also ohne Fernrohr, so, wie wir auch die Sonne und den Mond betrachten.

Die Mädchen werden zweifeln, ob sie richtig verstanden haben, und sich untereinander anschauen.

Heute Abend könnt ihr es selbst ausprobieren. Schaut bei Sonnenuntergang aus dem Fenster. Beobachtet den Himmel rund um den rötlichen Lichtschein, da wo er noch blau ist. Oder probiert es morgen früh bei Sonnenaufgang. Dann werdet ihr einen einzelnen, sehr hell funkelnden Stern sehen. Ihr könnt euch nicht irren. Einen einsamen Stern, keine Konstellation – erinnert ihr euch an dieses Wort, ja? –, sondern einen sehr hellen Stern. Das ist der Planet Venus.

Stern oder Planet? Verwirrung.

Planet. Der aber leuchtet wie ein Stern. Genauer gesagt leuchtet er so wie der Mond, das heißt, das Licht wird …

»Reflektiert?«, wird eine der Kleinen mutig fragen.

Richtig. Und sie wird euch wirklich wie ein Stern vorkommen, aber lasst euch nicht täuschen: Das Licht ist starr wie das Mondlicht. Die Venus pulsiert nicht, wie die Sterne am Nachthimmel pulsieren.

Unwillkürlich lässt Gilla den Mechanismus los und klappert mehrmals mit den Fingerspitzen, um das Flackern zu verdeutlichen.

Rekapitulieren wir. Bei Sonnenuntergang zeigt die Venus das Kommen der Nacht an. Deshalb nannten die antiken Griechen sie Hesperos, *italienisch* Vespero, *also* Abendstern. *Dann versinkt das Universum in Dunkelheit, doch die Venus widersteht Kälte und Finsternis und kehrt am nächsten Morgen zurück, um der Welt einen neuen Tag anzukündigen. Deshalb nannten die Griechen sie* Phosphoros. Morgenstern. *Auf Italienisch* Lucifero.

»Wie der Teufel?«, wird jemand fragen.

Vorsicht, diese Geschichte ist voller Fallen. Luzifer *ist der Name des Teufels, aber der Teufel war, bevor er zum Teufel wurde, ein wunderschöner Engel, und sein Name bedeutet* Lichtbringer. *Für die alten Römer dagegen, stellt euch das vor, war Venus die Göttin der Liebe.*

Schweigen. Wieder sehen die Mädchen sich gegenseitig an. Was hat jetzt die Liebe damit zu tun?

Sagt ihr es mir, was die Liebe damit zu tun hat. Was meint ihr? Und welchen Namen würdet ihr diesem erstaunlichen Planeten geben? Sucht ihn heute Abend am Himmel, und schreibt dann drei Zeilen über eure Gedanken.

Ratlose Gesichter.

Mindestens drei Zeilen.

Gilla mustert das Zahnrad, das die Bewegung der Venus regelt. Sie setzt sich die Uhrmacherlupe ein und sucht nach dem Fehler. Sie hat den Eindruck, ihre imaginäre Unterrichtsstunde nehme eine unerwartete Wendung, wie wenn jemand die vorgezeichnete Spur verlässt und unbekanntes Gebiet auslotet.

Habt keine Angst. Schaut aus dem Fenster und überlegt.

Wann fragt denn je irgendwer vom Pult herab die Kinder nach ihrer Meinung? Als sie ein Kind, ein junges Mädchen, Studentin am Lehrerinnenseminar war, hat da je irgendwer danach gefragt? Aber irgendwo muss man doch anfangen, jetzt, da der Krieg zu Ende ist, jetzt, da die Überlebenden zurückgekommen sind und die Toten begraben. Jetzt, da man neu anfangen muss, warum soll man da nicht noch einmal ganz von vorne beginnen und es besser machen?

Verbindet das, was ihr in der Schule gelernt habt, mit dem, was ihr mit euren eigenen Augen seht.

Gilla spürt, dass ein Zähnchen am Zahnrad verbogen ist. Höchstens ein paar Zehntel Millimeter, aber offensichtlich genügt das Gewicht des Venuskügelchens, um die Bewegung zu blockieren. Sie fasst das Zähnchen mit einer Pinzette und biegt es sacht gerade. Dann baut sie den Mechanismus wieder zusammen und dreht an der Kurbel. Stumm beginnt sich das Universum zu drehen. Merkur–Venus–Erde–Mars–alles.

Ich weiß, es ist schwierig, das Schwierigste überhaupt. Aber bildet euch eine eigene Meinung.

Sie hebt den Blick von dem kleinen Modell und schaut aus dem Fenster. Der Gipsmond hat sich im Blau aufgelöst, im Schweigen geheimnisvoller, himmlischer Sphären. In so viel Einsamkeit hat sie das Gefühl, Michele säße neben ihr, und sie lächelt ihm zu. »Repariert«, flüstert sie.

Was sie angeht, sie findet den Namen Venus perfekt. Die Liebe pulsiert nicht, die Liebe ist *beständig*. Hesperos und Luzifer, Hölle und Paradies. Sie verwandelt sich, sie bewegt sich. Doch wenn die Liebe Liebe ist, hält sie es aus.

Abram träumt

Seit der Lehrer Abram Sacerdoti zurückgekommen ist, hat er einen wiederkehrenden Traum. Er sitzt in einem Zug, der mit voller Geschwindigkeit dahinfährt, und alles scheint gut zu gehen, die Sitze sind bequem und sauber, auch er ist sauber und gut gekleidet, die anderen Passagiere sind freundlich und nennen ihn »Herr Lehrer«. Doch im Traum kennt niemand das Ziel. Abram mustert seine Fahrkarte, und die Fahrkarte ist sehr seltsam, ohne Datum, ohne Zeitangabe, ohne Abfahrts- oder Zielbahnhof, nur eine Nummer, 174562 – hundertvierundsiebzig fünfhundertzweiundsechzig –, und auch die anderen Passagiere haben solche Fahrkarten, aber das kümmert sie nicht. »Ganz ruhig, Herr Lehrer«, sagen sie zu ihm, »bald kommt der Zugführer.« Und der Zugführer nimmt umständlich die Mütze ab und sagt: »Ich weiß, dass Sie mich etwas fragen wollen«, und Abram bittet um Auskunft über das Ziel, aber das kennt auch der Zugführer nicht, doch tut er alles, um Abram zu helfen, geht weg und kommt mit dem Maschinisten zurück, aber auch der Maschinist weiß keine Antwort, und an diesem Punkt wird Abram unruhig. »Wer fährt den Zug eigentlich?«, fragt er, »WER FÄHRT DEN ZUG?«, und er erwacht, der Kissenbezug schweißnass.

Margherita erwacht mit ihm und streichelt seinen verschwitzten Kopf. Im Dunkel schwindet der Abstand zwischen ihnen, die Körper erkennen sich. Manchmal macht sie ihm einen Kamillentee, und sie schlafen umschlungen wieder ein.

»Diesmal war es anders«, sagt Abram eines Nachts zu ihr.

»Bist du ans Ziel gekommen?«

»Nein. Diesmal war nicht ich im Zug.«

»Nein?«

»Es war Ester.«

Margherita wird blass. »Im Zug?« Ihre Stimme ein Flüstern.

Abram kneift die Augen zusammen, verscheucht das Bild. »Nicht so ein Zug«, erwidert er im Gedanken an die verplombten Waggons.

»Ein beliebiger Zug.«

»Ein beliebiger Zug, Rita.«

Sie können nicht mehr einschlafen. Sie holen die Landkarten und breiten sie auf dem Tisch aus. Noch einmal gehen sie durch, was sie sicher wissen.

Erstens. Der Sohn von Signora Giovanna hatte den Auftrag, *Francesca Pellegrini* zum Bischofspalast von Acqui Terme zu bringen. Zusammen sind die zwei mit dem Koffer und den Dokumenten vom Bauernhof aufgebrochen.

Zweitens. Signora Giovannas Sohn hat die Kleine zum Bahnhof von Mombaruzzo gebracht, um den Zug zu nehmen.

Drittens. Signora Giovannas Sohn hat zur Mutter gesagt: »Ich habe sie in guten Händen zurückgelassen«, ohne jedoch anzugeben, wem er sie anvertraut hat.

»Und auch nicht, wo!«, sagt Margherita.

Doch ihre Miene erhellt sich, als Abram sagt: »Wir werden den gleichen Zug nehmen wie Ester, Rita. Und an allen Bahnhöfen aussteigen.«

Königin Ester

Nach der Rückkehr aus den Osterferien fängt die Schule für Gilla gleich mit Schwierigkeiten an. Beim Aufrufen muss sie sich mit Pellegrini Francesca herumschlagen, weil die Kleine nicht wie gewöhnlich mit einem Kopfnicken reagiert, sondern der Lehrerin starr in die Augen schaut.

Nein, ich antworte nicht.

Gilla ist verblüfft. Sie hat das Gefühl, wieder im Oktober zu sein, derselbe Blick eines Wildtiers. Sie beschließt, einfach weiterzumachen. Die Kleine sitzt in der ersten Bank neben Piombo, also ist sie anwesend, und das genügt Gilla. Sie vertraut auf das, was sie sich für den Unterricht ausgedacht hat. Sie ist sicher, dass sich am Ende des Vormittags niemand mehr an diesen kleinen Vorfall erinnern wird.

»Ich habe eine schöne Überraschung für euch vorbereitet«, sagt sie also am Ende des Aufrufens. Sie sieht, wie sich die Köpfe heben, die Augen lebhaft, auch die von Ester. Sie macht eine Kunstpause, dann spricht sie weiter: »Aber nicht jetzt. Später. Wenn ihr brav seid. Wir beginnen mit Mathematik.«

Die Stunde schreitet voran mit Divisionen mit Komma, Aufgaben aus der räumlichen Geometrie, einer Zeichnung zum Thema *Blumen im Mai* und ein paar Sätzen über Giuseppe Garibaldi. In der Pause kommt ein Grüppchen auf sie zu, um sich nach der Überraschung zu erkundigen.

»Nur Geduld«, erwidert Gilla. Und schiebt die Sache immer wieder hinaus, bis nach einer beträchtlichen Menge von Schönschreibübungen die Schuldienerin Antonia die Türe aufreißt und mit der großen Holzkiste, die sie in Händen hält, alle Aufmerksamkeit auf sich zieht.

»Ist es jetzt recht so?« Sie stellt die Kiste auf den Boden. Dann schnauft sie und brummt: »Und wenn's nicht recht ist, ist's auch recht.« Damit geht sie grußlos davon.

»Die Überraschung!«, ruft eine Kleine aus der letzten Reihe.

Gilla sieht auf die Uhr. Knapp vierzig Minuten bis zum letzten Läuten. Trotz ihrer rüden Manieren hat Antonia ihre Anweisungen genau befolgt. Also nimmt sie die Kiste, stellt sie aufs Pult, nimmt den Deckel ab und legt ihn beiseite. »Piombo, du bist doch so geschickt mit den Händen, komm, und hilf mir«, sagt sie.

Die Kleine wird feuerrot. Sie hat zwar eine vage Vorstellung davon, was geschickt mit den Händen bedeuten soll, aber es klingt wie ein Lob, und das ist Maria Luisa Piombo nicht gewohnt. Also springt sie mit einem Ruck auf – sie mit ihrer kuhäugigen Sanftheit – und wirft beinahe das Tintenfass um. In zwei Schritten ist sie neben Gilla.

»Ich hole jetzt die Überraschung heraus«, flüstert ihr die Lehrerin zu. »Du ziehst die Kiste darunter weg, drehst sie um, und wir benutzen sie als Podest, verstanden?«

Maria Luisa nickt.

Behutsam hebt Gilla das Planetarium am Mittelteil heraus. Die Kleine macht, was sie machen soll, und im Nu steht die Kiste als Podest mitten auf dem Pult und das Planetarium obendrauf.

»Jetzt dürft ihr näher kommen«, sagt die Lehrerin.

Die Kleinen sehen sich an. Aus der Bank aufstehen? Alle? Als wäre wieder Pause?

»Stellt euch im Kreis um das Pult.«

Gilla sieht sie auf sich zukommen, manche schüchtern, manche kühner.

»Die Größeren hinten, die anderen vorne. So. Wenn wir zusammenrücken, ist für alle Platz.«

Es wird still. Keine von ihnen hat jemals ein so schönes und seltsames Spielzeug gesehen.

»Das ist kein Spielzeug. Es ist ein kleines Modell des Sonnensystems. Wir haben darüber gesprochen, erinnert ihr euch? Die Planeten, die Umlaufbahnen, die Monde ... In der Zeit, die noch übrig ist, wiederholen wir gemeinsam die Namen der Himmelskörper«, sagt die Lehrerin.

Wieder Stille.

»Sonne, Merkur, Venus«, fährt Gilla fort, während ihr Zeigefinger von Kügelchen zu Kügelchen springt, »Erde, Mond, Mars, Jupiter, Saturn, Uranus, Neptun. Pluto müsst ihr euch etwa hier dazudenken.« Gilla zeigt ein paar Zentimeter neben Neptun. »Das Modell ist lange vor der Entdeckung dieses Planeten gebaut worden. Und jetzt los, alle zusammen! Sonne, Merkur, Venus ...«

In der Luft ein furchtsames Geflüster. Anfangs noch ein Echo von Gillas Worten, dann werden die Stimmen deutlicher und rattern das gesamte Sonnensystem herunter wie einen Kinderreim ... Venus, Erde, Mars ... einmal, zweimal, dreimal ... Uranus, Neptun, Pluto ... und wieder von vorn und noch einmal, bis der Kinderreim sich in ein Rätsel verwandelt, mit Gillas Zeigefinger, der bald hierhin, bald dorthin hüpft.

»Das ist?«

»Uranus!«

»Und das?«

»Mars!«

»Und der hier? Der ganz nah an der Sonne?«

»Merkur!«

Alle raten mit, auch Ester. Die Lehrerin sieht, wie sie die Lippen bewegt. »Bravo«, sagt sie schließlich, legt den Zeigefinger auf die Lippen, und es wird wieder still. Sie blickt auf die Uhr, dann greift sie nach der Kurbel. »Und jetzt genießen wir das Schauspiel des Universums«, sagt sie. Der Mechanismus erwacht zum Leben, die Planeten drehen sich um die Sonne aus Pappmaschee, und die vierundzwanzig Mädchen der 5D reißen die Augen auf. So erwischt sie das Läuten, verzaubert.

»Hier machen wir morgen weiter«, sagt die Lehrerin daraufhin. »Jetzt geht auf eure Plätze. Und bevor ihr den Ranzen zumacht, bringt ihr mir euer Mathematikheft. Los. Vergeuden wir keine Zeit.« Doch als sie Pellegrini ans Pult ruft, gibt Ester zum zweiten Mal kein Zeichen und steht nicht auf und gibt das Heft nicht ab. Wieder Auge in Auge. Gilla ist zufrieden mit dem Vormittag, aber auch sehr müde, daher regt sie sich auf. »Es reicht, Pellegrini. Entweder du gehorchst, oder wir bleiben alle hier im Klassenzimmer.«

Die anderen Mädchen grummeln. Die Glocke hat längst geläutet, die Mütter warten, das Essen steht auf dem Tisch. Maria Luisa beugt sich zu Ester. »Bring ihr das Heft!«

Nichts.

»Spinnst du jetzt?«, sagt Maria Luisa. Alle hören sie. Das Stimmengewirr schwillt an.

»Ruhe! Setzt euch. Wir warten darauf, dass Pellegrini sich bequemt.« Gilla nimmt das oberste Heft von dem kleinen Stoß, der sich auf dem Pult gebildet hat, und beginnt zu korrigieren.

Maria Luisa drückt den Arm ihrer Banknachbarin. »Komm schon, Francesca.«

Ester dreht sich zu ihr um und flüstert ihr ins Ohr: »Ich heiße nicht Francesca.«

Maria Luisa hält den Atem an. Noch ein Geheimnis! Aber vor allem … die Freundin hat mit ihr gesprochen! Sie strahlt über das ganze Gesicht. »Wirklich???«

Ester kommt wieder zu sich. Sie hat das Gefühl, die Worte hätten den Weg von ganz alleine gefunden. Außer Maria Luisa hat niemand etwas bemerkt. Ihr Name, ihr wahrer Name, beginnt in ihr zu klingen.

Ester.

Wie das Buch Ester, die Geschichte, die beim Purimfest gelesen wird.

Wie die mutige Königin, die das Volk Israel vor dem tückischen Haman gerettet hat.

Sie beugt sich wieder zu Maria Luisa.

Und zieht sich wieder zurück, die Worte bleiben ihr im Hals stecken.

Aus dem Augenwinkel beobachtet Gilla jede Bewegung.

Ester wird blass. Wie viel Mut hat Königin Ester gebraucht, um gegen den tückischen Haman aufzustehen, der beabsichtigte, die Juden auszurotten? Wie viel Mut braucht sie, um das Richtige zu tun? Freunde nicht zu belügen. Niemanden mehr zu belügen.

»Alles ist gut«, sagt Maria Luisa zu ihr.

Ja, denkt Ester. Sie tastet nach der Hand der Banknachbarin, flüstert ihr noch etwas ins Ohr.

»Darf ich es der Maestra sagen?«, fragt Maria Luisa daraufhin.

»Ja, ich höre«, mischt sich Gilla ein.

»Dürfen wir heimgehen?«, quengelt ein Mädchen aus den hinteren Reihen.

»Piombo, ich rede mit dir! Was willst du mir sagen?«

Ester steht auf. Sie spürt, dass ihre Angst abgenommen hat, während rundherum das Stimmengewirr der Mädchen anschwillt. Sie erinnert sich an das Getöse, das sich an Purim bis zum Gewölbe der Synagoge und darüber hinaus bis zum Sternenhimmel erhebt, wenn der tückische Haman genannt wird. Sie denkt, dass von diesem Augenblick an der Name Francesca Pellegrini nicht mehr ausgesprochen wird. Sie nimmt das Mathematikheft, geht zum Pult und flüstert der Lehrerin ins Ohr: »Ich heiße Ester Sacerdoti.«

Gilla reißt den Mund auf. Sie braucht einen Moment, um sich zu fassen. Sie betrachtet die Klasse. Drei oder vier Mädchen stehen schon wieder, schnaufen, reden untereinander. Hat jemand verstanden, was gerade passiert ist? »Bringt mir die Hefte, die noch fehlen, und geht«, sagt sie laut.

»Allein?«

Wer hat das gesagt? Es ist unmöglich, das bei dem Durcheinander festzustellen. »Ja, allein. Ihr seid doch schon groß.«

Unterdessen geht Ester auf ihren Platz zurück und packt ihren Ranzen.

Gilla stellt das Planetarium wieder in die Holzkiste, legt den Deckel auf, schiebt die Hefte zusammen. Als sie das nächste Mal aufblickt, ist das Klassenzimmer leer, nur Ester und Maria Luisa zögern noch.

»Signora Maestra«, sagt Piombo. »Francesca, ich meine, Ester, möchte Ihnen etwas sagen.«

»Ja, Ester?«

»Ich will nach Hause.« Die Stimme ist ein Flüstern.

Gilla kommt näher. »Ich habe dich nicht gehört.«

Ester ballt die Fäuste und wiederholt: »Ich will nach Hause.«

»Alle gehen wir jetzt nach Hause.«

»Nach Hause zu mir.«

Gilla holt tief Luft. »Verstehe. Und wo ist das?«

Ester schlägt die Augen nieder und antwortet nicht.

»Hab keine Angst«, sagt Maria Luisa zu ihr.

»Piombo hat recht. Nur Mut, Ester.«

Wieder ballt die Kleine die Fäuste, schließt die Augen, sucht die Wörter, findet sie in der Vergangenheit, im Geschäft *Stoffe aus aller Welt* auf der Theke sitzend, beim Großvater. Sie antwortet als Hexlein Schmierfink: »Via Balbo 21/Casale MonfeRRato/PRovinz AlessandRia.«

Maria Luisa Piombo klatscht in die Hände. »Bravo! Sie können ihr helfen, nicht wahr? Stimmt doch, dass Sie das können, Maestra Gilla?«

Kurze Betrachtung über den Planeten Venus von Maria Luisa Piombo

Meine kurze Betrachtung von mindestens drei Zeilen über den Planeten Venus ist folgende.

Wenn ich ein Planet im universum wäre, würde ich auch gern ein leuchtender, wunderschöner Stern sein. Auch nur bei sonnenuntergang und sonnenaufgang, besser als gar nichts.

Signora Maestra, es tut mir leid, das ich so viel Fehler mach, aber ich hofe, dass man es versteht.

Gilla im Büro des Direktors

Sie ist nicht stumm. Sie heißt nicht Francesca Pellegrini, sondern Ester Sacerdoti. Man muss das im Register korrigieren. In sämtlichen Papieren. Ich bin sicher, dass sie eine hervorragende Prüfung ablegt.«

Im Büro des Direktors geht Gilla aufgewühlt zwischen Tür und Tisch hin und her. »Sie ist Jüdin. Sie wohnte in Casale Monferrato.«

»Setzen Sie sich, ich bitte Sie«, sagt der Priester, während er den Henkelmann vor sich wieder zumacht und in einer Schublade verschwinden lässt.

»Sie erinnert sich an die Adresse ihrer Wohnung.«

»Signorina Gilla, setzen Sie sich. Verzeihen Sie die Unordnung«, sagt der Mann und schiebt einen Berg von ministerialen Rundschreiben, Mitteilungen des Bürgermeisters und Depeschen der Präfektur beiseite. »Haben Sie schon gehört, dass unsere Schule als Wahllokal dienen wird?«

Die Lehrerin setzt sich, findet aber keine Ruhe und reibt ihre Hände. »Und Ester *will* natürlich nach Hause«, fügt sie hinzu.

»Seltsames Schicksal.« Der Direktor blickt sich im Zimmer um. »Bis gestern waren hier die Deutschen, und in wenigen Tagen findet hier das Referendum statt. Ich fürchte, Sie sind Republikanerin, Signorina Gilla. Oder irre ich mich? Ich möchte nicht indiskret sein. Aber wieder wählen zu können ist auch für einen Kirchenmann aufregend. Und ich stelle mir vor, für Frauen ist es noch aufregender.«

»Selbstverständlich. Sehr aufregend. Also, ich sagte gerade: Die Kleine erinnert sich genau an ihre Adresse.«

»Die Kleine, ja. Ester, haben Sie gesagt?«

»Ester Sacerdoti.«

»Hässliche Geschichte, was man den Juden angetan hat. Eine Schande. Mit den Papieren wird es Ungelegenheiten geben, aber das soll Sie nicht beunruhigen. Ich werde mich darum kümmern. Aber wann haben Sie denn das alles entdeckt?«

»Dass sie Jüdin ist und dass sie spricht? Vor ein paar Tagen. Den Namen und alles Übrige heute Vormittag. Vor wenigen Minuten.«

»Und Sie haben keine Zeit verloren. Aber wenn man Sie kennt, bestand daran ja kein Zweifel. Lassen Sie mich nachdenken«, sagt der Mann, steht auf, dreht sich zu dem Wandbord mit den ausgestopften Vögeln und betrachtet jeden einzelnen.

Gilla reibt sich weiter die Hände.

»Ich habe einen guten Freund bei der Kurie in Casale Monferrato. Ich werde ihm noch heute schreiben«, sagt der Direktor, während er das Schildchen einer Amsel mit gelbem Schnabel geraderückt. »*Turdus merula*. Sehr verbreitet in den Bergen. Wie wir alle, haben auch ihre Artgenossen den Krieg kennengelernt, Signorina Gilla. Aber ich sehe, das überzeugt Sie nicht.«

Die Lehrerin antwortet nicht.

»Vielleicht könnte ich meinen Freund anrufen, um die Sache zu beschleunigen.«

»Ich bin sicher, dass Ihr Freund … Es ist nur, am Telefon … Also, ich möchte nicht, dass die Wichtigkeit … die Dringlichkeit …«

»Fürchten Sie, dass ich mir die Angelegenheit nicht genügend zu Herzen nehme? Diesbezüglich bin ich …«

»Ich fürchte, dass es zu lange dauert. Dass Missverständnisse aufkommen könnten.«

»Und was schlagen Sie vor?«

»Ich möchte die Kleine selbst nach Casale begleiten.«

»Oho. Und wann?«

»So schnell wie möglich. Morgen. Morgen Nachmittag.«

»Ohne zu wissen, was Sie erwartet?«

»Ja.«

»Riskant.«

Leben ist Risiken eingehen, denkt Gilla. Wirklich leben, nicht nur auf der Welt sein. Sie denkt es vor dem Direktor, so wie sie es neben Ester dachte, in dem übel riechenden Verschlag. Sie denkt es, seit die Erinnerung an Michele sie nicht mehr quält, sondern ihr gute Gesellschaft leistet und sie gespürt hat, wie mit den Himmelskörpern des kleinen Modells das Leben wieder in Bewegung kommt.

»Sehr riskant, Signorina Gilla.«

»Das Leben ist ein einziges Risiko, Herr Direktor. In die Berge zu gehen war ein ungeheures Risiko, aber dafür können wir jetzt wählen, und zwar alle, auch die, die nicht in den Widerstand gegangen sind, auch die Kirchenmänner, auch die republikanischen Frauen und die monarchistischen Frauen.«

Das würde Gilla gern sagen, aber sie schweigt. Sie will diesen Mann mittleren Alters nicht brüskieren, der glaubt, es sei seine Pflicht, ihr den Weg aufzuzeigen. Sie will ihn überzeugen. Es ist wichtig, dass er auf ihrer Seite ist, für Ester. »Die Kleine ist stark und intelligent, sie hat wieder zu sprechen begonnen, und ich glaube, dass der Augenblick gekommen ist herauszufinden, was ihren Eltern passiert ist. Sie dürfte nicht im Waisenhaus leben, wenn es nicht nötig ist.«

»Und wenn die Nachrichten nicht gut sind?«

»Ester hat mich um Hilfe gebeten. Es ist besser, sie findet mit mir heraus, was es zu wissen gibt. Mit mir und ihrer Banknachbarin, Maria Luisa Piombo. Die möchte ich auch mitnehmen.«

»Piombo aus der 5D?« Maria Luisa hat nicht den Ruf, eine besonders begabte Schülerin zu sein.

»Sie war sehr wertvoll, Herr Direktor. Die beiden stehen sich sehr nahe.«

Der Pfarrer setzt sich wieder und streicht sich mit der Hand übers Kinn. »So sei es«, sagt er. »Machen Sie es, wie Sie es am besten finden. Heute Nachmittag gehe ich auf einen Sprung im Waisenhaus vorbei und sage der Mutter Oberin Bescheid.«

Kurze Betrachtung über den Planeten Venus von Ester Sacerdoti

Bei Sonnenuntergang bin ich in den Hof gegangen, um den Planeten Venus zu sehen, und habe mich sehr gefreut, weil die Katze zurückgekommen war. Sie kauerte vor dem Verschlag und hatte eine halbe tote Eidechse vor sich, ich glaube, das war ein Geschenk für mich, weil ich ihr sonst um diese Zeit immer Futter bringe. Es heißt, dass Katzen solche Geschenke machen.

Also habe ich mich neben sie gesetzt, und sie hat ein Stückchen Brot aus meiner Hand gefressen. Dann hat sie sich zusammengerollt und zu schnurren angefangen, und ich habe ihr die ganze Geschichte vom Planeten Venus erzählt, der in dem Augenblick genau über dem Zaun des Hofs stand und ganz hell leuchtete.

Dann ist Suor Giuliana gekommen, und vielleicht hat sie mich mit der Katze sprechen hören, denn sie hat mich nach ihrem Namen gefragt.

Zuerst war ich etwas durcheinander, weil die Katze in den Verschlag verschwunden war, da sie Suor Giuliana ja nicht kennt. Aber dann habe ich meinen Mut zusammengenommen (die Wörter kommen jetzt wieder wie von selbst) und ihr geantwortet, dass sie Lucifero heißt, es aber nicht weiß, weil ich sie eben erst so getauft habe.

Suor Giuliana hat zu lachen angefangen. »Wirklich, Lucifero?«, hat sie gesagt. »Ist es eine so böse Katze?«

Ich habe ihr erklärt, dass Lucifero Lichtbringer bedeutet, und da die Katze auch im Dunkeln leuchtende Augen hat, scheint es mir ein passender Name zu sein.

Suor Giuliana war gerührt, aber ich finde das nicht rührend. Vielleicht sind ihr die Tränen gekommen, weil sie alt ist, meinem Großvater Giosuè sitzen die Tränen nämlich auch immer locker.

Jedenfalls würde ich den Namen des Planeten Venus nicht ändern, weil ihn mittlerweile alle so nennen und ein großes Durcheinander herauskäme, wenn alle die Namen der Planeten nach Belieben ändern würden.

Meiner Ansicht nach ist der Planet Venus wie die Katze. Er weiß nicht, dass er Venus heißt, und auch die Katze weiß nicht, dass ich sie ab heute Lucifero nenne. Ich finde, dass sie gut leben, ohne ihre Namen zu kennen, denn sie sind ruhig, leuchten am Himmel, schnurren und jagen Eidechsen.

Ende der kurzen Betrachtung.

Zu Hause

Casale Monferrato von Borgo di Dentro aus zu erreichen ist ein kleines Abenteuer. Während Margherita in der Küche des Istituto Nostra Signora di Lourdes Kartoffeln schneidet und Abram über der Eisenbahnlinie brütet, an der er vermutlich seine Tochter verloren hat, begleitet Maestra Gilla die 5D zum Ausgang, dann nimmt sie Ester und Maria Luisa an der Hand und schleift sie zum Bahnhof von Borgo di Dentro, die Schulranzen hüpfend auf den Schultern. Um ein Haar hätten sie den Zug verpasst.

»Das war knapp!«, sagt sie und lässt sich auf den Sitz fallen, die Brust hebt und senkt sich, während sie nach Luft schnappt.

Die Mädchen sind elektrisiert.

»Meine Mama hat mir ein riesengroßes Brot für die Reise mitgegeben«, sagt Maria Luisa, als sie den Ranzen auf ihre Knie legt.

»Suor Giuliana drei Stück Kuchen«, fügt Ester hinzu.

»Ich habe auch etwas für uns«, sagt Gilla und holt eine Tüte Äpfel, eine Packung Käsewürfel, eine Flasche Wasser und drei Metallbecher aus der Tasche.

Vom Schaukeln des Zugs gewiegt, essen sie. Maria Luisa steckt Esters geflochtene Haarschnecke wieder fest, die sich beim Laufen gelockert hatte, und Ester erzählt Maria Luisa alles, was sie über Züge, Bahnhöfe, Gleise und den Kontrolleur weiß. Sie sprechen über die Fahrkarten und drehen sich beunruhigt zur Lehrerin um. »Die habe ich«, sagt Gilla.

Der Bahnhof von Alessandria ist viel weitläufiger als der von Borgo di Dentro, und die Mädchen machen große Augen. Sie warten eine halbe Stunde auf dem Vorplatz, dann kommt der Autobus nach Casale. »Macht es euch bequem. Wenn ihr müde seid, könnt ihr auch ein bisschen schlafen, wir werden gegen vier Uhr ankommen«, sagt die Lehrerin.

»Gerade richtig für den Nachmittagsimbiss!«, ruft Ester. Gilla hat Mühe, sich an die durchdringende Stimme zu gewöhnen, Maria Luisa dagegen scheint nichts aufzufallen, als sprächen die beiden schon immer miteinander.

Der Bus verlässt die rauchgraue Stadt. »So viele hohe Häuser«, sagt Maria Luisa. Die Mädchen tuscheln ununterbrochen, drehen sich bald nach rechts, bald nach links.

»Ihr solltet lieber still sitzen und nach vorne schauen, sonst wird euch schlecht, und dann ciao, Imbiss«, sagt Gilla. Sie stellt sich vor, dass sie mit ihnen Eis essen geht, doch als sie endlich am Bahnhof von Casale Monferrato eintreffen, scheint es ihr nicht mehr so angebracht. Ester ist blass und schweigsam.

»Alles gut?«, fragt sie sie. Die Kleine nickt. Maria Luisa nimmt sie an der Hand.

»Jetzt führ du uns«, sagt Gilla.

Ester schaut sich um und geht los. Tausendmal ist sie diesen Weg schon gegangen, mit Mama, um Papa am Bahnhof abzuholen, und mit Mama und Papa, um wieder nach Hause zu gehen. Ihr Kopf füllt sich mit Bildern. Sie gehen eine breite, helle Straße entlang, gesäumt von Häusern, die Maria Luisa, an die Altstadt von Borgo di Dentro gewöhnt, besonders vornehm erscheinen. Ein verbarrikadierter Hauseingang und ein Trümmerhaufen erinnern sie daran, dass der Krieg auch hier durchgezogen ist. Zuletzt biegen sie in eine sehr belebte Straße ein. Geschäfte, Cafés, Arkaden. Ester bleibt vor einem kleinen Schaufenster stehen, in dem Handschuhe und Hüte ausgestellt sind. Dann geht sie weiter, aber langsam.

»Bist du müde? Sollen wir eine Pause machen?«

»Nein, nein.« Ester fasst auch nach Gillas Hand, und so gehen sie wieder los, sie in der Mitte, die zwei anderen an ihrer Seite.

»Hier müssen wir abbiegen«, sagt Ester, als sie an einen Platz kommen.

»Via Balbo«, liest Maria Luisa. Ester ist kreidebleich, Gilla fühlt ihre schweißnasse Hand und drückt sie. Nach wenigen Schritten stehen sie vor der Hausnummer 21.

»Da sind wir«, sagt Ester.

Ein dreistöckiges Haus mit einer Eingangstür aus dunklem Holz, die Schwelle mit einer eleganten Gipsleiste verziert. Zum Glück sind hier keine Bomben gefallen, denkt Gilla. Sie nähert sich dem Klingelbrett. *Sacerdoti* steht nirgends.

»Das ist aber mein Haus«, sagt Ester.

Gilla will gerade beim ersten Namen auf dem Klingelbrett läuten, als plötzlich die Tür aufspringt. Eine Frau mittleren Alters kommt heraus, entschlossener Schritt, hohe Absätze, unnatürlich blonde, aufgesteckte Haare, schwarz gerahmte Brille, rote Lippen.

»Entschuldigung. Wir suchen eine Familie, die vor dem Krieg hier gelebt hat. Sie heißen Sacerdoti«, sagt Gilla zu ihr.

Die Witwe Fontana erstarrt. »Wer schickt Sie?«, zischt sie.

Gilla tritt einen Schritt zurück. »Niemand. Wir wollen nur …«

»Steht da *Sacerdoti* an der Klingel?«

»Nein, aber …«

Die Frau packt Gilla am Arm und zieht sie in den Flur. Vor den Briefkästen brüllt sie: »Steht hier irgendwo *Sacerdoti*?«

Auf der Schwelle dreht sich Maria Luisa zu Ester um. Ihre Freundin studiert das Klingelbrett. Sie legt den Finger auf das Schild, auf dem *Fontana* steht, dann streicht sie über die Gipsleiste.

Aus dem Flur kommt Gillas Stimme. »Sie sind sehr unhöflich! Ich habe Sie doch nur …«

Ester flüstert etwas, Maria Luisa ist sich sicher, versteht aber die Wörter nicht. Es klingt wie »… Tapete … Vorhänge …«

»Ester«, ruft sie, doch die Freundin hört nicht, flüstert weiter und entfernt sich in die entgegengesetzte Richtung zu der, aus der sie gekommen sind.

»Ester!«, ruft Maria Luisa noch einmal, während die Stimmen im Flur tönen wie Kastanien auf dem Feuer. Sie möchte der Lehrerin Bescheid sagen, sieht aber, wie Ester um die Hausecke biegt, und fürchtet, sie aus den Augen zu verlieren. Daher beschließt sie, ihr zu folgen, biegt ebenfalls um die Ecke und stößt beinahe mit ihr zusammen.

Ester steht reglos da. Ein plötzliches Zittern überläuft ihre knochigen Schultern und die geflochtene Schnecke. Maria Luisa spürt es genau und will sie stützen, aber etwas hält sie zurück. Sie hebt den Blick und sieht nicht weit entfernt eine Frau auf einer Bank aus Holzleisten sitzen. Aufrecht, die Schultern gerade, die Hände im Schoß, starrt sie auf die Fenster im zweiten Stock und bewegt dabei die Lippen.

»Mama«, sagt Ester.

SCHULJAHR 1945–46

Abschied

Grundschulabschlussprüfung

Schuljahr 1945–46
Schülerin: Maria Luisa Piombo

Thema: Erinnerungen an das soeben zu Ende gegangene Schuljahr

Dieses Schuljahr war das schönste in meinem ganzen Leben. Erstens, weil es, da der Krieg zu Ende ist, ein ganzes Schuljahr ohne Unterbrechungen und ohne Bombenangriffe mit Sirenenalarm war, und zweitens, weil ich dieses Jahr meine Beste Freundin kennengelernt habe.

Meine Beste Freundin heißt Sacerdoti Ester.

Jetzt wohnt sie nicht mehr in Borgo di Dentro, und wir können uns nicht mehr jeden Tag in der Schule sehen und nach der Schule zum Hausaufgaben machen. Seid sie ihre Familie wiedergefunden hat, ist sie nicht mehr in die Schule gekommen, aber sie war sowieso schon bereit für die Prüfung, und so sitzt sie jetzt hier neben mir und schreibt unheimlich viel. Seid sie nicht mehr in die Schule gekommen ist, hat sie mir wunderschöne Briefe geschrieben, die ich abends immer meiner Mama und meiner Oma vorgelesen habe, und sie sagten, ich lese sehr gut, auch wenn ich weis, dass es nicht stimmt, weil ich kein Gefühl reinlege (wie die Lehrerin sagt). Ich habe mich auch angestrengt und ihr Antwortbriefe geschrieben, aber meine waren viel kürzer.

Auf jeden fall bin ich sehr froh, dass wir uns jetzt sehen und heute den ganzen Tag zusammen verbringen, auch mit ihren Eltern, die ich vorher vor der Prüfung gesehen habe. Sie haben gesagt, dass sie draußen auf Ester warten (ich glaube, sie lassen sie nie mehr in ihrem ganzen Leben allein, nach dem Schreck, den sie gekriegt haben). Deshalb hatte ich heute Morgen, als ich aufgewacht bin, auch überhaupt keine Angst vor der Prüfung, weil ich wusste, dass ich Ester treffe.

Ich denke, Freundschaft ist etwas Wunderbares.

Dieses Jahr hat mir die Schule ziemlich gut gefallen, vor allem Sticken, der Planet Venus und Betrachtungen schreiben, aber nur die kurzen.

Signora Maestra, es tut mir leid, dass mein Aufsatz nicht so lang ist, und hofentlich sind nicht zu viele Fehler drin.

Ende

Stimmen

Gilla ist allein. Die vierundzwanzig Mädchen der 5D haben die Fragen beantwortet, die mündlichen Prüfungen sind beendet, der Direktor ist mit dem Stapel Protokolle, die er gegenzeichnen muss, davongegangen, und sie bleibt noch kurz in dem stillen Klassenzimmer. Sie lässt den Blick über die leeren Bänke schweifen. In der Junischwüle, nach dem stundenlangen Abfragen, ist die Symmetrie dahin. Durch die offen stehenden großen Fenster streicht ein heißer Lufthauch über die mit Zeichnungen gepflasterten Wände. Blumen, Früchte, Tiere aus Wald, Wasser und Himmel erwachen einen Augenblick zum Leben. Das kleine Modell des Universums auf dem Pult überläuft eine Art Schauder, dann ist alles wieder unbewegt und stumm.

Alle haben bestanden, sagt Gilla im Kopf zu Michele.

Hattest du Zweifel?, erwidert er.

Gilla hebt die Hände zum Gesicht, lächelt, seufzt. Selbstverständlich war es nicht, erwidert sie. Dann erkennt sie den Paradeschritt und reißt sich zusammen, verstaut das Federmäppchen samt Notizheft rasch in der Handtasche, reißt die Tür auf und läuft auf den Flur: »Ich gehe ja schon, bin schon weg.«

»So ist's recht, ich muss doch sauber machen, für euch ist

es der letzte Tag, aber für mich nicht«, antwortet die Schuldienerin Antonia.

Im Flur geht Gilla langsamer. Sie betrachtet die elegante Folge geschlossener Türen, stellt sich gefegte Klassenzimmer vor, geputzte Tafeln, ordentliche Bänke. Mit den Fingern streicht sie über die Zeichnungen, die auch hier die Wände bedecken, lange, stramme Reihen, wie Zinnsoldaten in Uniform, mit Buntstift gemalte Figuren, die die Flecken, die Zeichen des Kriegs verbergen.

Dieser Ort würde dir gefallen. Wie er *geworden ist,* sagt sie zu Michele.

Unter dem knisternden Papier nimmt Gilla noch immer das Kriegsgerassel wahr, aber es ist ein fernes Rumoren. Zur Verteidigung gibt es ein Heer von großen und kleinen Buchstaben, Schreibschrift und Druckschrift, A wie *Alphabet,* G wie *Gatto,* L wie *Luna.* Eine unüberwindliche Barriere strahlender Sonnenaufgänge und feuerroter Sonnenuntergänge, blauer und stürmischer Himmel, Bastionen von Aquarellen, Temperabildern, Kohle- und Rötelzeichnungen, Masken aus Pappmaschee und Sonnenblumen aus Bast.

Alle haben bestanden, wiederholt sie noch einmal im Kopf. Auch Piombo. Auch Pellegrini. »Sacerdoti!«, verbessert sie sich laut. Schnell dreht sie sich um, um zu sehen, ob die Schuldienerin Antonia etwas gehört hat. Aber der Flur ist leer. Sie biegt um die Ecke und geht die Treppe hinunter. Mit jedem Schritt leert sich ihr Kopf ein wenig mehr. Vor- und Nachnamen beginnen zu verschwinden, die Gesichter verblassen unmerklich. Die Eingangstür zur Mädchenabteilung steht offen. Lehrsätze und Schlachten, Hauptstädte und Maßeinheiten ziehen sich in einen Winkel des Bewusstseins zurück wie Socken in die hinterste Ecke einer Schublade, bereit für den nächsten Herbst, das nächste Schuljahr, die nächste Klasse.

Auf der Schwelle bleibt sie stehen. Mitten auf der Piazza sieht sie Suor Giuliana, die sich mit Margherita und Abram Sacerdoti unterhält. Er wirkt zerstreut.

Auf der untersten Stufe der Freitreppe sitzen Ester und Maria Luisa, Seite an Seite, die Schultern berühren sich, die Köpfe ganz nah.

Sieh sie dir an, sie sind in Sicherheit, sind gerettet, das war nicht selbstverständlich, sagt sie zu Michele.

Die beiden tuscheln, lachen, und es ist ein so inniges, vollkommenes Zusammensein, dass Gilla sich überflüssig fühlt und einen Schritt zurück ins Gebäude macht.

Aber vielleicht entsteht dabei ein Geräusch, oder die Mädchen spüren einfach ihren Blick und drehen sich deshalb um, stehen auf und kommen zu ihr.

»Was macht ihr denn noch hier? Habt ihr die Schule noch nicht satt?«

Ester schubst die Freundin mit dem Ellbogen. »Sag es ihr«, flüstert sie.

Maria Luisa nickt und wird ernst: »Signora Maestra, wir wollten Sie etwas fragen.«

»Nur zu.«

Die Mädchen sehen sich an, Ester gibt ihr ein Zeichen, wie um zu sagen: »Mach schon! Mach schon!«

»Wir wollten Sie fragen …«, Maria Luisa holt tief Luft, »also heute ist doch der letzte Tag, dürfen wir Sie jetzt umarmen?«

Abram Sacerdoti zwingt sich, der Nonne zuzuhören, die von Ester spricht, von einer Katze, von einem Verschlag, der renoviert worden ist, doch kaum hat sie sie ausgesprochen, verhallen ihre Worte. Stattdessen hört er andere Stimmen. Ester, Esters Freundin, das Lachen, das zwischen ihnen hin und her kullert wie Murmeln auf Pflastersteinen. Außerdem kann er den Blick nicht von Ritas Fingern abwenden, die in weißen Baumwollhandschuhen stecken. Nur mühsam widersteht er der Versuchung, sie ihr auszuziehen, ihre Hände in seine zu nehmen und mit den Fingerspitzen an dem Ehering zu drehen, der an seinen Platz zurückgekehrt ist, *Von A. für M.* ∞.

Die Nonne spricht immer weiter.

Da er Ritas Hände nicht ergreifen kann, legt Abram Sacerdoti sich die eigenen auf den Bauch. *Du hast zugenommen, bravo,* sagt sein Vater Giosuè in seinem Kopf zu ihm. Der junge Giosuè, korpulent wie alle Sacerdotis. Und er sagt auch: *Du siehst aus wie Raffaele*. Raffaele als Knabe, als junger Mann, als Vater, Raffaele beim Aufbruch nach Paris.

Die Nonne hört gar nicht mehr auf zu reden, und Abram denkt: Ciao, Papa. Dann dreht er sich zu den Mädchen um, sieht sie die Treppe hinauf zur Lehrerin gehen. Esters Stimme ist weit weg, die helle Stimme von Hexlein Schmierfink und die jetzige, Ritas Stimme so ähnlich, die soeben zur Nonne sagt: »Wären Sie nicht gewesen.« Raffaeles liebe Stimme funkt dazwischen: *Abram, verdammt, konzentrier dich,* aber Abram Sacerdoti schafft es einfach nicht, sich auf die Nonne, die Katze und den Verschlag zu konzentrieren. Er sieht, wie Ester sich auf die Zehenspitzen stellt, Maestra Gilla sich hinunterbeugt und sie umarmt, hört Giosuè, der sagt: *Wie groß sie geworden ist!*, hört Raffaele, der sagt: *Wie rührend, diese Umarmung!*, hört Rita, die sagt: »Wir sind Ihnen unendlich dankbar«, und zum ersten Mal, seit er aus der Hölle zurückgekehrt ist, fühlt Abram Sacerdoti sich genau so: dankbar.

Die Katze Lucifero

Die Katze Lucifero ist ein Weibchen, aber das weiß sie noch nicht. Jeden Abend bei Dämmerung kommt sie zum Waisenhaus zurück, schlüpft durch den Schilfrohrzaun, schleicht die Mauer entlang, umrundet das Gebäude und erreicht die Tür des Verschlags. Hier stoppt sie, die Schnurrhaare beben. Der Geruch nach Desinfektionsmittel, der von unten heraufkommt, ist berauschend.

Viele Dinge sind verschwunden. Die rostige Tonne, die zerfetzten Autoreifen, der Dornenstrauch, das kleine Mädchen, das nach Kohl und Seife roch. Die Vergangenheit ist kein Problem. Neben der niedrigen Tür steht jetzt eine Bank, darauf eine schwarz gekleidete Frau. Auch sie riecht nach Kohl und Seife, aber da ist noch mehr, ein vielschichtiger, schaler Geruch, der die Katze Lucifero an Rinde erinnert.

Sie reibt ihr Mäulchen am Bein der Bank. *Meine.* Sie reibt sich weiter, bis sie nicht mehr den sandigen Geruch von trockenem Holz wahrnimmt, sondern nur noch ihren eigenen. *Meine, meine.* Bis ihr Körper sich ausdehnt, um die ganze Bank zu umfassen, und die Katze keine Grenze mehr zwischen sich und diesem infinitesimalen Partikel des Universums wahrnimmt. *Meine. Ich.*

Sie springt hinauf. Die Frau antwortet in ihrem Ton. Die

Katze kennt ihn, hält aber Abstand, die Schnauze vorgereckt, fängt sie wieder an, die Welt rundherum zu vermessen, flatternde Abendfalter, moosiger Geruch nach Regenwürmern, dann wird sie abgelenkt, konzentriert sich auf die Bewegung der Frau, die ausgestreckte Hand. Sie nähert sich, schnuppert, leckt an dem Stückchen Brot, mag es aber nicht. Sie war den ganzen Tag auf der Jagd, sie ist satt. Sie denkt nicht an morgen, die Zukunft gibt es nicht. Nur immerwährende Gegenwart. Mit der Schnauze stupst sie die offene Hand an, reibt sich entschieden. *Meine. Ich.* Die Frau summt weiter in ihrem Ton. Daraufhin legt ihr die Katze die Vorderpfoten auf den Oberschenkel. Erst eine Pfote, dann die andere, drückt sie mit rosigen Zehenkuppen. Eine Pfote, dann die andere, eine Pfote, dann die andere. Die Frau verfeinert ihren Ton zu einem Zwitschern. Etwas, einer Erinnerung sehr ähnlich, veranlasst die Katze, die Hinterpfoten anzuziehen.

Der Ton der Frau wird wärmer.

Die Katze rollt sich auf ihren Knien zusammen. Die Stimme der Frau klingt fern und tröstlich. Die Katze schließt die Augen. Ihr Schnurren vermischt sich mit den menschlichen Trillern. Sie unterscheidet kein Geräusch vom anderen. Das Gewicht, das sie spürt, ist die Hand der Frau, die sie streichelt. *Meine. Ich.* Die Venus leuchtet auf, und die Katze Lucifero schläft ein.

Dank

Die Autorin dankt Paola Bigatto, Annalisa Soria und Stefano Tettamanti. Ohne ihre liebevolle Unterstützung würde es diesen Roman nicht geben.

Nachweis

Das Zitat »Zeigt euch als …« auf S. 87 stammt aus Dante Alighieri, *Die Göttliche Komödie, Das Paradies,* V, 80–81, übersetzt von Hermann Gmelin, Reclam 2001.

Die Zeichnungen auf S. 88 f. sind entnommen aus der Zeitschrift *La difesa della razza,* Jg. II, Nr. II, 20. November XVII (1938), S. 24 f.

Die auf S. 98 zitierten Verse stammen aus: *Reginella campagnola.* Text von Eldo Di Lazzaro und Bruno Cherubini. Musik von Eldo Di Lazzaro © 1938 Sugarmusic SpA. Alle Rechte vorbehalten für alle Länder. Abdruck mit Genehmigung der Hal Leonard Europe BV (Italy); *Ma le gambe.* Text von A. Bracchi. Musik von G. D'Anzi © 1938 by Edizioni Curci S.r.l. – Mailand. Übersetzung ins Deutsche von Maja Pflug.

Das Zitat auf S. 291 stammt aus Homers *Odyssee*, Vv. 180–182, übersetzt von J. H. Voß, bearbeitet von E. Gottwein.

»Jede Art zu schreiben ist erlaubt –
nur die langweilige nicht.«

VOLTAIRE